KB155155

www.b-books.co.kr

후회하지
않아

후회하지
않아

초판 1쇄 찍음 2018년 2월 21일
초판 1쇄 펴냄 2018년 2월 28일

지은이 | 이한나
펴낸이 | 정 필
펴낸곳 | (주)뿔미디어

기획·편집 | 심은지
표지 디자인 | 박현진

출판등록 | 2002년 9월 11일 (제1081-1-132호)
주소 | 경기도 부천시 원미구 소향로 17, 303(두성프라자)
전화 | 032)651-6513 / 팩스 | 032)651-6094
E-mail | dahyangs@naver.com
블로그 | http://blog.naver.com/dahyangs
비북스 | http://b-books.co.kr

값 9,000원

ISBN 979-11-315-8814-7 03810

이한나

후회하지 않아

장편 소설

DAHYANG ROMANCE STORY

contents

프롤로그

섹스 파트너와 연애의 차이는 무엇일까. 섹스 파트너라고 해서 만나는 내내 섹스만 하는 건 아닐 것이다. 식사도 하고 술도 마시고 대화도 한다. 그렇다면 연애는 그렇지 않나. 연애도 마찬가지다. 만나서 밥 먹고 술 마시고 영화 보고 섹스하는 것은 똑같다.

그렇다면 목적이 다른 것일까. 전자는 섹스를 위해 만나는 것이고, 후자는 섹스가 목적은 아닌데 섹스는 한다.

가끔 은조는 둘의 차이가 무엇인지 본인도 헷갈렸다. 그 자식을 만났던 그 순간에는 분명 그 차이를 알았다. 하지만 세월이 지나니 자신의 판단력이 흐려진 것인지, 아니면 어리기만 한 나이가 아니기에 어느 정도 유연성 있게 생각을 하는 건지, 정말 알 수가 없다.

진심.

그래, 바로 그것이었다.

자신은 재익을 진실로 사랑했다고 생각했고, 그는 자신을 한낱 잠자리 대상으로만 대했다는 것에 그녀는 분노하고 배신감을 느꼈을 뿐이었다.

'대체 그게 뭐가 달라?'

그때 그가 은조에게 물었었다. 그녀는 그를 미친놈 쳐다보듯 바라보며 일축했다.

'난, 정말 널 사랑했어.'

'나도 널 좋아했다니까.'

'넌 나를 섹스 때문에 만난 거잖아. 아니야?'

'너도 즐겼잖아. 좋아했잖아, 잠자리에서.'

'정말, 몰라서 그러는 거 아니지? 너한테 실망이야.'

'실망? 내가 너한테 억지로 그런 거야? 너도 분명 나 좋아한다고 했잖아. 그런데 대체 뭘…….'

'여자를 마음에 들어 하는 거랑, 사랑하는 건 다른 거잖아?'

재익은 한숨을 쉬며 골치 아픈 표정을 지었었다.

'그럼, 내가 너에게 영원한 사랑이라도 맹세했어야 하나?'

'내 말은, 사랑하는 순간만이라도 네가 진심이길 바랐어. 솔직하길 바랐다고.'

'난 충분히 솔직했다고 생각하는데. 넌 예뻤고, 좋았어. 안고 싶었어. 그리고 우린 마음 가는 대로 사랑했을 뿐이야. 더 이상 솔직할 수가 있어?'

은조가 실소를 터트렸다.

'마음 가는 대로라고. 실컷 즐기고 싶었겠지. 돈 안 드는 섹스

파트너로서 말이야. 돈 굳어서 좋았겠다?'

그때의 재익의 표정을 아직도 기억하고 있다. 그는 아랫입술을 깨물며 참는 것 같았다.

'대부분의 남자들이 사실은 다 그래. 연애의 목적은 결혼이 아니라 섹스인 거야. 특히 우리 나이 때는.'

'그런 값싼 감정으로 사랑한다고 말한 거겠지. 진심은 어디에도 없으면서.'

재익도 감정이 격해지는 것 같았다. 하지만 그는 뭔가 계속 참고 있는 표정이었다.

'여자 몸을 좋아하는 남자는 다 거짓이고 몹쓸 놈인 건가? 그런 감정은 다 값싸고 진심이 아닌 거야?'

은조가 서서히 등을 돌리고 있었다.

'두 번 다시는 네 얼굴 보고 싶지도 않아. 내 이름 부르지도 마.'

'먼저 헤어지자고 한 건 너야. 사랑하느니 어쩌느니 하면서. 나 나쁜 놈 만들고 지금도 먼저 등 돌리고 있잖아.'

'너 나쁜 놈 맞아.'

스물한 살 때, 그들이 헤어질 무렵 나눈 대화였다. 유치하고 바보 같은, 그리고 멍청하기 짝이 없는.

자신은 그를 진심으로 사랑했기에 떠난다고 했고, 그는 이해할 수 없다며 그건 헤어지는 구실일 뿐이라고 했다.

헤어지는 구실.

어떻게 그런 식으로 해석을 할까?

그래도 처음으로 몸과 마음을 다해 사랑했던 남자였는데. 결국 그런 인간을 사랑했던 자신이 한심하기까지 했다. 머리를 쥐어뜯고 싶은 심정이었다.

은조는 샷을 두 개나 추가한 아메리카노를 마시며 지난날을 곱 씹었다. 쓰디쓴 기억만큼 커피는 쓰고 진했다. 마치 오랜 시간이 지나도 잊히지 않는 기억처럼 진하고 쓴 여운이 입 안에서 맴돈다.

❖

그녀는 휴대폰으로 시간을 확인하고는 가방에서 소형녹음기를 꺼냈다. 옆에 앉아 있던 송 작가가 그녀에게 말을 건넨다. 두 사람 은 오랫동안 함께 일해 왔던 파트너답게 취재를 앞두고 굳이 쓸데 없는 잡담이나 사담을 나누지 않아도 어색하지 않다.

"은조 씨, 오늘은 너무 길게 가지 말자고. 어차피 인터뷰하는 펙트보다 포장이 더 중요하잖아."

"그래도 없는 말을 지어 낼 순 없잖아요. 선수들하고 친하시니 까 분위기 좀 띄워 주세요. 그리고 이번엔 밝게 갈 거니까 사진도 그쪽으로."

"이젠 내 사진까지 간섭질이야?"

송 작가의 투덜거림에 은조가 웃으며 그를 달랬다.

"팬 북인데, 너무 진지하면 그렇잖아요. 어차피 팬서비스 차원 에서 만드는 건데, 가볍고 가능한 멋지게. 아시잖아요?"

"하여튼, 어린것들은 예술을 몰라."

예술 사진을 꿈꿨던 송 작가의 푸념을 듣자 하니 또다시 웃음이 터져 나왔다. 한편으론 측은한 마음도 없지 않고 말이다.

"못 들으셨어요? 가끔 선수들이 텔레비전에서 하는 말. 멋지게 잘 나온 사진도 많은데, 꼭 리얼리티 살린다고 오만 인상 다 쓰면서 플레이하는 사진이나 넘어지고 엎어지고 유니폼 사이로 살 삐져나온 그런 사진 좀 찍지 말라고 한 거. 선수들 생각도 좀 해 주세요."

"얼씨구. 선수 걱정은."

"걱정이 아니라, 팬들의 환상을 깰 필요는 없잖아요. 실력 좋으시면서."

"알았어, 알았다고. 멋지고 가볍고, 또 뭐. 섹시하게? 그렇게 찍어?"

"아니, 기사 타이틀이 '진심은 언젠가는 통한다' 이거니까 웃으면서도 뭔가 그 안에 풍부한 느낌이 살아 있게…… 이 정도만 얘기해도 감 오시죠?"

그녀는 당연한 듯 말했다.

"진심 같은 소리 하네. 진부하거든. 좀 더……."

"지금 와서 이러시면 어떡해요. 그럼, 다시 콘셉트를 잡아야 하고, 또."

은조가 슬쩍 송 작가의 눈치를 보자 그가 인상을 쓰며 고개를 끄덕였다.

"알았어! 누가 다시 잡으래? 나 빨리 퇴근하고 싶은 사람이야. 몇 컷만 찍고 갈 거니까 은조 씨가 마무리 잘해."

그들이 입씨름을 하고 있는 사이 카페 문이 열리면서 키가 훤칠하고 잘생긴 두 남자가 이쪽으로 다가오고 있었다. 한눈에 보아도 눈에 띄는 미남이었지만 좀 건들거리는 느낌에 은조가 빙그레 웃었다.

벌써 4년째 고정적으로 이 시기가 되면, 그러니까 해마다 발매되는 팬 북을 제작할 때가 되면 프로야구 선수들의 인터뷰가 시작

된다.

은조는 회사 사보와 카탈로그, 소책자나 팸플릿을 제작하고 홍보하는 아웃소싱 제작 업체에서 5년째 일하고 있는 취재 기자다. 처음엔 일거리가 너무 많아 취재 기자를 따로 두고 편집과 기획 쪽 일만 하다 취재 기자가 수시로 바뀌는 바람에 자처해서 취재도 도맡아 하고 있는 중이다. 국내 프로야구 10개 구단 중에서 팬들에게 가장 인기가 많은 K사의 팬 북을 맡아 제작한 지는 4년째.

처음부터 이쪽 일은 은조와 송 작가가 맡아서 했던지라 오늘도 어김없이 두 사람은 〈팬들과의 데이트〉란 코너에 소개되는 야구선수 두 명을 인터뷰하기 위해 그들을 맞이했다.

20대 중반쯤 됐음직한 건장하고 뛰어난 마스크의 선수 두 명이 자리에 앉았다. 인터뷰는 늘 그렇듯 처음엔 어색하면서도 시간이 지나면서 조금씩 자연스럽게 진행되었다.

일부러 경기장이나 훈련소가 아닌, 사람들이 자주 오가는 카페로 자리를 정했고, 생각보다 조용한 분위기 덕분에 인터뷰가 수월하게 진행될 것 같았다. 어찌 됐든 매년마다 하는 일이지만 그래도 인터뷰 전에 긴장이 되는 건 사실이다.

"먼저 올해 두 분 활약이 대단하셨어요. 그럼에도 아깝게 우승을 놓친 건, 참 안타까운데요. 내년에는 기대해 봐도 되겠죠? 김성현 선수부터 말씀해 주세요."

두 사람일 때는 누군지 확실히 지명을 하면서 대답을 유도한다.

"네. 저희도 많이 안타깝죠. 아깝게 준우승에 그쳤지만 내년엔 아마 다를 겁니다. 감독님을 비롯해 선수들 모두 아쉽게 생각하고 있습니다. 그래서 이번 전지훈련에서는 좀 더 기량을 보강하고 있으니 지켜봐 주셨으면 합니다."

"자, 그럼 최수민 선수도 한 말씀 해 주세요."

"저도 마찬가지입니다. 내년엔 더욱 분발해서 우승하고 싶습니다. 어차피 모든 팀의 목표는 우승이니까요. 프로의 세계는 냉정하잖아요."

역시 판에 박힌 대답이다. 하지만 그럭저럭 살을 붙여 꾸미면 나쁘진 않을 것 같다. 두 선수는 마주 보면서 웃었지만, 은조는 웃지 않았다. 처음 그녀가 이 일을 시작했을 때, 그러니까 인터뷰어가 되어 처음으로 상대를 취재했을 때가 생각났다. 함께 공감해 주고 분위기를 이끌어 가 주는 게 좋은 인터뷰어의 자세라는 교과서적인 이론만 가지고 일을 했다가 이도저도 아닌 결과가 나왔던 적이 있었다.

그녀 앞에서 깔깔대고 웃고, 그녀의 녹음기를 만지면서 제발 이번 얘기는 삭제해 달라며 사정하고, 심지어 지금처럼 두 사람이나 세 사람을 동시에 인터뷰할 때는 자기네들끼리 수다 떨고, 앞에 앉아 있는 인터뷰어를 졸지에 투명인간으로 만들어 버렸다. 조금만 편하고 긴장이 풀어지거나 만만히 보이면 이런 결과가 초래된다.

물론 그녀의 잘못도 한몫했다. 너무 맞장구를 쳐 주거나, 그들의 얘기에 휘말려 질문할 타이밍을 놓쳐 끊임없이 얘기를 들어 주기만 하다 알맹이도 없이 인터뷰가 끝난 경우도 있었다. 인터뷰를 할 때는 무조건 인터뷰어가 주도권을 잡아야 하며, 더 중요한 것은 보이지 않게 잡아야 한다는 것이다. 누가 주도권을 잡느냐, 언제나 그것이 문제였다.

마치, 연애하는 것처럼. 처음 순수했던 진심은 어느 순간 사라져 버리고, 그저 상처받지 않으려고, 지지 않으려고, 초라해지지 않으려고 기를 쓰는 연약한 사람들의 모습에 은조는 마음 한편이

15

싸해진다.

그녀는 자세를 고쳐 앉고 본격적으로 인터뷰를 시작했다.

"그렇죠, 냉정하죠. 아마 내년엔 두 분의 열의 때문이라도 좋은 성적을 거둘 것 같습니다. 기대해 볼게요. 자, 이번엔 최수민 선수에게 먼저 묻겠는데요. 시즌 초반엔 부상 때문에 성적이 좋지 않았어요. 그런데 어떻게 이겨 냈는지 궁금하고, 또 올해부터 마무리에서 선발로 전환을 하셨는데 어땠나요."

다소 진지한 물음에 그는 목소리를 가다듬고 답변했다.

"투수로서 마무리를 원했던 건 제 바람이었지만 결과적으로는 감독님이 보신 눈이 정확했습니다. 그리고 부상 문제는 어느 선수나 마찬가지겠죠. 재활치료 열심히 받고 꾸준히 관리하는 것밖엔 없어요."

그는 인터뷰에 익숙한 듯 핵심만 대답하고는 바로 입을 다물었다. 다시 그다음 질문이 다른 선수에게 이어지고 선수들은 인터뷰가 진행될수록 진지해지고 차분해졌다. 한동안 질문과 답변이 살짝 지루해질 만큼 오고 갔다. 이즈음 잠시 쉬어 가는 틈을 타, 송 작가가 사진을 몇 컷 찍었다.

"그냥 자연스럽게 있으면 됩니다. 팬들은 유니폼이 아닌 이렇게 사복을 입고 카페나 야외에서 자연스럽게 찍힌 사진도 좋아하니까, 서비스 차원에서 다시 한번…… 네, 좋습니다."

송 작가가 은조에게 눈짓을 하자 그녀가 이번엔 인터뷰 질문지를 내려놓고 물었다.

"두 분 여자 친구 있으시죠? 없으세요?"

얼굴에 재밌는 호기심을 가득 담고 은조는 환하게 웃어 보였다. 두 사람이 서로를 마주 보며 어색하게 웃자, 은조가 재빨리 말을 이었다.

"여자 친구가 없다는 게 의외이지만, 없다면 이상형을 말씀해 주셨으면 해요. 그리고 있다면 도대체 언제 시간을 내서 데이트를 하시는지…… 제가 아니라 여성 팬들이 가장 묻고 싶은 질문이랍니다. 이번 인기투표에서 표를 제일 많이 얻으셨어요, 두 분이."

"여자 친구 없어요. 수민이는 있구요."

한 선수가 딱 잘라 말해서인지 다른 한 선수는 잠시 머뭇거리더니 천천히 입을 열었다. 의외로 운동선수들은 거짓말을 잘 못하는 것도 같다. 아니, 어쩔 땐 굉장히 쑥스러워하고, 또 수줍어한다. 아니면, 진짜 연애에 관한 얘기여서 그런 것일까.

"저는…… 사실……."

"네. 편하게 말씀하세요. 곤란한 얘긴 안 쓸 테니 걱정 마시구요. 녹음기 끌까요?"

은조가 웃음이 가득한 얼굴을 하자, 그는 손사래를 치며 웃었다.

"별 얘기 아니에요. 고등학교 때 만났는데, 헤어졌다가 얼마 전에 다시 만난 친구가 있어요. 첫사랑이죠. 제가 차였거든요. 아니, 차일 짓을 했죠."

"그래요? 다시 만나니까 어떠세요? 물론 좋으니까 얘기하시는 거겠죠."

인터뷰는 질문에 따른 대답을 하고, 서로에 대해 객관적으로 알아 가는 과정이지만, 결국 사람과 사람 사이의 일인지라 감정이 들어가고 진심이 들어간다면 그다음부터는 정말 하고 싶은 얘기를 한다. 이상한 얘기지만 정말 자신의 얘기를 하고 싶으면 그것이 어떤 상황이든 하게 된다는 것이다.

그가 쑥스럽게 말을 이었다.

"좋긴 한데, 한 번 헤어졌다 만나서 그런지 힘들기도 해요. 옛날 그 감정이면서 아닌 것 같은. 아, 이런 얘기까진 안 쓰시는 거죠?"

"그냥 좋은 감정으로 만나는 친구가 있다. 이 정도로만 쓸게요. 괜찮겠죠?"

그가 살며시 웃으며 고개를 끄덕였다.

"제가 올해 삼진을 진짜 많이 잡았거든요. 근데 제 여자 친구는 제 공에 절대 안 쓰러지더라구요. 처음부터 그랬지만."

은조의 표정이 진지해지고 있었다.

"연애라는 게 야구보다 훨씬 어려워요. 세상에서 야구가 제일 어려운 줄 알았는데."

국내 프로팀에서 올해 최고의 성적을 거둔 현직 프로야구 선수의 말이었다.

널 만나면서 연애가 골치 아파지기 시작했어.

그도 자신에게 이렇게 말했었다.

연애란 즐겁기 위해 하는 것이지, 누가 골머리 썩히면서 연애하고 싶겠냐고.

앞에 앉은 선수들의 인터뷰가 끝날 즈음에 재익에게서 톡이 왔다.

[어디야? 데리러 갈게.]

살짝 허스키한 그의 목소리가 귓가에서 맴돈다. 계속 카톡이 울린다. 은조는 무시하고 자리에서 일어났다. 선수들은 그녀와 간단히 인사를 나누고, 송 작가와도 인사를 했다. 먼저 돌아가겠다던 그는 옆에서 간간이 이번 시즌에 선수들이 했던 웃지 못 할 실수나 세리머니 등을 얘기하며 분위기를 이끌어 냈다.

인터뷰는 모두 끝났다. 그들은 웃으면서 각자 형식적인 앞으로의 포부를 얘기하며 헤어졌다. 이로써 오늘의 일과도 끝났다. 회사에 들르지 않고 그냥 집으로 가도 되는 것이다. 어차피 저녁 7시가 넘어가고 있었다.

"배도 고픈데, 저녁이나 하지. 삼겹살 어때?"

송 작가가 말했다.

"싫어요. 남자 만나러 갈 거예요."

"남자? 애인?"

그가 시큰둥해하며 물었다.

"아니…… 남자는 맞는데, 애인은 아니고."

"무슨 대답이 그래? 애인은 아니면 뭐 친구? 근데 남자랑 여자랑 친구가 어딨어. 말이 안 되지."

"남자 사람 친구도 있잖아요."

"무슨 개 풀 뜯어 먹는 소리."

그의 말처럼 정말 개 풀 뜯어 먹는 소리인지도 모른다. 섹스를 나눈 남자 사람 친구는 없을 테니까. 이성 간에 사람 친구라는 것은 플라토닉 사랑에 기반을 둔 것이 아니던가. 순수한 우정 같은 거. 전혀 남자 여자로 느끼지 않는.

은조는 톡을 확인했다. 여러 개가 와 있었지만 그녀의 눈에 들어온 건 마지막 메시지였다.

[그냥 네 얼굴 한번 보고 싶어서.]

그녀는 손가락을 몇 번 움직이다 망설였다, 그러다 결심을 하고 답장을 보냈다.

[자꾸 어색하다. 그냥 너 같지가 않아서.]

바로 그에게서 답장이 왔다.

[아직도 내가 미워? 용서가 안 돼?]

[우린 끝났어. 헤어졌다고.]

은조는 카톡 창을 닫고 휴대폰을 가방 속에 쑤셔 넣었다. 하지만 또다시 울리는 휴대폰. 그녀가 무시하며 받지 않자, 다시 메시지가 들어온다.

[너는 참 끝내는 게 쉽구나. 나도 그랬으면 좋겠다.]

그의 목소리가 들리는 것 같다.

나쁜 자식! 끝내는 게 쉽다고? 사랑한다니까, 왜 자신을 사랑하냐고 해 놓고는.

그저 가볍게 즐기는 상대지, 사랑 같은 건 뭐 하러 하냐며. 허접한 섹스 파트너 취급 할 땐 언제고.

갑자기 머리가 지끈거렸다.

'사랑한다며 떠나지나 말지, 차라리 나처럼 즐겼다고나 하지. 진심이라고 해 놓고, 어떻게 그러냐고!'

그의 목소리가 끝없이 들려온다. 고개를 흔들며 집에 가서 인터뷰 기사를 어떻게 쓸 것인지, 아니 어떻게 포장할 것인지 머리를 쥐어짜 봐야겠다고 생각했다. 그의 목소리가 귓가에서 사라지도록, 깨끗이 없어질 수 있도록 집중할 수 있는 일에 몰두하자.

하지만 그의 목소리는 사라지지 않는다. 은조가 너무나 좋아했던 살짝 허스키한 목소리. 그녀는 두 눈을 질끈 감았다.

은조는 자신들이 왜 이렇게 됐는지 곰곰이 기억을 떠올려 보았다. 그들이 처음 만났을 때는 벚꽃이 만발했던 4월이 지나고, 아이들이 제법 친해져 서로를 의식하고 몇몇의 캠퍼스 커플도 생길 무렵이었다.

그들은 어린애 같았고, 유치했고, 솔직했으며 그리고 대부분의
것들이 즐거웠었다.

아직 소녀의 티를 벗지 못했던 그때, 세상에서 가장 듣기 싫은
말이 어려 보인다는 말이었고, 가장 어른 대접을 받고 싶었던 그
때. 은조는 그때를 기억하고 있었다.

1.

후회해

스무 살. 은조가 첫사랑이었던 재익을 처음으로 만났을 때이다.

갓 대학에 입학했을 당시, 그녀를 들뜨고 설레게 만들었던 것은 같은 과 대표였던 상현을 매일 볼 수 있다는 이유였다.

첫 개강 날, 아마도 따분하기 짝이 없는 영문법 시간이었던 것 같다. 자기소개를 콩글리시로 멋들어지게 늘어놓았던 그는 쑥스러운 표정도, 어색한 태도도 전혀 없이 자신이 지금 구사하고 있는 영어가 백 퍼센트 정확한 것처럼 소개를 마친 후 자신감에 들떠 있는 모습이었다. 그는 삼수를 하고 대학에 들어온 덕분에 자연스럽게 큰형님뻘로 반은 등을 떠밀려 과 대표를 할 수밖에 없었다.

그러나 상현은 혼자 있을 때보다, 여러 명이 있을 때 비로소 빛이 나는 남자였다. 처음 과 단합 대회가 있었던 날, 그리고 청평으로 엠티를 떠나던 날, 그는 시원시원한 목청으로 좌중을 압도했고, 그가 입을 열면 아이들이 꼭 한 번 이상은 그를 쳐다볼 수밖에 없게 만드는 카리스마도 지니고 있었다. 수많은 학생들 사이에서 아직 완전히 적응하지 못한 탓에 술만 홀짝이고 있던 은조에게 보란 듯이 러브 샷을 권할 정도로 그는 그녀에게 씩씩하고 멋진 흑기사로 다가왔다.

상현이 그녀에게 생맥주 잔을 내밀며 러브 샷을 재촉하자, 술집 안에 있던 과 전체 학생들이 두 사람을 조마조마하게 주시했다. 모두들 괴성을 지르면서 뭔가 일이 벌어지기를 바라는 흥에 겨운 분위기였다.

아마도 그때 상현은 약간의 영웅 심리로 많은 여학생들 중, 단지 은조를 선택했을지도 모른다. 그러나 처음 본 순간, 그에게 맥없이 반해 버린 은조는 그의 호응을 자연스럽게 받아들일 정도로 용감하지는 못했다. 그녀는 차마 그를 똑바로 쳐다볼 수도 없을 지경이었다. 더욱이 과 전체 학생들의 시선을 받는다는 것 자체가 괴로워 죽을 지경인데, 상현은 그녀에게 계속해서 사인을 보내왔다.

결국, 은조는 그의 요구에 호응하지 못한 채 러브 샷은 무슨 러브 샷이냐며 대놓고 퉁명스럽게 거절해 버렸다. 자신의 마음과는 달리 말이란 것이 그렇게나 무식하게 튀어 나갈 수가 있다는 것을 그 당시 처음으로 경험했다.

그때 상현의 일순간 무너지는 표정을 보며, 은조는 그가 상처받았음을 깨달았다. 그럴 의도가 절대로 아니었음에도, 자신처럼 평범하고 별 볼 일 없는 여자애의 거절로 인해 그가 상심했다는 생각에 그녀는 어찌할 줄을 몰랐다. 그에게 뭐라 말할 수 없을 정도로 대학에 처음 입학했을 당시 그녀는 숫기가 없었다.

상현이 정말 자신을 좋아해서 그런 것인지, 아니면 자신의 체면이 일순간 무너져서 그런 것인지 어찌 됐든 둘 중에 하나였지만 은조는 남자가 어쩌면 여자들보다도 훨씬 더 상처받기 쉬운 존재라는 것도, 상대가 어떤 의도든 간에 적극적인 시선을 보내올 때엔 적당히 맞받아쳐 주는 센스가 필요하다는 사실도 그 당시에는 알지 못했다.

후에 은조는 그와 단둘이 있었던 시간이 몇 번 있었지만 도무지 딴사람과 함께 있다는 착각이 들 정도로 그의 매력은 더없이 반감에 반감을 거듭할 뿐이었다.

상현에 대한 환상은 공강 시간에 몇 번 단둘이 학교 밖으로 나가 밥을 먹거나, 낮술을 재미 삼아 먹는 것만으로도 단번에 산산조각이 났다. 그가 여자에 대해 전혀 모르는 것쯤이야 얼마든지 이해할 수 있는 것이었지만, 여자에 대해 조금도 알려고 하지 않는 점은 그녀를 무척 황당하고 어색하게 만들었다.

수많은 학생들 사이에서 그의 빛나는 리더십과 정의감, 그리고 같은 과 후배가 아프면 그 즉시 뛰어가 약을 사다 줄 정도로 인간미가 넘쳤던 그에게 매료되었던 은조는 그의 진면목을 알자 지루하고 무료해서 견딜 수가 없었다.

그는 일단 술이 들어가면 지나치게 본인에 대한 얘기를 많이 한다는 것이 첫 번째 문제였다.

"사내자식이 문과에 들어와서 뭘 하겠다는 건지. 진짜 내가 생각하기에도 한심해. 차라리 군대나 빨리 갔다 오는 게 낫지 않을까."

진지한 얘기를 하고 있는 자리에서 자신도 모르게 하품이 나오자, 은조는 아차 싶은 마음에 그만 입을 한 손으로 막아 버렸다. 하품을 한 것보다 은조가 깜짝 놀라 입을 틀어막은 행동에 오히려 상현은 더 놀라는 것 같았다.

"너…… 지겹구나."

"아니야. 그냥 좀 피곤해서."

쓸쓸한 결론이었지만 그는 그냥 괜찮은 오빠였을 뿐이었다. 처음엔 단 한 번만이라도 그와 단둘이 술이라도 한잔하는 것이 소원이었던 은조에게 있어서 그는 그 이상 도저히 진도가 나갈 수 없는 인간성 좋고 사람 좋은 대학 동창으로 그녀의 기억 속에 남아 있을 것만 같았다.

게다가 두 번째로 결정적인 그의 단점은 술이 많이 취한 날은 주사가 꽤 심하다는 사실이었다. 그는 조금도 은조를 의식하지 않은 채 한 가지 말을 열 번 이상은 되풀이해야만 직성이 풀리는 것처럼 보였다.

"그니까…… 너도 생각을 좀 해 봐라. 시국이 이런데 우리가 책상 앞에 앉아 공부만 해 대야 하는 거냐고. 비싼 등록금 들여 가면서."

그는 거칠게 술잔을 놓고는 한숨을 쉬었다.

"다 부질없는 짓이야. 이따위 공부는 대체 왜 하는 거냐고, 누구를 위해, 그리고 성공은 또 무슨 의미가 있는데. 대체 성공의 기준이 뭐냐고!"

물론 그가 하는 말이 전부 틀린 말은 아니었다. 은조도 어느 정도는 수긍이 갔다. 하지만 술만 들어가면 그는 지나치게 비판적이며 염세주의자로 변하곤 했다. 세상 모든 고민은 혼자 짊어지고 있는 사람처럼. 그것이 은조를 불편하고 우울하게 만들었다. 그녀가 알고 있는 세상은 술에 취해 보이는 그의 세상보다는 훨씬 멋지고 근사한 세상이었다. 아니, 적어도 그렇게 믿고 싶었다.

"나쁜 짓 하는 것들은 죄다 두들겨 패거나 모가지를 그냥……."

멋진 흑기사가 뒷골목 삼류 건달의 본색을 드러내는 데엔 불과 3개월이 채 걸리지 않았다.

"저기, 형. 너무 많이 취했어요. 그만하고, 우리 일어나요."

그녀의 등 뒤에서 들려오는 살짝 허스키한 남자의 목소리.

술자리가 거의 파할 무렵, 처음으로 그는 학교 근처 싸구려 술집에서 고춧가루가 잔뜩 들어간 부대찌개 한 냄비에 벌써 소주를 네 병째나 마시고 있던 은조와 상현 사이에 얼굴을 들이밀고 기분 좋게 인사했다. 그는 자신을 공대생이라고 소개하고는 상현과는 고등학교 선후배 사이라고 말했다. 아마도 상현이 술을 마시는 도중에 그에게 연락을 취했던 것 같다.

"오빠가 많이 취해서요. 이렇게까지 마시려고 했던 건 아닌데."

그는 일부러 알았다는 듯, 상현의 눈치를 살피면서 큰소리로 과장되게 으스댔다.

"그러니까 왜 이렇게 형한테 술을 많이 마시게 했어요. 형이 얼마나 술이 약한데. 보아하니 술 세시나 본데 그렇다고 해도 이건 아니죠."

"예?"

은조는 양미간의 주름을 잡으며 그를 쳐다보았다. 웬만해서는 처음 본 사람한테 그렇게 험악한 표정은 짓지 않았지만 그의 지나친 넉살에 기분이 좀 상했다.

"오셨으니까, 이제 그만 일어나죠. 오빠도 너무 많이 취한 것 같고."

"나 안 취했어 짜샤."

상현의 혀가 말려 들어가는 소리에도 아랑곳없이 은조는 자리를 털고 일어나려 했다. 그녀도 술기운이 올라와 얼굴이 발그레했다.

그러자 상현의 후배는 일어서 있는 은조의 양쪽 어깨를 두 손으로 누르며 일단 앉으라는 시늉을 했다.

"그래도 너무한 거 아니에요? 여기까지 왔는데 술이라도 한잔하고는 가야죠."

"네? 아, 뭐. 그러세요, 그럼."

은조는 그의 툴툴거리는 말투와 그럴 수도 있겠다는 마음에 다시 자리에 앉아 버렸다. 그러면서 어딘지 능글거리는 그를 잠시 쳐다보았다.

아까 들어오면서 얼핏 보니, 키가 꽤 큰 것 같았고, 멀쩡하게 잘생긴 얼굴이었다. 그리고 풍기는 분위기가 꽤 성숙해 보였다. 상현에게 형이라고 하는 걸로 보아 자신과 동갑이거나 한 살 정도 연상인 것 같은데 훨씬 어른스러워 보였다. 외모가 그런 것이 아니라 하는 행동에서 여유가 느껴진다고나 할까.

풋풋한 신입생의 분위기가 아니라 졸업을 앞둔 사회인의 모습처럼 매사에 실수 같은 건 하지 않을 것 같고, 설령 실수를 한다 해도 임기응변이 강할 것 같은 스마트한 인상이었다.

짧은 시간에 그녀가 순간적으로 느낀 그의 이미지였다.

그리고 자신을 계속 쳐다보는 눈빛까지도 기분이 좋지 않을 만큼 자연스러웠다.

여자 홀리는 바람둥이 같네. 느낌이 영 좋지 않은 인간이야.

그에 비해 상현은 시골 동네 아재 같은데. 순박하고 인간미 넘치는.

혹시 술에 잔뜩 취한 상현이 소리라도 지를까 봐 그녀는 약간 조마조마하고 있는 상태였다. 제대로 몸도 가누지 못하고 흐느적거리며 이 말 저 말을 하고 있는 상현의 초라한 몰골을 보자, 은조는 마음 한편이 울적하기까지 했다.

술버릇만 없으면 정말 괜찮은 사람인데.

술이란 것이 마치 상현의 빛나는 매력을 단숨에 추락시키는 야속한 매개체 같았다. 그놈의 술만 아니었더라면.

"술도 한 잔 안 따라 주시네, 정말."

그가 은조를 향해 슬쩍 소주잔을 내밀었다. 은근히 잔을 내민 그에게 은조는 부아가 치밀 지경이었다. 참 타이밍 한번 기가 막히게 맞춘다는 생각뿐.

"직접 따라 드시죠. 그쪽 술 따르라고 있는 손 아닙니다."

은조는 소주병을 그 앞에 갖다 놓았다. 그녀는 처음 본 남자한테 미안한 감이 없진 않았지만 지금 그녀는 그와 술잔을 나눌 기분이 전혀 아니었다. 그 기에 조금 눌려서였는지, 그는 자신의 잔에 뜨듯하게 달궈진 소주를 따라 입 안에 털어 넣었다. 그 모습을 보자니, 조금 측은한 마음이 없지 않았으나, 여전히 뭔가에 잔뜩 골이 난 사람처럼 은조는 뾰로통해 있었다.

상현이 완전히 취한 음성으로 두 사람을 향해 손가락질을 해 가며 목청을 높였다.

"야! 너네, 성질 더러운 것들. 내 이럴 줄 알았어. 이것들이 처음 만나자마자."

"오빠, 많이 취했거든. 그리고 나 차 끊기게 생겼어."

"뭐? 차가 끊겨? 그래서 날 버리고 가겠다고. 먼저?"

"그게 아니라……."

그때, 그가 끼어들며 은조를 안심시키려 했다.

"저기요, 제가 형하고 같은 방향이니까 같이 가면 돼요. 먼저 들어가세요."

"정말 그래도 괜찮겠어요?"

당연히 바로 줄행랑을 칠 예정이었지만, 아까와는 다르게 상대의 든든한 말투에 마음이 놓이기도 하고 진심으로 고맙단 생각이 들기도 했다.

"그럼요. 그래서 형이 저 부른 거잖아요. 뒤처리하라고."

그는 거리낌 없이 능글능글하게 웃어 댔다. 그 묘한 얼굴을 보니 방금 전까지 들었던 고마움이 처음 가졌던 까칠함과 불쾌함으로 다시 돌아서는 것만 같았다. 어쨌거나 은조는 괜한 골칫거리를 안겨 주고 가는 듯한 미안함 때문에 이렇게 말해 버렸다.

"계산은 제가 하고 갈게요."

그녀가 계산서를 가지고 카운터를 향해 종종걸음을 치자, 그는 그녀의 모습을 빤히 바라볼 뿐이었다.

카운터로 가자 사장이 그녀에게 말했다.

"아까 저 남학생이 다 했습니다."

"아, 그래요?"

그녀가 뒤돌아보자 상현의 후배는 어깨를 으쓱했다. 은조가 그와 상현이 앉아 있는 테이블로 가자 그가 그녀에게 말했다.

"뒤처리 역할엔 술값 내는 것까지 다 들어 있거든요."

"미안해요. 제가 내려고 했는데."

"굳이 미안해할 것 없어요. 뭐, 정 그러시면 다음에 한잔 사시든가."

"네?"

그는 그녀의 얼굴을 똑바로 응시했다. 은조는 보면 볼수록 이상하게 기분이 나빴다. 그냥 아무 이유 없이.

"오늘만 날도 아니고. 그렇잖아요?"

은조가 잠시 주저하자, 그가 빙그레 웃었다.

"왜, 부담 돼요?"

"그게 아니라. 저는……."

"농담인데. 진담으로 들으시네."

"뭐라고요?"

그가 재밌다는 듯 그녀를 빤히 쳐다보자 은조는 금세 얼굴이 확 달아올랐다.

농담? 애당초 너 같은 인간하고 술잔 나눌 생각도 없었다고 쏘아 주고 싶은 걸 간신히 참아 넘기며 그녀가 입을 열었다.

"오빠한테 말이나 좀 잘해 주세요. 안 그러면 저 막 괴롭힐 거예요. 의리가 없다느니 하면서."

"뭐? 내가 누굴 괴롭혀? 말 그렇게 섭섭하게 하지 말아라."

꾸벅꾸벅 졸다가 갑자기 깬 상현이 은조를 가리키며 자리에서 일어났다. 그가 희미하게 웃더니 고개를 저으며 가까이 다가왔다.

"은조야, 너 말 그렇게 하는 거 아니다."

그는 비틀거리며 갈지자로 걸어가기 시작했다. 여전히 횡설수설은 멈추지 않고.

"그리고 배신은 죄악인 거야. 어떻게 차가 끊긴다고 먼저 가니. 차가 끊기기 전에 내 마음이 먼저 끊겨, 내 마음이."

상현은 자신의 가슴을 한 손으로 쾅쾅 내리치다 비틀거리며 쓰러지려 했다. 이에 양쪽에서 재익과 은조가 그를 부축하며 진정을 시켰다. 그는 거의 인사불성에 푹 고개를 숙이며 두 사람에게 의지했다.

"넌 모를 거……야, 이 남자의 마……음……을…… 이 내 마음……."

그러다 뭔가 속에서 울컥 넘어오는지 그 순간, 은조의 어깨를 꽉 잡더니 그대로 토사물을 그녀의 가슴께로 와락 쏟아 내 버렸다. 은조는 비명을 지르며 그의 몸에서 떨어져 나가 발을 동동 굴렀다.

"아악! 미치겠네, 정말."

상현의 후배도 놀라 그녀를 쳐다보았다. 그는 일단은 몸도 못 가누는 상현을 한쪽 구석에 있는 의자에 앉히고는 어쩔 줄을 몰라 하는 은조에게 다가가 휴지를 잔뜩 건넸다. 그녀의 티셔츠가 상현이 토해 놓은 토사물로 인해 엉망이 되었다.

"저기, 저기, 저 화장실 좀……."

"아, 네. 저쪽 구석에 있어요."

은조는 코를 틀어막고 어정쩡한 걸음걸이로 화장실을 향해 급히 직행했다. 술집 사장님이 아무래도 불안해하며 두 사람을 쳐다보자, 그는 난감한 표정을 지으며 은조를 따라갔다.

일단, 은조는 화장실 안으로 들어가 휴지로 토사물을 털어 낸 후, 대충 수돗물로 옷을 씻어 내렸다.

"이 더러운 자식, 정말…… 나 비위도 엄청 약한데……."

그녀는 옷을 물로 씻으며 구역질이 나오는 걸 참았다. 입은 채로 거의 빨래를 하다시피 한 티셔츠를 두 손으로 꽉 짜면서 은조는 투덜거렸다. 아무래도 물에 젖어 이 꼴로는 도저히 집으로 갈 수가 없을 것 같았다.

그때 상현의 후배가 화장실 안으로 들어오자 은조가 마침 잘 왔다며 말했다. 그녀는 잔뜩 물에 젖어 몸에 착 달라붙어 버린 옷을 입고도 전혀 의식하지 못할 만큼 마음이 급했다.

"저기요, 옷 좀 사다 주세요. 보시다시피……."

"아, 아, 그럼요."

그가 자신을 어딘지 위아래로 훑어 내리는 시선에 그제야 은조는 민망함에 얼른 숙녀용 칸으로 들어가 축축한 옷을 벗기 시작했다. 브래지어까지 잔뜩 젖어 버려 난감한 지경이 아닐 수가 없었다.

　화장실 문을 사이에 두고 그가 은조에게 말했다.

　"속옷까지 버렸어요?"

　"네, 뭐."

　"사이즈 말해 봐요. 사다 줄게요."

　"사이즈……."

　은조는 갑자기 얼굴이 화끈 달아올라 어찌할 줄을 몰랐다.

　"그런데 이 밤중에 파는 데가 있을까요?"

　그녀는 울상이 되어 중얼댔다. 그렇다고 안 하고 갈 수도 없고. 5월 말경이었다. 달랑 티셔츠 한 장만 입고 가기엔 꽤 신경 쓰인다.

　"편의점에서 팔아요. 사이즈 말해요. 얼른 사다 줄게요."

　"그럼, 티셔츠도 사다 주세요. 그런 것도 파나, 근데?"

　"속옷 정도만 팔지, 옷 같은 건 없어요. 이 밤중에 가게 문도 전부 닫았을 테고."

　문 너머로 들려오는 남자의 목소리는 망설임이 없었다.

　"그럼, 어떻게 하죠? 술집 사장님한테라도 말해 볼까요, 혹시 안 입는 옷이라도……."

　"내 옷 입어요, 그냥."

　"네?"

　"나는 밤중에 나와서 걸칠 걸 가져왔으니까 그거 그냥 입으면 되고. 그쪽은 내 티셔츠 입고 가요. 그러니까 사이즈 말해요, 얼른."

은조가 옷을 벗으며 잠시 망설였다.

"그래도 되나? 그냥……."

"시간 없어요. 상현 선배도 집에 바래다줘야 하고."

"저기, 그게……."

우물쭈물하는 그녀에게 그는 한동안 말이 없었다. 계속 그를 기다리게 하는 것도 그럴 것 같아 은조는 불쑥 말해 버렸다. 아니, 속옷이 급하긴 급했다. 그가 이대로 가 버리면 이런 몰골로 절대 밖으로 나갈 순 없으니까.

"B컵 75예요. 사다 주세요, 빨리!"

그녀는 칙칙한 브래지어를 참지 못하고 벗어 버렸다.

진짜, 상현 오빠…… 술만 깨면 내 손에 죽는다, 반드시!

그녀는 주먹을 불끈 쥐며 이를 갈았다. 그러고는 마른 휴지로 몸을 대충 닦아 내면서 두 팔을 교차해 몸을 감싸 안으며 그가 오길 기다렸다.

잠시 후, 화장실 위쪽으로 핑크색 브래지어와 품이 넉넉한 회색 티셔츠가 불쑥 들어오고 있었다. 생각보다 빨리 도착해서 은조는 눈을 동그랗게 뜨고는 위쪽을 쳐다보았다.

그녀는 손을 뻗어 얼른 그것들을 받아 들었다.

"빨리 왔네요."

은조는 브래지어를 착용하자 꼭 들어맞았다. 그 와중에도 생각보다 브래지어의 디자인이나 색상이 마음에 든다고 생각했다. 그리고 입으니까 꼭 넝마자루를 뒤집어쓴 것 같은 그의 티셔츠. 어쨌든, 다행이었다.

은조가 조심스럽게 문을 열고 나가자 뒤돌아서 있던 그가 몸을 돌려 그녀를 바라보았다. 한 손에 들려 있는 젖은 티셔츠와 브래지어를 은근슬쩍 뒤로 숨기면서 그녀는 어색하게 웃었다. 맨몸에 그는 검은 재킷만 걸치고 있었다. 목덜미와 앞가슴이 살짝 보이자 은조는 민망해서 얼굴을 들 수가 없었다. 그녀의 시선을 의식했는지 그가 앞단추를 잠그기 시작했다.

은조가 쑥스러워하는 것과는 반대로 그는 자신의 옷을 입은 그녀의 모습에 살짝 웃기까지 했다. 은조가 천천히 말했다.

"저기, 우리 초면인데. 암튼, 고마워요."

그가 대수롭지 않게 대꾸했다.

"우리, 초면 아닌데."

"네?"

은조는 살짝 미간을 찌푸리며 그를 유심히 쳐다봤다.

"혹시 나 알아요?"

"그쪽은 날 못 봤겠지만, 난 가끔 봤거든요. 도서관에서, 식당에서."

"아. 내가 그렇게 눈에 띄었나."

"내 눈엔 띄었어요."

그가 웃었다. 은조는 그의 능청스러움이 부담스러웠다.

도대체 어떤 식으로 띄었다는 거야.

"난 한재익이에요. 김은조, 맞죠?"

"상현 오빠한테 들었나 봐요."

"그런 셈이죠."

그는 그제야 생각났다는 듯 화장실을 나가면서 말했다.

"형은 내가 데리고 갈 테니까, 먼저 가요."

"옷은…… 나중에 돌려줄게요. 오빠 편에 보내든지."

"뭐, 좋을 대로 해요."

두 사람은 다시 술집 안으로 들어가 상현이 엎드려 자고 있는 테이블로 갔다. 은조가 가방을 어깨에 메면서 재익에게 말했다.

"상현 오빠, 잘 데리고 가요. 암튼 고생하세요."

"고생은 무슨. 조심해서, 가요. 아, 혹시."

"네."

"괜찮겠어요? 그쪽도 아까 보니까 많이 마신 것 같은데."

"술 다 깼어요. 이 난리 통에."

"차 끊겼을 텐데."

"괜찮아요. 얼굴이 무기라."

은조는 일부러 그렇게 얘기하고는 돌아서다, 아까부터 뭔가 자꾸 어색한 느낌이 들어 그를 다시 쳐다보았다. 그러자 그제야 그 이유를 알 것 같았다. 은조는 말을 할까 말까 잠시 고민하다가 하는 게 좋겠다고 생각했다.

"그런데 왜 자꾸 존댓말해요? 우리 나이도 동갑인 것 같은데."

"그럼, 반말할까?"

그가 그녀의 말이 떨어지자마자 기다렸다는 듯이 말을 놓았다.

"우린 나이도 어리니까……그게 좋지 않을까요."

"그래, 그럼."

"가 볼게요."

"잘 가, 은조야. 또 보자."

잘 가. 은조야. 또 보자.

마치 오빠 같은 투였다.

은조는 자신의 뒷모습을 불안한 눈길로 응시하고 있는 그의 시선을 의식하지 못한 채, 옷깃을 여미고 어둠속으로 씩씩하게 걸어 나갔다. 그것이 자신의 이상형과는 거리가 멀고, 어딘지 좀 꺼려지는 분위기가 느껴지는 그와의 첫 만남이었다.

❖

그로부터 두 달 뒤. 상현은 휴학계를 내고 군대로 향했다. 그는 떠나기 전, 은조에게 이렇게 말했다.

'나 없어도 학교생활 열심히 하고. 참, 재익이. 그날 만났던 놈. 그놈하고도 한번 잘 지내 봐. 좀 괴짜 같은 구석이 있긴 한데, 재밌는 친구야. 그 자식이 너 되게 웃기다고 그러더라고.'

그러면서 목소리를 한껏 낮춰 은조에게 속삭였다.

'그날은 오빠가 미안했다. 많이 놀랐지? 내가 또 헛소리해서.'

'알긴 아네. 내가 정말 보살이어서 가만있는 거지.'

'그래서 미안하다고 했잖아. 덕분에 재익이도 만나고.'

'뭐가 덕분에야. 별로 좋은 만남도 아니었는데.'

'그, 그래?'

'아무튼 잘 다녀와.'

상현은 웃으며 다시 한번 말했다.

'그래, 잘 다녀올게. 이 오빠 하소연 다 들어 주고, 여러모로 고마웠다, 은조야. 그리고 아까도 말했지만 재익이와도 잘 지내 봐. 걔가 인물도 인물이지만, 집안도 빵빵해서 벌써부터 눈독 들이는 여자들이 한둘이 아니니까. 무슨 말인지 알겠어?'

'무슨 말인지 모르겠는데요.'

'그러니까……'

'알았어, 알았다고. 내 걱정은 그만해 주시고요, 오빠 걱정이나 해. 술 좀 작작 마시고. 오빠 술만 아니면 완전 호인이니까.'

은조는 그날 상현의 실수를 생각하자, 웃음만 나올 뿐이었다. 시간이 지나면 그저 해프닝으로, 추억으로만 남는다더니.

'알았어, 꼭 우리 엄마처럼 잔소리를 하냐.'

'그날 오빠 뒤치다꺼리하느라고, 얼마나 힘들었는지 알아? 한재익인가 뭐, 그 남자가 그런 얘기 안 해?'

은조는 그 앞에서 옴팡지게 한쪽 주먹을 들어 보였다.

'알았어, 알았다고. 입대하는데, 적당히 좀 해라.'

그는 거의 그녀의 등에 떠밀려 학교 문을 빠져나가게 되었다. 나가면서도 그는 다시 한번 강조했다.

'그날 보니까, 둘이 아주 잘 어울리던데. 아까도 말했지만 다른 여자들이 접근 못 하게 꽉 그냥 잡아 버려. 솔직히 이 오빠 입장에선 은조 네가 아깝긴 하지만 그래도……'

'아휴, 빨리 가! 쓸데없는 소리 하지 말고.'

은조는 한숨을 푹 내쉬며 고개를 절레절레 흔들었다.

그리고 그날 은조는 재익과 두 번째 만남을 가졌다. 상현을 훈련소까지 태워다 주고 오는 길이라고 했다.

은조는 그를 보자마자, 깜박 잊었다는 듯 아쉬운 표정을 지었다.

"맞다, 옷. 돌려줘야 하는데. 잊어버리고 있었어요."

"가져도 돼. 그거."

"아니……"

그가 마치 어제 만났던 사람처럼 자연스럽게 그녀를 대하자 은조는 은근히 기분이 상했다. 물론 자신이 먼저 말을 놓자고 했던 것이 생각났지만 그의 행동은 자신을 어딘가 동생 대하는 듯한 느낌이었다. 은조는 얼굴이 동안이라 어려 보인다거나 자신을 아이처럼 대하는 남자를 싫어하는 경향이 있었다. 그녀는 어른스러워 보이고 싶어 하는, 더 정확히 말하자면 어른 대접을 받고 싶어 하는 스무 살짜리 여자아이였다.

하지만 그녀의 마음도 모른 채, 그는 그동안 연락 한 번을 안 했느냐고 되레 타박을 주었다. 상현의 입대로 다시 만난 것도 인연인데, 재익은 어디 가서 술이나 한잔하자며 지난번에 갔던 그 술집으로 향했다.

"그렇게 술 한잔 사기가 힘들었나? 언제 연락 오나 눈 빠지게 기다렸는데."

"그래요? 전화번호도 안 가르쳐 줬으면서 무슨 연락이요."

"아, 그랬나? 나는……."

"그렇게 기다릴 시간에 나 같으면 먼저 연락하겠다."

그러자 재익이 잠시 주춤하더니, 은조에게 바짝 다가가 말했다. 그의 눈동자가 은조의 눈 속으로 들어올 정도의 가까운 거리였다. 그 눈빛이 너무 반짝거려 은조는 뒤로 냉큼 물러났다.

"그러니까…… 지금…… 그쪽도 나한테…… 연락 오길 바랐다는 말이지? 그런 거지?"

"아니, 그게, 아니라. 내 말은……."

"솔직히 말해 봐. 나 맘에 들었지?"

은조가 고개를 뒤로 젖히며 웃었다.

떡 줄 사람은 생각도 안 하는데 김칫국부터 마시고 있네, 이 인간.

"아니. 맘에 안 들었는데."

"난…… 네가 맘에 들었는데."

"뭐, 뭐라구요?"

은조는 그의 어설픈 수작에 인상을 찡그렸다.

"거짓말하지 마시죠. 우리, 고작 두 번 만났고. 그리고 얘기한 시간도…… 얼마 안 되고…… 또 날 언제 봤다고."

단 한 번도 남자를 사귀어 본 적이 없는 그녀였지만 머릿속에서 계속 적신호가 울리고 있었다. 저런 남자를 경계해야 한다는. 그것은 그냥 본능적인 방어였다.

'네가 나한테 넘어오면 난 그 즉시 너를 차 버릴 거야.' 라는 분위기가 줄줄 흐르고 있는 남자. 이상하게 순정적인 데라곤 눈을 씻고도 찾아볼 수가 없는 남자. 잠깐 봤지만 가까이해서 좋을 것이 전혀 없는 남자.

내가 너 같은 놈한테 넘어가나 봐라. 이런 오기를 은근히 부추기는 남자.

그녀에게 있어서 한재익이라는 스무 살짜리 남자는 그런 느낌이었다. 그 나이에 어울리는 풋풋함이라고는 전혀 없는.

그녀의 표정을 읽기라도 한 듯, 재익의 얼굴에서 서서히 웃음기가 가셨다. 그는 테이블 위에 놓인 소주잔을 들어 한 번에 마셔 버리고는 입을 열었다. 그의 목소리가 다소 진지하게 들려 은조는 자신의 귀를 잠시 의심할 정도였다.

"좋아하는데 시간 따위가 뭐가 중요해. 좋으면 그냥 좋은 거지. 아무 이유 없이. 꼭 이유가 있어야 하고, 꼭 여러 번 봐야 하고, 꼭 많은 대화를 나눠야 하나. 단 10분만에도 미친 듯이 사랑에 빠질 수가 있는 거라고. 너 진짜 사랑 안 해 봤구나."

은조 또한 술 한 잔을 한 번에 마시며 그를 빤히 바라보았다.

그럼 너는 해 봤냐, 이놈아.

"그래, 나 사랑 안 해 봤다. 그거 어떻게 하는지도 모르고, 관심도 없거든?"

사실이었다. 대체 사랑 때문에 울고불고하는 인간들은 그런 DNA를 가지고 태어나는지, 부모가 죽은 것도 아니고, 먹고살기가 힘들어 굶어 죽는 것도 아닌데 그런 감정놀음 따위에 왜 그렇게 죽기 살기로 달려들고 아우성들을 쳐 대는지. 그녀로서는 전혀 이해가 되지 않았다.

은조는 그저 술잔만 바라보며 자신도 모르게 뚱한 표정을 지었다.

"너 같은 애들이 한번 빠지면 장난 아니더라."

재익도 그녀의 눈을 빤히 쳐다보며 술잔을 기울였다. 두 사람의 시선이 경쟁하듯 부딪쳤다. 하지만 이내 은조는 시선을 내리면서 조용히 말했다.

"그래. 나도 언젠가는 남자도 만나고 하겠지. 나중에 결혼도 하게 될 거고."

"그런데?"

"솔직히 지금은 남자보다 내가 뭘 해야 하는지, 내 미래가 어떻게 흘러갈지 그런 게 더 궁금하거든. 집이 넉넉하지 못해서, 빨리 돈도 벌어야 하고. 뭐 그래."

은조가 일부러 가볍게 말하려는 듯 어깨를 으쓱했다. 재익은 앞에 앉은 그녀의 얼굴을 찬찬히 훑어 내렸다. 분명 자신이 아까 전에 마음에 들었다는 얘기를 대놓고 했음에도 불구하고 은근슬쩍 그녀는 얘기의 화제를 다른 곳으로 옮기고 있다. 그것도 살짝 골치 아파지는 화제로.

남자 경험이 많은 선수처럼은 안 보이는데, 그럼 진짜로 자신에게 관심이 없는 걸까.

그가 멋쩍은 듯 말했다.

"갑자기 심각해지려고 하네."

"그런 뜻으로 얘기한 건 아닌데, 사랑이란 게 뭐 허세처럼 느껴지기도 하고 그러네."

"그건 네가 제대로 된 사랑을 한 번도 안 해 봤기 때문이야. 인생을 좀 살아 봤다고 하는 선인들이 다들 공통적으로 하는 말이 있어."

"그게 뭔데?"

"함께할 배우자를 잘 만나는 게 가장 성공한 인생이라고 하더라고. 부와 명예를 얻는 것보다 더."

은조는 고개를 흔들며 웃었다.

"그런 말 처음 들어 보는데? 선인 누구?"

"우리 아버지."

"그럼 그렇지. 그래서 지금 행복하셔?"

재익이 자신의 잔에 소주를 가득 따라 부으며 가볍게 웃었다.

"아니, 그 반대야. 그래서 아들아, 너는 절대 이런 실수를 하지 말아라. 뭐 이런 뜻이겠지."

그가 술을 입 속으로 털어 내며 말을 이었다.

"엄마가 집을 나가셨거든. 나 어렸을 때. 하루가 멀다 하고 싸우셨으니까."

은조는 빈 술잔을 만지작거리며 고개를 끄덕였다.

"그렇구나."

그녀는 담담히 말했다. 재익을 쳐다보지도 않았다.

"너희는 엄마가 나가셨구나. 우리 집은 아빠가 나가셨는데. 어른들도 한심하긴 마찬가지야, 뭐 사정이야 있겠지만. 왜들 그렇게 무책임한지."

은조가 너무나 아무렇지도 않게 얘기를 해서, 재익은 잠시 동안 그녀의 얼굴을 뚫어져라 바라보았다. 그녀의 얼굴이 점점 붉게 달아올랐다.

"우리도 어른인데. 그렇게 살지 말자!"

"우리가 어른인가?"

"스무 살이면 어른이지. 근데 더 큰 어른이 되고 싶어. 돈도 벌고, 그 돈 벌어서 울 엄마한테도 갖다 드리고, 사회에서도 인정받는. 왜 능력 있고 멋진 여자들 있잖아. 누군가한테 의지하지 않는 독립된 인격체. 멋지지 않니?"

그녀의 눈이 반짝반짝 빛났다. 재익은 웃으며 고개를 끄덕여 주었다. 다 맞는 말이었다. 그런데 이상하게 웃음이 나왔다. 그는 순전히 호기심 때문에 그녀에게 물었다. 지금 이런 분위기라면 그녀는 어떤 얘기도 할 것 같았다. 그리고 자신도 어떤 얘기든 그녀에게 할 수 있을 것 같았다. 물론 별 부담 없이.

"아버지는 왜 집을 나가셨어? 우리 엄만 할머니와 사이가 별로 좋지 않았거든. 게다가 아버진 맨날 바쁘시고."

"바람피우셨어. 아빠가 굉장한 미남이시거든. 나도 젊었을 때 아빠 사진 보고 깜짝 놀랐어. 근데 성격이 하도 까칠하셔서 엄마와는 원래부터 사이가 안 좋았어. 정이 떨어져서 바람을 피우신 건지, 바람을 피워서 정이 떨어진 건지. 닭이 먼저냐, 달걀이 먼저냐. 뭐 그런 문제인 것 같기도 하고."

재익은 묵묵히 듣고만 있었다.

"그런데 시어머니와 사이가 안 좋다고 집까지 나가나? 아, 미안. 그냥 좀 이해가 안 가서. 난 할머니가 원래 안 계셔서 잘 모르겠어서 말이야."

"할아버지가 좀 사셨거든. 물려받은 유산에다가 사업도 잘되었고, 아버지는 유일한 아들인 데다, 뭐 그렇고 그런 얘기 있잖아. 요즘 말로 따지면, 가난한 집안의 며느리한테 갑질하신 거지. 그리고 결과는 을의 반란으로. 어찌 됐건 그 불똥은 다 나한테로 오게 된 거고, 뭐."

재익은 그러면서 은조의 잔에 술을 따라 주었다. 그는 두툼한 계란말이를 그녀 쪽으로 밀면서 말했다.

"사실 이런 얘기 하려고 그런 건 아닌데. 건배할까?"

그녀가 호응하듯 그의 술잔에 잔을 부딪쳤다.

"뭐, 어때. 창피한 얘기도 아닌데. 우리가 잘못한 것도 아니고."

은조는 그가 무게만 잡는 답답한 남자는 아니어서 다행이라고 생각했다.

"난 아빠와 거의 연락 끊은 지 오랜데. 사실 남편으로선 꽝이었지만 아빠로선 그렇게 나쁘지 않았거든. 그런데 이런 얘길 엄마 앞에서 하기가 좀 미안하더라고. 엄마를 배신했다고 해서, 딸인 나까지 아빠를 나쁜 놈 취급하는 건 옳지 않다고 생각하는데 엄마 쪽 식구들은 아빠 얘기만 나오면 쳐 죽일 놈 하니까 아무 말도 못 하겠어. 내 동생도 남자앤데, 걔도 날 이해 못 하겠대. 아빠도 아니라면서."

술기운 때문인지 이야기가 술술 나왔다. 친구에게도 하지 못했던 이야기였는데, 그가 자신과 비슷한 처지라고 생각해서인지, 은근 마음이 편해지기도 했다. 은조는 하마터면 저 밑바닥에 있는 말까지 목구멍 밖으로 튀어나오려는 걸 간신히 꾹꾹 눌러 참았다.

그녀는 외모나 성격이 아빠를 훨씬 많이 닮았다. 어려서부터 그랬다. 부모가 자신과 닮은 자식에게 애정이 더 많이 가듯, 자식 입장에서도 그것은 비슷한 것 같았다. 무뚝뚝하고 차가워 딸에게 단순한 애정 표현조차 잘 안 하는 엄마보다 표현도 잘하고 애정을 아낌없이 베풀어 주는 아빠 쪽이 훨씬 마음이 가는 건 당연하다.

그럼에도 도덕적인 결함 때문에 단 한 번도 아빠에 대한 좋은 감정을 표현하지 못했다. 기본적으로 아빠는 자신들을 배신했으니까. 엄마를 배신했으면 자신들도 배신한 것과 마찬가지니까. 어려서부터 외가 쪽 친척들에게 수없이 들은 얘기였다.

쓰레기. 사람 새끼도 아닌 놈.

그들은 자신이 버젓이 있는 자리에서 아빠에 대해 그렇게 말했다.

예민한 사춘기 시절, 아빠는 집을 나갔다. 그 후로 몇 번 따로 아빠를 만난 적이 있었지만 그것이 전부였다. 만약 엄마 앞에서 이런 아쉬운 감정을 내비치기라도 한다면 너는 내 딸도 아니라면서 단번에 천하에 몹쓸 년 취급을 받았을 게 뻔하다.

그녀는 고개를 자신도 모르게 절레절레 흔들었다.

과연 바람난 아버지를 용서하고 사랑할 권리가 자녀에게는 없는 것일까. '의무'가 아니라 이건 '권리'라고 생각하는데.

"내가 이상한 건가?"

뜬금없는 질문에 재익이 눈을 동그랗게 뜨며 물었다.

"뭘?"

"응. 그게…… 아니야. 아무것도."

이런 골치 아픈 얘기를 나누고 싶어 하는 사람은 없을 테니, 술이나 마셔야지.

두 사람 사이에 소주병이 하나둘씩 늘어 가고 있었다. 그녀는 생각보다 술을 잘 마셨다. 취할 듯, 취하지 않고, 취하지 않을 듯,

취한 것 같았다.

도무지 처음엔 태도 하나 흐트러짐 없이 자신의 가정사를 조근조근 말하더니, 어느덧 술병이 쌓이고, 둘 사이의 어색한 분위기도 사라지자 거침없이 얘기하기 시작했다. 드디어 취한 것이다.

재익의 입꼬리가 올라가기 시작했다. 솔직히 처음부터 엄마가 집을 나갔느니, 하는 뻔한 신파 얘길 하며 그녀의 관심과 동정을 사려한 건 아니었다. 어쩌다 보니, 얘기가 그렇게 흘러가고 그렇게 나온 것일 뿐.

그런데, 웬걸.

그녀는 자신보다 더 할 말이 많은 것인지, 아니면 쌓인 게 많은 것인지 마구 얘기들을 쏟아 내기 시작했다.

"난 있지, 아까도 말했지만 도대체 왜 사람들이…… 사랑 때문에 울고불고하는지…… 모르겠어. 울 엄마도……."

그녀의 혀가 점점 꼬여 갔다.

"겉으론 아무렇지 않은 척, 상처받지 않은 척하면서. 돌아서서는 욕하고 세상 끝난 것처럼 펑펑 울고. 난 정말, 사랑 같은 거 필요 없음이야."

그녀는 '필요 없음'을 아주 강하게 말하면서 소주잔을 테이블 위에 부서져라 내려놓았다. 그러고는 입술을 앙다물고는 재익을 바라보며 힘차게 잔을 부딪쳤다.

잘생긴 그의 얼굴이 두 개로 보였지만 그래도 기분은 아주 좋았다. 균형 잡힌 두상에, 부드러운 머리칼. 그 밑에 그린 듯한 눈썹과 샤프해 보이는 눈. 반듯한 콧날, 그리고 섹시해 보이는 저 입술.

아니지. 그보다는 그의 우물처럼 깊어 보이는 눈이 더 그녀의 시선을 사로잡았다.

그런데 왜 저렇게 날 쳐다보는 거야? 마치 흑심 있는 여자 쳐다보듯이. 민망하게.

설마 내가 취했나?

은조가 그에게서 시선을 피하며 말했다. 술기운이 확 올라왔다.

"난 연애 같은 건 안 해. 내 주위 사람들은 사랑하는 순간부터 다 찌질해지더라고. 바람피우고 욕하고. 사랑한다면서 또 욕하고. 그딴 골치 아픈 걸 왜 하냐고. 다른 할 일도 많은데. 나, 열심히 살 거야."

그녀는 주먹을 불끈 쥐었다. 그러고는 다시 술 한 잔을 원샷하며, 테이블 위에 소리 나게 놓았다. 은조가 흐뭇한 표정으로 그를 바라보았다. 그녀는 의외로 기분이 아주 좋아 보였다.

재익이 자신의 머리를 쓸어 넘기며 아까부터 딸꾹질을 하는 그녀 앞에 물 한 잔을 건넸다.

"그런데 말이야."

또 딸꾹질이 나왔다.

"너도 열심히 살아. 괜히 쓸데없는 생각 말고. 우리, 잘 살아 보자!"

"취한 것 같으니까, 물 마시고 일어나자."

재익이 먼저 자리에서 일어나면서 계산서를 손에 쥐자, 은조가 냉큼 그것을 빼앗았다. 그러면서 그의 등짝을 치며 웃었다.

"내가 살게. 사기로 했잖아."

그가 비틀거리는 그녀의 팔목을 잡으며 말했다.

"지난번에도 그러더니, 넌 술만 마시면 만취가 되냐."

재익이 일부러 다소 굳은 표정을 짓자, 그녀가 그의 귀에 속삭이듯 말했다.

"나 안 취했어. 기분이 너무 너무 좋아서 그런 거지."

갑자기 다가온 그녀의 후끈한 입김에 그의 심장이 쿵쿵댔다.

"그런데 이상하다. 나 다른 사람 앞에선 안 그러는데. 네가 너무 편한가 봐. 술도 술술 들어가고, 말도 술술 나오고."

은조가 불안하게 앞서 걸어 나가자, 재익은 비틀거리는 그녀의 한쪽 팔을 잡아 주었다. 그러면서 내심 그녀가 자신에게 얼마 안 있으면 넘어올 것 같다는 생각이 들자 승자의 미소가 살짝 스쳤다.

기본적으로 여자는 정복하는 데에, 의미가 있는 거지.

그의 흐뭇한 표정에 비해, 은조는 계속 머리가 욱신거리고 있었다. 아무래도 술을 너무 많이 마셨나 보다. 어쩌다가.

골이 아픈지 그녀는 카운터에서 계산을 마치자 한쪽 머리를 문지르며 얼굴을 찡그렸다. 저번에도 이런 표정을 지었다. 처음 만났을 때에도.

찡그린 그녀의 얼굴. 완벽히 해제된 그녀의 얼굴.

그는 다시 한번 물었다. 지난번과 똑같이.

"괜찮은 거야? 그렇게 천천히 좀 마시지."

은조가 그의 어깨를 잡고 웃으며 대꾸했다.

"우리, 술친구 할까?"

술친구?

"뭐, 나쁘지 않지."

여기서 바로 사귀자느니, 자신은 여자와는 친구 안 한다느니 하는 뻔한 수작을 부린다면 그녀는 질색하겠지. 여자들은 기본적인 방어 본능이 있으니까.

게다가 책임이나 약속 같은 구속 따윈 질색하는 그에게 있어서

관계에 대한 정의를 내린다는 것은 멍청한 짓이나 다름없다고 생각했다.

그냥 물 흘러가는 대로 만나고, 그러다 사귈 수도 있는 거고.

어찌 됐건 찡그린 여자의 얼굴이 예뻐 보이는 건 흔치 않으니까.

"너, 나 좋아하지?"

은조가 불쑥 물었다. 재익은 또다시 심장이 내려앉았다.

"어? 아……."

"에이, 아까 나 맘에 든다며. 그랬잖아."

계속 웃고 있는 그녀가 눈을 동그랗게 뜨며 물었다.

"나랑 자고 싶은 거야? 막 흥분되는 건 아니지?"

"뭐, 뭐?"

"에이, 농담인데. 진짜 자고 싶은 거구나."

그녀는 까르르 웃으며 그의 등을 한 번 더 세게 후려쳤다.

"아니, 이 여자가 정말."

진짜 자고 싶으면 같이 엠티(MT)라도 가 주든가. 하지만 술 취한 여자한테 그러는 건, 너무 재미없지. 내 스타일에 맞지도 않고. 좀 더 천천히…… 스며들 듯.

"집이 어디야? 바래다줄게."

그가 조심스럽게 그녀의 어깨에 손을 살짝 얹었다. 그녀를 인도 쪽으로 유도하면서 자신은 차도 쪽으로 가 그녀의 옆을 지켰다. 그녀가 다시 딸꾹질을 해 댔다.

"매너 좋네. 너 바람둥이구나."

"가지가지 한다, 정말. 똑바로 걷기나 해라."

그는 속으로 뜨끔했지만, 그래 봤자 술에 취해 하는 말이다. 찡그린 모습보단 역시 그녀는 웃는 얼굴이 예뻤다. 아무래도 자신도 취한 것 같다. 오늘은 그녀를 집까지 무사히 바래다주는 것만 생각하자.

"바람둥이, 한재익."

그녀가 그의 귀에 다시 한번 후끈한 입김을 불어넣으며 속삭였다.

"내가 너한테 넘어가나 봐라."

그녀는 또 딸꾹질을 했다. 재익은 그 말에 슬쩍 웃음이 났다. 그녀의 숨결에 목덜미가 간질간질하다. 너한테 넘어가지 않겠다는 다짐은 이미 반은 넘어온 것이다. 자신의 마음을 부정하기 위해, 애써 다짐하는 것.

갑자기 그는 은조가 더없이 귀여워 한쪽 볼을 살며시 쓰다듬어 주었다. 하지만 술기운이 점점 올라오는지 그녀는 그의 행동에 거부도 동조도 하지 않았다. 그가 살짝살짝 흔들리는 그녀의 몸을 자신 쪽으로 기대게 하며 그녀의 찬 손을 잡아 버렸다. 그것도 아주 꼭.

✤

[자라. 학교에서 마주치면 인사 정도는 하고 살자.]

[그래, 너도 잘 자. 집까지 바래다줘서 고맙다. 그러면서 은근 슬쩍 내 손도 잡고, 전화번호도 따고.]

다음 날, 은조는 콩나물국에 해장을 하면서 전날 밤에 자신이 보낸 문자메시지를 읽으며 인상을 구겼다. 그녀는 머리를 감싸며 입술을 질끈 물었다.

"정말, 내가. 술 먹고 주책이란 주책은 다 떨었네. 앞으론 술을 마시질 말든가 해야지."

그녀는 한쪽 주먹으로 자신의 머리통을 때리며 한숨을 쉬었다.

"술 먹고 인생 망친 인간들을 그렇게나 봤으면서."

아침상 앞에 앉아 중얼대는 그녀를 노려보는 엄마의 시선을 외면하며 은조는 콩나물국의 국물을 사발째 들이켰다.

사실 엄마가 그 대표적인 인물이었다.

술 먹고 혼전 임신 해서 덜컥 날 낳아 버린 엄마.

그러나 엄마는 하루 종일 힘들게 식당 일을 하고 난 뒤 고된 몸을 이끌고 집으로 돌아와선 항상 이렇게 하소연 겸 푸념을 늘어놓았다.

'내가 너희들 때문에 산다. 내가 다 너희들 때문에 살아.'

그런 말을 듣고 있으면 뭉클하기도 하고, 엄마가 가엾기도 하면서 더 열심히 살아야겠다는 의지가 불끈불끈 솟지만 문제는 가끔 이렇게 술을 잔뜩 퍼먹은 날에는 그 결심이 무색해질 만큼 어이없게 느껴진다는 것이다.

"엄마, 나 국 좀 더 먹을게."

"너는 지금 술 먹고 다닐 정신이 있어? 엄마가 얼마나 힘들게 가게 일 하는지 뻔히 알면서."

"알았어. 내가 당분간 저녁때마다 일 도울 테니까, 잔소리는 여기서 그만. 예?"

그녀가 한 손을 들어 올리자, 엄마는 잠시 안도의 한숨을 내쉬었다.

"요즈음 다리도 아프고, 허리도 안 좋아져서 엄마도 힘들어."

"알았어. 알았으니까, 너무 걱정 마셔요. 내가 와서 밥도 하고 서빙도 하고 계산도 하고 다 할 테니까. 엄마는 그냥 얼굴마담으로 가만히만 계셔요."

"엄마는 10년 넘게 이 일을 했지만 너까지 이런 일 하게 만들고 싶진 않아. 넌 공부 열심히 해서 좋은 데 취직할 생각 해. 요즈음 저녁 손님이 늘어나서 엄마가 힘들어서 그래. 저녁때만 잠깐 와서 도와주면 될 것 같아."

은조가 엄마의 손을 잡고, 고개를 끄덕였다. 이럴 때는 다소 심각한 척, 엄마를 많이 위하는 척 애틋한 표정을 지어야 된다는 것쯤은 이미 알고 있었다. 엄마는 상처가 많은 사람이다.

"알았다니까. 공부도 열심히, 일도 열심히, 됐지?"

아, 진짜. '열심히'란 말 무지 많이 쓰네.

그녀는 서둘러 가방을 챙겨 집을 나와 학교로 향했다.

그날 이후, 재익과는 가끔 학교에서 마주칠 뿐 더 이상의 진전은 없었다. 곧 기말고사가 다가왔고 으레 그렇듯 방학을 앞두고 다들 미리 아르바이트를 구하랴, 시험공부를 하랴 정신없이 하루하루가 지나가고 있었다. 벌써부터 남자아이들은 군대에 자원입대하는 아이들도 있었고, 높은 등록금 때문에 휴학계를 내는 아이들도 조금씩 늘어 갔다. 그래 봤자 1학년 말인데, 벌써부터 마음이 흉흉해질 뿐이다. 대학생활에서 기대했던 낭만이 조금씩 사라져 갔다.

은조는 두 마리 토끼를 잡는다는 것이 불가능하다는 것을 알고 있었다. 마음이야 항상 학점이 잘 나와 장학금도 받고 싶고, 보수가 좋은 과외 아르바이트 자리라도 구하면 금상첨화겠지만 그것은 과욕이라고 생각했다.

학교 공부에 매진하려면 솔직히 아르바이트할 시간이 없는 게 맞다. 게다가 저녁때 엄마 일을 도우려면 차라리 장학금에 올인하는 게 더 나은 선택이라고 판단했다.

엄마는 아빠가 집을 나가기 전부터 혼자 식당을 운영해 왔다. 식당이라고 해 봤자, 30년도 더 된 낡은 건물에 김치찌개나 동태찌개 등 한국인들이 좋아하는 메뉴 몇 가지를 중심으로 식사거리를 파는 열 평 남짓한 조그만 가게였다.

요즈음 자주 오는 건설 회사 사람들이 단체로 야근을 많이 하기 때문에 저녁때 일손이 부족한 모양이다. 그나마 근근이 생계를 이어 나가게 해 주는 유일한 버팀목이었지만 몇 년 전부터 재건축 얘기가 나와 언제 가게가 헐릴지 몰라 좌불안석이었다.

적어도 은조와 남동생이 대학을 졸업하기 전까지만이라도 어떻게 버티면 될 것 같은데, 가끔 부동산업자들이 찾아오거나 건설업자들이 은근슬쩍 가게 건물을 훑어보고 갈 때면 마음이 불편해지는 건 사실이다.

은조는 무거운 마음을 접고, 이른 아침부터 학교 도서관으로 향했다. 그렇게 집과 식당, 그리고 학교를 오가던 중 기말고사 마지막 날에 도서관에서 재익과 우연히 마주쳤다. 그날 이후 가끔 문자 메시지를 보내거나 학교에서 인사 정도만 했지 이렇게 가까이서 그를 본 적은 없었다.

먼저 알은척을 한 건, 재익이었다.

"김은조?"

뒤에서 누군가 부르는 소리에 놀라 돌아보니 그가 자신을 쳐다보고 있었다. 은조는 마침 빈자리가 있는지 두리번거리는 중이었다. 시험 기간에 조용하고 구석진 자리를 맡기란 하늘의 별 따기였다. 그녀는 그의 목소리도 그렇지만 재익의 옆이 구석진 자리에다 빈자리라는 걸 발견하고는 얼른 그쪽으로 갔다. 그녀가 목소리를 한껏 낮추며 물었다.

"일찍 나왔네. 이렇게 명당 자리를. 땡큐."

은조는 한 시간 뒤가 영미 문학 시험이라 얼른 책을 펼쳤다.

"오랜만이다."

"미안. 나 시간이 없어서. 이번에 학점 못 나오면 나도 휴학계 내야 할지도 모르거든."

그녀가 몸을 숙이며 그에게 웃어 보이자 재익이 주위를 두리번 거리며 말했다.

"무슨 말이야? 지금 장학금이라도 노린단 얘기야?"

"응. 아니면 학자금 대출받아야 해. 사회생활을 빚 갚는 것부터 시작하지 않으려면 열심히. 오케이?"

"그래, 뭐. 그나저나 그동안, 잘 지냈어? 바빴나 봐."

재익도 책을 보며 그녀에게 물었다.

"응. 너도 바빴나 봐. 연락도 잘 안 하고."

"그래서…… 내 연락 기다렸어?"

그의 목소리가 달콤하게 들려왔다. 어느새 그녀 쪽으로 바짝 다가온 그의 얼굴. 눈꼬리가 살짝 내려간 눈웃음을 보자 그녀는 얼른 고개를 돌렸다.

"기다렸다기보다…… 음……."

두 사람은 거의 음성이 들리지 않을 정도로 속닥였다. 은조가 말했다. 그녀의 얼굴이 붉어지고 있었다.

"한 번쯤은…… 연락할 줄 알았지."

그러자 재익이 그녀의 연습장 위에 메모를 하기 시작했다.

그랬구나. 오늘 시간 언제? 마지막 시험이잖아. 종강이고.

그녀도 그가 휘갈긴 메모 옆에 다른 색으로 글자를 써 내려갔다.

안 돼. 엄마일 도와드리러 가야 해. 우리 집이 식당하거든.
그래? 언제 끝나는데.
대중없지, 뭐. 그래도 10시 안에는 끝나.

은조가 잠시 망설이다, 그 옆에 덧붙였다.

기다릴래?

재익이 고개를 끄덕였다. 그의 눈꼬리가 더욱더 휘어졌다. 은조가 다시 메모했다.

이제, 공부해.

하지만 재익은 그녀의 옆모습을 뚫어져라 쳐다볼 뿐이었다. 은조도 그의 시선이 신경 쓰일 정도로. 그가 그녀의 어깨에 살며시 손을 올리며 말했다.

"잠깐만."

그의 얼굴이 그녀 쪽으로 가까이 오는 통에, 그녀가 깜짝 놀라자 그는 그녀의 목덜미에 붙어 있는 머리카락 한 올을 떼어 주었다.

"아까부터 자꾸 이게 신경 쓰여서."

"아…… 그……래……."

재익은 그녀에게서 눈길을 거두지 않았다. 은조는 그의 시선에 민망해하면서 시선을 맞추지 못하고 있었다.

"여기 제 자리인데요."

그때, 앙칼진 여자의 목소리에 은조는 화들짝 놀라 그쪽을 쳐다보았다. 두꺼운 책을 가슴팍에 가득 안고서 은조와 재익을 노려보며 의기양양하게 서 있는 그녀.

그러면서 재익 쪽을 바라보며 퉁명스럽게 쏘았다.

"뭐야, 내 자리라고 얘기 안 했어?"

"네 자리, 내 자리가 어딨어? 먼저 앉는 사람이 임자지."

"뭐?"

"어차피 가방만 던져 놓고 나갈 거면 그냥 영원히 나가 있어. 다른 사람 앉지도 못하게 방해하지 말고."

"한재익, 그새 새 여자 친구라도 사귄 거야? 며칠 전에 나랑 키스해 놓고."

"뭐? 너 지금 무슨 소릴……."

"거기, 두 사람! 시끄럽게 하지 말고 나가 주시지! 아, 진짜."

누군가의 짜증스러운 목소리에 은조가 책을 주섬주섬 챙겨 들고는 일어났다.

"앉으세요, 제가 나갈게요."

자신을 노려보는 그녀에게 은조는 자리를 양보하고는 그대로 몸을 돌려 밖으로 나갔다. 그 모습을 재익은 바라보다, 그도 자리에서 벌떡 일어났다. 그는 뒤도 돌아보지 않은 채, 도서관을 나가는 은조를 재빨리 뒤따라갔다. 그녀가 너무 빨리 걸어가 재익은 거의 복도를 뛰다시피 따라가며 그녀의 한쪽 팔을 잡았다.

"저기, 잠깐만. 내, 말 좀."

그가 잠시 숨을 고르며 말했다.

"미안하다. 어디 빈 강의실 찾아볼까? 공부할 만한 데가 있을 것 같은데."

"됐어. 그냥 들어가. 키스까지 한 여자애가 우리 모습 보면 배신감 느끼겠다."

"그런 사이 아니야. 화났어?"

"아니, 내가 왜 화를 내. 뭐, 우리가 사귀는 사이도 아니고, 애인 사이도 아니, 그냥 아무 사이도 아닌데."

은조는 그를 쳐다보지도 않고 말했다.

"왜, 아무 사이가 아니야."

"아무 사이 아니야."

그녀가 강조했다. 말을 마친 은조가 재익의 손을 뿌리치려 했지만 그는 그녀를 놔주지 않은 채 앞을 가로막았다. 그가 무어라 말하려 하자 재빨리 은조가 웃으며 말했다.

"키스하는 여자 따로, 같이 술 마시는 여자 따로 두는가 보다, 너는."

그녀가 결국 자신을 잡고 있던 그의 손을 놓고는 그를 지나쳐 앞으로 걸어 나갔다. 그러자 갑자기 재익이 큰 소리로 말했다. 그의 목소리가 복도에 울려 퍼졌다.

"술 먹기 게임에 져서 하는 키스도 키스야? 키스라는 건, 말이야."

그가 그녀 쪽으로 다가와 갑자기 두 손으로 그녀의 볼을 감싸 쥐고는 그녀의 입술을 그대로 물었다. 순간 격렬하게 그의 물컹한 혀가 파도처럼 그녀의 입술 안으로 밀려들었다. 처음은 그녀의 아랫입술을 깨물며 거칠게 들어오더니, 곧 부드럽고 달콤하게 그녀의 입술 안을 휘감고 빨아들였다. 마치 자석처럼 그의 입술 사이로 그녀의 아랫입술이 빨려 들어가고 있었다.

심장이 미친 사람처럼 쿵쾅거렸다. 이런 부드럽고 끈적이고 따뜻한 느낌은 처음이었다. 미처 은조가 어떻게 할 새도 없었다. 그의 심장 소리 역시 그녀에게 고스란히 전해졌다. 그 감정이 다시 그의 휘몰아치는 키스로 이어졌다.

그의 두 손이 그녀의 목덜미 쪽으로 천천히 내려오면서 불규칙한 숨소리가 그녀의 귓가에 스며들었다. 그가 아쉬운 듯 천천히 그녀의 입술에서 자신의 입술을 떼어 냈다.

아침부터 날이 흐리더니, 바깥에선 소나기가 내리기 시작했다. 겨울 초입에 내리는 갑작스러운 소나기. 완전한 겨울을 알리는 빗소리. 그리고 그의 키스.

"좋아하는 여자와 이렇게 하는 게 진짜 키스지."

재익의 고백 아닌 고백에, 은조는 아무 말도 하지 못했다.

너무 갑작스러워서 그런가. 그건 아닌 것 같은데. 분명한 건, 조금 전 기분 나쁜 상황을 다 잊어버린 것 같은 멍한 느낌.

"하, 한 번 더 해 보자."

이번엔 은조가 그의 입술을 살짝 물었다. 그러자 기다렸다는 듯이 열리는 그의 입술. 그 사이로 그녀의 혀가 밀려들어 갈 틈도 없이 그의 입술에 자신의 입술이 잡아먹힐 듯 빨려 들어갔다. 주위엔 아무도 없었다. 사위는 고요했고, 빗소리는 여전히 크게 두 사람 사이를 울렸다.

은조는 그의 목을 끌어안고 잠시 그가 하는 대로 입술을 그에게 맡겼다. 재익이 살짝 고개를 틀며 그녀의 입술을 계속 빨아 당겼다. 자신의 입 안을 휘젓고 있는 그의 뜨겁고 현란한 혀의 놀림에 은조는 당황하지 않을 수 없었다. 그러다 점점 자신의 몸에 밀착해 오는 그의 몸을 받아들일 수가 없어서 어렵사리 몸을 빼내었다. 나쁘지 않았다. 아니, 키스를 더 하고 싶을 만큼 좋았다. 그녀는 고개를 숙이며 희미하게 웃었다.

"그 웃음의 의미는…… 너도…… 좋다는 거지, 내가."

"그게……."

재익이 말했다.

"지금 이런 상황에서 할 말은 아니겠지만…… 넌…… 말이야."

그녀가 눈을 들어 그를 쳐다보았다. 이상한 건, 불쾌한 기분이 전혀 들지 않는다는 것이다. 재익이 나를 정말로 좋아하는 것일까, 라는 생각뿐.

"사귄다는 게 뭔지 알아? 무슨 의미인 줄 아느냐고."

"저기, 재익아."

은조가 자신의 머리카락을 양손으로 단정히 쓸어내리면서 말했다.

"우리 지금 이럴 때가 아닌 것 같은데. 몇 분 있으면 시험이야. 저기, 나중에 얘기하자. 지금은……."

"사람, 애간장 다 태워 놓고 나중에?"

"그래, 나중에."

은조가 가방을 고쳐 메고는 자신의 입술을 한 손으로 살짝 정리했다. 그녀는 넋 놓고 있는 재익을 뒤로한 채 강의실로 발걸음을 옮겼다. 그러고는 뒤돌아서서 말했다.

"나, 무슨 뜻인 줄 알아, 그거. 나쁜 자식."

그러면서 그녀는 웃었다. 그냥 웃음이 나왔다. 뭔가 들뜨고 붕붕 뜨는 기분. 내리는 소나기마저 설레는 느낌. 그와 나 사이에 칭

칭 감기는 보이지 않는 끈이 존재하는 것 같으면서도 아닌 것 같은 아슬아슬한 기분.

아, 나도 그를 좋아했구나. 대체, 언제부터? 아님, 키스 때문에? 그것도 아니면…….

은조는 그 순간, 자신이 영미 문학 시험 준비를 꼼꼼히 하지 않은 것을 깡그리 잊어버리고 있었다. 그녀는 알지 못했다. 누군가를 좋아하면 지금 내게 가장 중요하다고 생각되는 것을 이렇게도 금세 잊어버릴 수가 있다는 사실을.

❖

그의 입술이 그녀의 입술 안으로 사정없이 파고들었다. 그녀가 희미한 신음 소리를 간간이 흘리자 재익이 웃으며 그녀를 내려다보았다. 한쪽 손으로 그녀의 갸름한 턱을 어루만지며 그녀의 입술을 빨아 당긴다. 이 추운 겨울에 딸기를 먹었는지, 딸기 향이 난다. 아니, 파인애플 향 같기도 하다. 상큼하고 달달한 느낌. 그녀의 입술은 설탕으로 감싸인 과즙 같다. 빨아도 빨아도 즙이 계속 나오는 과즙.

재익은 궁금했다. 그녀의 모든 것이.

그가 은조의 귓가에 웃으며 속삭였다.

"젖었지?"

"뭐?"

"아래 말이야. 젖었을 것 같은데."

은조가 잠시 그의 품에서 빠져나와 그의 타액이 묻은 자신의 입술을 핥았다. 그 모습에 재익은 몸이 달아오를 지경이었다.

하지만 티를 내진 말자. 너무 안달을 해 대는 남자는 매력 없이 비칠 게 뻔하니.

그가 그녀의 허벅지 안으로 손을 밀어 넣자, 은조가 그 손을 꽉 잡고 제지시켰다.

"안 돼. 아직은."

"젖었잖아. 이대로 집에 갈 수 있어?"

"갈 수, 있어."

재익은 그녀의 흔들리는 눈동자를 응시했다. 발갛게 달아오른 그녀의 뺨과 얼굴을 갑자기 짓이겨 버리고 싶을 정도로 강한 욕구가 올라와 자신도 깜짝 놀랐다. 그 순결한 얼굴을 미친 듯이 물고 빨고 싶은 강렬한 충동.

그는 자신이 섹스를 탐할 나이는 아니라고 생각했다. 물론 남자의 성욕이 정점에 이르는 나이였지만 이렇게 여자를 망가뜨리고 싶은 가학적인 본능은 느껴 본 적이 없었다.

너무 참아서 내 몸이 이상해진 건가? 아리송했다.

그녀의 벌린 입술을 볼 때마다 어쩔 땐 정말이지 참기 힘들었다.

은조는 붉은 장미가 아니라 하얀 장미 같은 여자였다. 그리고 그녀가 어떤 스타일의 남자를 좋아하는지도 알고 있었다. 풋풋하며 순애보를 간직한 남자. 그녀에게 모든 걸 바칠 수 있는 열정적인 일편단심을 간직한 남자.

순애보라고, 일편단심이라고. 그런 건 개나 줘 버리라고 하지.

이 세상에 존재하는 그런 남자들을 모두 없애 버리고 싶은 이상한 경계심이 생겨나고 있었다.

재익은 눈을 질끈 감고, 그녀의 몸에서 손을 떼었다. 그러자 은조가 가쁜 숨을 몰아쉬며 고개를 뒤로 젖혔다.

한겨울, 눈이 쏟아져 내리는 후미진 골목 안. 그녀의 입 안에서 하얀 입김이 새어 나왔다.

"네가 내 몸을 녹여 줬잖아. 충분히 갈 수 있어."

"더 녹여 줄 수도 있어."

그가 축축해진 손으로 그녀의 두 손을 감쌌다. 은조가 깜짝 놀랄 만큼 그의 손이 뜨거웠다. 방금 전, 자신의 얼굴을 만지며 키스할 때보다도 더.

"손이 너무 뜨거워."

"몸은 더 뜨거워. 언제 식혀 줄 거야?"

"글쎄. 나도 뜨거운데."

그러면서 은조는 웃었다. 그 틈을 타 재익이 그녀의 허리를 와락 끌어당기며 다시 키스했다.

"언제 넘어올 거야. 키스만 하다가 끝내고 싶진 않다고."

"벌써 난 다 넘어갔어. 이러는 거 보면 모르겠어?"

은조가 자신의 허리에 강하게 휘두른 그의 팔을 빼내려고 하면서 몸을 틀었다. 하지만 그는 어림없다는 듯 고개를 저으며 웃었다. 더 꽉 몸을 그녀에게 밀착시키며 그의 손에 깍지를 끼웠다. 두툼한 바지 사이로 그녀의 은밀한 부분이 맞닿자 그는 다시 눈을 질끈 감았다. 그가 본능적으로 한쪽 허벅지를 강하게 그녀의 다리 사이로 끼워 넣으며 그녀의 몸을 더욱 꽉 품에 안았다.

제발, 그녀가 느끼기를. 자신의 부푼 남성이 얼마나 아우성을 쳐 대고 있는지.

"이러지 마. 너, 너무 들이댄다."

그 순간, 팔에 힘이 빠지며 바람 빠진 것처럼 그가 웃었다.

"뭐, 뭐?"

"사실, 사귄다는 게 꼭 같이 자야 되는 건 아니잖아. 뭐, 섹스라는 게 그렇게 좋은 건가."

"이것 보세요, 김은조 씨."

재익은 급기야 답답하다는 듯 내뱉었다.

"사귄다는 의미는 곧 스킨십의 유무랑 통하는 거야. 같이 잤느냐, 그렇지 않느냐. 모르겠어?"

그는 이 추운 날, 몸에서 열이 나는 것 같았다.

"그래, 뭐. 그렇겠지. 너, 나랑 그렇게 섹스하고 싶니?"

"그럼, 내가 같이 자고 싶지도 않은 여자랑 사귀자고 하겠냐? 남자가 사귀자는 건, 그냥 섹스하고 싶다는 거야. 자고 싶고……."

그는 말을 하다 멈췄다. 은조의 커다래지는 눈을 의식했는지, 그는 다시 말을 정정했다.

"아니, 그러니까. 내 말은……."

"그냥 섹스하고 싶다는 거라고. 그냥 섹스."

"아니, 섹스도 하고 데이트도 하고, 손도 잡고, 또……."

"또?"

잠시 동안, 재익은 생각해 보았다.

또…… 또…… 뭐라고 해야 하나. 음…… 그러니까…… 단순히 섹스만 하고 싶은 건 아닐 텐데.

"또 잘해 주고 싶은 거지. 내 여자한테 잘해 주고 싶고, 사랑해 주고 싶은 것."

은조가 아직도 미심쩍다는 듯 그를 유심히 쳐다보았다.

"누가 그러던데. 섹스하기 전까지만 그렇다고. 섹스를 하기 위해 공을 들이는 것뿐이라고. 남자들의 목적은 그저 섹스하는 것뿐이라고."

"김은조."

재익은 골치가 아파지기 시작했다.

좋아하면 같이 자는 게 당연한 것을 뭘 그리 복잡하게 생각하는지.

마음 가는 대로 사랑하면 되는 거 아닌가.

"넌, 날 별로 안 좋아하는구나."

재익은 급기야 이렇게 말해 버리고 말았다. 그의 굳은 표정을 보자, 이번엔 은조가 말했다. 그녀의 표정이 살짝 어두워졌다.

"아니, 좋아해. 나도 너랑 자고 싶어."

"그럼 언제, 날 가질 건데."

그가 그녀의 말에 좀 누그러져서 이렇게 물었다.

"아직은 모르겠어. 조만간……."

"네 몸이 젖었다는 건, 너도 하고 싶다는 거야. 남자를 받아들일 준비가 됐다는 거지."

아무래도 경험이 없으니, 모르는 거겠지.

그가 그녀의 허리를 다시 자신의 품으로 꽉 끌어당겼다. 말캉한 그녀의 몸의 감촉이 벌써부터 느껴지는 듯했다. 그는 몸이 달아오를 대로 달아올라 그녀를 자극하고 싶었다. 자신만 이렇게 된 게, 억울한 듯.

"겁나면, 내가 살살 할 수도 있어."

"그런 게 아니고."

"참고로 난 손보다 입으로 해 주는 걸 좋아해. 입으로 해 줄게. 네 몸에서 나오는 물…… 전부."

그의 손이 다시 그녀의 허벅지 안으로 들어갔다. 은조는 뭔가 못마땅한 듯 그를 멍하니 쳐다보았다.

"다음에 하자. 오늘은 위험한 날이니까."

"뭐라고? 위험한 날?"

재익이 미간을 찌푸리다, 순간 씩 웃었다. 좀 어이가 없다는 듯.

"걸리는 게 그거였어? 난 또 뭐라고."

하지만 그의 대수롭지 않다는 표정에도 은조는 계속 고개를 저었다.

"내가 잘해 줄게. 물론 피임도 내가 할 거야. 그러니까 걱정 마. 정말 잘해 줄게. 원 없이, 아낌없이."

그리고 급기야는 이렇게 말해 버리고 말았다.

"나, 잘해. 섹스, 잘한다고."

"잘해? 어떻게? 뭘?"

"그러니까, 그게."

"많이 해 본 거야? 경험으로, 아니면 잘한다는 게 뭔지 모르겠네."

은조는 머리를 갸웃하며 그를 뚫어져라 바라보았다.

"은조야, 그러니까…… 내가 너를, 너무 좋아하고…… 또…… 연구하고…… 또…… 연구하고…… 생각하고, 깊이 아주 깊이 생각하고, 그리고 네가 어떤 스타일을 좋아하는지…… 상상하고."

이런, 젠장.

그는 이 추운 겨울날 등에서 땀이 삐질삐질 나는 것만 같았다.

제발 좀 넘어와라, 넘어와라 김은조.

"잘해 준다니까. 너 후회 안 할 거야. 정말 새로운 세상을 만나게 해 준다니까, 이 한재익이. 지금까지 경험해 보지 못한 완전한 신세계. 아, 이런 세상도 있구나. 이런 기분, 느끼게 해 줄게."

이건 무슨 사기꾼도 아니고.

그는 자신이 왜 이러고 있는지 우스울 뿐이었다. 하지만 지금은 그것이 문제가 아니었다. 그럼, 무엇이 문제란 말인가.

밤이면 밤마다 그녀와 화끈한 밤을 보내고 싶은 스물한 살 남자의 뜨거운 욕망이 문제였다. 그래, 이건 욕망이지, 타오르는 욕망. 어떻게 하면 그녀를 한번 정복해 볼까, 하는 본능적인 늑대의 욕망.

그리고 재익은 자신이 이 정도로 뜨거운 남자인 줄도, 이 정도의 욕구 정도도 스스로 컨트롤할 수 없다는 게 이해가 되지 않았다.

다른 여자들하고는 쉽게 마음이 맞았고, 별로 어렵지 않았단 말이다. 때론 연상의 아름답고 섹시한 여자를 휘어잡은 적도 있었고, 때론 도도하고 콧대 높은 여신급의 미인을 자신 앞에 굴복시킨 적도 있었다.

그녀들 모두 결국엔 밤은 짧다며 자신과 젊음을 불살랐을 뿐이었다. 모두 마무리도 깔끔하게. 사랑할 땐 뜨겁지만, 이별은 차갑게. 냉정과 열정은 이별과 사랑의 동의어일 뿐이다. 적어도 그에겐 그런 의미였다.

하지만 이번엔 뭔가 힘이 든다. 원래 무엇이든 정복하기 어려우면 어려울수록 그 열매는 달다고는 하지만, 진도가 그가 생각하기에 너무도 느렸다.

키스하고, 3개월이 지났는데도 그 이상의 진도가 나가지 않다니. 이건 있을 수 없는 일이었다. 그는 그녀와의 첫 키스 후, 매일 밤잠을 설칠 정도였지만 절대로 티를 내진 말자고 다짐했다. 그는 급하게 밀어붙이면 밀어붙일수록 여자는 멀어진다고 믿는 남자였다. 원하는 것을 얻기 위해선 이 정도의 인내쯤은 견뎌야 한다는 것도 알고 있었다.

그가 그녀의 얼굴을 부드럽게 쓰다듬었다. 마치, 아기를 만지듯 공을 들이는 모습이었다. 은조 같은 여자애들은 남자가 자신에게 공을 들이고 무한한 정성을 들이고 들이고 또 들이는 것에 감동을 받기 마련이다.

감동, 정성, 무한한 애정, 너를 미치도록 아껴 주며 사랑해 주고 싶다는 간절한 호소와 너 때문에 도저히 아무것도 할 수 없다는 극한의 사랑을 몸과 입으로 비로소 보여 줘야만이 그나마 조금, 아주 조금이라도 넘어온다면 넘어온 달까. 아, 어렵다. 그래도 저 산을 정복하기 위해 한번 혼신의 힘을 다해 보자. 한재익, 파이팅!

"은조야, 나 너 때문에 죽을 거 같애. 정말 미칠 것 같다고. 온통 네 생각밖에 안 나. 아무것도 할 수가 없어. 차라리, 이럴 바엔 그냥…… 아, 몰라. 요즘엔 끔찍한 생각만 나. 공부고 뭐고 아무것도 손에 안 잡히고. 나도 내가 왜 이러는지 모르겠어. 여자 하나 때문에 이런다는 게 진짜 병신 같고, 나 같은 게 살아서 뭐 하나. 이런 생각도 들고."

아, 너무 갔나. 아니, 뭐 그래도 이쯤에서 결정타를 한 방 날려야 하는데. 왜, 생각이 안 나는 거지. 아, 진짜, 생각이…… 생각이…… 아, 그래! 바로, 그거야.

"네 앞에만 서면, 내가 작아지는 거 같애. 더 많이 사랑하는 사람이 약자라고. 내가 너무 볼품없는 남자 같고. 넌 예쁘고, 인기도 많고 나도 나름 괜찮은 놈인데, 네 앞에만 서면. 나도 이런 내가 정말 싫어. 진짜……."

아, 구질구질하다, 진짜.

은조는 양미간을 찌푸리며 그의 얘기를 곰곰이 듣고 있었다.

"은조야, 사랑이란 참 어려운 거야. 내 맘대로 안 되고."

제발, 무슨 말이라도 좀 해라, 이놈의 계집애야.

"은조야, 너를 좋아하면 좋아할수록 왜 이렇게 힘들까. 모르겠어, 이런 게 사랑인 건지."

"재익아!"

"어, 그래. 말해."

재익은 그녀의 얼굴을 간절히 바라보았다. 지금 이 순간, 정말 간절한 척인지, 진짜로 간절해서 그녀의 다음 말에 학수고대를 하는 건지 본인 자신도 헷갈릴 지경이었다.

"난 네가 그 정도로 힘들어할 줄 몰랐어. 너, 내가 그렇게 좋은 거야?"

그녀의 말이 끝나기가 무섭게 자동으로 그의 머리가 끄덕여졌다. 고개가 아플 지경으로.

그의 표정은 비장함, 그 자체였다.

"재익아, 나도 네가 좋아. 정말…… 좋아."

그래, 알아. 안다고. 그러니까 빨리 넘어와 어서, 당장.

"그래도, 오늘은 안 돼."

재익이 무슨 말을 하려 하자, 은조가 즉시 손을 들어 그의 말을 막았다.

"안전한 날에 하자. 만약 오늘 해서 임신이라도 되면 너 책임질 거야? 책임질 수 있어?"

임신? 책임?

그는 하마터면 욕망에 눈이 멀어, 까짓것 책임지지 뭐. 결혼하면 될 것 아니냐고 말할 뻔한 자신에게 또 한 번 놀랐다. 내가 미쳐도 단단히 미쳤구나.

"저기, 은조야. 그건."

"우리 엄마는 날 혼전 임신 해서 낳으셨어. 물론 아빠를 사랑하셨겠지. 하지만, 마음 한구석엔 항상 그런 생각이 있으신 거 같아. 만약 그때 네가 안 생겼다면 지금의 내 인생이 어떻게 되었을까."

재익은 갑자기 멍한 상태가 되어 그녀의 얘기를 듣고 있었다.

"뭐, 그래. 아빠가 바람나서 집을 안 나가셨다면 그래도 괜찮았을 거야. 하지만 결과가 이렇다 보니, 항상 그게 마음에 걸리셨나 봐. 혼전 임신. 난 철저히 혼전 임신에 대해 반대고, 낙태는 더더욱 반대야!"

그녀의 얼굴이 비장해졌다.

"난, 솔직히 내 인생, 엄마처럼 될까 봐 무섭거든. 그러니까 네가 이해해. 널 싫어하는 게 아니라 널 너무 좋아하는데…… 정말 너무 좋아해. 근데 완벽한 피임은 없다고 하잖아. 너무 신경 쓰이고, 오늘 같은 날은 진짜로 불안하고, 나도 이러고 싶지 않은 내 마음을 너는…… 이해를…… 나도…… 사실…… 너무…… 힘들어…… 그냥, 내 맘이……."

은조는 급기야 울먹이기 시작했다. 그녀가 그다음에 무슨 말을 했는지는 전혀 기억이 나지 않는다. 계속 주절주절 너를 좋아하고, 사랑하고, 나중에는 눈물 콧물까지 펑펑 쏟으며 가슴이 아프다는 둥, 너 때문에 밤에 잠을 못 잔다는 둥, 엄마가 불쌍하고, 자신이 불쌍하다는 둥, 도대체 청춘은 왜 이렇게 힘든 거냐는 둥 이런저런 얘기를 한 것 같은데, 어찌 됐든 재익의 입장에서는 오늘 지금 이 순간, 그녀와의 뜨거운 하룻밤은 깨진 것이다! 그것이 팩트다.

정말 지금까지 살아온 수없이 많은 날 중에 가장 뜨겁게, 격렬하게, 온몸을 다 바쳐 사랑하고 싶은 날이었는데. 왜 날 받아 주지 않는 건지, 아니, 왜 이 건장한 내 몸을 받아 주지 않는 건지. 가엾은 내 몸!

결국 은조가 울어서 빨개진 얼굴로 이렇게 말했다.

"차라리 이렇게 힘들 바에야, 너도 그렇고. 우리 그냥 좋은 친구로 남을까? 연인 사이는 좀. 아니면 잠시 떨어져 있든가. 너도 힘들어하는 것 같고."

뭐? 지금 무슨 말을. 안 돼. 안 돼. 절대, 안 돼.

섹스 한 번을 안 하고 헤어지다니. 다 된 밥에 지금 재 뿌리게 생겼냐고.

재익은 갑자기 정신이 번쩍 들었다. 제발, 정신 차리자. 제발!

그가 그녀의 양 어깨를 꽉 누르며 슬픈 표정으로 말했다. 그녀와의 화끈한 밤을 못 보낸다고 생각하니 정말 가슴이 미어지는 듯했다.

"은조야!"

"응."

그녀가 눈물이 그렁그렁 맺힌 눈으로 그를 간절히 바라보았다.

"헤어지자는 말은 그렇게 쉽게 하는 게 아니야. 세상에서 남자가 제일 상처받을 때가 언제인 줄 알아? 여자가 먼저 이별을 말할 때야."

그리고 여기서 쐐기를 박자. 두 번 다시는 저 못된 말을 못 하도록.

"우리 만나는 동안, 절대 그 말만은 말자. 헤어짐을 정해 놓고 하는 연애는 있을 수 없는 일이야. 비겁하다고!"

재익은 강하게 힘주어 말했다. 그 순간만큼은 정말로 뜨거운 뭔가가 가슴속에서 울컥 넘어오는 듯했다. 그는 자신이 순정남으로 빙의된 것 같아, 스스로가 자신의 정체성에 대해 의심이 들 지경이었다. 아니면 원래 순정남의 피가 자신에게도 약간은 있었던 것일까. 어찌 됐든 이 순간만큼은 이별의 '이' 자도 듣기 싫었다. 치가 떨렸다.

"재익아, 미안해. 난, 그런 뜻은 아니었는데."

"내가 잘할게. 나랑 안 자도 돼. 나 안 사랑해도 돼."

재익은 절망하지 않을 수 없었다. 정말로 가슴이 미어졌다.

"그냥 내 옆에만 있어."

"재익아……."

드디어 은조의 눈에서 또다시 굵은 눈물방울이 뚝뚝 떨어졌다. 이젠 기다리는 일만 남았다. 하지만 재익은 이상하게 마음이 아팠다. 정말로 그녀와 헤어지기라도 한다면 너무나 아쉬워 그 후폭풍을 감당할 자신이 없을 것만 같았다. 정말 자신이 김은조를 사랑이라도 한단 말인가?

이건 욕구 불만이야. 정복욕을 풀지 못한 가련한 남자의 허망함 정도는 되겠군. 그렇다고 해도 은조와 섹스를 못 하는 게 이렇게나 가련하고 허망함이 들 정도로 뭐 대단한 것도 아닐 텐데. 어찌 됐든 그냥 마음이 아프다. 그리고 그냥 싫다. 아, 생각만 해도 싫어.

은조의 말처럼 그다음에, 언젠가는 그녀를 뜨겁게 안을 날이 있겠지만 지금은 왠지 자신이 버림받은 것 같고 내쳐진 것 같고 그녀가 영원히 자신에게서 도망가는 것 같은 말도 안 되는 망상까지 들기 시작했다.

혹시 은조가 지금 날 가지고 노는 건 아닌지.

설마 아무리 그래도 부모님을 걸면서까지 거짓말을 할 여잔 결코 아니라는 것.

그런데도 왜 이렇게 마음이 허한지. 쓸쓸하고 뭔가 잃어버리는 것 같고. 비참하고.

더 짜증 나는 것은 은조의 저런 진심 어린 말을 들었음에도 불구하고 자신의 굳건히 솟은 남성이 가라앉질 않는다는 것이다. 그는 엉거주춤, 그녀에게서 잠시 몸을 떼어 냈다.

집에 갈 수 없는 건, 그녀가 아니라 자신이었다. 이 참을 수 없는 성욕이 원망스러울 뿐. 나이가 들면 성욕이 점점 줄어든다고 하는데, 차라리 빨리 나이를 먹든가 해야지.

내 평생 고자가 부러운 적은 없었는데. 김은조, 아, 진짜.

"재익아, 기다리면 기다릴수록 기쁨은 더 커지잖아. 우리, 그렇게 생각하자."

그녀는 누나처럼 그의 등을 어루만져 주었다. 재익은 입을 꾹 다물고 고개만 끄덕였다.

그래. 다음 기회를 노리는 수밖에.

그는 잠시 욕심을 내려놓아야 한다고 생각했다. 그러면서 은조의 얼굴을 감싸고 입술에 가볍게 입맞춤을 했다.

"사랑해, 은조야. 넌 내 꺼야."

그는 자신이 이런 유치한 말을 내뱉을 줄은 몰랐다. 하지만 반드시 자신의 여자로 만들 거라는 열정과 타오르는 애정이 마구 샘솟았다. 오늘 밤이 그가 지금껏 살아온 수없이 많은 밤들 중에 가장 외로운 밤이 될 것이다. 그녀를 안을 수 없으므로.

"정말, 사랑해, 은조야."

"재익아, 나도 사랑해."

은조도 그의 입술에 키스했다.

"집까지 바래다줄게."

"아냐, 괜찮아. 그럼, 내가 더 미안해지잖아."

"미안하긴. 넌 내 여자야. 내 꺼라고."

"내 여자란 말은 좀 야하다. 아직 같이 잠도 안 잤는데."

은조가 부끄럽다는 듯 얼굴을 붉히자, 그가 그녀의 허리에 팔을 두르며 자신의 품속으로 꽉 끌어당겼다.

"안 자도 넌 내 여자야. 무조건 내 여자야! 내 꺼라고. 머리에서 발끝까지 전부 다 내 꺼라고!"

미쳤구나, 한재익. 진짜 불쌍한 놈. 쯧쯧.

✢

그녀에게서 독한 소주 향이 났다. 그녀의 입술 안에서, 품 안에서, 은밀한 그녀의 여성 안에서까지. 왠지 모를 그 향은 재익을 취하게 만들었다.

그녀에 대한 욕망이 너무 강한 탓인지, 아니면 그 욕망을 너무 꾹꾹 눌러 참다가 한 번에 폭발하듯 터져 버려서인 건지 이유는 정확치 않았다. 어찌 됐건, 재익은 그날 그녀를 탐하고 은조는 그에게 완전히 넘어가 두 사람은 정신없이 서로에게 몰두했다.

재익은 절대 여자를 그가 혼자 살고 있는 오피스텔로 끌어들이지 않는다는 게 평소 그의 철칙이었다. 그것도 여자와 처음 섹스를 나눌 때엔 특히 더 그랬다.

자유롭게 연애를 즐겼지만 여자가 계속 자신의 집에 드나들면서 귀찮게 구는 건 질색이었다. 빌미를 제공하지 말자는 주의였다. 그래서 그는 웬만해선 분위기 좋은 모텔로 여자를 리드했고 그녀가 몸과 마음이 열릴 때까지 충분히 시간을 주는 편이었다. 말하자면 그녀 쪽에서 먼저 자신과의 섹스를 절실히 원할 때까지, 참고 인내

하자는 주의였다. 더욱이 여자가 첫 경험이라면 그것은 당연하다고 생각했다.

그래야 첫 관계를 가질 때 여자도 고통이 덜할 것이고, 자신 또한 충분히 여자를 리드하면서 즐길 수 있을 테니까.

재익은 모텔의 호수를 무심결에 바라보았다. 은조 또한 태어나서 처음으로 남자와 단둘이 이런 곳에 온지라, 재익의 눈길을 따라 그녀도 힐끗 '305호'라는 호수를 바라보며 얼굴을 붉혔다.

재익은 그녀가 몹시 긴장하고 있다는 것을 느꼈다. 하지만 그것은 아주 잠시일 뿐.

문을 열고 들어가자마자 두 사람 모두 침대로 쓰러지는 우스꽝스러운 연출만 안 했을 뿐 그들은 서로 탐하기 시작했다.

재익이 그녀에게 깊이 키스했다. 꽤 오랫동안 그녀의 입술을 빨아들여 그녀의 체취가 그의 입 안 가득히 퍼져 나갔다.

"재익아, 좀 천천히, 응?"

"그러고 싶은데, 네가 너무 예쁘니까."

그녀도 그의 아랫입술을 깨물었다. 둘은 한동안 서로를 물고 빨아들였다.

재익이 재빨리 그녀의 셔츠와 브래지어를 한 번에 벗겨 내렸다. 어떻게 그렇게 됐는지 순식간에 그 앞에 가슴이 노출되자 은조는 당황했다.

"부끄러워 할 것 없어. 내가 다 알아서 할게."

그는 그대로 은조를 침대 위로 눕혔다. 그녀가 자신을 밀어 낼 틈조차도 주지 않고 스커트 밑으로 손을 집어넣었다. 그가 스타킹을 벗겨 내리려 하자 은조가 몸을 반쯤 일으키며 말했다.

"샤워는 해야 하지 않을까."

"아니. 샤워 안 한 네 몸이 더 좋아."

재익은 정말 그녀에게 취한 듯 황홀한 표정으로 말했다. 그가 다시 그녀를 눕히고는 천천히 스타킹과 팬티를 벗겨 버렸다. 그리고 바로 훅 불어오는 그의 뜨거운 입김이 그녀의 다리 사이를 관통했다. 은조는 눈을 동그랗게 뜨고는 천장만 바라보았다. 그녀의 아래가 갑자기 움찔하고 놀라는 것 같아 심장이 덜컹 내려앉았다.

아, 내가 지금 무슨 짓을 하고 있는 거지? 아니지, 난 재익이를 사랑하니까. 아니, 그와 자고 싶고 함께 있고 싶으니까. 그냥 같이 있고 싶으니까.

그가 다시 그녀의 몸 위에 올라타 그때까지 간당간당하게 걸쳐져 있는 스커트를 밑으로 끌어내렸다. 순식간에 알몸이 된 은조가 자신의 몸을 가리기 위해 밑에 깔린 이불을 들어 올리려 하자, 곧바로 재익이 그녀의 손을 잡고 위로 올리며 저지했다.

그가 그녀에게 홀린 듯 그녀를 내려다보았다. 이상하게 절절한 눈빛이었다.

대체 무엇 때문에 자신의 알몸을 저토록 애달프게 쳐다보는 것일까. 은조는 그가 자신을 좋아하는 줄은 알고 있었지만, 저런 눈빛은 뭔가 남자가 크게 감동을 받을 때나 나오는 눈빛이 아니던가.

은조는 자신의 몸매가 평범하다는 것쯤은 알고 있었다. 피부가 희고 깨끗한 거 말고는 별로 특별할 게 없단 말이다. 그런데도 재익은 그녀의 몸을 쉴 새 없이 어루만지고 있었다.

곧 그의 입술이 그녀의 뽀얗고 말캉거리는 가슴으로 향했다. 혀로 핥듯이 어루만지다가 젖꼭지를 깨물며 빨아 당겼다. 그가 드디어 한 손을 그녀의 다리 사이로 불쑥 집어넣으며 그녀의 여성을 쓰다듬었다. 재익은 흡족한 듯, 그리고 뭔가 간절한 듯 은조의 눈과 그녀의 아랫도리를 번갈아 바라보며 말을 이었다.

"아랫입술, 윗입술. 넌 최고야."

"있잖아, 나는……."

그녀가 무어라 말하기도 전에, 그의 입술이 그녀의 입술 안으로 다시 밀려들었다. 그의 입술은 그녀의 입술을 음미했고 그의 손은 그녀의 젖은 여성을 한없이 파고들었다. 그의 메마른 입술이 그녀의 촉촉한 입술로 인해 부드러워졌고, 그녀의 여성을 덮고 있던 그의 손바닥이 그녀의 젖은 여성으로 인해 미끈거렸다.

급기야 은조의 입에서 신음 소리가 흘러나왔다. 그녀는 양손을 그의 어깨에 짚고는 어느새 알몸이 되어 버린 그 밑에서 살짝 헐떡이기까지 했다.

그가 다소 조급한 듯, 그녀의 입술에서 자신의 입술을 떼어 냈다. 그러고는 그녀의 양쪽 허벅지 밑으로 양손을 집어넣어 다리를 벌렸다. 그는 만족한 듯한 표정으로 곧바로 그 안으로 고개를 낮추고 달구어진 혀로 그녀의 예민한 여성을 핥아 내려갔다.

그가 그녀의 젖은 여성을 물고 빠는 소리가 더없이 선정적으로 들렸다. 은조는 부끄러워 미칠 지경이었다. 어디선가 읽은 적이 있다. 아니, 들었을지도 모른다. 약간의 수치심을 자극하는 섹스야말로 가장 흥분되는 것이라고.

그 얘기가 틀린 말은 아닌 것 같았다. 태어나서 처음 맛보는 쾌락에 그녀는 정신을 차릴 수가 없었다. 자신이 몹시 흥분하고 있다는 것 자체가 믿을 수 없었고, 그것만으로도 심장이 터질 것처럼 짜릿했다. 그녀는 눈을 질끈 감고 그녀의 다리 사이에서 정신없이 그녀의 아랫입술을 탐하고 있는 그의 머리를 쓰다듬기까지 했다.

더 이상 뜨거울 수 없을 정도로, 이 이상 열정적일 수 없을 정도로 재익은 그녀의 여성을 손으로 벌리고 핥고, 빨아 댔다. 충분히 그녀를 달궈야 한다고 생각했다. 그녀가 아프지 않게. 힘들지 않게. 완전히 몸이 열리면 비록 그녀가 첫 경험일지라도 그다지 아프지 않을 거라고 생각했다. 아니 그런 이유가 아니더라도 재익은 그녀를 품속에 넣고, 자신이 원하는 모든 것들을 그녀와 함께 나누고 싶었다.

"아, 아…… 재익아……."

은조가 달아오른 얼굴로 헐떡였다. 그제야 그가 고개를 들고는 한 손으로 자신의 입가를 쓱 닦으며 그녀를 내려다보았다. 은조가 가쁜 숨을 내쉬며 살며시 눈을 뜨고 그를 올려다보았다. 자신을 바라보는 그의 눈빛이 뜨거웠다. 그녀의 얼굴에 붉게 홍조가 일었다.

"나도 모르게……. 그냥, 신음 소리가 나왔어. 그게, 그러니까……."

"너, 너무 부끄러워한다. 일부러 그러는 거야? 나 유혹하려고?"

그녀의 벌어진 입술에 그가 다시 뜨겁게 달궈진 혀를 밀어 넣었다. 더 깊숙이 넣었다 뺐다를 반복하다 급기야는 타액을 그녀의 입 안 가득 흘려 넣어 버렸다.

그는 자신이 키스에 꽤 능숙하다고 믿고 있었다. 그가 생각하는 능숙한 키스란, 타액을 흘리지 않으면서 담백하게 여자의 입술을 맛보는 것이다. 여자들은 침을 질질 흘려 가며 하는 키스를 질색하니까.

하지만 지금 자신이 그러고 있지 않은가. 자신의 타액을 그녀의 입술에 왕창. 살짝 당황한 재익은 자신의 심벌이 부풀어 올라 터져 버릴 것 같았지만, 은조가 먼저 원할 때까지는 좀 참아야겠다고 생각했다. 그녀에게 첫 경험을 아프고 끈적거리는 기분 나쁜 추억으로 만들어 주고 싶지는 않았다.

그가 땀으로 젖은 그녀의 머리를 뒤로 넘겨 주며 그녀의 귀와 목덜미를 핥았다. 손을 내려 그녀의 하얀 어깨를 감싸 안으며 애무하자 은조가 그를 자신의 품으로 더욱더 끌어안았다.

재익이 조용히 그녀에게 말했다.

"네가 아프지 않으면 좋겠어. 하지만, 더 이상은 참기가……힘들어."

도저히 참을 수 없어 부푼 자신의 남성을 그녀의 안으로 밀어 넣으려고 하자, 은조가 알 수 없는 표정으로 그를 바라보며 고개를 흔들었다. 재익이 재빨리 협탁 위에 놓여 있는 콘돔을 가져와 끼우기 시작했다. 그러자 은조가 그의 팔을 쓰다듬으며 말했다.

"괜찮아, 나 처음 아니니까. 안 아플 거야."

"뭐? 처, 음이 아니라고?"

은조가 해맑은 얼굴로 고개를 끄덕였다.

"왜, 실망했어?"

재익이 어색하게 웃었다. 그러면서 고개를 저으며 아니라고 했다.

"무슨 소리야. 나한텐 그런 건 아무 상관없어. 네가 처녀든, 아니든."

그러면서 그는 그녀 위로 올라타며 그녀의 몸 구석구석에 입을 맞췄다.

"사랑해, 은조야!"

"나도, 사랑해. 재익아."

이건, 말도 안 돼. 스물한 살에 처녀가 아니라고? 아니 그게 문제가 아니라. 대체, 어딜 봐서. 아니, 아니지. 그렇담, 내 눈에 예쁘면 다른 새끼 눈에도 그렇다는 건가.

"내가 처음이 아니라서 실망한 거야?"

은조가 다소 처연하게 그를 올려다보며 말하자, 재익은 전혀 아니라며 고개를 흔들었다.

"널 사랑해. 사랑한다고. 날 속 좁은 놈으로 만들지 마."

이런, 빌어먹을!

이상하게 그의 몸이 그때부터 점점 더 끓어오르기 시작했다. 그의 물건이 콘돔을 뚫고 나올 듯 팽팽해지기 시작하자, 그는 자연스럽게 그녀의 안으로 그것을 밀어 넣었다. 그녀를 더 갖고 싶어 미칠 지경이었다.

그 좁은 통로를 뚫고 들어가자, 그녀는 다시 눈을 감았다. 자신이 충분히 부드럽게 길을 열어 주었다고 생각했는데도, 역시 한 번에 바로 들어가지는 못했다. 은조가 지나치게 긴장을 하고 있어서였는지, 그녀는 다리에 잔뜩 힘을 주고 있었다.

"다리에 힘 빼."

"아파. 재익아, 잠깐만."

그녀가 몸을 틀자, 그가 갑자기 페이스를 잃은 듯 흥분하기 시작했다.

"가만히 있어."

재익이 다시 한번 그녀 안으로 깊숙이 들어갔다. 은조가 다소 울먹이는 듯한 목소리로 무어라 말했지만 그는 사정을 봐주지 않고 거칠게 그녀 안에서 자리를 잡아 갔다. 그러고는 위아래로 조금씩 몸을 흔들기 시작했다.

그러면서도 다시 그가 뜨겁게 그녀의 입술을 빨아들였다. 그녀의 모든 것을 갖고 싶었다. 머리끝에서부터 발끝까지, 하나도 남김

없이!

"넌, 내 꺼야. 은조야. 앞으로도……."

죽여 버릴 거야. 어떤 새끼든.

그의 싸늘하게 식은 표정을 보자, 은조는 자신이 실수했음을 깨달았다.

은조에게 재익은 물론 첫 남자이자 첫사랑이었다. 그리고 재익이 자신을 좋아하는 건 맞지만 그가 순정을 자신에게 바칠 만한 남자는 아니라는 것쯤은 알고 있었다. 어차피 그래 봤자 자신들은 스물한 살의 어린 나이다. 앞으로 이 사랑이 결실을 맺는 것보다 실패할 확률이 더 많은.

게다가 그는 자신 말고도 다른 여자들도 만나는 것도 같고, 여자 경험이 꽤 있는 것도 같다. 그것이 단순히 억울해서 거짓말을 한 것은 아니다.

어차피 책임질 것도 아니고 그래 봤자 유효 기간이 얼마 되지도 않는 사랑을 하면서 영원히 사랑할 것처럼 말하는 게 씁쓸할 뿐이었다. 물론 이 모든 것을 알면서도 은조는 재익을 사랑했다. 영원하지 않을 걸 알지만 그래도 사랑은 사랑이다. 그런데도 재익은 자신이 은근히 처음이길 바라는 것 같았다. 그 점이 조금 괘씸하여 살짝 골려 주려 한 것뿐이다.

자기도 처음이 아닌 주제에, 뭘 그렇게 자기 소유물처럼 대하고 싶은 것인지.

이 세상엔 아름다운 사랑만 있는 건 아니니까. 그리고 아름다운 사랑의 정의 또한 애매하지 않은가. 도대체 아름다운 사랑의 기준이 무엇이란 말인가. 은조는 아픔을 꾹 참고 재익의 눈을 바라보았다. 정말, 그가 질투심 때문에 자신을 더욱 거칠게 대하는 것일까.

하지만 이런 걸 원한 건 아니었다.

은조는 그의 사나워지는 기운에 겁이 나기 시작했다. 그가 자신의 몸 안으로 더욱 깊숙이 밀고 들어왔다. 더 이상 뚫고 들어올 수 없을 정도로. 너무 깊어 그녀는 비명을 질렀다. 고통으로 다리가 저려 올 지경이었다.

"그만, 재익아! 나, 너무."

"조금만 참아."

"아앗……."

그의 몸이 사정없이 들락거렸다. 자신을 부드럽게 리드했던 처음의 그가 아니었다. 은조는 후회하기 시작했다. 마치 자신이 잠자는 사자를 건드린 꼴이 된 것 같아 기분이 좋지 않았다.

뭐, 그깟 일로 그렇게 흥분을 하고.

"악……!"

은조가 비명을 지름과 동시에 그가 포효하듯 몸을 떨며 그녀를 꽉 안아 버렸다. 재익의 깊은 숨소리가 그녀의 귓가로 스며들었다. 반쯤 눈을 감은 채, 재익이 가쁜 숨을 몰아쉬며 그녀의 입술에 깊게 키스했다. 그는 키스를 아주 좋아했다. 섹스하는 내내 키스, 키스, 키스.

한동안 두 사람은 아무 말도 하지 않았다. 잠시 후, 그가 몸을 일으켜 축 늘어진 콘돔을 벗기며 그것을 그대로 쓰레기통 속으로 집어 던졌다. 흘끗 본 콘돔 안의 묵직한 액체가 그녀의 눈에 고스란히 들어왔다.

그의 탄탄한 몸이 다시 그녀 곁으로 다가오자 은조는 살짝 옆으로 비켜 누웠다. 그러자 그가 그녀의 허리를 옆으로 와락 끌어안으며 자신의 몸을 그녀에게 밀착시켰다.

"내 입 안에서 네 냄새가 나. 김은조의 냄새."

"무슨 말이야, 그게."

"네 입에서도 내 냄새가 났으면 좋겠어. 한재익의 냄새."

은조가 미간을 찌푸리며 그를 돌아보자, 재익이 다시 발기한 자신의 남성을 툭 쳐 보였다. 그가 무엇을 원하는지 알자 은조는 몸을 일으켰다. 그녀는 머리칼을 쓸어 넘기며 말했다.

"같이 안 씻을 거면, 나 먼저."

그녀가 말을 끝마치기도 전에 재익이 그녀의 몸을 거칠게 끌어안으며 다시 그녀를 침대 위로 눕혔다.

"누구 맘대로 씻어. 설마 내가 한 번으로 끝낼 것 같아?"

"뭐, 뭐라고?"

재익이 그녀의 얼굴을 한 손으로 쓰다듬으며 웃었다. 어딘지 그의 웃음이 싸늘하게 느껴져 은조는 덜컥 심장이 내려앉았다.

고작 내가 너랑 한 번 하겠다고, 그렇게 시간 들이고 공을 들였는 줄 아는 건가.

순진한 김은조.

재익이 그녀의 얼굴을 사랑스럽다는 듯 계속 쓰다듬었다. 자신도 자신의 마음이 때론 헷갈렸다. 공을 들인 시간이 억울한 건지, 그녀가 정말로 좋은 건지.

하지만 그는 이렇게 말했다.

"네가 좋아. 말하는 것도, 신음 소리도, 몸매도, 얼굴도, 전부다 좋아."

은조는 그의 애잔한 목소리에 마음이 약해져 버렸다.

"나도, 나도 그래, 재익아."

"아니. 그래도 내가 더 너를 원할 거야."

"나도 원해. 원한다고."

그녀가 다소 수줍게 말했다. 겁도 나고 괜히 건드려서 일만 키운 것 같아 빨리 수습해야겠다고 생각했다. 하지만 다른 한편으론 알 수 없는 짜릿함이 느껴졌다. 그냥 흥분됐다. 그가 자신을 원한다고 생각하니, 부끄럽게도 몸이 젖는 것도 같았다. 이 무슨 해괴망측한 반응이란 말인가.

"너에게도 날 새기고 싶어. 아주, 깊숙이"

그가 너무 집요하게 말을 해서 처음엔 무슨 소린지 알아들을 수가 없었다. 하지만 곧 그가 그녀의 손을 그의 단단한 심벌에 갖다 대자, 그제야 은조는 깜짝 놀라 그를 쳐다보았다. 거대한 방망이가 된 그의 단단한 남성.

그리고 그의 능숙한 손놀림과 애무. 평소에 다소 냉정한 듯 보였던 그가 아니라 더욱 흥분되었다.

그가 자신을 너무 사랑하는 것인지, 아니면 단순히 욕망에 의한 욕구인지. 그녀는 모를 일이라고 생각했다. 과연 무엇이 사랑일까.

무엇이 사랑이든 간에, 지금 이 순간, 자신은 그의 모든 요구를 들어주고 싶었다. 그것 또한 자신의 욕망이라면 할 말이 없다.

처음임에도, 그가 어딘지 괘씸하여 경험 있다고 말한 자신이 과연 순수한 사랑을 하고 있는 것인지. 그녀도 그와의 정사가 대체로 만족스러웠는지 아니면 초반 그의 리드 때문인지 혈흔이 아주 희미하게만 보일 뿐이었다. 그녀 자신이 알아챌 만큼만. 다행이라고 생각했다. 이런 자신이 과연 그를 진심으로 사랑하는 것일까. 알 수 없는 일이다.

은조는 그가 이끄는 대로 자신의 입술을 달싹였다. 그것이 사랑이건 욕망이건, 솔직한 자신의 마음이라고 인정했다. 그의 팽팽하게 당겨진 심벌이 그녀의 혀끝에 닿았다. 재익이 눈을 감고 그녀도 눈을 감았다. 그들의 밤이 짧아지고 있었다.

❖

은조는 기분 좋게 기지개를 켰다. 모텔의 하얀색 이불이 로맨틱하게 보일 줄은 몰랐다. 전에 누가 덮었을지도 모를 이런 이불이.

그녀는 곁에서 곤히 잠든 재익의 얼굴에 살며시 입을 맞췄다. 옆으로 누워 잠시 그의 잠든 얼굴을 감상하고 있자, 그가 눈을 깜박거리며 잠에서 깨어났다. 간밤에 들짐승처럼 덮쳤던 모습과는 사뭇 다른 얼굴을 보자 웃음이 나왔다.

그가 몸을 일으켜 앉았다. 그러자 은조는 부끄러운 듯 몸을 가리며 웃었다.

그는 방금 자다 깬 얼굴이 아닐 정도로 말끔했다. 붓기도 전혀 없는 균형 잡힌 이목구비가 그녀의 눈을 즐겁게 했다. 비현실적일 정도로.

그녀는 재익에게 달콤한 목소리로 말했다.

"잘 잤어?"

"응."

재익이 그녀의 머리칼을 어루만지며 웃어 보였다. 그러자 은조가 약간 우물쭈물하듯 입술을 삐죽이며 말했다.

"우리…… 말이야."

"응, 왜?"

"같이 잤으니까, 하는 말인데."

재익은 갑자기 불안해져, 은조의 얼굴을 빤히 쳐다보았다.

"우리 언제 결혼할 거야?"

"뭐?"

"책임질 일을 했으니까 당연하잖아. 뭘 그렇게 놀라고."

재익이 순간 할 말을 잃고 얼굴을 돌리자 그녀가 그의 등 뒤로 그를 와락 끌어안으며 애교 섞인 목소리로 말했다.

"자기, 너무 좋아. 사랑해."

"저, 저기 말이야."

재익이 자신의 목을 뒤에서 끌어안고 속삭이는 은조의 팔을 살짝 풀면서 고개를 돌려 그녀를 다시 쳐다보았다. 자신이 아직 잠이 덜 깬 건지, 이 무슨 귀신 씻나락 까먹는.

순간, 은조가 박장대소하며 마구 웃어 댔다. 재익이 헝클어진 한쪽 머리칼을 쓸어 넘기며 잠시 노려보자, 은조가 재밌다는 듯 웃으며 윙크를 했다.

"십년감수했지?"

"김은조, 진짜."

"너무한다, 그래도. 아주 표정이 창백해져서는."

"이제 보니, 묘한 악취미가 있네."

"뭐가? 책임질 일 한 거 맞잖아. 언제 결혼해 주실 거예요?"

그녀가 보채듯 입을 삐죽 내밀었다.

"날 그렇게 놀리면 재밌나 봐? 원래 남자 갖고 노는 게……."

재익은 뭔가 일이 잘못되어 가는 것 같아 순간 고개를 갸우뚱했다. 이런 말은 평소 자신이 만났던 여자들이 자신에게 하는 멘트였는데.

"미안, 미안. 그냥 한번 웃자고 한 말이야. 뭘 그렇게 정색을 하고."

"김은조, 장난하지 마. 정말 내가 결혼하자면 할 것도 아니면서."

감히 나를 떠봤겠다?

재익이 진지한 얼굴로 그녀를 자신 앞으로 끌어당겼다.

"말해 봐. 내가 결혼하자고 하면 할 거야? 나와 결혼할 만큼 내가 그렇게 좋은 거야?"

"뭐가 그렇게 심각해? 한 번 같이 잤다고 결혼하는 사람이 어딨어?"

"그럼, 왜 그런 농담을 했는데."

"아침에 일어나면 혹시 서로 어색해할까 봐 웃자고 한 얘기네요. 뭐, 그래. 어차피 우리가 그 누군가와는 결혼하게 되겠지. 그 상대가 네가 될 수도 있고 아닐 수도 있고. 그건 너도 마찬가지잖아."

"누군가와 결혼."

막상 그런 얘길 그녀의 입에서 직접 듣게 되니 기분이 묘했다. 아무리 그래도 방금 같이 잔 남자 앞에서 할 소리는 아닌 것 같았다. 빈말이라도 자신과 결혼하겠다고 하면, 어디가 어떻게 되나? 그러고 보니, 자신도 방금 정색을 하지 않았던가. 결혼하자고 하는 말에 깜짝 놀라서. 그래 놓고는 은조가 저런 반응을 보이니까 서운해지는 건 대체 무슨 심보인 건지.

"지난밤에 좋았어?"

대뜸 재익은 그녀에게 물었다. 계속 왜 결혼하자고 했냐며 추궁했다가는 자신이 정말로 화를 낼 것 같았기에 화제를 돌리기로 했다. 솔직히 그녀가 얼마나 만족했는지 궁금하기도 했고. 어젯밤, 여러 번 그녀를 덮쳤으니까.

그때마다 그녀는 아프다고 비명을 질렀지만 공들인 시간이 억울하기도 하고, 치사한 얘기지만 들인 정성이 아까워 마음껏 그녀의 몸을 맛보았던 건 사실이었다. 그런데, 왜 이렇게 만족스럽지 못한 감정이 드는 건지.

　다른 여자들하고 했을 때는 상쾌하고, 아주 개운했단 말이다. 미련 없는 화끈한 밤을 보냈고, 그건 뒤끝이 없는 섹스라고나 할까. 그런데 지금은 대체 이유가 뭘까. 그는 머릿속에서 빙빙 도는 생각을 정리하기 시작했다.

　벌써 그의 몸이 다시 끓어오르고 있었다. 마음에 드는 여자를 만나면 한동안은 일어나는 증상이었다. 남자로서 당연한 증상. 그런데 생각보다 오래는 못 간다. 은조는 모르겠다. 얼마나 갈지.

　그것을 알기에 그는 은조에게 잘해 주고 싶었다. 그런 의미에서 오히려 그녀의 처음을 갖지 않은 게 다행이라고 생각했다. 은조가 처음이었다면, 정말 미안할 것 같아서였다.

　그런데 아직 어리게만 보이는 그녀의 첫 남자가 누구였을지 이상하게 궁금하고, 또 유치하게 계속 호기심이 이는 이유는 무엇인지 모르겠다.

　요즈음은 첫 경험을 빨리하는 추세이니, 뭐 그럴 수도 있겠다 싶지만 분명 자신과 술을 마시며 얘기했을 때는 연애 따윈 안 하겠다는 둥, 사랑하면 인간들이 전부 지질해지니, 자신은 열심히만 살겠다는 둥 온갖 캔디 같은 말은 죄다 해 놓고는 처음이 아니라며 별로 아프지 않을 것이니 괜찮다고 하지를 않나.

　도통 앞뒤가 맞지를 않는다.

　그렇다고 세상에 첫날밤에 처녀인 여자가 자신은 처녀가 아니라고 말하는 여자도 있나? 그 반대면 모를까. 그리고 만약 은조가 거짓말을 했다면 그것도 말이 안 되지 않은가?

대체 왜?

아, 머리 아프다. 재익은 그만 생각하기로 했다. 처녀면 어떻고, 또 아니면 어떠리.

아니야. 그는 다시 그녀의 생각으로 머리가 터질 것 같았다. 생각하지 않으려 해도 자꾸 생각이 맴돈다. 만약 정말로 남자 경험이 있다면 사랑하지도 않는 남자랑 섹스를 했다는 건가? 그럼, 혹시 강제로? 아니야. 설마 그럴 리는 없어. 그러면 뭐지?

연애도 한 번 안 해 본 여자가 남자 경험이 있다니. 도대체 뭐냐고. 설마 지금 자신이 이상한 여자를 만나고 있는 건 아닌지. 아니야. 어딜 봐서 은조가 이상한 여자던가.

상현 선배도 그러지 않았던가. 귀엽기도 하고 솔직하고 수줍음도 많다고.

그럼, 혹시 상현 선배가 그녀의 첫 남자?

오, 말도 안 돼. 이런, 진짜 내가 이상해지는 건지, 내가 이상한 여자에게 홀려 가고 있는 건지…….

재익은 혼란스러웠다. 처음 만난 자리에서 자신의 가정사를 별 거리낌 없이 솔직하게 말했던 그녀이기에 내숭을 떤다든지, 자신과 밀당을 한다는 것은 상상이 가지 않았다.

재익은 한동안 그녀의 얼굴을 빤히 쳐다보았다.

"좋았어, 지난밤에."

은조가 얼굴을 붉혔다.

"그러니까 결혼하자는 농담까지 했지."

얼마나 좋았는데? 그 자식보다 좋았어? 내가 그 자식보다 잘해?

재익은 눈을 질끈 감았다. 세상에, 미친 새끼.

결국 이게 자신의 솔직한 마음이란 말인가. 쿨하게 연애하는 걸 자신의 가장 큰 장점이라고 여태껏 자랑스럽게 생각해 왔는데. 미치겠다, 정말.

그럼에도 궁금한 건, 궁금한 거다. 그는 참지 못하고 마침내 말해 버렸다.

"어떻게 좋았는데? 너, 경험 있다며."

구제불능인 새끼. 죽어라, 그냥.

"그걸 어떻게. 그리고 사실…… 그런 건, 말로 하기가…… 너는 무슨 그런 질문을 하고."

"그럼, 결혼하자는 말은 그냥 농담이었어? 단순히 그냥 농담?"

그는 자신이 왜 이러는지 정말 몰랐다. 어린애 같았다. 하지만 있을 수 없는 일이다. 모든 여자 앞에서 그는 멋지게 보이고 싶을 따름이었다. 어린애라니. 끔찍했다.

"왜 그래, 정말? 너 꼭 어린애 같아. 보채는 어린애."

"뭐, 뭐? 아니, 난."

그제야 재익은 조용히 입을 다물었다. 어쩌다가, 내가.

하지만 그럼에도 그의 몸이 더 뜨겁게 타오르는 건 어쩔 수 없었다. 유치해도 오글거려도 몸의 본능은 숨길 수 없는 법.

"한 번 더 하자!"

재익이 그녀를 그대로 침대에 눕혀 놓고 그녀 위에 올라탔다.

더 잘해 줄 수 있었다. 그녀의 과거 그 남자보다 더 그녀를 기쁘게, 행복하게, 만족하게 해 줄 수 있었다. 더 사랑해 주고 싶었다. 참을 수 없을 정도로.

"뭐 하는 거야? 밤새 덮쳐 놓고. 이제 콘돔도 없단 말이야. 임신이라도 하면."

"결혼하지 뭐. 아이도 낳고."

"미쳤어? 우리 나이에 지금. 큰일 날 소리."

그가 그녀의 가슴을 아프게 움켜쥐었다 풀었다를 반복했다. 아팠다. 그의 애무가 너무 거칠어지고 있었다.

그녀가 몸을 틀며 일어나려 하자, 재익이 다시 그녀를 눕혔다. 그가 그녀의 다리를 양손으로 벌리면서 자신의 남성을 그대로 밀어 넣으려 하자 은조가 고개를 흔들었다.

"평생 나하고만 섹스하는 거야. 내 앞에서만 다리 벌리고, 지난 밤처럼 내 꺼만 그렇게 빨아 대면 되는 거야. 어때, 할 수 있지?"

재익이 발갛게 부어오른 그녀의 여성 안을 뚫어질 듯 바라만 보고 있었다. 재익은 몹시 흥분되었다. 이유를 알 수 없을 정도로 심장이 두근거려 터질 것만 같았다. 자신의 심벌에 피가 몰리는 기분이었다. 이제까지 경험해 보지 못했던 흥분이었다.

"더 벌려 봐, 더…… 여긴 나만 볼 수 있는 거야. 남편에게만 보이는 곳이니까."

그가 거칠게 내뱉으며 이번엔 그녀의 양쪽 무릎을 굽혀 그대로 위로 들어 올렸다. 그러자 그녀의 여성이 더 깊숙한 곳까지 그의 눈앞에서 벌어졌다.

"설마, 다른 새끼한테 보이고 싶은 건 아니지? 여긴 나만 볼 수 있는 곳이라고. 응?"

그녀는 수치심에 두 손으로 얼굴을 가리며 입술을 깨물었다.

"그만해."

"다른 새끼 입에 올렸다가는……"

지금 무슨 말을 하는 건지. 드디어 미쳤구나, 한재익.

그는 참지 못하고 자신의 남성을 그녀의 중심부에 밀어 넣었다.

부어오른 그녀의 여성 안으로 최대한 천천히, 그리고 자제심을 발휘해서 부드럽게 들어가려 애를 썼다.

"나, 너무 아파. 재익아."

"미안해, 하지만 너무 사랑해. 사랑해서 그래."

그가 그녀를 꽉 끌어안고 조금씩 몸을 움직이자, 그제야 은조가 감은 눈을 뜨면서 속삭였다.

"사랑한다는 말, 정말 많이 한다. 원래 그렇게 표현을 잘해?"

"사랑하니까. 정말, 사랑하니까."

그럼, 젠장…… 섹스하고 싶다고 하나? 섹스하고 싶어, 정말 섹스하고 싶어, 은조야. 이렇게?

불같은 자신의 심장이 계속 속삭이고 있었다.

사랑하고 싶어. 섹스하고 싶어. 차이가 뭐냐고, 대체!

❖

재익은 은조와 헤어진 후, 자신의 오피스텔로 향하고 있었다. 환한 대낮이라 그녀와 점심이라도 같이 먹으려 했으나 집에 빨리 들어가 봐야 한다고, 외박한 거 엄마한테 변명하려면 더 늦으면 안 될 것 같다며 그녀는 재빨리 집으로 향했다.

그가 집 앞에 다다르자 늘씬하고 예쁘게 생긴 여자가 팔짱을 낀 채, 그를 기다리고 있었다.

"이제 오는 거야?"

"뭐야? 여긴 어떻게 알고."

재익이 그녀를 노려보며 얼굴을 찡그렸다.

"너무 그렇게 인상 쓰지 마. 윤호 선배가 이 책 좀 너한테 전해 달라고 했을 뿐이니까."

윤호 선배. 그 인간이 문제였다. 몇 번 집에 불러다 술 한잔했을 뿐인데. 그새 같은 과 여자애한테 자신의 집을 알려 주다니. 재익은 여자들에게 웬만해선 자신의 집을 알려 주지도, 데려오지도 않았다. 혹시라도 자신에게 들러붙는 것은 생각만 해도 싫으니까.

그녀는 제법 두꺼운 전공 서적을 가방 안에서 꺼내 들고는 그것을 재익에게 내밀었다.

"학교에서 줘도 되는 걸, 굳이 집 앞까지 찾아오고 그러냐? 급한 것도 아닌데."

그는 그녀의 꿍꿍이가 짜증스러워 톡 쏘아 댔다.

"누구 만났어?"

재익이 그녀의 말에 대꾸 없이 몸을 돌리자 그녀도 그의 뒤통수를 향해 똑같이 쏘아 댔다.

"지난번에 도서관에서 본 그 여자애랑 데이트했니? 요즈음 걔랑 잘도 어울려 다니더니. 너도 참, 취향도 가지가지다. 이번엔 대체 어떤 스타일에……."

"책 돌려받았으니, 그만 가 봐라. 나도 오늘은 할 일이 많으니."

"한재익! 너 너무한다고 생각지 않아? 연애에도 예의라는 게 있는 거야. 도대체."

그가 몸을 돌려 짜증 난다는 얼굴로 그녀에게 내뱉었다.

"예의? 내가 너랑 사귀자고 했어? 우리 그냥 술 먹고 키스하고 하룻밤 같이 잔 거 뿐이야. 너도 나랑 원나잇 하는 것에 대해 합의하지 않았어?"

"쓰레기 새끼. 그 여자애한테도 거짓말했겠지? 나하고는 아무 사이도 아니라고."

물론 재익은 자신이 은조에게 거짓말을 하면서까지 들이댄 건 인정했다. 술 먹기 게임에 져서 한 키스가 아니라, 정말로 술에 취해 그녀와 끝까지 간 건 사실이었다. 하지만 그런 걸 사랑이라고 부르진 않으니까. 더더군다나 연애라니. 이 여자, 큰일 날 소리 하고 있네, 정말.

　"세진아. 나는 말이야. 심각한 사이는 딱 질색이야. 곧 있으면 군대도 가야 하고, 할 일이 태산 같은데, 하룻밤 가지고 이러는 거."

　"난 너 정말로 좋아했어. 우리 과에서 너 처음 봤을 때부터. 내가 용감하게 너한테 고백한 거 기억 안 나? 차라리 그럴 바엔 같이 자자고 한 나를 거절했어야지. 내가 너 좋아하는 거 알고, 이용한 거 아니야? 버젓이 내 앞에서 다른 여자랑 나가고."

　"정세진! 누가 나한테 고백하라고 했어? 술에 취해서 나한테 먼저 안아 달라고 한 건 너야. 그래, 나도 그때 제정신이 아니었던 거 인정해. 하지만 더 이상은 그만하자. 너 안 좋아한다고."

　그가 집으로 들어가려 하자, 뒤따라온 세진이 그의 등을 주먹으로 쳐 가며 욕을 하기 시작했다.

　"그럼, 나랑 왜 잤어? 좋으니까 잔 거 아니야? 나이도 어린 게 벌써부터 여자 몸이나 밝히고, 너 같은 건…… 정말……."

　재익은 화가 머리끝까지 나 있는 그녀를 무시할 수만은 없다고 생각했다. 그는 몸을 돌려 화를 내고 있는 그녀에게 차분하게 말하려 애를 썼다.

　"세진아, 잘 들어."

　"네가 어떻게 나한테 이럴 수가 있어. 날 좋아하지 않았으면 날 거절했어야지. 술 먹은 여자 이용한 거잖아. 아니야, 지금?"

"그러니까 내 말 잘 들으라고. 넌 예뻐. 매력도 있고. 너 같은 애가 먼저 남자한테 좋아한다고 고백하고 들이대는데 목석처럼 가만히만 있을 남자는 없어. 그래, 인정해. 내가 실수한 거."

"실수?"

되묻는 그녀의 목소리가 앙칼졌다.

"그러니까, 너처럼 예쁜 애는 남자한테 먼저 함부로 고백하거나 들이대면 안 돼. 그 남자가 널 정말로 사랑하는지, 아니면 네 몸만 탐하려고 하는지 분명히……."

짝!

세진이 그의 뺨을 후려쳤다. 얼마나 세게 쳤는지, 남자인 재익 조차도 얼굴 근육이 마구 흔들릴 정도였다. 재익은 한쪽 손으로 그녀에게 맞은 뺨을 어루만지며 어이가 없어, 그냥 웃어 버렸다. 믿을 수 없지만 계속 웃음이 나왔다. 차라리 이렇게 해서라도 그녀의 마음이 풀어진다면, 아니, 더 솔직히 말해 그녀가 깨끗이 떨어져나가 준다면 그게 낫겠다 싶었다.

"나쁜 새끼. 사람 마음 가지고 장난치는 거 아니야. 내가 너 좋아하는 줄 알았잖아. 어떻게 그걸 알면서, 나랑 잘 수가 있냐고, 네가 인간이야?"

아니, 네가 나랑 자 달라고 했잖아. 나 너무 좋아하니까 오늘 밤만이라도 자기 안아 달라고. 그런데 이제 와서. 자기가 먼저 유혹해 놓고, 적반하장도 유분수지.

하지만 재익은 아무 말도 하지 않았다. 그녀가 제풀에 꺾여 먼저 포기하고 돌아서길 바랄 뿐이었다. 자신이 좋은 남자는 아니지만 대체 이렇게 맞을 정도로 잘못했단 말인가? 정말이지 이해가 안 되는 순간이었다. 그러나 그는 더 이상 그녀와 엮이고 싶지 않았기에 조용히 말했다.

"미안하다. 좋은 남자 만나라. 나 같은 쓰레기 잊고."

"야, 한재익! 어떻게 바로 다른 여자한테 갈 수가 있느냐고. 내가 걔보다 못한 게 뭐야? 나보다 예쁘지도 않은 게. 나 우리 과 홍일점이야. 너 말고 나 좋다고 하는 남자 수두룩해. 나 다른 남자 만날 수도 있었다고. 그런데도 끝까지 난 너뿐이었어. 사람 마음 이렇게 짓밟아 놓고, 네가 사람이야? 개새끼, 쓰레기 새끼. 나쁜……."

"어디서 남의 귀한 집 자식한테 쓰레기니, 개새끼니 하는 거야? 너는 네 부모한테 그따위로 배웠어?"

갑자기 엄하고 강한 나이 든 여자의 목소리가 들리자 두 사람 다 화들짝 놀라 뒤를 쳐다보았다. 카랑카랑한 목소리의 주인공인 강 여사는 꼿꼿한 태도로 세진을 위아래로 훑어보다 재익을 번갈아 바라보았다.

"재익이 너는 도대체 얼마나 잘못을 했기에, 이 아가씨한테 들을 소리, 못 들을 소리까지 다 듣고 있는 게냐? 너 이 아가씨 임신이라도 시켰든?"

강 여사가 일부러 세진이 들으라는 듯 큰 소리로 말하자, 세진 또한 그녀를 노려보며 쏘아 댔다.

"도대체 누구신데."

"우리 할머니야. 저기, 할머니. 그런 게 아니고요."

"아, 죄송합니다. 저, 정세진이라고 합니다. 재익이하고는 같은 과 친구예요. 그게."

재익의 할머니라는 소리에 급히 정색하며 세진은 머리를 숙여 강 여사에게 인사했다. 강 여사는 당황해하면서 인사를 하는 그녀를 잠시 지켜보다 쇼핑백과 선물 상자를 바리바리 싸 들고 이쪽으로 오고 있는 운전기사에게 지시했다.

"그거, 재익이 집 안에 전부 들여다 놔. 유 기사는 짐만 내려놓고, 얼른 가 봐도 돼. 가는 건 내가 알아서 갈 테니까."

"네, 사모님."

강 여사가 찡그린 얼굴로 재익에게 눈짓을 하자, 그가 바로 번호 키를 누르고 문을 열었다. 재익이 강 여사와 세진을 번갈아 바라보자 세진이 조심스레 입을 열었다.

"저기, 오늘 일은 뭔가 오해가 있었어요. 재익이가 사실……."

"세진아, 잘 가라."

그는 할머니와 유 기사가 안으로 들어오자, 곧바로 문을 닫아 버렸다. 세진을 저렇게 내버려 둔 채, 집 안으로 들어온 것에 마음이 편치만은 않았지만 어쩔 수가 없었다. 할머니 앞에서 추잡한 꼴을 보이고 싶진 않으니까.

✛

유 기사가 물건들을 놓고 밖으로 나가자마자 강 여사는 소파에 다리를 꼬고 앉아 혀를 차기 시작했다.

"쯧쯧. 할미가 얘기하지 않았든? 그 물건 좀 여기저기 휘두르고 다니지 좀 말라고. 네 아버지 보면 모르겠니? 한 번의 잘못된 욕망이 얼마나 큰 화를 불러일으키는지. 남녀 사이의 잠자리라는 건 양날의 검 같은 거야. 쾌락은 짧고, 그 화는 영원하다는 거 모르겠어? 이 할미 말 명심해야 한다."

강 여사의 맞은편에 앉은 재익이 말도 안 된다며 입꼬리를 올렸다. 어딘지 비웃는 듯한 표정이었다.

"우리 할머니, 진짜 너무하시네. 잘못된 욕망이요? 그 잘못된 욕망으로 태어난 게 바로 저예요. 사랑의 결정체가 아니라, 잘못된 욕망이요? 큰 화요? 쾌락은 짧고 그 화는 영원하다구요? 우리 할머니, 진짜."

재익은 머리를 쓸어 넘기며, 표정을 굳혔다. 강 여사는 손자의 어두운 얼굴을 보자 자신이 실수했음을 깨달았다. 그녀는 바로 목소리를 부드러운 톤으로 바꾸며 그를 살살 어르기 시작했다.

"아니, 이 할미는 그런 뜻이 아니고. 우리 하나밖에 없는 귀한 손자가 그런 욕을 듣고 있으니까 울컥해서 그랬지."

강 여사가 재익의 옆으로 바짝 다가왔다. 그러면서 그의 등을 쓸어 주며 안쓰럽다는 듯이 말했다.

"그새, 얼굴이 반쪽이 됐네. 혼자 자취하면서 지내느라 먹는 게 얼마나 부실했으면 이럴까. 이 할미는 항상 우리 손자 생각밖에 없어. 어디서 그런 날라리 같은 계집애한테 걸려서는."

"할머니!"

재익이 강 여사의 손길을 몸에서 치우자 그녀는 놀라 멈칫했다. 하지만 재익은 잠시 무언가 생각하는 듯하더니 양손을 들어 올려 주름이 깊게 팬 할머니의 두 볼을 어루만질 뿐이었다. 그제야 마음이 놓인 강 여사가 다시 재익에게 다정히 말했다.

"그래, 그래. 우리 손자. 지 어미도 없이, 혼자서. 그런 계집애들은 신경 쓸 것도 없어. 남자 꽁무니 쫓아다니는 것들은 아예 쳐다보지도 마. 아무리 시대가 변했다지만 얼마나 못났으면 남자애 집 앞까지 찾아와 소리 지르고, 욕하고. 근본 없는 것들은 원래……"

"할머니, 제발. 우리 엄마도 그렇게 해서 쫓아냈어요?"

"쫓아내긴 누가 쫓아냈다고 그래? 넌 아직도 이 할미가 네 엄마를 쫓아냈다고 생각하는 거야?"

"그럼 아니에요?"

재익은 정말 궁금하다는 표정으로 물었다.

"참고 인내하면서 기다렸더라면 지금쯤 사모님 소리 들으며 대접받고 살았을 텐데. 지 복 지가 찬 거지."

강 여사는 한숨을 쉬면서 말을 이었다.

"배운 것 없고, 가진 것 없으면 고분고분한 맛이라도 있어야지. 어디서 할 말 다 하고. 그러니까 못 참고 나간 거야."

재익이 고개를 저으며 못 말린다는 듯 실소를 머금었다.

"우리 할머니 여전하시네. 나 사랑한다면서. 나밖에 없다면서. 할머니야말로, 내 생각 해서, 그렇게 사랑하는 손자 생각 해서 좀 참으시지. 그걸 못 참아서 며느리가 나갈 정도로 시집살이를 시켰어요? 그래도 나한텐 엄만데. 엄마 없는 새끼 만들지 말고 잘 좀 하시지."

재익이 슬쩍 웃으며 할머니의 눈치를 보자, 강 여사가 뭔가 울컥했는지 재익의 등짝을 후려치면서 말을 쏟아 냈다.

"뭐야? 이놈의 자식이. 여태껏 키워 준 할미 생각은 안 해? 내가 너를 어떻게 키웠는데. 네 어미 집 나가고 아직 코흘리개인 너 붙잡고 울면서 키웠어. 네 어미가 이제나 돌아올까, 저제나 돌아올까. 독한 년. 아주, 독한 년이야, 네 어미는. 자식 떼 놓고 나간 년은 어미 자격도 없지. 조금만 참고 견뎠으면 다 지 께 되는데, 그 세월을 못 참고. 요새 젊은것들이 다 그렇더라고."

할머니는 갑자기 두 눈에 눈물이 그렁그렁 맺히더니, 손수건으로 코를 팽 풀면서 감정을 추스르지 못하는 것 같았다. 그러고는 뭔가 결심한 듯 재익을 똑바로 쳐다보며 힘주어 말했다.

"너는 누가 뭐래도, 심지가 굳은 여자를 만나야 한다. 무엇보다 여자는 지혜로워야 되는 거야. 머리가 없는 여자는 말이야……."

"우리 강 여사님, 참 끝까지. 그래도 우리 엄마 똑똑한 분인 걸로 기억하는데, 너무 그러지 마요."

은근슬쩍 엄마 편을 들기는 했지만 재익은 할머니를 옆으로 꼭 안고서, 할머니의 눈에 맺혀 있는 눈물방울을 손으로 직접 닦아 주며 싱긋 웃었다.

"우리 할머니, 정말. 겉으로만 큰소리치지, 속은 여려 가지고. 그러면서 며느리는 어떻게 그렇게 잡았는지 모르겠네. 엄마 너무 미워하지 마요. 나한테는 엄마잖아. 할머니가 끔찍이 사랑하는 나한테는. 하나밖에 없는 엄마라고요."

"네 엄마는 무슨 복을 타고 태어나서, 너 같은 아들을 두었는지 모르겠다. 네 아비는 젊은 년 만나서 둘이 깨가 쏟아지게 사느라고 이 할미는 안중에도 없더만."

아버지는 작년에 스무 살이나 어린 여자하고 재혼을 했다. 두 분 신혼 생활에 방해가 되지 않으려고 자연스럽게 스무 살이 되던 해, 재익은 집을 나왔다.

이제는 홀가분하게 자유를 만끽하며 살고 싶다고 겉으론 제법 허세를 부렸지만 아버지와 어린 새어머니가 있는 넓은 집에 자신은 한낱 이방인일 뿐이었다. 원래부터 아버지와 끈끈한 관계도 아니었을뿐더러, 가끔 할머니가 챙겨 주지 않았더라면 거의 남남과 다를 바가 없을 정도로 가족 간의 정은 거의 전무했다.

재익은 차라리, 일찍 나와 사는 게 잘된 일이라며 스스로를 위로했다. 어차피 혼자 사는 인생 빠르면 어떻고 늦으면 어떠리. 모로 가도 서울만 가면 된다고, 어떻게 가든 즐겁고 행복하게 잘만 가면 되는 것을.

강 여사는 남아 있는 눈물을 손수건으로 훔치며, 재익의 얼굴을 쓰다듬었다.

"내 새끼. 가엾은 내 새끼. 할미는 이제 네 아비보다 너한테 기대가 더 크다. 네 아비는 젊은 년한테 홀랑 빠져서는 천지분간을 못 해. 애까지 한 번 유산되니, 그 젊은 년이 네 아비를 맨날 닦달하는 것 같더라. 그러니 말이야. 공부 열심히 해서 아버지 회사 물려받을 생각 해야 한다. 너 말고는 없잖아. 네 할아버지 때부터 일궈 온 회사야. 이 할미는 우리 손자가 그 자리에 앉는 날만 기다리고 있어. 알겠지? 내 새끼."

아이가 유산된 후, 새어머니는 신경이 날카로워져 가끔 히스테리를 부린다는 얘길 들은 적이 있었다. 재익은 집에서 독립한 후 한 번도 본가에 들른 적이 없고, 이렇게 한 번씩 할머니가 필요한 물건을 가져다주면서 소식을 전해 주는 게 전부였다.

언젠가는 아버지가 운영하는 회사로 들어가 일을 할지도 모른다. 아마도 그렇게 될 확률이 높겠지만 지금 이 순간은 이런 것 저런 것 따지지 않고, 지금 생활에 충실하고만 싶다.

그 집에서 있었던 일들은 그다지 좋은 기억이 못되었다. 아버지는 할머니 때문에 엄마가 집을 나갔다며 할머니를 원망했고, 할머니는 그런 엄마를 사람도 아니라며 어린 자신 앞에서 항상 흉을 보았다. 엄마 또한 집을 나가기 전까지 늘 아버지와 결혼한 걸 후회한다며 눈물로 하루를 보내거나 재익에게 짜증을 내며 화풀이를 했다.

원래 가족이란 너무 가까운 나머지 그렇게 막말을 해 가면서 싸워 대는 것일까.

어린 재익은 무엇이 옳고 그른지도 알 수 없었고, 별로 깊이 생각하고 싶지도 않았다. 생각해 봤자 집 나간 엄마가 돌아오는 것도 아니고 아버지가 자신에게 살갑게 대하며 관심을 가져 주는 것도 아니며 할머니의 분노에 찬 푸념이 줄어드는 것도 아니니까.

오히려 아버지의 재혼과 그의 독립이 그를 자유롭게 한 셈이다. 차라리 혼자 사는 게 속 편했다. 이렇게 가끔 할머니가 찾아와 애틋한 얘기를 서로 주고받으며 할머니 앞에서 재롱도 부리고 엄살을 피우는 게 훨씬 정이 더 깊어지는 것도 같았다. 어쨌든 할머니만이 그래도 자신에게 유일하게 정을 준 사람이니까.

하지만 그런 할머니가 만약 없었더라면 엄마도 집을 나가지는 않았을지도 모르지. 할머니가 자신을 무척 아낀다는 건 알지만 가슴속 깊은 곳에선 가끔 '할머니가 없었더라면.' 이라는 가정을 해 보곤 한다.

그는 어려서부터 어른들이 싫었다. 그래서 그 싫은 걸 얼굴에 드러내지 않는 법도 스스로 터득했다. 솔직해 봐야 득 될 게 없는 인생이다.

유머, 재롱, 애교. 이런 것들은 그에게 있어서 성격이 아니라 자신을 드러내지 않기 위한 방법일 뿐이었다. 말하자면 필요악이라고나 할까. 그의 얼굴에 씁쓸한 미소가 흘렀다.

"차라리, 할미랑 같이 살까? 내가 너 밥도 차려 주고, 뒷바라지도 하면서."

"할머니, 무슨 그런 말을. 전 할머니의 자유를 방해하고 싶진 않아요. 할머니도 아직 청춘이신데, 멋진 할아버지 만나셔서 연애도 해야 하고, 인생을 즐길 나인데. 왜 굳이 손자한테 얽매여서 답답하게 사시려고 하세요. 꽃 같은 우리 할머니가 그러는 건, 저도 싫어요. 아직도 이렇게 이쁘신데."

예상대로 그의 등짝에 곧바로 강 여사의 강펀치가 날아왔다.

"괘씸한 놈. 너도 네 아비랑 똑같아!"

"역시, 우리 강 여사님! 아직도 팔팔하시네. 완전, 청춘."

재익이 엄지손가락을 척 치켜 올렸다.

"저한테도 할머니뿐이에요. 사랑해요, 할머니. 오래오래 사셔야 해요. 나 장가가고 내 아이가 장가가는 것까지 다 보셔야죠."

"이 사기꾼 같은 놈."

할머니가 또다시 눈물을 글썽였다.

"내 손자 며느리는 정말……."

이때 재익이 바로 맞받아쳤다. 그의 목소리가 어딘지 서늘했다.

"내 여자한테는 절대 시집살이 시키면 안 돼요. 알죠, 그건?"

"이 녀석이 정말. 잘 나가다가."

"난, 우리 아버지처럼 여자한테 무능한 남잔 안 될 거거든. 어디 집을 나가. 반드시 꽉 잡아놓고 안 되면 가둬 두는 한이 있더라도 도망 못 치게 할 거니까요. 죽으면 죽었지."

재익은 사실을 말하고 있었다. 자신과의 문제가 아니라, 그 외적인 문제로 여자를 잃는 것이 남자로서 얼마나 멍청한 일인지 그는 아버지를 보면서 느꼈다.

자신은 절대 그러지 않겠노라고. 차라리 쓰레기 같은 남자가 될망정 무능한 남자는 절대로 되지 말자고 다짐했다.

재익이 다시 표정을 풀고, 부드러운 눈빛으로 할머니를 바라보았다. 여전히 눈가가 촉촉해진 할머니의 볼을 쓰다듬으며 재익은 다른 생각에 잠겼다.

❖

며칠 동안 은조에게서는 연락이 없었다. 문자를 보내도 전부 씹혔다. 궁금해서 전화를 걸었으나, 그녀는 나중에 다시 연락하겠다며 서둘러 전화를 끊었다. 학교에서 마주쳐도 잠시 겉도는 얘기만 할 뿐, 은조는 바로 집으로 돌아가곤 했다.

강의실 앞에서 은조를 가끔 기다리기도 했지만, 그것도 며칠 지나 관뒀다. 때가 되면 그녀 쪽에서 먼저 연락할 것이라는 생각에 조금 더 기다려 보기로 했다. 그러나 며칠이 지나도 연락이 없자 그는 세진의 집요한 눈초리를 받아 내며 은조의 연락을 은근 기다리다 못해 직접 그녀를 찾아가기로 마음먹었다.

예전에 얼핏 들었던 이야기로는 집이 식당을 한다고 했지? 집 근처에서 엄마가 식당을 운영하고 있고, 저녁때 잠깐씩 들러 일을 도와준다고 했던 것이 생각났다. 그는 몇 번 그녀를 집까지 바래다 준 적이 있기에, 일단 그 근처로 가 보기로 했다.

날이 저물고 있었다. 노을이 캠퍼스 주변을 물들이고 밝은 빛을 집어삼킨다. 재익은 친구들의 한잔하러 가잔 소리를 뒤로한 채, 학교 정문을 빠져나왔다.

은조가 말한 식당을 찾는 것은 그리 어렵지 않았다. 대로변에 위치한 매우 낡은 건물이었으므로 금방 눈에 띄었다.

언젠가 은조가 아마 이 동네에서 우리 식당만큼 낡고 허름한 건물은 없을 거라고 했던 말이 기억났다. 그녀의 말대로 다 쓰러져 가는 건물 1층에 옛날식 간판을 달고 있는 조그마한 식당이 있었다. 하지만 손님은 제법 많은지 가까이 갈수록 북적거리는 느낌이었다.

문을 열고 들어가려는데 은조가 어떤 중년 남자와 언쟁을 벌이는 게 눈에 들어와 그가 잠시 멈칫했다.

"아가씨, 여기 앉아서 나랑 한잔해. 예쁘게 생긴 아가씨가 왜 그렇게 뻣뻣해?"

"취하셨으면 얼른 드시고 나가세요."

"뭐? 취하셨으면?"

중년 남자가 기분 나쁘게 낄낄대며 웃었다.

"거, 되게 비싸게 구네. 일단 앉아 보라니까. 술 한잔 따르는 게 뭐가 그렇게 힘들다고."

그가 몸을 틀고 돌아서려는 은조의 팔목을 낚아채자 그녀가 소리를 질렀다.

"뭐 하시는 거예요? 당장 나가세요! 당신 같은 사람한테 음식 안 팔아도 되니까 다시는 여기 오지 마세요. 다시는!"

"뭐야?"

"나가시라구요, 당장! 경찰 부르기 전에."

"뭐, 이런 게 다 있어, 씨발! 야, 너 이리 안 와. 너 오늘 내 손에 죽어 봐, 어디."

중년 남자가 일어나면서 테이블에 있는 소주병을 집어 던졌다. 이 소리에 옆 테이블에 앉아 있던 사람들이 비명을 지르자 재익이 얼른 그쪽으로 다가갔다.

"뭐 하는 겁니까? 지금."

더 이상 난동을 부리지 못하도록 재익이 재빨리 취한 중년 남자의 팔목을 꽉 붙잡자 그가 재익을 노려보며 욕설을 퍼붓기 시작했다.

"뭐야, 이 새끼는."

"나 이 아가씨 남편이다, 이 개새끼야!"

"뭐? 남편? 개새끼?"

그가 다시 낄낄대며 웃었다.

"구라 치고 있네, 이 새끼. 네가 남편이면 난 저 아가씨 기둥서방이다, 이게 어디서."

재익이 아랫입술을 꽉 깨물며, 그의 멱살을 잡아채고는 그를 질질 끌고 밖으로 나왔다. 술에 취해 몸도 가누지 못한 그는 끌려 나가면서도 젊은 놈이 사람을 친다는 둥, 가만두지 않겠다는 둥 온갖 욕설을 퍼부어 대면서 악다구니를 쳐 대기 시작했다. 은조는 재익이 말릴 새도 없이 손님을 밖으로 끌고 나갔기에 발만 동동 구르고 있었다.

밖으로 나온 재익은 그를 바닥에 쓰러뜨리고는 주먹으로 한 대치고 싶었지만 끝끝내 이를 악물고 참았다.

"너 이 새끼, 잘 들어! 나 저 여자 남편 맞거든. 그러니까 다시 한번 저 여자 건드리면."

잠시 말을 멈춘 재익은 비틀거리며 일어나는 남자의 양복 주머니 안에서 휴대폰을 재빨리 꺼내 들었다. 배경화면으로 버젓이 아이들과 함께 찍은 가족사진이 깔려 있자 더욱 분노가 치밀어 올랐다.

"너 네 마누라가 이러고 다니는 거 알고 있어? 젊은 여자한테 집적대면서 추접스러운 짓거리 하고 다니는 거 알고 있냐고, 이 새끼야!"

재익은 점점 더 열이 오르고 있었다. 단순히 은조를 괴롭힌 것 말고도 그냥 화가 마구 나 정신없이 그를 두들겨 패 주고 싶은 마음을 간신히 참고 있는 중이었다.

재익에게 욕설을 들은 남자가 눈을 치켜뜨며 욕지거리를 하기 시작했다.

"나한테 너만 한 아들이 있어, 이 개새끼야. 어디서 지 아버지 뻘 되는 사람한테 새끼 새끼 하고 지랄이야? 진짜 세상 말세다, 말세야. 대한민국 만세다, 만세야!"

"나이 처먹었으면 나잇값 하고 살아. 너 같은 인간은 정말."

재익이 그의 휴대폰을 이리저리 만지다 집이라고 저장되어 있는 번호를 눌렀다. 그제야 술에 취해 해롱거리던 남자가 정신이 번쩍 들었는지, 재익에게서 휴대폰을 뺏으려고 했으나 이미 늦었다.

휴대폰 너머에서 여자의 목소리가 들려왔다. 재익이 남자를 대할 때와는 달리 깍듯한 목소리로 말하기 시작했다.

"안녕하세요, 사모님. 선배님이 술에 너무 많이 취하셔서 좀 실수를 하셨어요. 젊은 여자분에게 실례를 하셔서 지금 성추행으로 신고한다고 난리인데, 제가 수습을 해야 할 것 같아서요. 주위에 보신 분들이 하도 많으셔서 얄짤없을 것 같은데, 어떻게 해야 할지."

남자의 아내가 당황하며 누구냐고 묻자 재익은 바로 휴대폰을 남자의 귓가로 들이댔다. 재익이 작은 목소리로 위협했다.

"거짓말하면 진짜 신고할 거니까, 알아서 해."

남자는 전화를 받자마자 혀가 꼬인 목소리로 대충 이 말 저 말 둘러대며 얼버무렸다. 재익이 남자의 휴대폰을 힘주어 잡고서 그를 노려보자, 전화를 끊은 남자가 아까와는 달리 머뭇거리며 재익을 어르기 시작했다.

"에이, 젊은 사람이 팍팍하게 왜 그래. 살다 보면 술을 먹고 그럴 수도 있는 거지. 왜 그렇게 융통성 없이 굴고."

"그럴 수도 있다? 이 아저씨, 진짜 안 되겠네. 당신 같은 인간들은 절대 그냥 두면 안 된다는 게 내 철칙이거든."

재익은 남자의 휴대폰으로 자신에게 전화를 건 다음, 남자에게 다시 돌려주면서 말했다.

"당신 번호를 내가 이렇게 저장해 둔 이상, 언제 연락이 갈지 몰라. 성추행으로 신고가 접수되면 그때 법정에서 만나든가, 경찰서에서 당신 마누라랑 같이 만나든가 하자고. 참, 아이들도 있던데, 아이들이 아빠가 이러고 다니는 거 알면 아주 자랑스러워하겠네요, 안 그래요 아저씨?"

남자의 얼굴이 서서히 창백해지고 있는 게 재익의 눈에 보이자 그는 뭔가 마음속에서 울컥 치미는 게 느껴졌다.

그때부터 남자가 태도를 바꿔 재익에게 한껏 몸을 낮추며 설설기기 시작했다.

"이봐. 꼭 그렇게까지. 그래, 내가 잘못했어. 사과할게. 미안하다고. 그냥 술 먹고 실수한 거야. 아가씨가 혼자 일하는 게 안쓰럽기도 하고 귀엽기도 해서 내가 좀 위로 차원에서."

"아하, 위로 차원에서?"

재익은 잠시 숨을 고른 후 남자의 앞으로 바짝 다가갔다.

"내가 웬만해선 참으려고 했는데, 도저히 안 되겠어. 아저씨 마누라랑 내 와이프랑 언제 볼까. 내 와이프한테 집적댔으니 이대로는 도저히 안 되겠고. 반성하는 기미도 안 보이는데 어떻게 해야 하나."

"잘못했다고 했잖아, 미안하다고. 그러니까 제발."

"그럼 가서 빌어. 내 와이프한테 무릎 꿇고 싹싹 빌라고. 그리고 다신 여긴 얼씬도 마."

"뭐야? 아무리 그래도."

"안 그랬다간 일 크게 만들 줄 알아. 만천하에 성추행범으로 찍히고 싶지? 아까 봤잖아. 손님들도 옆에서 다 본 거. 귀여운 자식들 생각은 안 하겠다는 거지?"

"알았어. 알았다고! 알았으니까, 가서 빌게. 잘못했다고. 참 젊은 사람이 독하긴."

남자가 고개를 푹 수그리고, 재익의 눈치를 슬금슬금 보면서 다시 식당으로 기어들어 갔다. 그 뒤를 재익이 쫓아가면서 은조에게 눈짓을 했다. 그녀는 깨진 소주병의 파편들을 치우고, 그 주변을 정리하면서 주위 손님들에게 일일이 죄송하다고 사과하고 있었다. 다행히 손님들은 별문제 삼지 않고 아무 일도 없던 것처럼 묵묵히 식사에 열중하는 듯했다.

남자는 이제 술이 확 깼는지, 방금 전 추태를 부렸던 일에 대해서 은조에게 정식으로 미안하다고 사과했다. 마음 같아서는 남자와 눈도 마주치고 싶지 않았지만 은조 또한 다신 그러지 말라는 충고와 함께 조용히 마무리 지었다.

식당 밖으로 나가려는 남자를 바라보며 재익은 아까부터 하고 싶었던 말을 하고 말았다.

"예쁜 아이들하고 아내가 있으면 복인 줄 알고, 감사한 줄 알아야죠. 앞으로 쓸데없는 짓 하지 말고 열심히 살 생각 하세요. 안 그러면 확 그냥 신고해 버릴 테니까!"

재익이 휴대폰을 들면서 으름장을 놓자, 남자는 알았다며 서둘러 식당 밖으로 나가 버렸다.

남자를 비롯한 손님들이 모두 돌아가고 난 후, 은조는 잠깐 밖으로 나와 상가 밖에 있는 간이 의자에 재익과 나란히 앉았다. 초여름의 시원한 바람이 방금 전까지 흥분해 있던 두 사람의 열기를 식혀 주는 것 같았다.

은조는 여기저기 얼룩이 진 앞치마 양쪽 주머니에 손을 찔러 넣고는 재익에게 어색하게 말했다.

"고맙다. 너한테 못 볼 꼴 보인 것도 같고."

"못 볼 꼴은. 그 새끼 내가 아주 반쯤 죽여 놓으려고 한 걸 꾹 참았다고."

"나, 너 오늘 다시 봤어. 네가 이렇게 멋있는 줄 몰랐거든. 너 최고야!"

은조가 엄지손가락을 척 들어 올리며, 그를 정말로 빤히 쳐다보았다.

"나 솔직히 너한테 좀 선입견이 있었거든. 학교에서 네가 여자애들한테 인기도 많고, 뭐 만나고 다니는 여자들도 많다고 들어서 말이야. 여자 후리는 바람둥이인 줄로만 알았는데. 진짜, 너 남자였어."

여자 후리는……

재익은 서서히 심기가 불편해지고 있었지만 아주 틀린 말은 아닌 것 같아 강경히 부인할 생각도 하지 못한 채 계속 은조의 말을 듣고 있었다.

"나, 너 사랑할 것 같아. 정말로."

재익은 은조가 종이컵에 타 준 커피를 마시려다 그대로 뿜어냈다.

"뭐, 뭐? 그럼, 나랑 잔 건 사랑해서 그런 게 아니었단 말이야? 뭔 소리를 하는 거야, 지금."

"아니, 뭐. 사랑이야 했지. 아니, 하고 있는 중. 근데, 대체 사랑한다는 게 뭔지를 잘 모르겠으니 그게 문제지. 그냥 마냥 좋은 거? 같이 자고 싶은 거? 설레는 거? 사람들은 처음 사랑을 시작할 때, 아 이게 사랑이구나. 이렇게 딱 느낌이 오나?"

은조는 아무래도 지금 이 심각한 순간에, 이럴 때가 아니라는 생각이 번뜩 들었는지 다시 화제를 바꿔야겠다고 생각했다.

"아무튼 고마워. 너 때문에 살았어, 정말."

은조가 살며시 재익의 손을 꽉 잡다가 다시 놓았다.

"저런 자식들이 자주 있는 거야?"

"아니야. 그렇지 않아. 어디서 낮술을 하고 왔는지, 가게에 들어왔을 때부터 취해 있더라고. 다른 때는 저런 손님 없어. 손님들 매너도 괜찮은 편이고. 그냥 오늘은 재수가 없었던 거지, 뭐."

은조는 대수롭지 않다는 듯 말했다. 재익은 아까 그녀가 술 취한 남자 앞에서도 움츠러들지 않고 강하게 대항한 점이 무엇보다 마음에 들었다. 무섭다는 이유로 그 자리에 주저앉아 남자의 비위를 맞추거나 했다면 더욱더 화가 치밀었을 것 같았다.

그러고 보니, 아까 전에 보았던 남자의 창백했던 얼굴이 기억났다. 자식을 걸고 협박을 하자 바로 꼬리를 내리는 남자를 보면서 재익은 뭔가 가슴속에서 울컥 치미는 게 느껴졌다.

세상 모든 부모들은 그러겠지. 아무리 못된 인간이라도 자식이 자신 때문에 상처받는 것을 가장 두려워하겠지. 자식을 무서워하는 부모. 하지만 세상엔 그런 부모들만 있는 건 아니니까.

재익은 문득 생각이 나 은조에게 물었다.

"그런데 어머니는 어디 가셨어? 왜 너 혼자야."

"사정이 좀 생겼어. 몸이 안 좋으시거든."

"그렇구나. 그럼 언제까지……."

"엄마가 아프셔서 내가 잠깐 봐 주는 거고. 곧 나오셔. 그렇게 심각한 건 아니야."

"그래도 너 혼자 식당 일을 하긴 벅찰 텐데."

"아냐. 그렇게까지 힘들 정도는. 음식이 가짓수도 별로 안 되고, 가끔 동생도 나와서 도와주고 해. 끝나고 치우는 거 빼곤 그렇게 힘들지 않아. 그래 봤자, 저녁 장사만 하는 건데, 뭐."

재익은 은근히 그녀가 당차다는 느낌을 받았다. 아니면 너무 씩씩한 척을 하는 건지.

은조가 화제를 돌리려는 듯, 환한 얼굴로 재익을 마주 보았다.

"그런데, 너 저녁은 먹었어?"

"음, 아니. 식당이니까 당연히 밥은 먹여 주겠지? 뭐 해 줄래?"

"오늘 같은 날은 전부 다 해 주고 싶다. 나 요리 잘하거든. 식당 집 딸이잖아."

그리고 한 시간 뒤. 두 사람은 나란히 식당 테이블에 앉아 김치찌개를 먹고 있었다. 칼칼한 매운맛이 목구멍을 타고 내려가자 재익이 놀란 눈으로 은조를 쳐다보았다.

"너무 맛있다. 대체 뭘 집어넣었기에 이렇게 맛있는 거야?"

은조는 그래 봤자 조미료 맛이라고 겸손한 척을 하고 싶었으나 마음과는 달리 이렇게 말했다.

"있어, 레시피가. 돈 주고 사 먹는 음식이 이 정도는 돼야지."

그녀가 그의 밥 위에, 반찬도 올려 주고 김도 싸서 입에 집어넣어 주고 하자 정말 어린 신혼부부가 된 것 같았다. 손발이 오그라드는 은조의 행동에 재익은 낯이 간지럽기도 했지만 음식이 전부워낙 맛있어서 먹는 데 집중하느라 그런 생각을 할 틈이 없었다.

재익이 밥 한 공기를 말끔히 비우자, 은조는 자신의 밥을 그에게 덜어 주면서 많이 먹으라고 했다.

"너, 식당 일 하려면 잘 먹어야 되는 거 아니야? 그거 먹고 되겠어?"

"난 맨날 먹어서 우리 집 음식 물려서 그래. 너 많이 먹으라고."

그러고 보니까 은조의 얼굴이 예전보다 많이 핼쑥해진 것도 같았다. 재익은 은근히 신경이 쓰여 물었다.

"언제까지 네가 식당 일을 할 수는 없고. 무슨 사정인지는 모르지만."

"아냐. 그래 봤자 얼마 안 있으면 이 건물 헐려. 조금만 더 고생하면 돼. 뭐, 일부러 이런 아르바이트도 하잖아. 그렇게 생각하려고."

"그럼, 어떻게 되는 거야. 가게가 없어지면."

"네가 걱정할 일 아니야. 어서 밥이나 먹어. 이 생선도 좀 먹고. 이거 내가 직접 구운 거야. 양념해서. 맛있겠지?"

은조는 연신 웃었다. 물론 가게가 크진 않았고, 몇 가지 음식만 판다고 해도 그녀가 혼자서 이 가게를 꾸려 나가기에는 벅찰 것이다. 게다가 아까 주방에 잔뜩 쌓인 설거짓거리를 보니 입이 절로 벌어질 정도였다.

재익이 쾌활하게 말했다.

"밥은 네가 해 줬으니까 설거지는 내가 할게."

"됐어. 여기까지 찾아와서는 무슨."

"내가 한다고 할 때 놔둬라. 나중에 후회하지 말고."

은조는 일부러 그를 노려보며 고개를 흔들었다.

"그게 아니라, 너 설거지 잘해? 가게가 이렇다고 설거지하는 거 만만하게 보면 안 된다. 지저분하게 하면 손님들이 금방 알아채.

요즘 손님들이 얼마나 깐깐한데."

"내 별명이 원래 인간 식기세척기야. 우리 할머니도 내 설거지 실력은 인정하셨거든."

재익은 은조의 마음을 알기에 일부러 거짓말을 하면서 그릇들을 잽싸게 치우기 시작했다. 이런 자신이 어딘지 싫었지만, 그녀를 못 본 척 그대로 집으로 갈 수는 없었다. 신경 쓰이고 뭔가 불안했다. 그리고 일부러 씩씩한 척하는 그녀도 어딘지 모르게 못마땅하기도 했다.

그가 주방으로 가 고무장갑도 끼지 않은 채, 두 팔을 걷어붙이고 잔뜩 쌓인 그릇들을 하나씩 설거지하기 시작했다. 그러자 은조가 옆으로 바짝 다가와 싱크대에 손을 집어넣었다.

"같이 하자. 안 그러면 시간 너무 많이 걸려."

재익이 세제가 묻은 수세미로 기름때를 벗기면 은조가 그것들을 더운물에 헹구었다. 두 사람은 처음 하는 것치곤, 호흡이 아주 잘 맞았다. 가끔 그릇을 건넬 때 두 사람의 손이 닿거나 겹쳐지면 재익이 세제가 묻은 미끄러운 손으로 은조의 손을 만지작거리며 장난을 쳤다. 그러면 은조가 웃으며 일에 집중하라고 타박을 주었다.

재익의 미끄러운 손가락들이 은조의 손가락 사이사이로 깍지를 끼운다. 기름때와 음식 찌꺼기가 범벅이 됐지만 두 사람은 즐거울 뿐이었다.

설거지가 거의 마무리가 될 즈음, 재익은 슬며시 웃으며 은조의 입술에 입을 맞추었다.

"오늘 정말 고마워."

"그런데 말이야. 너 앞으로는 꼭 고무장갑 끼고 해라. 아니, 그러지 말고."

내가 매일 여기로 올게. 매일 나랑 설거지 같이 하자. 오늘처럼 저녁은 네가 차려 주고, 같이 설거지 하고, 같이 잠자고…… 내가 지금 무슨 생각을 하고 있는 건지.

재익은 입에서 맴도는 이 말을 차마 하지 못했다. 더 깊이 빠져드는 건 싫다. 심각해지는 건 더더욱 싫다. 게다가 저 많은 설거지를 매일 해야 된다니. 이건 말도 안 된다. 하지만 은조와 함께라면.

"내일도 올래? 내가 낙지전골 해 줄게. 소주도 마시고, 어때?"

"내, 내일?"

낙지전골은 재익이 가장 좋아하는 음식이었다. 그리고 은조와 함께 그것을 먹는다. 무엇을 먹느냐보다 그것을 누구와 함께 먹는지가 더 중요하다는 것쯤은 알고 있다. 하지만 재익은 쉽게 입이 떨어지지 않았다.

"내키지 않으면 안 와도 돼. 내일은 설거지 안 시키려고 했는데."

은조가 코를 찡긋하며 웃었다.

"올게, 내일. 좋지, 낙지전골에 소주."

"정말? 그럼 학교 끝나고 와. 만약 못 오면 연락하고."

"못 올 일은 없어."

천 리 길이라도 달려올 거야, 네가 있다면.

정말 내가 이상해지고 있구나. 낙지전골에 소주가 뭐 그리 대수라고.

"나가자. 집까지 바래다줄게."

재익은 점점 자신이 은조에게 끌려가는 듯한 느낌을 받았다. 분명 자신이 먼저 말해 놓고는 왜 이런 기분이 드는 건지 한편으론 속이 답답해져 왔다. 그녀에게 잘해 주고 싶다. 그런데 그것이 부담이 된다. 이 무슨 해괴한 감정이란 말인가.

"괜찮아. 먼저 가. 우리 집 여기서 가까워."

"어차피 나갈 거잖아. 같이 가자."

"그래, 그럼."

은조는 가게를 정리한 다음 출입문과 창문을 모두 잠갔다. 셔터를 내리고 열쇠로 꼼꼼히 잠근 후에, 재익과 나란히 큰길을 향해 걸었다.

함께 뜨거운 밤을 보냈지만 이상하게 아직 그가 어색하기만 하다. 그는 잠자리에서는 열정적이고 표현을 많이 했지만 데이트를 하거나 이렇게 나란히 길을 걸을 때면 어딘지 차가워 보인다. 무슨 생각을 하는지 알 수 없을 때가 많았다.

은조는 말없이 나란히 걷는 자신들의 모습이 어색하다고 느꼈다. 서로의 손등이 부딪치자 은조가 고른 숨을 한 번 쉬었다. 그의 손을 먼저 잡을까 말까. 재익은 키스는 잘하면서 이런 단순한 스킨십은 이상하게 낯설어한다. 그는 정말 모르는 걸까.

그녀가 그의 옆얼굴을 잠시 쳐다보다 얼른 다시 앞을 바라보았다.

하나, 둘, 셋……

결국 은조가 먼저 그의 손을 살며시 잡아 버렸다. 그가 힐끔 그녀의 얼굴을 쳐다보았다.

그는 자신의 손을 잡고 있는 은조의 손등을 매만지며 슬쩍 인상을 썼다. 왜 인상이 찌푸려지는지 모르겠다.

"너 손에 크림 좀 발라야겠다. 아가씨 손치고 너무 거칠어."

"알고 있어. 앞으로 설거지할 때 고무장갑 끼고 할 거야. 귀찮아서 안 끼고 했더니, 손 버렸네, 완전히."

은조가 웃자 재익이 다시 얼굴을 찌푸렸다.

"어쭈. 몇 살인데 그런 말을 해? 손 버렸네?"

"농담한 거야. 내일 몇 시에 올 거야?"

"전화할게."

"그래. 나 여기서 길 건너면 바로야. 오늘 정말 고마웠어."

은조가 그의 손을 놓고 몸을 돌리려 하고 있었다.

"그 고맙다는 말 많이도 하네. 별것도 아닌 걸 가지고."

괜히 이상하게 짜증이 난다. 재익은 자신이 좋은 남자로 비쳐지는 게 은근히 부담이 되었다. 은조가 그런 식으로 자신을 바라보고, 기대하는 게 싫다. 처음처럼 자신을 놀리고 떠보고, 아리송하게 만드는 게 차라리 마음 편하다. 그는 착한 여자도 싫고, 착한 남자는 더더욱 싫어한다.

"잘 가, 재익아. 너 좋은 애 같아."

"내가?"

은조가 고개를 끄덕였다.

"단순히 나한테 잘해서가 아니라. 그냥 느낌이 그래. 실은 아까 그 술 취한 손님 정말 고소하려고 한 건 아니지? 네가 그 남자 가족사진 보았다고 했을 때부터 알아봤거든. 그때 마음 약해진 거잖아."

"아니. 정말 고소하려고 했어. 아이들까지 있는 인간이 괘씸해서."

그의 얼굴이 차갑게 굳어졌다. 은조는 그의 얼굴을 빤히 쳐다보았다.

"그, 그래. 그렇담 뭐."

그의 정색에 은조는 괜히 뻘쭘해져서 입을 쑥 내밀었다.

"나 그렇게 좋은 놈 아니야."

재익은 그녀가 자신을 나쁜 자식으로 봐 주는 게 속이 편할 것 같았다. 좋은 남자로 봐 주면서 그 틀에 맞춰 자신을 끼워 넣으려고 하는 시선이 불편하고 싫다. 못된 짓거리 하면서 잘 먹고 잘 사는 인간들이 수두룩한데, 바르고 정직하게 살라고 강요하는 것 같고, 강요당하는 것 같아서 어쩔 땐 역겹기까지 하다.

착해 봤자 좋을 게 없는 세상이고, 여기저기서 호구 취급이나 안 받으면 다행인걸.

조금 전까지 은조에게 느꼈던 연민이나 애틋함이 뭔가 다른 감정으로 끓어오르는 느낌이다. 그냥 지금 이 순간, 은조하고 격렬한 섹스를 한다면. 이 감정이 풀릴 것도 같다. 하지만 은조는 해맑게 웃으며 그의 볼에 다정하게 입을 맞췄다. 마치 자신이 초등학생이 된 것처럼 허탈한 키스. 저 해맑은 얼굴을 엉망으로 만들고 싶다. 미친놈처럼 물고 빨아 대고 싶다. 그녀를 몹시 갖고 싶다. 그녀가 완전히 망가져 자신을 쓰레기 취급 할 정도로 그녀의 몸을 전부 헤집어 놓고 싶다.

미친 거야. 개새끼, 한재익.

은조가 말했다.

"그래도 나한테는 괜찮은 남자야. 나한테만은. 잘 가. 내일 보자!"

은조는 그대로 건널목을 건너 뛰어갔다. 그는 눈을 감고, 마치 거대한 폭풍이 휘몰아치는 자신의 감정을 추슬러야겠다고 생각했다. 사랑은 개뿔. 연애는 그냥 섹스라고.

그는 애써 자신의 마음을 진정시키려 했다.

불금이었지만 생각보다 손님들은 많지 않았다. 오히려 목요일이었던 어제저녁보다도 더.

뜨문뜨문 사람들이 들어왔다. 다행이라고 생각해야 하나? 그나마 저녁 장사만 근근이 이어 가고는 있었으나 이것도 얼마 안 있으면 하고 싶어도 할 수가 없다. 새 건물 주인이 나타나는 통에, 세입자들이 모두 하루아침에 쫓겨날 판국이었다.

사실 이런 걸 예상 못 했던 건 아니다. 10년에서 많게는 20년 이상 가게를 운영해 온 자영업자들을 내쫓으면서 권리금 한 푼을 안 준다는 건 말도 안 되는 일이다.

하지만 법적으로도 자영업자의 권리금에 대한 보호 정책은 그 어디에도 명시되어 있지 않다. 그래서 시장 상인들과 하루아침에 내쫓기는 자영업자들의 농성은 가끔 뉴스에서도 흔히 볼 수 있는 일이었다.

새 건물 주인은 적어도 두 달 안에는 가게를 비워 줄 것을 일방적으로 통보했다. 그게 벌써 한 달 전이다. 생계가 달린 문제이므로 은조의 엄마나 그녀나 걱정이 이만저만이 아니었다. 사람들과 함께 농성에도 참가해 보고, 민원도 넣어 봤지만 아무 소용이 없었다. 단 몇 푼의 권리금조차도 받아 낼 수 없다는 게 현실이니 마음을 비우는 수밖에.

은조는 훈훈한 미풍이 불어오는 저녁 공기를 쐬고 있었다. 이상하게 오늘은 손님들이 오지 않는다. 벌써 초저녁이 지나가고 있었으므로 지금 북적거리지 않으면 완전 공치는 건데.

그녀는 출입문을 열어 놓고, 잠시 앞치마 주머니에 손을 찔러 넣은 채, 말간 하늘을 바라보았다.

정말 오늘 재익이 올까.

여자의 육감이라고 해야 할까. 그녀는 오늘 학교를 마치고 전자
공학과 건물을 지나칠 때, 우연히 재익의 모습을 보았다. 은조가
알은척을 하려고 했지만, 지난번 도서관에서 만났던 여자 같기도
하고, 아무튼 웬 여학생과 다소 심각하게 얘기를 나누는 것 같아
선뜻 재익에게 다가갈 수가 없었다.

주위가 시끌시끌해서 대체 무슨 얘기를 저리 진지하게 나누는지
는 알 수 없었으나 재익 앞에서 여자애가 훌쩍이는 것도 같고, 무
어라 사정을 하는 것도 같았다.

은조가 호기심에 그 두 사람을 잠시 보고 있자, 같은 과 친구
인혜가 그녀의 어깨를 툭 쳤다.

"뭐 해. 안 가?"

"으응, 먼저……."

"빨리 가자."

갑자기 팔짱을 끼워 오는 통에, 은조는 그대로 두 사람을 지나
쳐 집으로 향했다. 어차피 빨리 저녁 장사를 시작하려면 서둘러야
하는 것도 있었기 때문이다.

벌써 9시가 지나가고 있었지만 재익에게서는 연락이 없었다. 오
늘따라 손님들도 많지 않아 기다리는 시간이 지루하기만 했다. 은
조는 아무래도 미리 전골을 준비해 놔야겠다고 생각했다.

그녀는 손질된 낙지를 버섯과 쑥갓 등 여러 종류의 야채가 담긴
냄비에 그대로 넣었다. 육수를 붓고 다진 마늘과 생강도 살짝 넣은
다음 양념까지 해 놓았다. 이젠 끓이기만 하면 된다. 당연히 낙지
는 아주 싱싱한 살아 있는 낙지였다. 꾸물꾸물 징그럽게 손가락 사

이에 들러붙는 낙지를 어떻게 요리할 생각을 했는지 신기하기만 하다. 은조는 마트에서 파는 냉동 닭조차도 그 물컹한 느낌 때문에 징그러워서 만지는 걸 꺼려했다.

은조가 남자 친구를 위해서 살아 있는 낙지를 요리한다는 건, 아주 큰마음을 먹어야 하는 일이었다. 그럼에도 언젠가 재익이 낙지전골을 가장 좋아한다는 얘길 자신에게 했던 것이 기억나 즉흥적으로 그에게 해 주겠다고 얘기했을 뿐이었다. 갑자기 뜨거운 사랑이라도 솟구친 건지.

아무튼 그가 이 음식을 맛있게 먹는 모습을 보면 행복할 것 같았다. 하지만 그렇다고 해도 지금 자신 앞에, 살아 숨 쉬며 꾸물거리는 낙지가 뜨거운 육수 안에서 서서히 죽어 가는 모습을 보는 건 입맛이 달아날 정도로 괴로운 일이었다.

한낱 미물이지만 살아 있는 걸 통째로 죽이다니. 가엾은 낙지.

재익만 아니라면 이런 음식 따위는 줘도 안 먹을 것을. 그런데 왜 그는 아직도 오지 않는 것일까. 벌써 낙지가 다 죽어서 푹 퍼져 있는데.

✣

재익은 자신에게 나쁜 자식이라고 욕하면서도 울고 있던 세진을 어렵사리 떼어 내고 발걸음을 돌리고 있었다. 어젯밤, 은조와 헤어진 후 그는 낯선 번호로 걸려 온 전화 한 통을 받았다.

'여보세요?'

── 재익이니?

'누구……세요?'

그가 미간을 찌푸리면서, 어딘지 귀에 익은 목소리라고 생각하는 순간.

— 너무한다, 아들. 벌써 잊은 거야? 이 엄마를.

'엄마?'

— 그래. 오랜만이지?

재익은 휴대폰을 쥔 손에 꽉 힘을 주었다.

'네. 오랜만이네요.'

예나 지금이나 엄마의 목소리를 들으면 불안해지는 이유가 무엇일까. 이제 자신은 엄마 목소리만 들어도, 엄마 얼굴만 바라보아도 껌딱지처럼 달라붙었던 어린 재익이 아니라는 걸 엄마가 알았으면 좋겠다고 생각했다.

그가 엄마를 마지막으로 본 건 중학교에 입학할 즈음이었다. 근 7년 만이다. 바로 어제 만났던 사람처럼 엄마는 여전히 친근하게 재익에게 말했다.

우리 아들, 얼굴 좀 보고 싶다고.

결국 그는 엄마와의 해후를 약속해 버리고 말았다.

그리고 지금 이 시간, 재익은 시내 한복판에 위치한 호텔 커피숍으로 가는 중이다. 엄마가 학교 근처로 찾아온다기에 재익이 먼저 그쪽으로 약속 장소를 정해 버렸다.

엄마는 예전부터 분위기를 많이 따졌다. 그녀는 커피 한 잔을 마셔도 우아하고 고상하게, 멋들어진 호텔 커피숍 같은 데에 앉아 웨이트리스의 서빙을 받으며 손님 대접을 받고 싶어 하는 약간의 허영기가 있는 여자였다. 재익은 자라면서 그런 엄마가 조금은 창피하기도 했지만 그럼에도 겉으로 티는 내지 않았다. 어쩌면 엄마를 창피해하는 자신이 더 몹쓸 아들인지도 모르기에.

먼저 와서 기다리고 있던 엄마가 손을 번쩍 들고 그를 반겼다. 오랜만에 만난 엄마는 7년 전과 별로 달라진 게 없는 듯했다. 단지 예전보다 더 짙어진 화장에 머리를 꽤 신경 쓴 모습이었다. 헤어스타일이 어딘지 인위적으로 보일 만큼 부자연스럽게 구불거렸다. 마치 아침에 미용실에 들러 급하게 머리를 하고 온 모양처럼.

재익이 지금껏 몇몇 여자들을 만나고 터득한 것이 있다면 여자들은 꼭 중요한 자리에 나갈 때면 미용실에 들른다는 것이다. 대체 왜 그럴까.

커피 잔을 손에 쥔 엄마가 재익의 얼굴을 찬찬히 바라보며 미소 지었다. 지나치게 붉은 입술이 어딘지 어색했다.

"많이 컸구나, 우리 아들. 이게 얼마 만이니."

"그러게요. 오랜만이죠."

"이젠 청년이 다 됐네. 남자가 다 됐어. 이렇게 잘생기고 듬직해졌다니, 엄마가 밥 안 먹어도 배부르겠다."

그녀는 다리를 꼬고는 커피 잔을 테이블 위에 놓았다. 그러면서 유심히 아들의 얼굴을 바라보았다. 엄마의 시선에 재익은 정면으로 그녀와 시선을 마주쳤다. 엄마는 예나 지금이나 참 예뻤다. 나이보다 젊어 보였고, 분위기 자체가 밝았다. 어찌 보면 뻔뻔스러울 정도로.

저러다가 어느 순간, 기분이 나빠지면 자신에게 화를 내곤 했다. 잘해 줄 때도 있었지만 그건 재익이 고분고분 말을 잘 듣고 학교에서 성적을 잘 받아 오고 아버지와 엄마가 싸울 때 무조건 엄마 편을 들어 주고 엄마에게 애교를 부릴 때뿐이었다. 그것도 "엄마, 사랑해요."라고 할 때보다 "엄만 너무 예뻐요."라고 할 때. 정작 자신이 엄마를 원할 때엔 엄마는 자신을 피하거나 귀찮아할 뿐. 가끔 엄마에게 자신은 꼭 애완동물 같다는 생각이 들기도 했다.

재익이 말했다.

"그런데, 어쩐 일이세요? 갑자기."

그녀는 화들짝 놀라는 표정으로 눈을 동그랗게 떴다.

"어쩐 일이냐니? 엄마가 아들을 찾는데 어쩐 일이야?"

엄마는 생글거리며 웃었다. 재익은 그녀의 얼굴을 바라보다 서서히 허리를 펴고 꼿꼿이 앉았다. 엄마의 눈은 해맑아 보이기까지 했다. 이해할 수 없을 정도로.

재익도 따라 웃었다. 그러자 갑자기 골치가 아파지는 것 같은 피로감이 몰렸다. 그때 웨이트리스가 와서 재익 앞에 생과일주스 한 잔을 놓자 엄마가 여전히 웃는 얼굴로 말했다.

"내가 시켜 놨어. 너 좋아하잖아."

생과일보다 진한 위스키 한잔이 마시고 싶은 심정이었다.

"오해하지 말고 들으셨으면 해요. 저한테 뭐 하실 말씀 있으세요?"

"할 말?"

그녀는 잠시 무언가 머뭇거리는 듯하다, 핸드백에서 화려하게 보이는 담배케이스를 꺼내 들었다. 그녀가 뚜껑을 열어 담배 한 개비를 꺼내려 하자 재익이 말했다.

"여기, 금연이에요."

"아, 참 그렇지."

그녀는 주섬주섬 담배 한 개비를 다시 케이스 안에 넣어 놓고는 입꼬리를 올렸다. 어딘지 비웃는 듯한 웃음이었다.

"하시고 싶은 말씀이 뭔데요."

"그래. 어차피 말이 나왔으니, 내 솔직히 얘기할게. 넌 어떨지 모르겠지만 난 한 번도 네 생각을 안 한 적이 없어. 넌 나를 원망하겠지만 나도 이유가 없었던 건 아니야. 그건 너도 알거야. 네 할머니가 나를 며느리로 인정 안 했다는 거. 게다가, 네 아버지는 어떻고. 그러면서 위자료 한 푼을 안 주고 날 쫓아내기까지 했어. 너만은 이 엄마를……."

"먼저 집을 나간 건 엄마예요. 아빠도 말렸고, 할머니도 기다렸어요. 말은 바로 해야죠, 네?"

"말은 바로 해라. 너도 아주 그 집 사람이 다 됐구나. 네가 아무리 잘난 척해 봐야 널 낳아 준 사람은 나야. 천륜이란 게 그래서 무서운 거야."

"본론을 말씀해 주세요."

그녀가 다시 어색한 미소를 지으며 입을 열었다. 기분 나쁜 미소였다. 어찌 됐건.

"날 좀 도와줬으면 좋겠구나. 너도 네 아버지한테 다달이 받는 돈이 있을 테고, 물려받을 유산도 꽤 될 게 아니니. 회사도 이젠 네 것이 될 거고. 또, 난 벌레 취급 했지만 손자만은 금이야 옥이야 하는 네 할머니도 있고. 무슨 말인 줄 알겠어?"

결국 그거였어? 7년 만의 애틋한 모자 상봉의 이유가?

재익은 피가 끓어오르는 것 같았다. 젊다는 게 싫을 정도로 그냥 나이를 먹고 콱 죽어 버리고 싶은 심정이었다.

"얼마가 필요한데요."

"많으면 많을수록 좋아. 지금 형편이 이만저만이 아니니까. 그냥 위자료 받는 셈 치면 될 것 같은데. 어떻게 보면 당연히 받을 돈을 못 받고 나온 내 잘못이 가장 큰 거 아니겠니? 돈이 없는 집도 아니고. 그쪽 인간들이 결국은 야박했던 거지."

"그럼 아버지한테 직접 가서 말씀하세요. 저도 힘없어요. 아버지 재혼하신 후엔 저도 집에서 나왔고 왕래도 거의 없으니까."

차라리 엄마가 솔직하게 형편이 어려우니 좀 도와 달라고 했더라면, 충분히 그럴 수 있었을 것 같았다. 엄마를 좋아하진 않았지만 엄마 말이 틀린 건 아니니까.

내세울 것이라고는 한재익이라는 한 인간을 낳아 준 것밖에는 없다는 것이, 내가 네 엄마라는 걸 마지막 카드로 내밀 만큼 그녀에게 이젠 남은 건 아무것도 없다는 사실이 느껴져 진심으로 측은한 마음까지 들었다.

하지만 위자료 어쩌고 하면서 돌연 당당한 태도로 나오는 저 뻔뻔스러움을 마주하자 방금 전까지 든 연민의 싹이 일순간에 사라져 버렸다.

재익은 자신과 엄마의 애착 형성은 오래전에 완전히 실패로 끝났음을 인정했다.

"아버지한테 직접 말을 해? 그럼, 내가 왜 굳이 너를 만나려고 했겠니. 그걸 몰라서⋯⋯."

"그러니까, 저를 보고 싶었던 게 아니라 돈이 필요해서 절 만나자고 하신 거네요. 그럼 제가 마음이 약해져 아버지한테 말할 거고. 아버지는 저한텐 그리 독한 분은 아니기에 제가 말만 잘하면 들어주실 거고. 이런 시나리오, 맞죠?"

"엄마한테 말하는 것 좀 봐라. 아주 버릇이 없구나. 네 할머니가 그렇게 가르쳤든? 나보고 배운 것 없다고 가정교육 운운하더니, 그 노인네는 너 아주 잘 키워 놨구나. 그래도 난 네 엄마야. 어디서 엄마한테 그따위로 말을 해? 너 그렇게밖에 안 배웠어?"

엄마는 재익을 보면서 마구 퍼부어 대기 시작했다. 그녀의 표정 어디에도 아들에 대한 애틋한 사랑이나 그리움은 느껴지지 않았다. 재익은 일말의 기대를 하고 나온 자신이 저주스러울 뿐이었다. 난 결국 병신이었어.

"고작 지 엄마한테 빈정거리기나 하는 애새끼로 키워 놨으면서. 내 앞에서 오만 잘난 척은 다하고. 네 할머니한테 가서 전해. 위자료 준비해 놓으라고."

갑자기 그녀는 울컥 설움에 복받쳤는지 핸드백에서 손수건을 꺼내 훌쩍거리기 시작했다.

"내가 너 낳다가 죽을 뻔한 사람이야. 내가 없었으면 너도 없었어. 알아, 그거? 못나도 네 엄마, 잘나도 네 엄마야. 하나밖에 없는 아들이라곤."

재익은 눈을 질끈 감아 버리고 말았다. 여자들은 항상 자신에게 불리해지면 마지막엔 눈물을 무기로 꺼내 든다. 정말이지 지긋지긋하다. 세상 여자들 전부가 싫을 정도로.

세진이도 그렇고, 할머니도 그렇고, 엄마도 그렇고.

그는 허탈한 웃음밖에 나오지 않았다. 이 무슨 희극이란 말인가. 아니, 코미디도 아니고.

7년 만에 나타나 아들에게 돈을 요구하면서 눈물을 흘리는 엄마를 대체 어떻게 해야 한단 말인가.

그럼에도 재익은 자신 또한 사람인지라, 마음이 무거웠다. 솔직히 그 순간에는 사람이고 싶지 않았다. 사람이란 게 싫을 정도였다. 다음 생에서는 차라리 짐승으로 태어나는 게 나을 것 같았다. 아니, 짐승도 지 새끼는 감싼다는데.

그는 아무 말 없이 자리에서 일어났다. 그러자 빨개진 눈가를 훔치며 그의 엄마가 그를 위로 올려다보았다.

"엄마가 싫겠지?"

"아버지한테 직접 찾아가세요. 더 이상 두 분 사이에 끼어들고 싶지 않으니까."

돌아서는 그에게 그녀는 악담을 퍼부었다.

"나쁜 놈. 넌 자식도 아니야."

재익은 커피숍을 빠져나오면서 머리를 쓸어 넘겼다. 커피숍 유리창에 비친 자신의 모습이 우스웠다. 저 핸섬한 젊은 남자의 모습 어딘가에 아까 추하게 아들에게 비난을 퍼부어 대던 여자의 모습이 언뜻 보였다. 부정하고 싶지만 자신은 어딘가 엄마를 닮았다. 외모든, 스타일이든, 값싼 허영기든. 그것이 그의 마음을 괴롭혔다.

❖

은조가 약간 불었지만 맛있어 보이는 낙지를 가위로 싹둑 잘라 한입 먹어 보았다. 재익을 기다리다 도저히 배가 고파 가만히 있을 수가 없었다. 보글보글 끓고 있는 낙지전골의 국물을 한 숟가락 떠서 먹어 보니, 아무리 낙지에 대한 측은한 마음이 있다고 하더라도 배고픈 인간의 본능을 넘어설 순 없었다. 그녀는 점심도 학교에서 대충 빵으로 때운지라 배가 등가죽에 붙기 일보 직전이었다. 그런 대로 쫄깃한 맛이 입에 착 달라붙었다.

재익이 오지 않으면 자신이 대충 먹거나, 포장해서 집으로 가져가야겠다고 생각하는 찰나, 낡은 출입문이 열리는 소리에 고개를 들었다.

그는 조금 초췌한 표정으로 터벅터벅 은조가 앉아 있는 테이블로 걸어왔다. 그녀는 숟가락을 입에 문 채, 재익을 놀란 눈으로 바라보았다.

"많이 기다렸지?"

은조는 입에서 숟가락을 빼내고, 낙지전골이 끓고 있는 가스버너의 불을 꺼 버렸다. 육수가 졸아서 조금 짜긴 했지만 그래도 맛있었다. 그 와중에도 은조는 재익이 너무 짜다고 하지 않을까 하고 은근 걱정하고 있는 자신의 모습에 살짝 어이가 없어지려고 했다.

나 이 남자 정말 좋아하나? 쓸데없는 걱정까지.

"화 안 났네?"

"지금이 몇 시니? 연락도 없고. 뭔 일 있어?"

은조는 육수를 더 부어야 하나 말아야 하나 고민하면서 한 숟가락을 더 떠먹었다.

"그래도 맛이 괜찮으니, 한번 먹어 봐. 배고프겠다."

재익은 잠시 전골냄비 안을 들여다보다 시선을 들어 은조의 얼굴을 보았다.

"나 많이 기다렸어?"

"낙지 상태 보면 모르겠니? 불었잖아. 너한테 바람맞으면 나 혼자 소주 한잔하려고 했어. 끓일 때부터 너무 당겼거든. 좀 일찍 오지."

"가져와, 소주. 한잔하자!"

은조가 소주 한 병과 두 개의 잔을 가져와 나란히 테이블 위에 놓았다. 재익이 소주병을 거꾸로 해서 몇 번 친 다음, 콸콸 소리가 나도록 두 사람의 잔에 각각 따랐다.

은조가 소주를 한 모금 마신 후, 먹음직스러운 낙지전골을 접시에 담아 재익 앞에 놔 주었다.

"너 뭔 일 있지? 말해 봐. 내가 다 들어 줄게."

은조는 평소 기다리는 걸 싫어하는데도 별로 짜증이 나지 않았다. 다만 아까 들어올 때부터 어두웠던 그의 표정에 더 신경이 쓰였다.

재익이 전골을 먹으며 너무 맛있다고 칭찬을 하자, 은조는 어깨가 으쓱해졌다.

주는 기쁨이 이런 거구나. 참 새로운 기분이야.

누군가를 위해 요리를 하고, 그리고 그 사람이 몇 시간을 기다리게 했는데도 화가 나지 않다니. 김은조, 정말 제 짝을 만난 건가? 겨우 스물한 살에?

"차라리 낙지로 태어나고 싶다. 다음 생애에는"

재익의 뚱딴지같은 소리에, 은조는 양미간을 찌푸렸다.

"뭔 소리야? 그게."

"아니야, 아무것도. 너무 맛있어서. 사람들에게 사랑받는 낙지."

"너답지 않게 무슨 헛소리야."

재익이 다시 자신의 잔에 소주를 따르고는 그것을 한 번에 마셔 버렸다.

"은조야. 너는 네 아버지를 어떻게 생각해?"

"우리 아버지?"

"집 나가신 네 아버지. 미안한 얘기지만 그냥 네 마음이 궁금해서. 아버지 생각하면 화나고 원망스러울 것 같은데. 다시 만나면 기분이 어떨 것 같아?"

은조가 술잔을 빙글빙글 돌리며, 잠시 뭔가를 생각하는 것 같았다.

"글쎄. 그냥 어색할 것 같은데."

"어색. 그렇지, 어색. 아주 어색하지."

"근데 그건 왜 묻는데. 아버지와 무슨 일 있어?"

"아니. 그냥 물어보고 싶었어. 넌 아버지를 별로 원망하지 않는 것 같아서. 아버지를 많이 좋아했나?"

은조가 희미하게 고개를 끄덕였다.

"좋아했지. 내가 아빠를 많이 닮았거든. 바람기 있는 거 빼고."

그녀가 간당간당하게 남아 있는 소주를 비우고는 다시 한 잔 따랐다.

"그럼 뭐 해. 처자식 버리고 여자한테 갔는데."

"보고 싶지 않아?"

재익이 전골이 담겨 있는 접시를 그녀 앞에 놔 주었다. 통통한 낙지가 섞인.

은조가 머리를 저었다.

"아니. 별 감정 없어. 좋아는 했는데, 애틋하고 끈끈한 뭐 그런 건 없었나 봐. 자라면서도 매일 밖으로 돌아 함께 있는 시간도 별로 없었고. 그래도 잠깐씩 보았을 때는 우리 공주 하면서 날 정말 많이 예뻐하셨거든. 하지만 예뻐하고 귀여워하는 거랑, 힘들고 어려운 일을 함께 하면서 끝까지 책임지는 거랑은 다르잖니. 그 정도 사리판단은 나도 있어."

"그럼, 넌 결국 엄마 편인가? 좀 유치한 질문이지만. 아빠는 좋아하지만 책임은 엄마가 졌기 때문에. 이런 뜻이야?"

"아니. 난 누구 편도 아니야. 그리고 굳이 책임 운운하며 아빠까지 미워하고 싶지도 않고."

재익은 한동안 멍해져서 은조를 뚫어져라 바라보았다.

"난 사람 미워하는 거 너무 싫어."

은조의 얼굴이 갑자기 어두워졌다. 재익은 살짝 인상을 쓰면서 그녀의 얘기를 들었다. 술김인지 그녀도 뭔가 복받쳐 오는 것 같았다.

"그래, 나도 알아. 이 세상에 누구를 미워하고 싶어서 미워하는 사람은 없다는 거. 어찌하다 보니, 그렇게 된 거지. 엄마가 아빠 집 나가고 아빠 원망 정말 많이 했거든. 분명 아빠가 잘못했는데, 엄마가 너무 답답하게 느껴졌어. 심지어 저러니, 아빠가 집을 나가 다른 여자한테 빠졌지. 이런 생각까지 했다니까. 나 되게 못됐지?"

은조가 웃었다. 하지만 그녀는 자신을 계속 쳐다보고 있는 재익과 눈을 마주치지 못했다.

"그러게. 그렇게 생각하면 안 되는 거 아닌가?"

은조가 고개를 끄덕이며 말을 이었다.

"넌 네가 나쁜 놈이라고 생각하지? 하지만 나한테도 그런 면이 있어. 사실 인간한텐 누구나 그런 점이 있지 않나? 안 그래?"

"무슨 말이야 그게?"

"엄마를 이해하고 싶었어. 그리고 처음엔 나도 엄마가 가엾고 불쌍했어. 하지만 그것도 하루 이틀이지, 매일 남아 있는 사람들 달달 볶아 대며 지독하게 아빠를 헐뜯고 미워하는 모습을 보고 있자니 속이 터질 지경이었어. 엄마는 항상 과거에서만 살았거든. 아빠에게 버림받은 과거. 수년 동안 그랬어. 현재 엄마 앞에 있는 사람은 나와 동생이었는데."

은조는 소주를 한 모금 마시며 다시 웃었다. 소주의 쓴맛처럼 씁쓸하고 어색한 웃음이었다.

"난 엄마가 좀 더 강해졌으면 좋겠다고 생각했어. 상처받았다고 우는 엄마보다는 그 상처를 딛고 보란 듯이 우리들과 잘 살기 위해 노력하는 엄마가 되어 주었으면 하는 바람이었거든. 나 되게 못됐지? 자식들이란 게, 이렇게 이기적이야."

은조의 목소리가 살짝 떨렸다.

"그깟 남자가 뭐라고. 바보같이."

은조의 눈이 발갛게 달아오르기 시작했다. 괜히 먼저 이런 우울한 얘기를 꺼낸 재익은 미안해졌다.

"그래서 지금은 사실 아빠를 좋아하지 않아. 나도 모르게, 원망하고 미워하는 감정이 생겼나 봐."

"저기, 은조야."

"대신 엄마는 나 붙잡고 아빠 욕하고 울고 해서 많이 풀어지셨어. 다행이라고 해야 하나."

나는 네 아빠 때문에 이렇게 죽어 가는데, 너는 지금 밥이 넘어가?

그 인간한테 전화받았지? 왜, 그년이랑 만나자고 하디? 이젠 딸까지 뺏어 가려고?

내가 못 산다. 내가, 못 산다고.

엄마는 울며불며, 동생을 끌어안고 통곡했다. 내가 너 없으면 어떻게 살았을지 모르겠다며 아들만은 못 뺏긴다고 이를 악물었다. 졸지에 자신은 엄마를 배신한 배은망덕한 딸이 돼 버렸다.

아빠의 전화를 받고, 아빠를 몇 번 만났을 뿐이었다. 그것이 엄마에게 그토록 상처가 될 줄은 몰랐다. 엄마의 화가 극에 달했을 때는 은조의 머리채를 잡고 너도 니 애비 따라가라며 악을 써 댔다. 아빠가 준 두둑한 용돈을 받고 온 날에도, 아빠가 사 준 옷들과 책들을 쇼핑백에 들고 온 날에도 엄마는 그녀를 아무 생각이 없는 천박한 여자 취급을 했다.

은조는 엄마가 싫었다. 그 나약함이 싫었고, 과거에 갇혀 스스로를 학대하는 엄마가 싫었다. 하지만 현실은 아빠를 싫어해야 하고, 아빠를 미워하는 게 맞는 거였다. 그리고 엄마를 가엾게 생각하고 그 끔찍한 기억 속에서 엄마를 끄집어내고 위로해야 하는 게 맞았다. 그녀는 엄마의 분노와 울분을 받아 내고 위로하지 못하는 자신도 싫었다. 좋은 딸이었다면, 진정 반듯하고 성숙한 딸이었다면, 진심으로 엄마를 달래 주고 곁을 지켜 주고 사랑해 주었을 것이다. 그녀는 자신이 연민의 감정이나 따뜻함과는 거리가 먼 사람처럼 느껴졌다.

이런 모순적인 감정을 견뎌 내고, 인정하는 것 자체가 때론 힘들었다.

"술이 다네, 오늘."

은조가 웃으며 재익에게 술잔을 내밀었다.

"나한텐 네가 달아."

그의 목소리가 달콤하게 들려왔다.

재익은 은조가 만들어 준 음식 때문인지, 훈훈한 술기운 때문인지 몸이 점점 달아오르기 시작했다.

우연인지, 자신과 은조의 안 좋은 가족사는 비슷한 점이 많았다. 그래서 더 친해진 건지도 모른다. 위로를 받고 싶은 나약한 마음을 들키지 않으려고 재익은 그녀의 얘기만 듣고 있었다.

그는 모든 여자들에게 멋있게만 보이고 싶었다. 그것이 어쩌면 상처를 덜 받는 일이라고 생각했다. 친하고 가까운 사람에게 마음을 터놓는 것이야말로 더 외로워진다는 걸 그는 알고 있었다. 결국 부담스러워하고 귀찮아하고 이용만 당할 뿐.

재익은 은조가 자신의 매력에 흠뻑 빠지길 원했다. 몸으로 마음으로. 자신은 은근히 철벽을 치면서도.

넌, 나를 좋아해야 돼. 김은조. 왜냐하면······.

"나, 너 정말 좋아하나 봐."

은조가 발갛게 익은 볼을 양쪽 손으로 감싸며 젖은 눈으로 재익을 바라보았다. 그는 눈을 질끈 감고 말했다.

그래, 나도 널 원해. 몹시, 뜨겁게.

아까부터 그의 다리 사이가 불편해져 오고 있었다. 무엇 때문인지 알 길이 없다.

그들은 다소 심각한 얘기를 나누는 중이었다. 슬프기도 하고, 한심하기도 한 자신들의 얘기. 상처받고 속상하고 힘들지만 그럼에도 피할 수 없는 문제. 이토록 진지한 얘기를 하는 가운데 몸의 반응이 온다는 게 우스울 뿐이다.

"그럼 내가 원하는 대로 할래?"

마음을 얻는다는 건, 결국 주도권을 쥐는 것이다. 여자를 내 마음대로 할 수 있는 주도권.

내가 원할 때 그녀를 가질 수 있는 주도권. 재익은 마음대로 은조를 갖고 싶었다. 내키는 대로, 원하는 대로, 원 없이. 하지만 이 솟구치는 욕망이 그녀가 자신을 좋아하는 감정이랑 같은지는 모르겠다. 그녀도 자신을 이토록 몸으로 원하고 있을까.

제발, 그러길 바랐다. 제발!

재익이 자리를 옮겨 그녀 옆으로 바짝 붙어 앉았다. 그의 불처럼 뜨거운 기운이 느껴져 은조는 살짝 옆으로 자리를 피하려 했지만 그사이 재익의 완강한 손에 붙잡혔다.

그가 그녀의 허리를 바짝 끌어안고 은조를 옆으로 노려보았다. 그 순간만큼은 짐승의 눈빛처럼 사나워 보였다. 그의 후끈한 입김이 그녀의 목덜미로 내려앉았다. 은조가 그의 한쪽 볼을 살며시 어루만지자 재익이 그녀의 손을 꽉 잡은 채 그대로 밑으로 내렸다. 그녀의 가냘픈 손을 그의 불룩 튀어나온 바지 한가운데로 가져가면서 재익이 차갑게 말했다.

"손으로 해 봐. 만져 줘."

"여기……서?"

"그래. 여기서."

은조가 손을 슬쩍 빼려고 하자, 재익이 그대로 꽉 눌러 버려 못 빠져나가게 만들었다. 커다랗고 물컹하고 뜨겁다. 자신의 손바닥 안으로 불쑥 솟아 오른 남자의 기운이 전해지자 은조는 몸이 떨렸다. 징그럽다는 생각과 그럼에도 이상야릇한 흥분이 동시에 느껴져 그녀도 당황스러웠다. 게다가 그녀의 팬티 안이 흠뻑 젖어 있었다. 창피하고 부끄러웠다.

그가 그녀의 마음도 모른 채 자신의 몸을 더욱 그녀에게 밀착시키고 내뱉었다.

"오늘은 네 안에 쌀 거야. 이번엔 진짜로."

"뭐?"

그의 노골적인 말투에 은조가 얼굴을 찡그렸다.

"안 돼. 여긴, 너무 불안……."

어느새 그의 입술이 그녀의 입술 사이로 밀려들었다. 그 뜨거운 열기가 그녀의 입 안을 헤집고 있었다.

재익이 그녀를 너무 바짝 끌어안고 거칠게 입을 맞추자 은조는 자꾸 몸을 뒤로 뺐다. 그의 태울 것 같은 열기가 그녀를 부담스럽게 만들었다. 은조가 그에게서 몸을 빼면 뺄수록 재익은 그녀 쪽으로 더 몸을 기울였다. 그 바람에 두 사람은 어느 순간 휘청하더니 그만 의자에서 꽈당 넘어지고 말았다. 깜짝 놀란 재익이 바닥에 넘어져 있던 은조의 손을 재빨리 잡아 주면서 어쩔 줄을 몰라 했다.

"괜찮아? 어디 봐, 괜찮은지."

그는 그녀의 몸을 더듬으며 정말 당황했다. 자신이 생각해도 바보 같았다. 은조가 얼굴을 붉히며 말했다.

"괜, 괜찮아. 그러니까 왜 그렇게 갑자기."

"네가, 너무 예뻐서."

재익이 잡은 그녀의 손을 놓지 않고 그대로 앞에 의자에 앉으면서 말했다.

"내 무릎 위에 앉아. 그러면 넘어질 일 없어."

"싫어."

하지만 재익은 은조의 손을 잡아끌어 그대로 자신의 무릎 위로 앉혔다.

"싫다니까, 너."

"잠깐만, 잠깐만 이렇고 있자."

재익이 자신의 무릎위에 앉아 있는 은조를 꼭 끌어안았다. 오늘만 바보가 되자. 그도 자신의 마음을 어찌 할 수가 없었다.

"1분만. 아니, 2분만."

"너 자꾸 왜 이래."

하지만 은조의 목소리도 점점 작아져 갔다. 재익이 그녀의 한 손을 잡아 자신의 심장에 갖다 대면서 속삭였다.

"나 미친 것 같아. 꼭 달리기 하는 것처럼 심장이 뛰어."

자신의 손에 전해져 오는 그의 심장 박동 소리에 은조는 깜짝 놀란 얼굴이었다.

"정말이네."

재익이 그녀를 아기처럼 쓰다듬었다.

"네가 좋아."

재익의 손이 어느새, 그녀의 앞치마를 들추고 그 안에 입은 얇은 스커트 안을 헤집었다. 은조가 말릴 새도 없이 그가 그녀의 팬티에 손을 갖다 대자 은조가 고개를 저었다.

"뭐야, 세상에."

잠깐 스친 그녀의 팬티 주위의 기운을 느끼자, 재익이 그녀에게 비웃듯 말했다.

"너, 사람 미치게 하는 데 선수지."

"아니야. 나도 이런 적 처음이야."

오히려 은조가 너무 어색해하면서 우물쭈물하는 게 귀여워 재익은 심장이 터질 것만 같았다.

"그럼 내가 먼저 해 줄게."

"싫어, 여기선."

"괜찮아. 괜찮을 거야."

"그래도 싫어."

재익은 더 이상 참을 수가 없었다. 하지만 그는 최대한 인내심을 발휘해 웃어 보였다. 그는 그녀를 달래야겠다고 생각했다. 어떻게든 해결해야 했다. 아무래도 최후의 카드를 꺼내 들어야겠다.

"그럼, 우리 집으로 갈까? 내 오피스텔 말이야."

절대 여자를 자신의 집으로 들이지 않는다는 철칙을 깨 버리는 것과 그 뒤에 찾아올 혹시 모를 성가신 일들이 이 순간만큼은 전혀 아무렇지 않았다. 그냥 무조건 은조와 같이 있고 싶었다. 같이 있을 수 있는 장소라면 어디든 상관없었다. 설령 지옥이라도. 그녀만 괜찮다면.

"너희 집?"

"그래. 여기선 불안하니까."

"아니, 그게. 엄마가 집에 계셔. 외박하는 건 안 돼."

방금 전까지 엄마가 밉고 속상해 죽겠다며. 젠장, 누구 인내심 테스트 하는 것도 아니고. 얜 도대체 왜 이렇게 앞뒤가 안 맞는 거야.

은조가 한동안 뭔가를 생각하다가 재익에게 말했다.

"집이 멀어?"

"멀긴, 금방이야."

그때까지 참아야 하는 거야? 사람 어지간히 괴롭힌다, 정말.

"알았어, 그럼, 잠깐만."

은조가 그의 손아귀에서 벗어나 자신의 휴대폰으로 전화를 걸기 시작했다. 제법 상냥한 목소리로 그녀가 말을 한다.

"은수니? 그래. 미안해, 누나가 일이 늦게 끝났다. 엄마는? 응, 그렇구나. 아니야. 손님 별로 없었어. 저녁은? 나야 먹었지. 그럼, 그럼."

그다음부터 그녀의 능숙한 거짓말이란.

"그래, 누나가 술 한잔했다. 친구가 오랜만에 놀러 와서. 그래서 말인데, 마시다 보니 차가 끊겨서. 친구랑 근처 찜질방에서 자고 내일 토요일이니까 바로 점심때부터 가게 문 열 거야. 엄마한텐 그렇게 말해 줘. 걱정할 것 없다고. 집에 갔다 오면 괜히 번거로울 것 같아서 그래."

아무렇지도 않게 말하는 그녀의 능청스러움에 재익은 어이가 없을 지경이었다.

"고생은. 네가 더 고생이지. 고3이 공부하랴, 밥 차려 먹으랴. 누나가 내일 맛있는 거 사 가지고 갈게. 아니, 그러지 말고, 그냥 가게로 와라. 내일은 학교 안 가니까. 그래, 그래. 알았어. 그럼 끊는다. 문단속 잘하고 잘 자. 아냐, 누나가 더 고마워. 미안하고. 끊을게."

은조는 전화를 끊고 재익을 바라보았다. 그녀는 어딘지 흐트러진 자신의 옷차림새를 단정히 하고는 갑자기 두 사람이 먹은 그릇들을 치우기 시작했다.

"내가 할게, 은조야. 넌 가만히 있어."

"아냐, 됐어. 내가 할⋯⋯게."

은조가 좀 부끄러워하는 것 같아, 재익도 웃었다.

거짓말도 잘한다는 얘기를 하고 싶었으나 재익은 괜히 분위기 망치는 짓거리는 하고 싶지 않았다.

"내일도 올게. 모레도. 설거지도 하고, 청소도 하고. 너랑 같이. 전부 다 같이 할게."

"재, 재익아."

흥분해 있는 여자를 자신의 집까지 무사히 데리고 가려면 어떻게 해야 할까. 맛있는 음식을 앞에 두고 세상에서 가장 행복한 고민을 하는 남자처럼 기분이 최고였다. 그녀를 고이 데려가는 방법밖에 없다. 흠집 하나 내지 않고 아기처럼 택시에 태워 곱게 데리고 가는 것이다.

그리고 맛있게 천천히, 하나씩 하나씩 잡아먹는 것이지. 맛보고, 음미하고, 맛보고, 음미하고.

생각만 해도 하늘을 날 것처럼 흥분이 된다. 지난밤보다 더.

"그러니까 가자. 지금, 당장."

그가 이번엔 뒤에서 그녀를 와락 끌어안았다. 그의 입술이 그녀의 목덜미에 닿고 그의 양손이 그녀의 가슴 부분을 스쳐 은조의 허리를 꽉 끌어안았다. 그녀는 미동도 할 수 없을 정도로 그의 품 안에 폭 감싸였다.

그녀도 자신의 허리에 둘린 그의 손을 꽉 잡았다. 타는 듯한 입김이 정수리 부근에 느껴졌다. 눈을 질끈 감자, 재익이 희미하게 미소 지었다. 그녀는 지금 이 시간이 가장 행복한 순간이라고 생각했다. 그와 방에 들어가기 전. 사랑을 확인하기 전. 그리고 섹스를 하기 바로 전.

✢

맛있는 것은 아껴 먹어야 하듯, 그는 은조를 아주 조심스럽게 아껴 가며 음미했다. 섹스를 음식에 비유하는 것만큼 노골적인 것은 없지만 그래도 재익은 그녀를 과일에 비유하는 게 몹시 흥분되었다. 과즙이 막 솟아나기 시작한 풋풋한 햇과일. 그는 그녀의 몸을 핥고 빨아 대고 만지는 소리에 본인이 더 흥분하기 시작했다.

솔직히 이토록 상큼한 몸이 있을까 싶었다. 그날 밤, 그는 그녀에게 푹 빠져 버렸다. 아니, 그녀의 몸에 푹 빠졌다고 해야 더 정확할 것이다. 그래서 그녀를 원 없이 취했고, 그가 생각하기론 그녀도 나름 만족하는 것 같았다. 처음 하룻밤을 보낸 날처럼 그다지 아프다고도 하지 않았고, 망설이는 것도 없었다. 두 번째, 세 번째로 할 때엔 오히려 그녀 쪽에서 더 적극적일 정도였다.

"네 거는, 왜 이렇게 큰 거야? 원래 이렇게 커지는 거니?"

재익은 그녀의 순진한 표정에 웃음이 터져 나오는 걸 참느라 혼날 지경이었다.

"네가 이렇게 만들었잖아. 너만 보면 이러는데, 나도 어쩔 수가 없어."

밤새도록 그는 그녀를 노골적인 말로 유혹하며 덮치고, 끌어안고 뒹굴었다. 그는 심지어 그녀에게 잠자리에서 남자를 유혹하는 기술을 가르치고 싶은 심정이었다. 좋아하는 여자를 자신에게 맞게 길들인다면 몹시 행복할 것 같았다.

말하자면, 맞춤형 여자 친구라고나 할까. 잠자리에서도, 그 외에서도.

하지만 그 뒤에 책임져야 할 문제들을 곰곰이 생각해 보니 제발 정신 좀 차리라고 스스로에게 경고하기에 이르렀다.

그는 개새끼에도 나름 레벨이 있다는 말도 안 되는 괴변을 늘어놓으면서 적당히 그녀와의 불타는 밤을 마무리하기에 이르렀다.

아침이 되자 재익은 평소 안 하던 행동을 하기 시작했다. 전날 술을 먹어서 속이 쓰리다는 이유로 밥을 하고 냉장고에서 뜯지도 않은 두부와 양파 등 각종 야채를 꺼내더니 그것을 도마 위에서 칼로 썰고는, 얼마 전에 할머니가 가져다준 된장을 풀어 찌개를 끓이기 시작했다.

그는 요리라고는 거의 해 본 적도 없고, 관심도 없었다. 대부분의 음식은 사 먹거나 학교 식당에서 해결을 하던가, 혼자 사는 학생들이 대개 그렇듯 인스턴트 음식 등으로 해결하곤 했다. 하지만 곤히 자고 있는 은조의 야윈 얼굴을 보자 아무래도 뭘 좀 먹여서 보내야 할 것 같은 무언의 책임감이라고나 할까. 아니, 사실 미안함이라고나 할까.

왜 미안한 생각이 드는 건지는 모르겠다. 자신 혼자 들이대서 억지로 여자를 데려온 것도 아닌데.

그는 멸치와 다시마로 육수도 내면서 정성 들여 된장찌개를 끓였다. 어쨌건 자신은 여자들에게 멋지게 보이고픈 허영심이 있는 남자라는 걸 인정하면서. 이렇게 간단한 음식조차도 못한다는 건,

한재익에게 있어서 있을 수 없는 일이지.

그는 찌개의 간을 보면서 살짝 인상을 썼다. 생각보다 너무 맛이 안 나 곧바로 집에 있는 양념들 중 대충 아무거나 이것저것을 집어넣으며 제법 공을 들였다. 비로소 어느 정도 찌개인지 국인지 비슷한 맛이 나자 그는 흡족한 표정으로 은조가 누워 있는 침실 쪽을 바라보며 잠든 그녀 곁으로 다가갔다.

그녀의 새까맣고 긴 속눈썹을 가만히 만져 보았다. 그래도 그녀는 꿈쩍하지 않는다. 아마도 몹시 피곤했던 모양이다. 그가 그녀의 이마와 볼을 한동안 손으로 만지작거리자, 은조가 살며시 눈을 떴다. 그녀는 자신을 물끄러미 내려다보고 있는 그와 눈이 마주치자 살짝 웃었다. 눈꼬리가 내려가며 살며시 웃는 그 모습에 재익은 자신의 물건이 자동으로 발딱 서는 게 느껴져 당황했다.

그녀는 웃는 얼굴이 너무 예쁘다. 사실 찡그린 얼굴도 예쁜데. 아니 가만히 있는 모습도 예쁘다. 아니, 사실 전부 다, 모든 게 예쁘다. 몸에 반응이 바로바로 올 정도로.

그런데 그녀가 예쁜 얼굴인가?

그것조차도 모르겠다, 젠장. 이러다간 여자한테 질질 끌려다니는 꼴이 될 것 같았다. 끔찍했다.

"잘 잤어, 재익아?"

그녀가 일어나서 이불을 가슴께까지 끌어 올려 몸을 가렸다. 그러고는 그의 넋 나간 얼굴에 살짝 입을 맞췄다.

"으응…… 잘 잤지, 나야. 불편하진 않았어?"

재익이 마지못해 대답했다. 은조가 고개를 저었다.

"아니, 전혀. 그런데 네가 너무 해 대서, 지금 나 걷지도 못하겠어. 좀 아파."

은조가 찡그린 얼굴을 하자, 재익이 자동으로 그녀의 몸을 가리고 있던 이불을 걷어 냈다.

"어디 봐. 얼마나 아픈지."

"하, 하지 마! 미쳤어?"

"뭐가? 아프면 내가 좀 만져 주든지, 어떻게 좀 해 주려고 하지."

그의 시선이 그녀의 알몸 중에 가장 은밀한 부분으로 가자, 은조는 다리를 바짝 오므리며 머리를 저었다.

"아니야. 안 그래도…… 아앗."

그의 손이 어느새 그녀의 다리 사이를 헤집자, 은조가 빨리 치우라고 성화였다.

"벌려 봐. 어디 좀 보자."

"너, 진짜. 괜찮다니까 정말."

은조가 소리를 치자, 재익이 어이가 없다는 듯 웃었다.

"밤새 볼 것 못 볼 것 다 본 사인데, 왜 그래?"

"그래도 싫어. 내가 알아서 할 테니까 넌 신경 꺼."

"나도 책임이 있으니까 그렇지."

은조가 그의 말에 이불을 다시 끌어 올리며 대꾸했다.

"책임? 그렇게 책임감 강한 사람이 피임도 안 하고 마구 들이대니?"

"아, 그거. 안전한 날이라며. 그거 계산하고 어젯밤 오케이 한 거잖아. 아니야?"

나도 그 정도 머리는 있다. 이 여우같은 계집애야.

여우? 아닌데, 그건.

"계산? 아니거든. 난 그냥……. 아무튼 좋았겠네. 내 안에 실컷

해서."

"그럼, 넌 안 좋았어? 리액션이 아주⋯⋯."

재익은 은조와 이렇게 티격태격하는 순간에도 그녀가 자신과 어딘가가 잘 맞는다는 생각이 들었다. 딱히 꼬집어 말할 순 없지만 그는 그녀와 섹스를 하면 마구 엔도르핀이 넘쳐흐르는 느낌이었다. 지난번에도 그랬지만 어젯밤은 더더욱 그랬다. 은조가 반응을 너무 잘해 주는 것도 있었지만 뭔가 그 이상인 기운이 느껴졌다.

설마, 이게 말로만 듣던 제 짝을 만난 건가? 아니면 단순히 속궁합이 좋은 건지. 그것도 아니라면. 그래 봤자 겨우 스물한 살인데?

문제는 그녀와 또 하고 싶다는 것. 아니, 계속하고 싶다는 것. 단순히 은조에게 들인 시간과 노력이 아까워서가 아니다. 자, 그렇다면 그녀의 생각은 어떨지.

"말해 봐. 너도 좋았잖아. 그러면서 무슨."

"난, 널 사랑하니까. 재익아, 이런 게 사랑인 거 같아. 네가 어제 어두운 얼굴을 하고 우리 식당에 들어왔을 때, 잘해 주고 싶었거든. 네가 원한다면 뭐든."

"내가 원한다면?"

은조가 고개를 끄덕였다.

"네가 날 원하는 거 같아서. 그게 좋아. 네가 좋아하는 게, 행복해하는 모습 보는 게. 상대방의 웃는 얼굴을 보고 행복할 수 있는 게 사랑인 것 같아. 네가 만족했다면 나도 좋아."

그녀의 얼굴은 진지했다. 전처럼 자신을 재 보고 이리저리 따져 보는 듯한 모습이 아니었다. 진심인 것 같았다. 재익은 갑자기 마음이 짠해져 뭐라 대꾸할 수가 없었다.

여기서, '나도 그래. 나도, 네가 원한다면 다 좋아.' 라고 말하는 게 사랑하는 연인들의 대화라는 것쯤이야 알았지만 그 말이 왜 이렇게 자연스럽게 흘러나오지 않는 건지.

갑자기 그녀에 대한 욕망이 서서히 가라앉는 느낌이었다. 왜 그럴까.

"그럼, 너는. 너는 별로 좋지 않았어? 단순히 내가 좋아해서 그냥 좋은 척한 것뿐이야?"

재익은 정말 궁금했다.

"아니. 나도 좋았어. 말했잖아. 좋았다고. 사랑해, 재익아."

그녀는 그의 입술에 키스했다. 그는 갑자기 어안이 벙벙해져서 그녀의 얼굴을 빤히 쳐다보았다.

"그런데, 이게 무슨 냄새야? 너 뭐 했니? 된장찌개 냄샌데."

은조가 주방 쪽을 힐끗 보자, 재익이 고개를 끄덕였다.

"설마, 나랑 먹으려고 끓인 거야? 너 평소엔 아침 잘 안 먹는다며."

재익이 웃었다.

"의외네. 나 주려고 끓인 거구나."

"어제 술 마셨잖아, 우리. 해장해야지."

은조는 한동안 재익의 얼굴을 가만히 바라보았다.

끝내 너 때문에, 너 먹는 거 보려고 끓였다는 말은 안 하는 남자.

그녀는 알 수 없는 무언가가 가슴속에 눌리는 기분이었다. 솔직히 재익은 자신이 좋아하는 스타일의 남자는 아니었다. 오히려 정반대의 타입이다.

그런데도 그와 잠을 자고, 그와 데이트를 하고, 함께 밥을 먹고 시간을 보냈다. 왜냐하면 자신은 그를 좋아하니까. 꼭 자기 스타일에 맞는 남자만 좋아하라는 법은 없으니까. 그럼에도 무언가 불길한 예감이 들 정도로 두렵기까지 한 이 느낌은 무엇이란 말인가.

은조는 언제나 한 여자에게 모든 걸 바칠 수 있는 풋풋한 순정을 간직한 남자가 이상형이었다. 그런 보석 같은 남자를 만난다면 자신의 모든 걸 버려서라도 꼭 그 남자를 붙잡겠노라고 맹세했다.

하지만 그 이상형조차도 그녀에겐 판타지일 뿐이다. 요즘 세상에 한 여자에게 평생을 올인하는 순정을 간직한 남자는 없을 것이다. 은조도 그 정도는 알고 있다.

하지만 재익 같은 남자가 자신에게 다가올 줄은 몰랐다. 게다가 그런 남자에게 자신이 조금씩 넘어갈 줄은 더욱 몰랐다. 그리고 자신의 로망을 그에게 대입시켜 혹시 그가 자신의 이상형으로 조금씩 바뀌기를 기대할지는 정말이지 더더욱 몰랐다.

그가 자신만 바라보며, 자신만 사랑해 주길 원하는 그런 남자로 말이다. 은조는 침대에 앉아 있는 채로, 방을 한 번 휘둘러보고는 웃으며 말했다.

"가끔 여자들도 데려오고 그래? 집이 좋은데."

재익은 은조가 다른 여자들하고는 좀 다르기를 바랐다. 몇 번 자고 나면 금세 마누라처럼 구는 여자들과는 다른 그런 쿨함을 지닌 여자 같아서 어쩌면 끌렸는지도 모르겠다. 하지만 어쩌면 자신이 잘못 본 것일지도 모른다.

그가 말했다.

"혼자 사는 장점이지. 친구들도 가끔 부르고, 놀기도 하고."

네가 우리 집에 온 첫 여자라는 말은 도저히 나오질 않았다. 여자를 위해 아침밥을 한 것이 처음이라는 말도.

은조는 아무렇지 않게 웃었다.

"그렇구나."

그녀는 내심 기대하고 물어본 자신이 살짝 미워지려고 했다. 바보 같았다.

"저기, 말이야. 나 좀, 씻고 싶은데."

"어, 그래. 씻고 와. 욕실에 필요한 물건들은 거의 다 있어."

은조가 잠시 주저하자 재익이 묻는 듯한 얼굴을 했다. 순식간에 분위기가 어색해지려하고 있었다.

"뒤 좀 돌아봐. 나 아무것도 안 걸쳐서."

"아, 그거."

조금 전까지만 해도 뭐가 어떠냐며, 그녀를 확 덮치거나 같이 샤워하자고 느끼한 소리를 해 댔을지도 모른다. 하지만 그는 자신의 행동을 자제해야겠다고 생각했다. 더 이상 은조에게 들이댔다가는 그가 우려하는 일이 생길 것만 같았다. 두려웠다. 그게 무엇이든.

재익이 몸을 돌려 그녀를 등지자, 그녀가 이불을 걷어내고 움직이는 소리가 들렸다. 욕실을 향해 걸어가는 소리도.

그녀에 대한 마음이 다소 수그러졌다고 생각했는데, 아까부터 서 있던 다리 사이의 물건이 여전히 꿈쩍하질 않는 게 신기했다. 이상하게 더 팽팽해지고 있었다. 그녀의 알몸을 못 본다고 생각하니, 터질 것만 같았다.

그가 참지 못하고 그 순간, 몸을 돌려 그녀의 뒷모습을 바라보았다. 환한 대낮에 그녀의 벗은 몸을 보자, 비록 뒷모습이었지만 그의 심장이 요란하게 뛰었다. 당장 쫓아가 뒤에서 그녀를 와락 끌어안고 싶다. 아니, 그대로 안고 함께 욕실 안으로 들어가고 싶다.

네가 처음이라고. 이 집에 들어온 여자는 네가 처음이라고. 말하고 싶었다.

❖

"여기가 네가 다니는 학교니? 우리 아들, 공부 잘했나 보네. 나나 네 아버지나 멍청한 머리는 아니었으니까."

엄마와 그렇게 헤어진 후, 어느 날 그녀는 학교 앞으로 불쑥 찾아왔다. 아들이 다니는 학교 한번 구경하고 싶다는 게 이유였다. 그녀는 여전히 짙은 화장에 화려한 옷차림이라 단번에 눈에 띄었다. 지나가던 친구들이 묻는 제스처를 취하자 재익은 그저 웃음으로 답할 뿐이었다.

"나가죠. 이 앞에 조용한 카페가 있어요."

"왜, 엄마가 창피하니?"

재익이 한동안 그녀를 빤히 쳐다보다 웃었다.

"네. 친구들에게 엄마가 일곱 살 때, 집 나가셨다고 했거든요."

조금 전까지 생글거렸던 그녀의 표정이 일순간 굳어졌다.

"커피 사 드릴게요. 가요."

재익이 앞장서서 학교 정문을 빠져나가자 그 뒤를 그녀가 따랐다. 두 사람은 학교 근처의 카페로 자리를 옮겼다. 재익의 말대로 조용하고 한적했다. 두 사람은 커피를 주문하고는 한동안 아무 말이 없었다.

재익이 먼저 입을 열었다. 경험상, 엄마 같은 타입의 사람을 잘 안다. 한번 허술하게 굴면 계속 달라붙고 귀찮게 하고 늘어진다. 마치 물귀신처럼. 정작 다른 사람이 자신을 필요로 할 땐 야멸차게 굴면서.

"아버지는 만나셨어요?"

종업원이 커피 받침대를 살며시 두 사람 앞에 놓고는 그 위에 아기자기한 예쁜 잔에 담긴 아메리카노를 나란히 놓았다. 그녀가 서빙을 하는 아들 또래의 아르바이트생을 힐끗 올려다보며 환하게 웃으며 고맙다고 말했다. 재익은 미간을 찌푸리며 그녀의 대답을 기다렸다.

"넌 아버지 안 닮았어. 날 닮았지. 독하고 못돼 먹은 거 말이야."

그녀가 커피를 한 모금 마시며 웃었다.

"아버지가 가르쳐 줬어요? 저 이 학교 다닌다고."

"네 아버지가 안 가르쳐 줬으면 아들이 다니는 학교도 못 찾을까 봐 그랬니? 요즈음이 어떤 세상인데."

"왜 오셨는데요?"

"넌 참 정이라고는 없는 애야. 왜 오셨어요? 무슨 할 말 있으세요? 그 말밖에 할 말이 없니, 너는."

"그냥 제가 보고 싶어서 온 건 아닐 거 아니에요. 아버지가 돈을 안 주셨어요?"

"한재익! 이, 망할."

그때 출입문 쪽이 소란스러워 잠시 힐끗 봤더니, 같은 과 친구 두 명과 세진이 함께 들어오고 있었다. 세진은 전자공학과의 홍일점답게 고개를 빳빳이 들고 시종일관 공주 대접을 받는 듯했다. 재익은 다시 골치가 지끈거리는 것 같았다.

"네 아버지는 그래도 너보다 낫더라. 이래서 백날 자식 키워 봤자 소용없다고 하는 거야. 잘난 아들보다 못난 남편이 백배는 낫다고. 하긴 네 아버지가 못난 건 아니니까. 그 노인네가……."

"앞으로 다신 저한테 찾아오지 마세요. 아버지한테 가셨으니까 받을 돈 받으셨겠네요. 그럼, 볼일 없잖아요?"

잠시 그녀는 아들을 노려보았다. 팔짱을 낀 채, 붉게 칠한 입술이 씰룩거렸다.

"넌, 나한테. 그러니까, 나한테 아무 감정이 없는 거니? 그래도 내가 너를 어려서는……."

"제발, 어른이면 어른답게 행동하셨으면 좋겠어요. 구차하고 구질구질하게 자신이 내팽개친 사람한테 찾아와서 이러는 거, 너무 창피하지 않아요? 나라면 그랬을 것 같은데."

재익은 뭔가 알 수 없는 짜증과 억울함과 화가 동시에 속에서부터 부글부글 올라오는 게 느껴졌다. 나는 왜 이 여자를 사랑할 수 없을까. 아니면 연민의 감정이라도 느낄 수가 없는 것일까. 심지어 엄마라는 사람한테 사랑받고 싶다는 생각조차 없다. 천륜이란 건, 어찌 보면 사람들이 포장해서 만들어 낸 감정이란 생각마저 든다.

오래 전, 엄마가 자신을 찾아온 날을 기억한다. 막 사춘기에 접어들 무렵이었던 중학교 1학년 때였다. 그 전에도 두 번인가 엄마가 집으로 찾아왔지만 한 번은 할머니와 크게 다툰 후 정작 자신과는 말 한마디 못 한 채 울면서 돌아갔고, 다른 한 번은 놀이터에서 놀고 있던 그에게 다가와 과자와 초콜릿이 들어 있던 검은 비닐봉지를 안겨 준 채, 몇 마디 안 하고 그대로 돌아갔다.

두 번째 만남은 당연히 할머니에게 얘기하지 않았다. 물론 아버지에게도.

그날 그러니까 중학교 1학년 때, 아마도 그날이 성인이 되기 전에 엄마와는 마지막 만남이었던 것 같다. 일하는 아주머니가 현관

에서 엄마와 얘기를 나누기에 재익은 그녀를 보러 그쪽으로 다가
갔다. 그러자 기다렸다는 듯 엄마는 눈물을 쏟았다. 그러고는 그를
반기며 감개무량한 얼굴로 재익에게 말했다.

'우리 아들, 엄마야. 기억 안 나?'

그가 무어라 말하려 하자, 일하는 아주머니가 대뜸 엄마를 가로
막으며 난처해했다.

'저기, 사모님 아시면 저 혼나요. 그러니까……'

'지금 뭐라는 거야? 원래 이 집 안주인은 나야. 함부로 사람
하대하지 마. 나 재익이 엄마란 말이야.'

'제가 그거 모르겠어요? 저도 자식 키우는 사람인데, 그 마음
누구보다 잘 알죠. 하지만 사모님이 워낙에 완강하셔서. 찾아오시
면 절대 집 안에 들이지 말라고 하셨거든요. 제 입장도 이해해
주세요.'

'기가 막혀서. 천륜을 끊어 놓으려고 노인네가 작정을 했구만.
어디 그렇게는 못 할걸?'

아주머니가 어쩔 줄 몰라 했지만, 엄마는 아랑곳하지 않고 재익
을 꽉 끌어안았다. 그러면서 계속 눈물을 흘리며 말했다.

'넌, 엄마 잊으면 안 된다. 네 할머니가 엄마를 쫓아낸 거야.
엄마가 얼마나 억울하게 쫓겨났는지 아니? 내 배로 낳은 내 자
식을 못 보고, 내가 얼마나……'

그때였다.

'당신 지금 뭐 하는 거야? 여기가 어디라고 함부로 와서, 지
금 뭐라 하는 거냐고!'

'오, 오랜만이에요. 나는 내 아들 얼굴이나…… 보려고……
왔어요.'

엄마가 그때까지 품에 안고 있던 재익을 재빨리 놓고는 아버지를 보면서 눈물을 닦아 냈다.

'당신이란 여잔, 정말이지…….'

현관문을 박차고 들어온 아버지가 엄마를 보자마자 팔을 낚아채더니 밖으로 끌고 나가 버렸다. 일하는 아주머니와 재익은 그 자리에 우뚝 선 채, 아버지 손에 끌려 나가는 엄마를 보고만 있었다. 정원에서 아버지가 지르는 소리가 집 안까지 들려왔다.

'당신 또 돈 떨어졌어? 왜 애꿎은 애는 잡아. 당신이 제 발로 나간 집이야! 기억 안 나?'

'여보, 잘못했어요. 그땐 내가 너무 어렸고. 당신도 매일 없는 집에서 어머니와 하루 종일 있으려니까 미치는 줄 알았다고요. 아이 키우는 것도 그렇고. 하나부터 열까지 온갖 잔소리에다 트집이나 잡으시니. 내가 엄마인지 보모인지. 얼마나 힘들었는지 당신은 상상도 못 할 거예요. 그러니까 한 번만 용서해 줘요. 네?'

'아니. 더 이상은 안 되겠어. 당신, 나랑 결혼해서 툭하면 집 나가고 돈 떨어지면 들어오는 거 한두 번이 아니었어. 내가 일하는 사람들 앞에서 얼굴을 못 들고 다닐 정도였다고. 그러면서 애는 나 몰라라 하고. 이젠 어머니가 허락하신대도 내가 허락 못해. 엄마로서 책임감도 없고 제멋대로인 당신 같은 여자, 필요 없으니까 다신 여기 얼씬거리지도 마. 알았어?'

'뭐라고요? 그 노인네가 그랬어요? 내가 툭하면 나갔다고? 아주 이간질의 선수네. 지 엄마 치마폭에 쌓여서 마누라는 나 몰라라 한 주제에. 자기 여자 하나 지키지도 못하는 게 무슨 남편이라고. 내가 괜히 집을 싸서 나간 줄 알아요?'

'조용히 해. 애 들어. 그리고 돈 떨어졌으면 먹고살 돈 줄 테

니까 여긴 다신 얼씬거리지도 마. 당신이란 여자, 생각만 해도 끔찍하니까.'

'누군 당신이 좋아서 이런 줄 알아? 내 새끼, 재익이가 불쌍해서야. 엄마 없는 아이로 만드는 거 같아서. 나도 당신 좋아서 같이 산 거 아니야. 이 세상에 돈이면 다인 줄 아는 당신네들, 한마디로 역겨워. 하지만 내 아들은, 내 아들은……'

'그렇게 아들 생각하는 여자가 시어머니가 한 소리 했다고 아들을 내팽개치고, 그렇게 돈 가진 사람들을 역겨워하면서 정작 돈 떨어지면 기어들어 올 생각부터 하나? 당신이란 여자는 정말이지……'

두 사람의 밑도 끝도 없는 싸움은 한동안 계속되었다. 과연 누구의 말이 맞는 것일까. 두 사람은 한 치의 양보도 없었다. 예전에도 그들은 그랬고, 몇 년 만에 만난 그들 또한 역시 변하지 않았다. 재익은 아마 10년, 20년이 지나도 그들은 만나기만 하면 싸울 것이고, 그가 있든 말든 서로의 대한 증오를 아낌없이 퍼부을 것이라고 생각했다. 그가 보기에 그들은 모든 열정과 에너지를 싸우는데 쓰는 사람들이었다.

재익은 더 이상 듣고 싶지 않은 마음에 자신의 방으로 들어갔다. 일하는 아주머니가 혀를 차자, 밖에서 그들의 사랑과 전쟁을 참관하고 있던 운전기사 아저씨가 들어와 잡담을 나누기 시작했다. 그들의 소리가 방문을 닫고 책상에 엎드려 있던 재익의 귀에까지 들어왔다.

'쯧쯧. 하필 사모님이 안 계셔서 그나마 다행이지. 아휴……'
'사모님 계셨으면 우리도 무사하지 못하죠. 저렇게 대놓고 싸우지도 못하고.'

'어쨌든 애만 불쌍하지 뭐. 회장님이야 돈 있겠다, 인물 훤하겠다. 저 여자 아니라도 줄을 설 테고. 우리 사모님이야 죽을 때까지 안주인 노릇 하면서 호강하실 테니.'

'무슨 애가 불쌍해요? 가만 보면, 재익이 쟤도 눈치가 빤해 가지고 아주 어린 게 처세가 보통이 아니라구요.'

'그게 무슨 말이야?'

아주머니는 목소리를 낮춰 얘기하는 듯했지만 그날따라 두 사람의 속닥이는 소리가 그의 귀를 괴롭혔다.

'애가 애다운 순진한 맛이 있어야 하는데. 어려서부터 어른들 싸움에 이리 치이고 저리 치여서 그런지, 눈치만 빨라 가지고 아주 보통이 아니라니깐요. 크면 회장님 넘어설 것 같아요. 벌써부터 사모님을 꽉 잡아 놓고.'

'뭐?'

'사모님이 손자라면 껌뻑 죽잖아요. 회장님보다 더 아낀다니까요. 아주 입 안의 혀처럼 지 할머니를 살살 녹이는데. 크면 여자 여럿 울리겠어요. 영리한 걸 넘어서 그냥 영악스러울 정도예요.'

'그래? 그럼, 호랑이 새끼인 거야?'

'그렇죠. 자기 키워 준 사람 잡아먹는.'

방문 너머로 아주머니의 목소리가 조금 더 크게 들려왔다.

'그래도 애가 순수한 느낌이 있어야지. 무슨 생각을 하는지도 모르겠고. 이래서 가정환경을 봐야 하는 거예요. 돈만 많으면 뭐 해. 내 자식은 저런 애랑 못 놀게 하고 싶다니깐요. 괜히 안 좋은 물 들까 봐.'

'무슨 말을 또 그렇게까지 해? 애 앞에서 맨날 쌈박질하는 어른들이 문제인 거지.'

'그렇게 쌈박질해도 안 그러는 애는 또 안 그래요. 다 태생부터가 문제인 거지.'

'쉿, 조용히 좀 해. 애 듣겠어. 입 조심…… 응?'

두 사람은 계속 속닥이다 웃어 댔다. 그리고 바깥에선 아직도 사랑과 전쟁이 끝나지 않았다. 재익은 다음 날 할머니에게 얘기해서 일하는 아주머니를 해고시켰다.

영악하고, 야비할 정도로 수를 쓰는 소년. 재익은 화가 날 땐 오히려 웃음이 나왔다. 그때부터였던 것 같다. 엄마가 자신을 마지막으로 찾아온 날부터. 그냥 화가 나면 웃음이 났다. 오히려 다행이라고 생각했다. 어차피 솔직하게 자신을 드러내 봤자 아무도 알아주지 않을 바엔 철저히 자신을 포장하는 게 살아가기에 더 편한 세상이다.

맞은편에 앉아 우아하게 커피를 마시는 엄마의 얼굴을 보면서 재익은 계속 웃었다.

"나한테 쌓인 게 아주 많나 보구나. 뭐, 무리도 아니지."

그녀는 보일 듯 말 듯 한 미소를 짓고는 입맛을 다셨다. 재익은 커피에 손도 대지 않은 채, 계산서를 집었다.

"할 얘기 없으시면, 일어나죠."

"아버지가 오히려 나한테 네 안부를 묻더구나. 왜 집에 안 들어가니? 그 젊은 여자 때문이야?"

"나이가 찼으면 따로 사는 것도 나쁘지 않잖아요. 그래도 사이가 나쁘진 않아요."

엄마가 그를 올려다보며, 커피 잔을 놓았다. 한동안 그녀는 말이 없다가 핸드백을 손으로 들더니 일어섰다.

"다행이구나."

그녀의 목소리가 다소 가라앉았다. 재익이 먼저 테이블을 빠져나가고 그녀가 뒤를 따라가다, 뒤에서 빈 쟁반을 가지고 급하게 걸어오던 아르바이트생과 부딪쳐 그만 핸드백을 놓치고 말았다. 그리고 핸드백 속에서 우르르 물건들이 떨어지는 소리. 그 소리에 재익이 뒤를 돌아보자 그녀가 당황해하며 물건들을 줍기 시작했다.

"저, 손님. 죄송합니다. 정말, 죄송합니다."

"됐어요. 괜찮아요."

"아니요. 죄송합니다. 제가……."

"됐다니까요!"

그녀의 신경질적이고 날 선 목소리에 깜짝 놀란 아르바이트생은 움찔하며 물러갔고, 그 자리에 재익이 와서 그녀의 얼굴을 물끄러미 바라보았다.

열린 파우치 백에서 쏟아진 온갖 화장품들. 생리대, 값싸 보이는 향수, 물티슈와 손수건, 지갑, 여러 장의 증명사진, 목걸이와 귀걸이 세트, 선글라스, 여권, 도장이 들어 있는 통장도 보이고, 또…… 작은 네모 박스가 눈에 띄었다. 비닐봉지 안에 쌓여 있는 동그란 고무 모양의 그것도.

다른 테이블에 앉아 있던 사람들이 힐끗힐끗 두 사람을 보고 있는 가운데 재익은 엄마 앞에 주저앉아 그것들을 하나씩 주워 핸드백 안에 집어넣었다. 그녀가 매우 당황하여 주섬주섬 물건들을 두서없이 집어넣자, 재익이 콘돔이라고 쓰여 있는 상자를 다른 사람들이 보기 전에 얼른 그녀의 핸드백에 쑤셔 넣으면서 다른 잡동사니 물건들도 그녀의 손에 쥐어 주었다.

잠시 동안, 엄마가 자신을 쳐다보는 시선을 느낄 수 있었으나 재익은 모른 척했다. 두 사람은 그대로 일어나 카운터로 향했다.

상기된 얼굴로 엄마가 재익이 쥐고 있던 계산서를 뺏자 그가 그녀의 옆모습을 물끄러미 바라보았다. 그녀는 아들의 얼굴을 쳐다보지도 않고 쏘았다.

"엄마가 커피 한 잔 사 줄 돈은 있어! 자, 여기요."

그녀는 손을 떨며, 지갑에서 만 원짜리를 꺼내 카운터 앞으로 내밀었다. 계산대 앞에 서 있던 여자가 말없이 두 사람을 번갈아 쳐다보자, 재익은 먼저 카페 밖으로 나와 버렸다.

눈부신 햇살이 내리쬐고 있는 오후였다. 차마 눈을 뜨지도 못할 만큼 햇볕은 뜨겁고 강렬했다. 그는 한 손을 이마에 두르고는 눈이 부셔 찌푸린 얼굴로 잠시 하늘을 올려다보았다. 이제 본격적인 여름이 시작되려는지 하늘엔 구름 한 점 없었고 주위는 온통 푸르고 뜨겁다 못해 후끈한 기운이 느껴졌다.

문을 열고 나온 엄마가 그 옆에 나란히 섰다. 그녀는 손수건으로 이마를 닦으며 핸드백에서 선글라스를 꺼내어 썼다.

"재익아."

그는 아무 말도 하지 않았다.

"엄마, 내일 미국으로 떠나. 앞으로 다신 못 볼 수도 있어. 그래서……."

재익은 그녀를 바라보지 않았으나, 그녀는 아들을 바라보며 말했다. 까만 선글라스 밖에 있는 아들의 모습이 잘 보이지 않았다. 눈가가 점점 촉촉해지고 있어, 뿌옇게 보일 뿐이었다.

그녀는 태연한 척 말했다. 그래야 한다고 생각했다.

"미안하다."

재익이 그제야 자신을 향해 있는 엄마의 얼굴을 몸을 돌려 바라보았다. 그는 희미하게 웃었다.

"커피, 잘 마셨어요. 가 볼게요."

그는 뒤에서 자신을 계속 응시하고 있는 엄마의 시선을 느낄 수가 있었다. 그리고 자신은 시력이 아주 좋다. 왜 엄마가 선글라스를 벗지 못한 채, 자신을 바라보았는지 알고 있다. 그래서 그는 걸음을 아주 빨리해서 앞으로 나아갔다. 점점 더 빨리 걷고 싶었다. 더, 더 빨리 걸어 그녀의 시야에서 완전히 사라지고 싶었다. 급기야 그는 뛰기 시작했다. 더 빨리 뛰어갔다. 뜨거운 여름이 시작되는 그날, 그는 미친 사람처럼 맹렬히 뛰었다. 온몸이 흠뻑 젖도록.

❖

창문 밖으로 빗소리가 흘렀다. 장마가 시작되려나? 여름 날씨는 종잡을 수가 없다. 그리고 그의 마음도.

벌써 몇 번째인가. 언제부터인지 모르겠으나 이곳이 너무나 익숙하게 다가왔다. 스무 평 남짓한 아기자기한 오피스텔도, 그리고 그의 체취도.

두 사람은 한낮의 정사가 끝난 후 기진맥진한 상태로 침대에 누워 있었다. 둘은 알몸이었고 은조가 그의 단단한 배 위에 머리를 묻자, 재익은 그녀의 머리칼을 어루만졌다. 서로의 맨몸에서 느껴지는 묘한 살 냄새와 촉감에 야릇한 기분이 인다. 재익은 은조의 몸을 어루만지며 웃었다.

"비누 냄샌가? 아니면 샴푸 냄새?"

"글쎄, 샴푸 냄새겠지."

은조가 머리카락을 쓸어 넘기며 그를 바라보자 그가 냉큼 그녀의 얼굴을 한 손으로 끌어당겨 키스했다. 부드러운 키스가 아니라

160

혀끝에 힘을 잔뜩 준 투박한 키스. 그녀의 여린 혀를 아플 만큼 빨아 당기자 은조가 그의 품에서 빠져나와 숨을 몰아쉬었다.

어느 정도 그의 마음을 알 것 같기도 하지만 재익은 가끔은 너무 제멋대로다. 빗소리가 멈추지 않는다. 며칠째 내린 빗물에선 물비린내가 나는 것도 같다.

"왜 그래? 내가 키스하는 게 싫어?"

재익이 시큰둥하게 물었다.

"키스 잘하면서 왜 그렇게 해?"

"뭐?"

그가 어이없다는 듯 웃었다.

"그럼, 우리 한 번 더 할까? 키스보다는 섹스로."

"그런 말이 아니잖아."

급기야 은조가 일어나, 침대 밖으로 나가려 하자 재익이 재빨리 그녀를 뒤에서 와락 끌어당겼다.

"오늘은 그냥 자고 가라."

그가 그녀의 뒷목을 물고 빨아 대며 그녀를 놔주지 않자 은조가 조금씩 얼굴을 찌푸리기 시작했다.

"나 외박하면 안 되는 거 알잖아. 그러니까 밖에서 만나자니까, 왜 집으로 부르고 그래."

은조의 새침한 말에 재익은 그녀를 놔주며 차갑게 쏘아 댔다.

"너, 내가 여자를 집으로 안 부르는 거 몰라? 내가 얼마나……."

그는 말을 멈추며 자신답지 않다고 생각했는지 비웃음을 흘렸다. 자신이 꼭 빙충이처럼 느껴졌다.

꼭 이렇게 말하니 사랑이라도 하는 것 같잖아. 허접하기 짝이 없는 사랑.

"나랑 이렇게 있는 게 싫어?"

그녀가 다리 사이에 팬티를 끼운 뒤 브래지어를 채우기 시작했다. 뒤에서 브래지어 끈을 확 뜯어 버리고픈 충동을 재익은 애써 참았다.

"그게 아니고."

은조는 살짝 한숨을 쉬었다. 자신은 그가 부르면 냉큼 달려오는 강아지가 아니었다. 머릿속으로는 분명 이런 생각임에도 그 앞에만 서면 마음이 약해지곤 한다. 왜 그럴까. 어째서 그럴까.

그녀는 자신이 연민이나 감정 따위에 휘둘리는 성격은 아니라고 늘 생각해 왔다. 하지만, 그건 자신만의 착각이었나.

그가 부르면 보고 싶고, 달려가고 싶다. 안기고 싶고 안아 주고 싶다. 안 보면 걱정이 되고, 불안하다. 그러다 그의 연락을 받으면 안심이 되고 마냥 설렌다. 하루에도 몇 번씩이나 휴대폰을 확인한다. 그리고 그에게 연락을 하기 전, 몇 번이나 망설이게 된다. 어쩌다가 이렇게 되어 버린 걸까. 사랑을 비웃던 자신이 어리석게 느껴졌다.

재익은 그날, 그러니까 자신과 두 번째로 밤을 보낸 다음 날 저녁 늦게 가게로 찾아왔다. 그때까지 저녁을 먹지 못했으니 밥을 차려 달라고 해서 밥을 차려 주었을 뿐이었고, 그날만 함께 있어 달라고 해서 같이 있어 주었을 뿐이었다.

밥을 먹는 내내 은조의 요리 솜씨를 칭찬하면서 나중에 정말 큰 식당을 차려도 될 것 같다는 얘기와 본격적으로 요리를 배워 보면 어떻겠냐면서 그는 알맹이 없는 얘기만 줄줄이 쏟아 놓았다. 은조는 그의 얼굴을 물끄러미 바라보며 심기가 편치 않다는 것만 눈치채고 있었다.

그리고 그날 그는 그녀를 다시 그의 오피스텔로 데려갔고, 그러니까 자신은 그를 따라 그의 집에 갔고, 그 전날 밤보다 더 뜨겁게 그녀를 안았다.

그의 성난 남성을 받아들일 때마다 은조는 그가 몹시 흥분하고 있다는 것이 느껴졌다. 그의 커다란 손이 그녀의 양쪽 엉덩이를 붙잡고 은조에게 치대고 있었다. 뜨거운 불기둥이 그녀의 속살을 헤집자 은조는 처음과는 달리 그의 리듬에 흥분하기 시작했다. 그는 성난 사자처럼 자신을 몰아쳤다.

재익은 부드럽지 않았다. 맨 처음, 그녀를 허름한 모텔에 데리고 갔을 때보다 더 거칠고 야생적으로 그녀를 대했다. 이유를 알 수가 없었다. 그날 밤, 날이 새기도 전에 재익은 은조를 몇 번이나 더 안았다. 그 후로도 재익은 연락도 없이 불쑥 가게로 찾아오곤 했다. 그리고 자연스럽게 이어지는 섹스.

빗소리가 창문을 두드렸다.

"재익아, 천천히, 응?"

"네 안이 좋아. 너무 좋아. 뜨겁고……."

그가 흥분해 있던 자신의 심벌을 한 번에 그녀의 여성 안으로 밀어 넣으며 생각보다 빨리 사정했다. 그 전날에도 분명 섹스를 나눴었다. 하지만 그때보다도 그는 더 마음이 급한 것 같았다.

"아하, 음……."

재익의 깊은 신음 소리는 그가 은조에게 완전히 몰입했음을 의미했다. 그 무엇보다 솔직한 그의 몸짓이 그녀를 기쁘게 했다. 은조는 어리석지만 그의 칭찬에 오르가슴이라도 느끼는 것처럼 기분이 붕붕 떴다. 물론 그녀도 그와 나누는 섹스가 좋긴 했지만 그가 느끼는 것만큼은 아니었다. 아니, 아직 그녀는 경험이 많지 않았으므로 그가 왜 저렇게 흥분하는지 이해가 안 될 때도 있었다.

스물한 살 남자가 저렇게 섹스를 좋아할 수도 있나? 아니면 정말 자신이 그토록 좋다는 말인가? 남자도 잘 모르고 경험도 없는 나를? 아니, 그래서 좋아하는 건가? 알 수 없었다. 아니면 정신적으로 뭔가를 나한테 의지하고 있는 건가? 점점 황당무계한 생각이 꼬리를 물자 은조는 눈을 감으며 아니라고 부인했다.

"재익아!"

"응?"

그의 손이 그녀의 다리 사이에서 못 빠져나오고 있자, 은조가 기분 좋게 그에게 속삭였다.

"좋아?"

여전히 그의 애무는 농밀하고 끈적끈적했다. 갈라진 여성 안으로 그의 손가락이 미끄러질 듯 부드럽게 들어왔다. 그녀의 몸에서 나오는 뜨거운 액이 그의 손을 진하게 적시고 있었다. 재익이 그녀의 입술에 키스했다.

"넌, 내 꺼야. 알지, 그거?"

"뭐?"

은조가 눈을 동그랗게 뜨고 순진한 표정으로 자신을 바라보자 재익은 그 순간만큼은 정말이지 말도 안 되는 생각에 빠져들고 있었다.

넌, 평생 내 꺼여야 해. 네 마음도 네 몸도 모두 다.

재익은 그녀의 위로 다시 올라탔다. 다시 그녀의 양다리를 벌려 자신의 허리에 감았다. 평생 그녀 위에 군림하고 싶은 남자의 본능이 그 순간만큼은 당연한 것처럼 느껴졌다. 영원히 그녀에게만큼은 주도권을 잡고 싶은 이 마음, 내 마음대로 그녀를 쥐락펴락하고 싶은 이 못된 이기심, 만약 마음대로 되지 않으면 화가 날 것 같은 이 솟구치는 감정. 어떻게 해야 한단 말인가.

다시 우뚝 선 그의 남성이 그녀의 은밀한 여성 안에서 멈칫했다. 한 번에 뿌리 끝까지 넣고 흔들고 싶은 욕구가 먼저였지만, 그녀의 마음이 문득 알고 싶어졌다. 그녀는 대체 어떤 마음일까.

"좋으면 좋다고 소리라도 좀 지르지, 그 좋은 리액션은 다……."

"좋아. 너무…… 좋아……."

은조가 열에 들떠 재익의 눈빛을 뜨겁게 응시했다.

"네 꺼……."

그가 참지 못하고, 그녀의 몸 안으로 불끈 달아오른 남성을 밀어 넣는다. 두 사람은 자석처럼 착 달라붙었다. 마치 제자리를 찾은 것처럼 둘은 서로를 끌어당겼다.

"은조야."

그는 능숙하게 허리를 돌리며 그녀를 리드하기 시작했다. 몸이 터져 버릴 것 같았고, 빗소리는 더 요란해졌다. 급기야 거친 빗소리 사이로 은조의 교성이 흘러나오기 시작했다. 흥분으로 정점에 이른 교태 섞인 목소리. 재익의 몸이 폭발할 것처럼 반응했다. 남자의 몸 안에 갇혀 흐느적거리는 그녀의 몸짓과 목소리에 재익은 다시 한번 강하게 그녀의 몸 안으로 파고들었다.

"아앗! ……아아아……."

은조의 몸이 그에게 빨려 들 듯 끌려갔다. 그가 자신에게 치대고 자신에게 의지하는 게 좋았다. 자신의 몸을, 마음을 원하는 게 좋았다. 자신의 말 한마디에 몸짓 하나에 흥분하고 웃고 화내는 게 좋았다. 은조는 자신이야말로 재익을 말할 수 없이 원한다고 생각했다. 이렇게 끌리고 격정적인 감정을 제 입으로 표현하기도 전에, 그가 몸으로 자신에게 다가와 주는 것 자체도 좋았다.

그녀는 사랑한다는 말을 그다지 신뢰하지 않는 편이었다. 그가, 몸으로 행동으로, 벌거벗은 육체로 자신 앞에 날것 그대로 표현하는 게 좋았다. 더 솔직한 느낌이었다.

사랑한다는 달콤한 속삭임보다 몸으로 다가오는 본능을 그녀는 더 신뢰하는지도 몰랐다. 어느덧 자신이 재익에게 정말로 넘어간 것일까.

그는 자신을 단지 섹스 파트너로 생각할지도 모르는데 말이다. 마음 한편에 알 수 없는 불안감이 엄습했지만 그럼에도 지금 이 순간에 행복을 그만두고 싶진 않았다.

이렇게 그에게 빠져드는 자신을 제어하고 싶지도 않았다. 재익이 다시 한번 그녀의 몸 안에서 파정하자, 은조 또한 그의 목을 두 팔로 휘감고 몸을 떨었다.

둘은 그날도 몇 번이나 서로에게서 절정을 맛보았다. 평소 피임 걱정에 몸을 사리던 그녀도 그날만큼은 무방비 상태였다. 그녀의 마음을 아는지 모르는지 불쑥 재익이 말했다.

"우리, 그냥 확 결혼해 버릴까?"

그에게 완전히 넘어가 버리기 전에 그가 이런 말을 하면, 그녀 또한 받아치며 그를 골려 주곤 했다. 하지만 이제 그의 말 한마디 한마디가 그녀의 가슴에 와닿는다.

농담인 줄 알면서도 진심이길 바라는 이 마음.

자신이 점점 멍청해지고 있는 것 같았다. 사랑하면 아름다워지고 행복해지고 더 성숙해지는 것 아닌가. 사랑 앞에서 나약한 여자는 되기 싫었는데 내심 이렇게 약해져 버린 자신의 모습에 짜증이 나 은조는 심통 맞은 얼굴을 해 버렸다. 그가 전혀 진지한 마음이 아니라는 걸 그녀는 알고 있기 때문이었다. 아니나 다를까.

"농담인 거 알지? 네가 너무 심각한 얼굴이라서."

재익이 벌떡 일어나 앉아, 옷을 주섬주섬 챙겨 입기 시작했고 은조에게 싱긋 웃어 보였다. 그녀가 아무 말이 없자 그는 그녀의 어깨를 뒤에서 가만히 잡으며 그녀에게 속삭였다. 그는 아주 여유로워 보였다. 아마도 섹스가 더없이 만족스러웠던 모양이다. 다른 날처럼 말이다.

"그래도 내가 너 사랑하는 건 알지?"

은조는 희미하게 웃었다. 마치 아무것도 모르는 여자처럼 순진하게 물었다.

"정말? 정말, 날 사랑하는 거야?"

재익이 고개를 끄덕이며 만족한 웃음을 흘렸다. 그는 은조의 머리를 쓰다듬으며 마치 어린 여자를 귀여워해 주는 나이 많은 오빠처럼 말했다.

"보여 줄까? 널 얼마나 사랑하는지, 원하는지."

그가 다시 옷을 벗을 것처럼 몸을 움직이는데 그의 바지 주머니 안에서 휴대폰이 요란하게 울렸다. 재익은 전화를 받으면서도 여전히 은조에게서 시선을 떼지 않았다.

"어, 그래. 누구? 유정이? 아, 잠깐만."

그는 미간을 찌푸리며 잠시 뭔가를 생각하는 듯하더니 히죽 웃었다.

"아, 그래, 생각났다. 근데 이 시간에 웬일이야. 아, 그거. 내일 학교에서 얘기하자. 오늘은 너무 늦었……."

은조가 그의 시선을 피하자 재익이 그녀의 손을 꽉 잡았다. 그녀는 그의 손을 놓으려고 했으나 재익은 더 꽉 그녀를 잡고 놓아주지 않았다. 여전히 그는 자연스럽게 통화를 이어 가고 있었다.

"내일 학교 가서……. 유정아. 안 돼, 지금이 몇 신데. 안 된다니까. 오지 마, 네가 올 곳 아니야. 글쎄."

그는 한 손으론 전화 통화를 하면서, 다른 한 손으로는 은조를 침대에 그대로 눕혔다. 한쪽 팔을 그녀의 어깨 옆으로 짚으며 그가 은조를 뚫어질 듯 내려다보았다.

"끊는다! 내가 좀 바빠서."

재익이 전화를 끊고, 휴대폰을 침대 모서리 쪽으로 던져 버리자 은조는 몸을 일으키며 투덜댔다.

"뭐 하는 거야?"

재익이 이번엔 양팔 안에 그녀를 가두며 은조가 움직이지 못하게 했다.

"뭐 하긴. 알잖아."

그의 표정은 비웃음으로 가득했다. 자신이 우습게 보이나? 이 남자는 도대체 왜!

그녀가 다시 몸을 일으켰지만, 재익은 꿈쩍도 하지 않은 채, 그녀를 내려다볼 뿐이었다. 그는 그녀의 몸에서 비킬 생각이 없는 듯했다.

"질투하는 거야, 내가 다른 여자랑 통화해서?"

"좀 비켜 주지. 난 너랑 같이 있고 싶은 마음이 없어졌거든."

여전히 재익은 웃으며 그녀를 놀리듯 쳐다보았다.

"갈 테면 가 봐."

그가 더 단단한 팔뚝으로 그녀를 누르며 노려보았다. 이미 그의 얼굴엔 웃음기가 싹 가셨다.

은조도 잠시 동안 그를 밑에서 쏘아보다가, 재빨리 있는 힘을 다해 무릎으로 그를 힘껏 쳐 냈다. 잠시 재익이 그녀의 몸에서 떨어져 나왔지만 이내 그는 고개를 흔들며 은조의 손목을 낚아채듯 잡았다.

"화난 거야? 나 때문에."

"난 그냥 집에 가고 싶다고 했을 뿐이야. 늦어서 가겠다고."

재익이 일어서려는 그녀의 손목을 놓지 않고 그대로 끌어당겨 벽 쪽으로 밀어붙였다. 은조는 점점 더 화가 나기 시작했다.

"오늘은 그냥 같이 있자. 너 때문에……."

"나 때문에 방금 전화한 여자를 거절했다고는 하지 마."

은조가 그의 시선을 피하며 고개를 돌리자 재익이 다시 한번 웃었다. 뻔뻔한 웃음이었지만 은조는 지금 이 순간도 그가 자신을 끝까지 잡아 주기를 바랐다. 그를 시험해 보고 싶기도 했다. 어리석다는 걸 알면서도.

"너 때문에 거절했어. 지금, 나한텐 네가 필요하다고."

그가 그녀의 허리를 한 손으로 움켜쥐려 하자, 은조가 그를 쳐 냈다.

"날 필요해서 만나는 거야?"

"그거야, 당연히."

재익은 한숨을 내리쉬며 머리칼을 쓸어 넘겼다.

"은조야, 나는 널."

또 시작이다, 저 사랑 타령.

그는 속으로 자신의 감정을 삭였다. 슬슬 짜증이 나는 건 사실이었지만 그럼에도 은조를 그냥 보내기는 싫었다. 그 이유가 무엇이든 간에.

은조가 말했다.

"갈게."

"잠깐, 그 여자는 말이야."

"간다고. 너답지 않게 변명하지 마."

"은조야."

재익이 그제야 잡고 있던 그녀의 손목을 놓아주며 말했다.

"잠깐만 기다려. 옷 좀 걸치고. 바래다줄게."

"됐어, 택시 타고 갈 거야."

"택시를 타든, 뭘 타든 바래다줄 테니까."

"됐다니까. 혼자 갈 거야."

은조가 들고 왔던 가방을 냉큼 집어 현관 쪽으로 몸을 돌리자 재익이 다시 한번 그녀를 막아섰다.

"너 이러는 거 유치하다고 생각 안 해? 걘 그냥 아무것도 아닌 여자야. 아무것도 아니라고."

"누가 뭐라니? 그냥 외박하기 싫은 것뿐이야."

"김은조, 좀 솔직해져 봐. 차라리 다른 여자 만나지 말고, 너만 바라보라고 해. 그게 네가 원하는 거잖아. 아니야?"

은조는 웃음이 나왔다. 아무 말도 하고 싶지 않았다. 하지만 마음과는 달리 말이 튀어나와 버렸다.

"넌 내가 원하는 대로 안 할 거잖아."

그가 자신을 정말로 사랑하지 않는다는 걸, 알고 있었다. 진정 사랑한다면 이렇게 행동하진 않을 테니까. 하지만 그 말만은 입 밖으로 내뱉고 싶지 않았다. 입 밖으로 내뱉는 순간, 그와의 관계를 끝내야 할 테니까. 나를 사랑하지도 않는 남자와 섹스하다니.

왜냐하면 자신은 그를 사랑하니까. 사랑하는 남녀가 사랑을 확인하기 위해 섹스하고 키스하는 거 아닌가. 그것이 은조가 생각하고 있는 사랑의 정석이었다.

그는 끝내 아무 말도 하지 않았다. 재익이 그녀의 손을 놓아주며 말했다.

"가라, 그럼."

재익은 결정타를 날린 은조를 잡지 않았다. 그녀는 그것만 생각하기로 했다. 결국 그의 본심은 그것이었다. 은조는 쓸쓸한 마음을 부여잡으며, 현관문을 열고 그대로 나가 버렸다.

쾅!

닫힌 문을 바라보며 재익은 한쪽 주먹을 꽉 쥐었다. 결국 자존심 때문에 먼저 돌아서는 건 다른 여자들이랑 똑같으면서 뭘 그렇게 사랑하는 척하는 건지. 젠장!

그는 현관 앞에 있는 신발장을 걷어차 버렸다.

❖

— 고객이 전화를 받지 않아 삐 소리 이후 음성사서함으로…….

며칠째 은조와는 연락이 되지 않고 있었다. 전화를 걸어도, 문자를 해도 답장이 없다. 학교에서도 과가 다르니 작정하고 찾아가지 않으면 만나기가 쉽지 않았다. 재익도 시험 기간이라 바빠서 굳이 시간을 내어 은조를 만나야 할 이유는 없었지만 그래도 신경이 쓰였다.

아니, 이상하게 짜증이 났다. 도대체 은조는 뭘 바라는 것일까. 그는 하루 이틀, 시간이 지나자 차츰 될 대로 되라는 식으로 신경을 끄고 싶었다.

세상에 여자가 은조 하나밖에 없는 것도 아니고, 지금이라도 부르면 달려올 여자들이 수두룩한데, 괜히 쓸데없는 시간 낭비 같은 짓거리는 하고 싶지 않았다. 그는 이런 끈적거리고 지지부진한 감정 자체가 싫었다. 그럼에도 답답한 마음에 그는 다시 한번 그녀에게 메시지를 남겼다. 마치 아무 일도 없었던 것처럼.

[너, 지금 튕기는 거야? 전화 좀 받지.]

만약 이번에도 답이 오지 않으면 그냥 끝내 버리면 된다. 세상에 여자는 많으니까. 여자 비위까지 맞춰 가며 섹스하고 싶은 생각은 더 이상은 없었다.

그러면서도 자꾸 신경이 휴대폰으로 쏠렸다. 전화기를 만지작거리는 자신의 손놀림이 우습다.

이렇게 튕기면 내가 만나 달라고 사정이라도 할 줄 아나 본데, 여자들의 이런 꼼수 따위 한두 번 겪어 본 것도 아니고 더 솔직히 말하면 이런 감정놀음에 휘둘리고 싶은 생각이 조금도 없다는 것이다. 그는 마지막이라고 다짐하면서 다시 한번 휴대폰을 들었다가 놓아 버렸다.

역시였다. 빌어먹을!

은조는 울리는 휴대폰을 확인하고는 다시 가방 속으로 쑤셔 넣었다. 답장을 안 해도 되는 메시지. 아니, 할까 말까 망설이게 되는 그의 연락. 벽을 치면서도 자신이 끌려가는 것 같은 이 불안함. 철저히 을이 되어 버린 이 나약한 기분.

언뜻 보면 연락을 하지 않는 자신이 마치 재익을 밀어내는 것처럼 보인다. 그가 자신에게 매달리는 것처럼도 보인다. 하지만 그녀는 알고 있다. 전혀 그렇지 않다는 걸.

오히려 자신이 그에게 매달리고 조바심을 내고 있다는 걸 누구보다 자신이 잘 알고 있었다. 이렇게 하면 재익이 안달이 나서 자신에게 다가올까? 다른 여자들을 모두 정리하고 자신만 바라볼까? 정말, 바보 같은 생각이다.

은조는 그날 은근한 신경전으로 재익과 헤어졌으나, 먼저 그와의 관계에서 쉽게 손을 놓고 싶지는 않았다. 물론 그녀 또한 이 관계가 오래가리라곤 생각하지 않았지만, 그럼에도 사랑을 인정한이상, 그가 먼저 손을 놓지 않는 이상, 쉽게 끝내고 싶진 않았다.

더 솔직히 말해 자신이 먼저 끝내 버린다면, 미련이 남을 것 같았다. 그의 연락을 기다리고 있음에도 자존심 때문에 아닌 척하고싶지도 않았고 쓸데없는 감정 소모전도 하기 싫었다. 분명 마음은이러한데, 자신의 행동은 전혀 그렇지가 않다는 게 또 모순이다.

그를 피하고 있는 자신이 바보 같고 비겁하게 느껴졌다. 분명, 그자식이 나쁜 놈인 것 같은데 왜 이런 자괴감이 드는지 모르겠다.

은조는 점점 자신이 없어졌다. 그에 대한 감정이 너무 커져 버려 이젠 어찌해 볼 도리가 없을 것만 같다. 이미 자신은 머리와 심장이 따로 놀고 있었다. 재익을 생각하니, 가슴이 답답해져 왔다. 이렇게 날 좋은 날, 친구와 함께 거닐고 있는 교정의 싱그러움조차도 그녀를 우울하게 만들 뿐이었다.

곧 종강이었고, 날은 더웠다. 올해는 다른 해보다 여름이 빨리오는 것 같았다. 아직도 근근이 저녁마다 문을 여는 가게는 점점손님이 줄어들었고 이젠 완전히 문을 닫을 날만 기다리고 있었다.

며칠 전, 수능을 앞둔 동생이 갑자기 그녀에게 짜증을 내면서대학에 안 가겠다고 폭탄선언을 한 것도 그녀의 마음을 어지럽게 만들었다.

'어차피, 우리 형편에 대학은 사치인 것 같아. 졸업한다고 해도 미래가 보장되는 것도 아니고.'

'지금 뭐라는 거야. 그래서 대학을 안 가겠다는 거야?'

'엄마도 아파서 일도 못 하고, 누나도 지금 대학생인데 어쩌라고. 가게 헐리면 뭐 먹고 살 건데. 거의 돈 한 푼 못 받고 쫓겨나는 판국인데.'

그가 얼굴을 굳히며 내뱉었다.

'현실을 직시할 때라고 생각하거든.'

'현실. 그래서 학교 안 다니면 뭐 할 건데.'

그게 시작이었다. 은수는 어린 나이에 지금이라도 당장 나가서 돈 벌어 오겠다며 펄펄 뛰고 있었고, 그녀는 동생을 그대로 두고 볼 수만은 없다고 생각했다. 가게를 접으면 그들의 터전도 옮겨야 한다. 가게 때문에 근처에 집을 얻었지만 이젠 그럴 필요가 없어서다. 정확히 말하면 변두리 쪽 더 싼 집으로 집을 옮기고 나머지 돈으로 어떻게 생활을 하든, 학비를 대든, 미래를 대비한 계산을 해야 한다.

하지만 아무리 머리를 쥐어 짜내도 두 사람이 한꺼번에 대학에 다닐 수는 없었다. 그리고 은수의 말대로 대학교를 졸업한다고 해도 핑크빛 미래가 보장되어 있는 것도 아니다. 벌써 휴학계를 내고 일찍부터 자신의 삶을 찾아가는 이들도 많았다. 그 삶이 취업을 준비하는 백수든, 아르바이트생이든, 박봉으로 고생하는 계약직이든 모두 자신이 선택한 인생에 뛰어들고 있었다.

그녀도 이젠 결정을 할 때라고 생각했다. 인생에서 변수가 생기는 시점이었다. 은조는 그것을 직감적으로 알아차렸다.

그녀가 생각에 잠긴 채 교정을 거닐고 있자, 친구 인혜가 옆으로 다가와 그녀를 툭 쳤다.

"은조야, 오늘 종강파티 할 건데 같이 가자."

은조는 고개를 끄덕였다.

"어디서 하는데?"

"요 앞에 〈차이나타운〉이야."

인혜는 크게 기지개를 켜면서 몸을 한껏 움직였다.

"정말, 이렇게 해서 또 한 학기가 끝나는구나. 난 이번에 어학연수 갔다 오려고. 견적 뽑아 봤는데 장난 아니더라고. 그래도 뭐."

인혜는 슬쩍 은조의 눈치를 보는 것 같았다.

"사실 개나 소나, 아니 너도나도 다 가니까 뭐. 참, 너는 방학 동안에 뭐 할 거야. 그 남자애랑 잘 어울려 다니더니, 요즈음은 좀 뜸한 것 같더라. 무슨 일 있어?"

"아니야. 아무것도."

"말해 봐. 완전 킹카를 물었던데, 김은조. 대체 네 매력이 뭘까?"

"나 매력 없어."

은조가 시무룩하게 말했다.

남자한테 질질 끌려만 다니는데. 그것도 별로 좋은 남자도 아닌 사람한테.

자존감이 내려앉는 기분이었다. 은조가 한 치의 망설임도 없이 말하자 인혜가 깔깔대며 웃었다.

"에이, 그 정돈 아니다."

그러면서 인혜가 말을 이었다.

"진짜 잘생기긴 했더라. 키도 크고. 너한테도 잘하는 것 같고. 너 걔랑 만나고 있으면 막 얼굴이 펴지는 거 알아? 막 뽀샤시하게. 그때, 알았지. 완전 사랑에 빠졌네. 남자한테 빠졌다고."

"그래? 그럼, 그 남자 얼굴도 봤겠네. 재익이 말이야. 걔 어때 보였는데?"

은조가 인혜를 정면으로 바라보며 물었다. 정말 궁금해서였다.

"음……. 뭐, 걔도 나쁘진 않았어. 너 좋아하는 거 같았어. 그런데 그런 애들은. 오해하지 말고 들어. 주위에 여자가 좀 있을 것 같은 느낌. 그런 거 있잖아, 왜. 그래도 어차피 결국 너한테 넘어간 거잖아. 앞으로야 어떨지 모르겠지만 현재, 지금은 말이지."

그게 나한테 넘어온 걸까. 고작 몇 번 같이 잔 게? 게다가 평소에는 다정한 말 한마디조차 안 해 주는걸. 잠자리에서 하는 거 반의반만이라도 하면 이렇게 마음이 행하진 않을 텐데. 게다가 열 여자 마다 않는 게 남자라지 않나. 정말 넘어가고 안 넘어간 기준이 뭔지 모르겠네.

은조는 입을 삐죽거리며 시큰둥해했다.

"그런데 재익이가 킹카인가? 난 한 번도 그런 생각 안 해 봤는데."

"은근 시크하네, 김은조. 그 정도면 킹카 아닌가."

"그렇구나. 나도 걔랑 어떻게 만나게 됐는지, 아니 어떻게 좋아하게 됐는지 잘 모르겠어서. 사랑이란 게 참 오묘한 느낌이더라고."

"오, 깊게 빠진 것 같은데. 그런 말까지 하는 거 보면."

은조는 화제를 바꾸고 싶었다.

"이따 몇 시까지 가면 돼?"

"7시."

"시간이 애매하네. 한창 저녁 시간인데."

"아, 가게 때문에? 하루만 문 닫고 오면 안 돼? 오늘이 1학기 마지막 날이잖아. 당분간 못 볼지도 모르는데."

그 말에 은조가 인혜를 쳐다보며 한동안 아무 말도 하지 못했다. 기분이 묘했다. 마지막이란 그 단어가 왠지 가슴 한편을 짠하게 만들었다.

학교를 그만두면 마치 자신의 찬란했던 청춘이 다 지나가 버리는 것처럼 허무한 감정이 들 것 같았다. 얼마나 들어오고 싶어 했던 대학인데. 여기만 들어오면 일단은 인생의 첫 번째 관문은 무사히 통과했다고 생각했는데.

하지만 그녀는 애써 밝은 표정으로 말했다.

"그래, 그러지 뭐. 하루 문 닫는다고 망하는 것도 아니고. 어차피 떠나는 판국에."

"뭘 떠나?"

"아, 아니야. 가게 헐리면 다른 자리 알아봐야 하니까 그냥 한 소리야."

"나 연수 가서도 너랑 계속 연락하며 지낼 거야. 나중에 우리 기회 되면 배낭여행도 한번 생각해 보자. 나 있지, 학교생활 지겨워 죽겠었는데 그래도 이 학교 들어와서 건진 건 너 만난 거. 그거 하난 거 같아."

"내가 매력이 있긴 있구나. 금수저인 네가 나한테 이렇게 매달리는 거 보면."

"너 자꾸 금수저, 금수저 놀릴래?"

"부러워서 그런다, 계집애야. 집에서 어학연수도 보내 주고, 돈 걱정 안 하고 배낭여행 갈 생각도 하고. 전생에 나라를 구했구나, 서인혜. 난 전생에 나라를 팔아먹었나 봐, 아무래도."

은조는 우는 척을 하다가, 깔깔대며 웃었다. 조금 전까지 축 처져 있던 분위기가 밝아지는 느낌이었다. 억지로라도 이렇게 웃으려고 하다 보면 진짜로 기분이 풀어지기도 한다.

"넌 킹카 남친 있잖아. 너 좋아해 주는. 그게 금수저보다 더 좋은 거 아니야?"

"아후, 말도 안 돼. 언제 배신 때릴지도 모르는 남자와 돈 많은 부모가 비교가 되니?"

"배신? 웬 배신."

"그, 그러게."

재익을 처음 봤을 때부터 느낀 묘한 감정이었다. 이상하게 언젠가는 자신을 떠날 것 같은. 아니면 다른 여자한테 갈 것 같은. 그럼에도 사랑할 것 같은 예감. 그리고 결국 지금은 그렇게 되지 않았는가. 그럼, 그다음은 어떻게 되는 건가.

은조가 인혜를 보며 여전히 웃으면서 말했다.

"우리 엄마가 그러더라고. 남자는 절대 믿을 게 못 된다고. 그래서 하는 말이었어. 그러니까 돈 많고 나 사랑해 주는 부모가 최고야. 잘생기고 매력 있는 남자보다. 배신의 확률이 적잖아. 안 그래?"

"그, 그런가."

인혜는 고개를 갸우뚱했다. 은조가 그런 인혜의 볼을 꼬집어 잡아당기며 웃었다. 순간, 은조는 재익이 생각났다. 언제였던가. 재익도 지금의 자신이 인혜에게 한 것처럼 자신의 볼을 꼬집으며 귀여워 죽겠다며 웃어준 적이 있었다. 뭐, 비슷한 감정일지도 모르니까. 사랑은 아닌 감정, 그렇다고 싫어하진 않는 그런 애매모호한 감정. 마치 우정 같은 거.

인혜가 꼬집힌 자신의 볼을 만지작거리며 말했다.

"이따 꼭 와야 된다. 알았지?"

"알았어. 갈게. 이따 보자."

"그래, 〈차이나타운〉 7시야. 빨리 오면 더 좋고."

"알았다니까."

은조는 착하지만 평소 소심하고 겁이 많아 친구가 별로 없는 인혜의 마음을 알 것 같기도 했다. 아니, 그런 이유가 아니더라도 가고 싶었다. 어쩌면 이번이 자신이 누릴 수 있는 대학 생활의 마지막 행복이 될지도 모르기에.

❖

은조가 도착한 시간은 8시가 거의 다 되어 가는 시간이었다. 가게 문을 열지 않으려고 했는데, 단골손님들이 들어와 어쩔 수 없이 식사를 차려 주고 오느라 늦었다. 〈차이나타운〉은 학생들이 단골인 술집답게 시끌벅적했다. 학교 앞에서도 가장 크고 오래된 술집이라 서비스 안주도 푸짐했고, 단체 손님들도 많이 받아 오늘처럼 종강파티를 하기엔 안성맞춤이었다.

영문과 학생들뿐만 아니라 다른 과 학생들도 많이 온 것 같았다.

"전자공학과 애들도 왔네. 완전 남자들만 득실득실이야. 저쪽으로 가고 싶은 거 있지."

여자애들 몇 명이 그쪽을 쳐다보며 웃자, 남자애들이 혀를 찼다.

"너네들 가도 안 반길걸? 같은 학교 애들이랑은 안 사귄다잖아."

"누가 뭐라니? 눈 안 돌아가게 잘 좀 하시던가."

학생들이 티격태격하고 있는 사이에, 은조가 오자 인혜가 손을 번쩍 들어 올렸다. 인혜는 벌써 술이 약간 취한 듯 볼이 발갛게 달아올라 있었다.

"왜 이제 와. 일찍 오라니까."

"미안, 미안."

인혜가 지나가는 종업원에게 손을 들어 맥주를 시켰다. 잠시 후, 생맥주가 도착하자 주위에 있는 학생들이 다시 건배를 하자며 소리쳤다.

"은조 왔는데, 안주도 좀 더 시키자."

"그래. 술 들어가니까 탕 종류가 당기네. 아니, 그러지 말고 차라리 치킨을 한 마리 더 시킬까?"

"닭만 먹다가 날 셀일 있냐. 어차피 자리 옮길 거니까 간단히 먹지 뭐."

"무슨 소리야. 이따 교수님도 오시기로 했어. 술값 내 주실지 모르니까, 맛있는 걸로 시키자."

아이들은 까르르 웃어 대며 메뉴판을 들었다 놨다 했다. 다들 즐거운 분위기였다. 은조도 오랜만에 화기애애한 분위기에 젖어 친구들과 즐겁게 어울렸다. 원래 이런 술자리나 분위기를 좋아했지만 요 근래 가게 때문에 통 시간을 낼 수가 없었다. 친구들의 얼굴이 너 나 할 것 없이 행복해 보였다.

그들이 앉아 있는 곳에서부터 한 뼘 떨어진 테이블에 그가 와 있는 줄도 모르고 그녀는 재익을 생각하고 있었다. 그녀는 맥주를 연속으로 마셔서 잠시 화장실에 다녀와야겠다며 자리에서 일어섰다.

화장실에 들어가서 볼일을 본 후, 화장을 고치고 있는데 눈에 익은 여자가 바로 옆에서 자신을 쳐다보는 게 느껴졌다. 은조는 그 시선을 무시하려고 했지만 자꾸 쳐다보는 바람에 그녀를 어디에서 봤는지 기억하려 했다. 맞다. 지난번 도서관에서 본 여자였다. 얼마 전 재익과 함께 심각한 얘기를 나누며 울먹거렸던 모습도 기억났다.

은조는 손을 씻고 립스틱을 새로 발랐다. 조명 때문에 얼굴이 칙칙해 보이는 것 같았다. 그러고는 자신을 계속 쳐다보고 있는 그녀의 시선을 무시하면서 화장실 밖으로 나왔다. 친구들이 앉아 있는 테이블 쪽으로 발걸음을 옮기려는데, 그녀를 부르는 소리가 들렸다.

"김은조."

재익이었다. 은조는 깜짝 놀랐지만 그는 만날 줄 알았다며 그녀 곁으로 성큼성큼 다가왔다. 은조가 어색하게 웃었다.

"어, 그래."

"오랜만이다?"

재익은 은근히 짜증이 밀려들었다.

"그래, 오랜만이네."

은조가 웃으며 말했다. 그를 이렇게 보는 것만으로도 심장이 두근댔다.

"잘 지냈어?"

"잘 지냈어? 지금 그런 말이 나와?"

그가 인상을 쓰며 은조를 노려보자, 그녀가 부드럽게 대꾸했다.

"미안, 일이 좀 있어서."

"일, 무슨 일? 내 연락을 피할 정도로 중요한 일이었나 봐."

그의 목소리가 사뭇 빈정거리는 것처럼 들려왔다. 은조가 말했다.

"일부러 전화를 피한 건 아니야. 그냥, 좀."

"그냥, 좀 뭐."

"생각할 시간이 필요해서."

"생각? 무슨 생각?"

재익이 여전히 조롱 섞인 투로 묻자 은조가 고개를 끄덕이며 말했다.

"기분 상했다면 미안해. 하지만 나한테도 여러 가지 문제가 있어. 그리고."

그가 길을 막고 그녀를 빤히 쳐다보았다. 무슨 말이 나올지 단단히 벼르고 있는 듯한 모습에 은조도 기분이 좋지 않아 그만 이렇게 말해 버리고 말했다.

"설마, 그날 내가 그렇게 가 버렸다고 기분 상해서 이러는 거야? 아니면 나랑 연락이 안 돼서……."

"김은조! 나 그렇게 쪼잔한 놈으로 만들지 마라."

은조가 웃었다.

"너 그렇게 본 적 없거든. 그러니까 화났다면 기분 풀어. 일단, 오늘은 친구들이 기다리고 있으니까……."

"저녁때 집으로 와라. 아니면, 내가 갈까? 너네 가게로."

은조가 고개를 저으며 말했다.

"언제 끝날지 몰라. 그리고."

"늦게라도 와. 아니, 내가 기다릴게."

"됐어, 할 얘기 있으면 지금 해. 그리고 앞으로 아무 때나 찾아오지 마."

은조는 그가 왜 이러는지 알기에 조금씩 서운한 감정이 들기 시작했다. 재익이 머리칼을 쓸어 넘기며 툭 내뱉었다.

"대체 뭘 생각하는 거야? 난, 너랑 얘기를 좀 하고 싶을 뿐이야. 뭐가 못마땅해서 내 전화도 씹고, 그대로 뛰쳐나가더니 오늘까지 이렇게 답답하게 구냐고."

재익은 벌써부터 골치가 지끈거리기 시작했다.

"얼굴 보니까 잘 지내는 거 같네. 내가 괜한 걱정을 한 거구나."

"그래, 나 아주 잘 지내고 있었어. 그리고 말이 나왔으니 하는 말인데, 앞으로 나한테 자자고 하지 마. 아무 때나 네가 원하면 달려가는 사람 아니거든."

"뭐, 뭐?"

재익은 그녀의 눈을 뚫어져라 바라보며 헛웃음을 흘렸다.

"너도 좋아했잖아. 나랑 자면서. 그러면서 지금 딴소리하는 거야?"

그의 말투가 퉁명스러웠다. 은조는 어차피 이렇게 된 거, 그전부터 그에게 하고 싶었던 질문을 해 버렸다. 그녀도 정말 궁금했던 질문.

"재익아, 넌 우리가 무슨 사이라고 생각해?"

"무슨…… 사이?"

"그래, 우리가 무슨 사이냐고. 우리, 사귀는 사이 아니었어?"

그때 뒤에서 날카로운 여자의 목소리가 들려왔다.

"누가 사귀는 사이야? 너네, 그냥 친구 사이 아니었어?"

어느새 세진이 은조 쪽으로 바짝 다가와 그녀를 훑어보았다.

"정세진. 조용히 안 해?"

재익의 으르렁대는 말투에 세진은 그저 웃을 따름이었다. 그녀는 그다지 화가 난 것 같지도 않았고, 당연하다는 듯 재익 옆에 바짝 붙어 서서 얘기하고 있었다.

"맞잖아. 그냥 친구 사이. 나한테 재익이 너도 그렇게 얘기했잖아. 심각한 사이 아니라고. 그 정도의 미모로 남자 홀리기는 영 어렵겠지. 괜히 긴장했네, 내가."

은조는 두 사람을 자신의 눈앞에서 나란히 마주하자 심장이 마구 뛰었다. 어떻게 해야 할지, 일이 어떻게 돌아가고 있었던 건지 수습이 잘 안 되었다.

"어, 어떻게 된 거야? 재익이 너. 양다리였어? 나 만나는 동안…… 너…….."

정말 최악이었다. 이건, 최악의 시나리오였다.

은조는 화가 나는 걸 떠나 자신이 이런 추잡한 상황 자체에 말려든 게 어이가 없었다. 재익이 세진을 보고 조용히 말했다. 그의 목소리가 상당히 가라앉아 있었다.

"좀 가 줄래? 네가 낄 자리가 아닌 것 같은데. 그리고 분명히 말하겠는데, 나는 너한테 그런 말 한 적이 없어. 그러니까……."

"무슨 소리야, 우리 어젯밤에도 같이 보냈잖아. 정말 이러기야?"

"세진아."

재익이 머리를 쓸어 넘기며 참을 수 없다는 듯 내뱉었다.

"그렇게 없는 얘기 지어내면 내가 너한테 가기라도 할 것 같아?

천만에. 나는 널 좋아한 적이 한 번도 없어. 그리고 앞으로도 없을 거야. 그냥, 너 자체가 싫다고. 남자를 질리게 하는 너의 그 집착, 아주 끔찍하다고. 그러니까 그냥 좀 가 달라고!"

재익은 세진이 보는 앞에서 은조의 팔을 잡아끌었다. 그가 은조를 꽉 잡은 채, 세진 앞을 지나가자 그녀의 두 눈에 갑자기 투명한 눈물방울이 그렁그렁 맺히기 시작했다. 방금 전까지 기세당당했던 세진은 입술을 깨물며 두 사람을 번갈아 바라보았다. 그녀는 재익의 매몰찬 말보다 그의 손안에 꽉 잡혀 있는 은조를 보자 도저히 아무 말도 할 수가 없었다.

은조가 재익에게 붙잡힌 팔을 놓으려고 하자, 재익이 더 꽉 잡으면서 그곳을 빠져나가려 했다. 그 모습을 지켜보던 세진이 결국 참지 못하고 재익에게 앙칼지게 소리쳤다.

"한재익! 그럼 그 여자애는. 그 여자애는 네 거야?"

그제야 은조가 불쾌한 얼굴로 뭐라 말하려 하자, 재익이 그녀의 팔목을 끌어당겼다.

"빨리, 나와!"

재익은 들을 필요도 없다는 듯 그녀를 데리고 술집 밖으로 나왔다. 구석진 곳으로 가자 재익이 그때까지 잡고 있던 팔목을 풀어주었다. 은조는 그를 노려보았다.

"너 정말, 보자 보자 하니까. 아주 나쁜 새끼구나. 이 여자 저 여자 가지고 놀고. 지금 나한테 하는 거 봐도 그렇고. 너 대체 왜 그러는 거야?"

"나 여자 가지고 논 적 없어. 세진이 쟤도 같이 나랑 즐겼을 뿐이야. 그래 놓고 뒤에 가서는 애인인 척, 마치 내가 무슨 지 서방이라도 된 것처럼 오만 참견을 다 하고. 설마 너도 그러는 건 아니겠지? 만약 그러면."

"뭐? 같이 즐겨?"

은조는 정말 이해할 수 없었다.

"재익아, 우리가 즐기는 사이인 거야? 사귀는 사이가 아니고?"

재익이 머리를 쓸어 넘기며 씩 웃었다. 사실 은조 또한 어느 정도 예상은 하고 있었으나 막상 그의 입에서 솔직한 말을 듣는다는 게 두렵기도 했다. 진작 인정하고 자신이 먼저 매몰차게 돌아섰어야 하지 않았나, 후회가 밀려들었다.

왜 이런 남자라는 걸 어렴풋이 알고 있음에도 그에게 넘어가 버린 것일까. 아님 인정하고 싶지 않았던 것일까. 이 순간만큼은 그를 사랑해 버린 자신이 더 미웠다.

그와 조금이라도 관계를 유지하고 싶은 미련이 덕지덕지 붙은 감정과, 쿨하게 돌아서야 한다는 이성이 싸우고 있었다. 머리와 심장은 언제나 따로 논다는 이 모순 아닌 모순에 은조는 마음이 더없이 쓰려 왔다.

하지만 은조의 심각한 얼굴과는 달리 그의 표정은 능글스럽기까지 했다. 전혀 거리낌이 없다는 투였다.

"그게 무슨 차이가 있는데? 즐기는 사이가 사귀는 사이 아니야?"

"즐기는 사이가 사귀는 사이라."

은조는 그가 한 말을 읊조리며 뭐라 말해야 좋을지 몰라 한동안 그의 말을 곱씹기만 했다. 재익이 바지 주머니에서 담배 한 개비를 꺼내 불을 붙였다. 그가 담배 한 모금을 길게 빨아들인 후 은조의 얼굴을 빤히 쳐다보았다.

"난 여자들도 좀 솔직해졌으면 좋겠어. 일편단심이 아니면 다

개새끼 취급하는 거, 넌더리가 나거든."

"솔직이라구."

"즐겨 놓고는 나중에 딴소리하는 거 말이야."

"넌 나와 즐긴 거야? 우리가 엔조이 관계였어?"

"어차피, 결혼까지 가는 거 아니면 전부 그런 관계 아닌가? 만나면 하는 게 데이트하고 섹스하는 건데, 그러다 헤어지면 결과는 다 똑같잖아. 이왕 그렇게 될 바에야 만나는 동안 재밌게 즐기는 게 뭐가 이상해. 꼭 영원히 사랑할 것처럼 가식 떠는 거보단 낫지."

"너, 아주 참. 가식?"

분명 화가 나고 나쁜 새끼라며 뺨이라도 후려쳐야 하는데, 그냥 웃음이 났다.

풋내기, 바보, 멍청이, 그리고 여자는 많이 만나 봤을지 몰라도 사랑에 대해선 아무것도 모르는 얼간이.

그럼, 자신은 알고 있나? 재익보다 자신은 뭐 얼마나 제대로 알고 있나. 이제 막 시작했는데. 뭘? 이 엿 같은 사랑이라는 걸.

"한재익, 난 네가 여자를 좀 만나 봤다고 하기에 그래도 뭘 좀 아는 남자인 줄 알았어. 나이는 어리지만 사랑에 대해, 여자에 대해. 그런데 넌 그냥 아무것도 모르는 바보 멍청이야."

"뭐?"

"어차피 끝까지 못 갈 바에야 뭐? 즐기기라도 하라고. 그게 지금 할 소리야?"

그가 꺼지지 않은 담배를 손에 든 채, 은조를 뚫어지게 바라보았다. 은조가 말했다.

"날 사랑한 게 아니었어?"

"사랑?"

"날 사랑해서 같이 자고, 좋아해서 함께한 게 아니었어? 단순히 나랑 섹스하고 싶어서 그런 거야? 날 한 순간도 진심으로 사랑했던 적은 없었던 거야?"

은조는 그의 답을 알면서도 내심, 그가 인정할지 어떨지 정말 궁금했다.

"남자에게 있어서 사귀자고 하는 속뜻의 반은, 거의 섹스 파트너를 하자는 의미야. '난 널 사랑해'는 난 너와 자고 싶다는 의미잖아. 너도 경험이 있으니까 그 정도는 알 거라고 생각했는데."

재익이 여전히 그녀를 비웃었다. 은조는 자신의 몰골이 매우 비참해지고 있다는 것을 느꼈다. 하지만 그녀는 솔직하게 말하고 싶었다. 사랑한다면 그래야 한다고 생각했다.

"그럼 날 사랑한 게 아니었네. 난 널 사랑해서 함께했는데. 사랑하지 않았더라면 너랑 섹스하는 일도 없었을 거야. 넌 사랑하지도 않는 여자하고 섹스하는구나. 그냥 즐기려고."

은조는 그의 눈을 바라보고 있었다. 그가 순간 그녀의 시선을 피하며 눈을 질끈 감았다. 뭔가 참고 있는 듯했다.

"김은조. 우리 서로 솔직해지자. 쿨해지자고. 너 나랑 결혼할 것도 아니잖아. 근데 왜 나를 사랑해. 적당히 즐겁게 연애하고 헤어지면 되지."

"그럼 너도 나를 사랑한다고 하지 말았어야지. 섹스에 환장해서 여자한테 사랑한다고 거짓말하면서 이제 와서는 즐기는 사이라고. 쿨해지자고. 처음부터 섹스 파트너를 제안하지, 왜."

"그럼, 당연히 네가 나한테 안 넘어왔겠지."

재익이 당연하다는 듯 말했다.

"날 넘어가게 하려고, 거짓말한 거야? 사랑하지도 않으면서."

"대부분의 여자들은 거짓말이란 걸 알면서도 넘어와. 왜냐하면 그쪽도 나랑 자고 싶으니까. 당신이랑 섹스하고 싶다고 직접적으로 말하는 여자는 드물지. 전부 사랑한다고 포장하고 그게 포장인 줄 알면서도 넘어가고 즐기고 하는 거야."

"뭐라고?"

"난 사실 너도 그런 줄 알았는데. 솔직히 말해 봐. 너도 어느 정도 알고 있었잖아. 이 관계가 끝까지 못 갈 거라는 거. 설마 날 정말 사랑한 거야?"

재익은 그녀의 대답이 궁금했다. 자존심이 강한 여자일수록 이런 상황에서 아니라고 말한다. 쿨한 척하면서. 사실은 자신도 즐긴 거라고. 하지만 이런 식은 아니라고. 끝끝내 자신의 사랑에 대해 솔직하지 못한 말들을 한다. 덜 상처받은 척, 아닌 척. 심지어는 아주 시크한 척. 아무렇지도 않은 척.

그래야 남자가 더 안달을 내거나 돌아섰던 마음이 조금이라도 돌아온다는 걸 여자들은 본능적으로 알기 때문이다. 아니면 자존심 때문에 사랑에 속았다는 것을 인정하지 못하는 것일 수도 있다. 이런 상황에서 내가 너를 얼마나 사랑하고 있는데, 네가 이런 식으로 나오느냐며 솔직한 자신의 감정을 드러내는 여자는 그리 많지 않다. 왜냐하면 쪽팔리니까.

쪽팔림을 무릅쓰고 자신의 사랑에 솔직할 수 있는 여자는 정말 드물다. 그 정도로 뜨겁고 솔직한 사랑이 드물다고 해야 맞을 것이다. 자신이 남자의 욕망에 속아 마음이며 몸이며 전부 내던졌다는 걸 인정하고 싶어 하지 않는다. 설령 인정한다 해도, 자신의 무지를 탓한다. 그래야 어딘지 쿨한 것 같고, 마지막 자존심 정도는 건

질 수 있다고 생각한다.

그는 여자의 이런 심리를 너무나 잘 알고 있음에도 아무렇지도 않은 척 관계를 마무리 짓곤 했다. 재익은 자신이 정말로 나쁜 남자 같았다. 그는 은조의 대답이 듣고 싶었다. 그녀가 무슨 말을 할지.

"네 질문이 참 허접하다. 그럼 정말로 사랑하지, 거짓말로 사랑하니?"

은조가 물었다.

"그래서 이젠 만족해? 내가 너한테 넘어가서. 널 사랑하게 돼서. 너랑 섹스하게 돼서 만족하냐고?"

재익은 아무 말도 하지 않았다. 아니, 정말로 뭐라 말해야 할지 몰랐기 때문이다.

만족하냐고?

문득 정말로 자신이 원했던 게 이런 것이었냐고 그는 자신에게 물어보았다. 은조와 끝까지 가는 것. 그녀를 무너뜨리는 것. 그게 자신이 진정 원하는 것이었나.

"만족하지. 아주 만족하지."

재익이 그녀의 눈동자를 뚫어질 듯 쏘아보았다. 그러고는 거침없이 말했다.

"네가 이렇게 사랑 타령만 안 했더라면 더 만족했겠지."

"뭐?"

"너랑 계속 함께할 수 있으니까. 깊은 감정이 얽혀 들어 복잡해지지 않으니까."

은조는 더 이상 말하고 싶지 않았다. 기운이 쭉 빠졌다.

깊은 감정. 자신을 그다지 좋아하지 않는 남자. 그녀가 허탈하게 말했다.

"막상 내가 너를 사랑한다고 하니까, 부담스러웠겠구나. 넌 단순히 섹스하고 싶은 여자를 원했던 것뿐인데, 뜬금없이 사랑한다고 하니까 귀찮아지고 싫어졌겠네. 다른 여자들처럼 널 구속하고 들러붙을까 봐."

은조는 연애의 밀당에 실패했다는 걸 인정해야 했다. 마음이 넘어가 버리면 게임 끝.

진실은 거기에 있었다. 마음이 넘어가기 전, 은조는 그 앞에서 당당했다. 전혀 아쉬울 게 없었단 말이다. 하지만 사랑하는 순간, 사랑을 확인하는 순간, 그는 그녀에게서 멀어지고 말았다. 이것은 사랑에 있어서 엄청난 모순임에 틀림없지만 잔인한 현실이기도 했다.

깃털처럼 가볍고 속절없는 사랑. 아니, 그것도 사랑이라고 부를 수 있을까?

풋사랑이라고 말하기에는 너무나 잔인한 사랑의 결과에 그녀는 할 말이 없어졌다. 결국 올인하는 사랑 앞엔 쓰린 상처만 남는다는 것을 그녀는 깨닫게 되었다.

은조는 자신의 감정을 어떻게 추슬러야 할지 몰랐다. 생각보다 힘들었다. 막상 그 앞에서 솔직한 그의 마음을 확인하고 나니 이상하게 버림받은 기분이었다. 왜 이런 비참한 기분에 시달려야 하는지, 외롭고 짙은 고독감마저 밀려들었다. 주위가 너무 시끄러웠다. 술을 마셔서 그런지 기분 나쁜 취기가 몰려들었다. 하지만 다른 건 몰라도 그녀는 이것만은 알고 있었다.

이 관계가 어떻게 흘러갈지, 그리고 어떻게 해야 할지도.

"재익아."

그녀는 힘이 쭉 빠져 목소리가 제대로 나오지도 않았다. 실망감과 분노, 그리고 체념. 어떻게 이런 복합적인 감정이 갑자기 밀어닥치는지 신기할 정도였다. 그리고 한순간이었다. 그와의 관계를 정리하는 데엔 조금의 망설임도 들지 않았다.

어떻게 자신을 조금도 사랑하지 않는 남자와 계속 섹스를 하며 만날 수가 있단 말인가.

그런 생각을 하고 있는 재익이 그녀는 도저히 이해가 가지 않았다. 그는 그녀의 기준으로는 받아들일 수 없는 남자일 뿐이었다. 나쁘고 이상하고를 떠나 굉장히 이질적으로 느껴졌다. 마치 다른 세상에 살고 있는 것 같은.

마음의 통증은 서서히 그녀의 심장을 후벼 파는 것만 같았다.

"우리가 생각이 다른데, 더 이상 만나는 건 무리겠지?"

"지금 그만 만나자는 거야?"

그가 그녀를 똑바로 쳐다보았다. 그의 눈동자가 미묘하게 흔들리는 건, 그녀만의 착각인가?

재익이 또박또박 천천히 말했다.

"너랑 헤어질 생각까지 한 적은 없어. 그래, 뭐 우린 언젠가는 헤어지겠지. 하지만 지금은."

"나쁜 자식."

"은조야!"

그때, 인혜가 자신을 부르는 소리에 놀라 은조는 그쪽을 쳐다보았다. 은조의 눈가가 갑자기 발갛게 달아올랐으나 이내 그녀는 양쪽 눈가를 훔치며 재익을 노려보았다.

"여기서 뭐 하는 거야? 한참 찾았잖아."

인혜가 홍조 띤 얼굴을 하고서는 두 사람 사이를 번갈아 보다 급하게 말했다.

"우리 자리 옮긴데. 어떻게 할 거야? 옮기고 나서 연락할까? 두 사람, 더 얘기하고."

"아니야! 됐어. 가자."

인혜가 둘의 눈치를 보자, 은조가 재빨리 그녀의 손을 잡고 그곳을 빠져나가려 했다. 재익이 그녀를 불렀다.

"김은조. 은조야, 잠깐만."

그녀는 그의 말을 무시한 채, 인혜를 따라나섰다. 지금 심정으로는 그와 어떤 말도 하고 싶지 않았다. 자신이 쿨하지 못한 건지, 그가 쓰레기인지 순간 자신도 헷갈리기 시작했다.

내가 구질구질한 건가. 내가 멍청했던 건가. 내가 등신이었던 건가.

은조는 2차를 가자는 같은 과 아이들을 따라갔으나 결국 중간에 혼자 나와 집으로 향했다. 인혜는 그녀가 걱정된다며 계속 전화를 했지만 은조는 받지 않았다. 그녀는 당분간 혼자 있고 싶었다.

이젠 학교도 방학이니 재익과는 만날 일도 없다. 제대로 헤어지자는 말조차 시원하게 하지 못하고 그대로 나와 버린 자신에게 못내 화가 났지만 이젠 그의 얼굴을 보는 것 자체가 두려웠다. 어떤 이유에서건 보고 싶지 않았다.

그날 은조는 집으로 돌아와 쉽게 잠을 이룰 수가 없었다. 머릿속이 복잡하고 어지러웠다. 끝나도 끝난 것 같지 않은 이 찜찜한 이별 아닌 이별에 허탈함과 공허함, 끔찍한 서운함이 밀려들었다. 휴대폰을 보기가 겁이 났다. 그가 연락을 해 와도 두려웠고, 연락을 하지 않아도 두려웠다.

결국 은조는 며칠 동안, 휴대폰을 꺼 두었다. 그와의 유일한 연락책인 전화기를 구석에 처박아 두고 그녀는 한동안 그렇게 움츠려 있었다.

그가 나쁜 자식인 건 확실하지만 그럼에도 그가 눈에 보이지 않으니 걱정이 되고 화가 났다. 마음이 아프고 궁금하고 자꾸 신경이 쓰였다. 자신을 전혀 사랑하지 않는다는 것을 알고 있음에도 걱정이 되는 이 바보 천치 같은 마음은 무엇이란 말인가.

방학 때도 그는 내내 집에 있을까. 별로 화목한 가정은 아니라고 했는데. 그럼, 집엔 가지 않는 것일까. 그는 지금 뭘 하고 있을까. 설마, 먼저 끝내자고 한 자신을 원망하고 있진 않겠지. 은조는 자신이 바보 같아서 견딜 수가 없었다.

시간이 지날수록 나쁜 자식이 궁금하고 걱정되어지는 마음은 더 커져만 갔다. 잘 지내고는 있는지, 내 생각은 손톱만큼이라도 하고는 있는지. 아니면 전혀 안 하고 있는지.

아니, 혈기왕성한 남자니까 다른 건 몰라도 욕구를 참기는 힘들겠네. 그 욕구 때문에 결국 먼저 헤어지자고는 안 했으니까.

욕망의 대상으로 전락해 버린 김은조. 아니, 욕망의 대상은 결코 사랑의 대상이 될 수는 없는 것일까. 재익의 말대로 그 차이는 무엇일까.

✢

날이 가고 있었다. 계속 가고 있었다. 날이 가면 갈수록 그들은 더욱 뜨거운 여름의 한복판으로 들어가고 있었다.

재익에게서 그렇게 돌아선 후, 며칠 만에 다시 켠 휴대폰에는 부재중 통화가 여러 개 와 있었다. 그중엔 그의 전화도 포함되어 있었다. 솔직히 너무 힘들었다. 다시 그를 만나고 싶었고, 그의 목소리를 듣고 싶었고, 그의 얼굴을 보고 싶었다. 그의 연락에 흔들리는 자신을 다잡기 위해, 은조는 재익을 더 원망하고 더 미워하려 했다. 여기서 자신이 멈추지 않는다면 끝이 어떻게 될지 뻔했기 때문이다. 하지만 그러면 그럴수록 그가 보고 싶어 미칠 것만 같다. 이런 한심한 자신이 싫어서 더 화가 나고 힘들었다.

처음 한 이별이라서 그런가. 첫사랑의 아름다움만 찬미했지, 첫이별이 얼마나 고통스러운지 아무도 가르쳐 주지 않았다. 그다음 이별은 좀 나아지려나. 은조는 쓰디쓴 웃음으로 마음을 달랬다.

불행인지, 다행인지 그녀의 집안 사정이 실연의 아픔을 조금씩 잊게 해 주는 데에 도움이 되고 있었다. 은조는 8월이 되기 전에 가게를 비워야만 했다. 7월의 마지막 주. 드디어 가게 문을 닫고 폐업 안내 문구를 식당 출입문에 커다랗게 붙여 놓았다. 그녀는 가게를 접으면서 회한에 잠겼다. 조만간 집을 알아보아야 했고, 이곳을 떠날 것이다. 폐업 신고도 해야 하고 가게 물품들을 처리도 해야 했고, 이것저것 할 일이 많다.

다행히 엄마는 예전보다 건강이 많이 회복되어 나아지고 있는 중이었고, 은수도 자신이 간신히 설득해서 대학에 가기로 약속했다. 대신 자신이 학교를 그만두기로 했다. 그전부터 생각은 하고 있었으나 막상 휴학계를 내러 가는 발걸음이 무겁기만 했다.

은조는 학교 행정실로 가서 휴학계를 제출하고 텅 빈 교정을 잠시 둘러보았다. 그러다 문득 학교 정문 앞에서 낯이 익은 얼굴을 발견하고는 깜짝 놀랐다. 군복을 멋지게 차려입은 그는 성큼성큼 은조 앞으로 다가오더니, 멋들어지게 거수경례를 하고는 호탕하게 웃어 댔다.

"상현 오빠?"

"김은조! 오늘 계 탄 날이네. 너를 만나고."

순간, 은조는 껑충 뛰면서 그를 와락 끌어안았다. 마치 친오빠를 만난 듯 은조가 그의 등을 쳐 가며 소리 나게 웃었다.

"뭐야, 연락도 없이! 언제 왔어?"

"어제 왔다, 이놈의 자식아!"

그는 이를 드러내며 으르렁댔다.

"탈영한 거 아니지? 혹시."

"야!"

"농담, 농담."

그때부터 은조는 그를 위아래로 찬찬히 훑어 내려가며 눈을 흘겼다.

"그런데, 수상해. 나온다는 말도 없이, 뭐야."

"내가 뭐 일일이 너한테 말해야 할 의무라도 있냐? 내 애인도 아니면서."

"뭘 그렇게 섭섭하게 말해. 내 가슴에 왕창 토해 놓은 사이면서."

은조가 지난 추억거리를 들춰내며 까르르 웃었다.

"왜 그 소리 안 하나 했다. 우리 진짜 친한 사이야, 그치?"

"됐어. 느끼하게 굴지 말고. 휴가 나왔어?"

그가 끄덕이며 까맣게 그을린 얼굴을 햇빛 때문에 살짝 찌푸렸다. 훨씬 어른스러워 보이는 그의 모습에 은조는 기분이 좋아지기 시작했다. 조금 전에 휴학계를 내면서 언제 다시 자퇴서를 내야 할지도 모른다는 생각에 살짝 기분이 처져 있었던 게 사실이었다.

상현이 그녀에게 물었다.

"나야 나온 김에 교수님도 만나 뵐 겸 왔는데, 넌 무슨 일이야? 공부하러 온 것 같진 않고."

"음, 그게. 나 학교 그만두려고."

"뭐?"

상현은 아무래도 얘기가 길어질 것 같아, 학교 앞 실내포차로 자리를 옮기자고 했다.

30분 뒤. 그들은 후덥지근하고 무더운 여름날 늦은 오후부터 소주를 마시기 시작했다. 은조가 어디 가서 저녁이나 먹고 시작하자고 했지만 상현은 무슨 소리냐며 평소 학교 다닐 때 잘 가던 술집으로 은조를 데리고 갔다. 휴가철이라 그런지 손님이 많진 않았지만 시간이 조금씩 지나자 비어 있던 테이블이 하나둘씩 차기 시작했다.

은조는 상현의 술버릇을 알기에 먼저 대구탕과 공깃밥을 시켜 상현에게 억지로라도 좀 식사를 해 가면서 술을 마시라고 권했다. 하지만 상현은 말로는 알았다고 하더니 일단 소주부터 마시며 말문을 열었다.

"근데, 넌 재익이랑 사귄다고 하더니."

"어?"

"뭘 그렇게 놀래? 다른 애들은 다 알던데. 둘이 잤어?"

"오빠!"

"아, 알았어. 소리는 지르지 말고."

상현이 히죽대며 은조를 빤히 쳐다보았다.

"나 군대 간 다음에 사귄 거야?"

은조가 자신의 잔에 술을 채우며 말했다.

"뭐, 그냥 그렇게 됐어."

"은조야!"

갑자기 상현이 자신을 그윽한 목소리로 부르는 통해 은조가 이맛살을 찌푸렸다. 은조는 그가 무슨 소리를 하려고 저러나 내심 불안했다.

"이 오빠는 너를 믿는다."

"응? 뭘 믿어?"

"이 세상에 다른 여자들은 다 고무신을 거꾸로 신어도 너만은 그렇지 않다는 걸."

"무슨 소리 하는 거야, 재익이 얘기 하더니."

"너는 재익이를 기다려야 해. 생각을 해 봐. 재익이 그 자식이 얼마나 불쌍한 애인지. 사귀니까 걔 집안 얘기도 알겠네. 걔 불쌍한 자식이야. 우리 집에 와서 우리 엄마가 차려 준 밥 먹은 적이 한두 번이 아니야, 그 자식이."

은조가 한 손으로 이마를 짚으며 인상을 쓰기 시작했다.

이 오빠는 정말 이게 문제야. 벌써 취한 것 같진 않은데.

아, 내가 아까 그냥 모른 척했어야 했는데. 괜히 반가운 마음에 와서는.

그녀는 입술을 깨물며 술만 홀짝홀짝 들이켰다.

"재익이가 군대를 간다니까 너도 알 거야. 너만은 걔를 버리면 안 돼. 너 재익이 기다려 줄 거지?"

"군대? 무슨 말이야, 그게."

"몰랐어? 재익이 곧 군대 가잖아. 둘이 사귄다며 설마 재익이 군대 가는 줄도 모르고 있었던 거야?"

"언, 언제 가는데?"

"아마 방학 끝나면 곧 입대 할걸. 그래서 어제 만났잖아. 나 나오자마자. 이 선배가 앞으로 어떻게 군 생활을 해야 하는지 좀 가르쳐야겠더라고."

그는 다시 술잔을 채우며 목소리를 높였다. 은조는 충고를 빙자한 그의 횡설수설을 한 귀로 듣고 한 귀로 흘렸다.

"물론 군대 간 남자를 기다린다는 게 쉽진 않겠지. 그거 모르는 거 아니야. 하지만 정말 사랑한다면."

"나 걔랑 헤어졌어. 끝냈다고."

"뭐? 끝, 냈어?"

"그래, 그러니까."

"뭣 때문에?"

"그냥 그렇게 됐어. 나는 걔 군대 가는지 오늘 처음 알았어. 오빠한테 들어서."

"정, 정말이야?"

상현은 당황해하는 것 같았다. 그러면서 갑자기 소주를 연거푸 들이켜며 한숨을 쉬었다.

"불쌍한 자식."

"뭐가?"

"아무래도 너한테 기다려 달라고 하기 미안하니까 너랑 끝낸 것 같다는 생각이 드네."

"설마, 그런 거 아니야."

"재익이가 먼저 널 찰 리는 없고. 네가 찼어?"

은조가 고개를 흔들었다.

"그게 뭐가 그렇게 중요해. 헤어진 게 중요하지. 그러니까 이젠 내 앞에서 재익이 얘기 하지 마."

"은조야."

상현이 한숨을 쉬며 조용히 말했다.

"내 말 오해하지 말고 들어. 여자들은 자기한테 서운하게 대해주면 먼저 헤어지자고 선수를 친다던데, 혹시 너도 그런 거야?"

"아니야, 그런 거. 오빠 잘 알지도 못하면서."

"그럼 왜 갑자기 헤어지는데. 잘 만나고 있다가. 어제 재익이 만났을 땐 전혀 그런 얘기 없었단 말이다. 그냥 싸운 거면."

"아니라니까."

상현이 다시 채운 소주를 한 번에 마시더니, 가라앉은 목소리로 말했다. 벌써 취한 것 같진 않았지만 그는 재익이를 자꾸 불쌍하다는 식으로 말해서 은조의 심기를 상당히 불편하게 만들었다.

"오늘 같이 한잔하려고 재익이 불렀는데, 그럼 네가 불편하겠구나."

"뭐? 지, 지금?"

때마침 재익이 술집 문을 열고 들어오는 게 보였다. 근 한 달만이었다. 상현은 예전부터 왜 술만 마시면 재익을 부르는지.

은조는 가만히 앉아서 그쪽을 쳐다보지 않으려 했다. 그러자 상현이 살짝 비틀거리며 일어나더니, 들어오는 재익을 와락 끌어안았다.

"내가 일부러 너 불렀다, 인마."

재익은 잠시 은조를 쳐다보는가 싶더니 두 사람 사이에 앉았다.

"영장 나오고 부담될까 봐 은조한테 말 안 한 거 이 형이 알아, 인마. 얼마나 마음이 찢어졌으면. 그래도 솔직하게 말해야 하는 거야. 사랑이라는 게."

"그런 거 아냐, 형."

재익이 술을 잔에 따르면서 웃었다. 오랜만에 본 그는 더위 때문인지 좀 야윈 것 같았다. 은조는 함께 있기가 불편했다. 학교도, 자주 오던 이 포차도, 두 사람도, 그리고 가장 행복했던 풋내기 대학 시절도 지금은 어쩐 일인지 모두 슬프게만 느껴졌다. 그 이유가 무엇 때문인지 그녀는 알고 있었다.

"오빠, 오늘 반가웠어. 앞으로 군 생활 잘하고, 나오면 또 연락해."

은조가 일어서려고 하자, 재익이 그녀의 팔을 꽉 잡았다. 그러자 은조가 그의 팔을 뿌리쳤다.

"가 볼게."

"은, 은조야."

상현의 말에 재익이 나가려고 하는 그녀의 팔목을 거칠게 잡았다.

"잠깐 앉아. 너 보려고 나온 거야."

"뭐?"

그녀가 몸을 돌리자 상현이 두 사람 앞에 떡하니 버텨 섰다.

"이것들이, 정말. 둘 다 앉아!"

은조가 두 사람을 번갈아 바라보다, 다시 자리로 돌아가 앉았다. 오랜만에 휴가를 나온 상현한테 이렇게 가는 건 아니다 싶었다. 상현이 먼저 입을 열었다.

"웃기고들 있네. 한 사람은 헤어졌다고 하고, 한 사람은 아니라고 하고. 뭐냐, 니들."

재익이 말했다.

"일단 잔부터 받아, 형."

상현이 그가 주는 술을 받고는 잠시 자리에서 일어났다.

"재익이, 너. 잠깐 좀 나와 봐."

재익은 그를 따라나섰다. 두 사람은 흡연실로 가 담배를 피우며 말했다. 상현이 아까와는 달리 굳은 얼굴로 물었다. 그는 술에 취했다고 보기 어려울 정도로 목소리가 멀쩡했다.

"너, 은조한테 상처 주면 내 손에 죽는다."

재익이 웃었다. 하지만 이내 그의 표정이 사나워졌다.

"그건 형이 상관할 문제가 아니야. 남의 연애사에 관심 끊으라고!"

"미친 새끼. 책임질 짓을 했으면 끝까지 책임을 져야 할 것 아냐. 너 아직도 마음 못 잡고 그러고 다니는 거야?"

"마음 못 잡고 그러고 다닌 적 없어. 난 누구보다 내가 원하는 걸 잘 아는 사람이야. 함부로 이래라저래라 하지 마."

"은조는 순진한 애란 말이야. 정말로 좋은 애라고. 그리고 너도……."

상현은 피우던 담배꽁초를 마구 짓눌러 꺼 버렸다.

"은조, 좋아한 거 아니었어? 무슨 발정난 개처럼 쳐다보기에, 난 네가 이제야 제 짝을 만났다고 생각했는데. 아니었어?"

"나를 무슨, 발정난 개?"

"그래, 아주 좋아 죽더만. 그렇게 좋은데 왜 차이고 지랄이냐."

그러면서도 상현이 그의 등을 두드리며 격려하듯 말했다.

"잘 좀 해 봐라. 응? 이 형이 못 한 거 너라도 잘해 보라고. 좋은 여자 놓치지 말고. 쫌, 응?"

재익이 자신의 등에 둘린 그의 팔을 내려놓으며 희미하게 웃었다.

"이미, 맘이 떠난 것 같아. 나한테."

"뭐? 이 자식 말하는 거 봐라."

"여자나 남자나 한번 정떨어지면 회복하기 힘들잖아."

"어떻게 했기에."

"들어가자. 은조, 기다리겠다."

재익도 담뱃불을 껐다. 그가 상현의 어깨에 팔을 두르며 물었다.

"그런데…… 형, 은조 좋아했지?"

"미친 새끼. 은조 같은 애가 나 퍽이나 좋아하겠다."

"그러니까, 은조 좋아한 건 맞지?"

"아냐. 무슨 헛소리. 걘 그냥 동생 같은 애지. 그러니까 잘 좀 해. 걔 눈에서 눈물 나게 했다간 내 손에 아주 죽을 줄 알아라."

재익이 씁쓸하게 웃었다. 형만 아니면 당장에 때려 눕혀 죽여 버리고 싶은 심정이었다. 그는 어금니를 꽉 깨물며 차갑게 웃었다.

두 사람이 자리로 돌아오자, 은조는 계속 시계를 보았다. 더 이상 앉아 있기가 불편했다. 그 모습을 보고는 상현이 말했다.

"분위기 참 묘하다, 오늘."

은조가 남아 있는 술을 입에 털어 넣었다.

"은조야, 그리고 재익아. 오늘은 내가 이만 물러날게."

"오빠 때문에 만난 건데. 미안하게 왜 그래."

"시끄럽고, 잘 화해하고 둘이 잘들 좀 해 봐."

상현이 자리에서 일어나며 재익의 어깨를 두드렸다.

"가 봐, 형. 연락할게."

"그래."

"오빠, 잘 가. 연락하고."

은조는 자신의 말이 떨어지자마자 재익이 자신을 쏘아보는 것 같았다.

"그래, 아무튼 반가웠다."

"잘 가."

은조가 일어서서 상현의 뒷모습을 물끄러미 바라보고 있자, 재익의 그녀의 뒤로 바짝 다가와 말했다.

"우리도 나가자."

은조는 뒤도 돌아보지 않고 술집 문을 빠져나갔다.

❖

습도가 높은 여름밤이었다. 끈적끈적한 공기가 그들 주위를 휘감았다. 이렇게 답답하고 후덥지근한 기운이 싫다. 은조는 말없이 밤거리를 걷고 있었다. 조금 전까지 소주를 마셨는데도 전혀 취하지가 않았다. 술을 단 한 방울도 마시지 않은 것처럼 멀쩡했다.

옆에서 나란히 걷고 있던 재익이 잠시 걸음을 멈췄다. 주위는 제법 조용했다. 공교롭게도 그들이 걷고 있던 곳은 화려한 네온사인을 자랑하고 있는 모텔 주변이었다. 은조는 빨리 그곳을 빠져나가고 싶은 마음에 걸음을 빨리했지만 이내 재익의 뜨거운 손에 꽉 잡혀 버렸다.

그가 입을 열었다. 그와 동시에 은조가 그의 손길을 뿌리쳤다.

"난 너랑 헤어지자고 한 적 없는데, 나랑 헤어지고 싶어?"

은조는 아무 말도 하지 않았다. 그녀가 생각하는 이 지구와 이 우주에서 가장 나쁜 남자란, 여자로 하여금 헤어지자는 말을 먼저 하게끔 하는 남자였다. 헤어지자는 말조차도 여자에게 일임하는 남자. 책임을 완전히 여자에게 전가하는 남자. 어떤 이유에서건 먼저 이별을 말하는 남자는 그에 비하면 영국 신사 수준이다.

헤어지자고 말해, 한재익. 제발!

마지막엔 그래도 악역 정도는 해 줘야 하는 거 아냐?

그가 다시 물었다.

"정말, 나랑 헤어지고 싶어?"

그의 목소리가 착 가라앉았다. 그녀는 잠시 침묵한 후, 결심한 듯 말했다.

"널 사랑해. 생각보다 많이 사랑하는 것 같아. 넌 이런 내가 싫겠지만 난 널 만나면 만날수록 더 기대하고 더 원하게 될 것 같아. 네가 조금만 서운하게 대해 줘도, 조금만 소홀히 대해 줘도 널 의심하거나 불안해할 거야. 그럴수록 넌 나한테서 멀어지고. 결국 상처받는 건 나잖아. 그런데 그걸 알면서도 나랑 계속 만나겠다는 거야? 넌 상처받지 않을 거니까. 넌 아무렇지도 않으니까."

"그렇게 힘들어? 날 만나는 게."

은조는 고개를 끄덕였다. 사랑을 인정하고 헤어지는 게 낫다. 사랑을 부정하고 계속 그에게 끌려가는 것보다. 절벽으로 떨어질 것만 같은 이 상실감이 낯설기만 했다.

"적어도 나한테 헤어질 기회는 줘야 하는 거 아냐?"

"헤어질 기회. 헤어지는 게 기회라고."

"응. 지금 아니면 못 헤어질 것 같아서."

은조는 일부러 야무지게 말했다. 자꾸 마음이 약해지려 하고 있기에.

하지만 재익은 그녀의 일렁이는 마음에 돌을 던질 뿐이었다.

"누가 그러더라. 어느 날 갑자기 이별을 말하진 않는다고. 이별을 말하기까지 열심히 구실을 찾거나 타이밍을 기다린다고. 너도 그런 거야?"

"아니. 구실도 타이밍도 필요 없어. 나는 널 사랑하고, 넌 나를 사랑하지 않는데 거기에 무슨 구실이 필요하고 타이밍이 필요해.

당연히 헤어지는 게 맞지."

재익은 은조의 말에 더 이상 반박할 수가 없었다. 더 사랑하는 사람이 약자가 아니었나. 사랑한다고 말하는 사람이 당당하게 이별을 요구한다. 사랑한다면서 떠난다니. 그게 사랑이야?

은조가 덤덤히 말했다. 아니, 그렇게 말하려 애를 썼다. 갑자기 속이 울렁거렸다.

"섹스하고 싶은데 사랑한다고 말하고, 들이댈 때는 물불 안 가리더니 자기 거 됐다고 함부로 섹스 파트너 취급 하질 않나, 사랑한다고 하니까 쿨해지자고 하면서 즐기는 사이 아니었냐고 하고. 너 참 나쁜 새끼야. 너도 알고 있지?"

재익은 아무 말도 하지 않았다.

"그런데 말이야. 처음부터 어느 정도는 네가 그런 인간인 줄 알았어. 그래도 난 진심이었다는 거. 넌 어떨지 모르지만."

은조는 자신의 말이 이상하게 유치하게 들렸다. 사실인데, 솔직한 자신의 마음인데, 그가 비웃을 것만 같았다. 그래서 속이 상했다. 그녀는 자신의 낡아 빠진 운동화 끝을 바라보며 웃었다.

"재익아, 난 있지. 너랑 자고 싶을 때 널 부르진 않아. 네가 혼자 살면서 어디 아프진 않은지, 혹시 안 좋은 일이 생겨 네가 속상해할 때, 너한테 가고 싶어. 같이 있어 주고 싶어. 정말 그랬어."

그녀의 목소리가 예상외로 부드럽게 들리는 건 그의 착각인가? 그녀의 목소리가 너무나 차분해서 더 화가 났다. 재익은 참을 수 없다는 듯 내뱉었다.

"고상한 척하고 있네. 누가 언제 내 걱정 해 달라고 했어? 나 위해 주는 척, 생각해 주는 척 좀 하지 말라고. 같이 즐겼으면 그걸로 된 거지, 그렇게 상처받은 얼굴 하고 싶어?"

"뭐라구?"

은조가 얼굴을 들어 그를 쳐다보았다.

"너도 좋았잖아, 아니야? 싫었는데 어쩔 수 없이 나랑 같이 잔 거 아니잖아. 솔직할 줄 알았더니 내숭에, 뒤통수에. 널 생각하면……. 네 얼굴보다, 너와 했을 때 네 신음 소리가 먼저 생각나. 알아, 그거?"

"뭐? 너, 정말."

재익이 더 가까이 바짝 그녀에게 다가왔다. 그의 뜨거운 입김이 그녀의 얼굴에 전해질 정도로. 그가 비웃듯 말했다.

"나랑 헤어져도 나 생각 안 나겠어? 난, 너 생각날 거 같은데. 그것도 잠자리에서 네가 어떻게 했는지. 내 앞에서 다리 벌릴 때마다……."

짝!

은조가 그의 뺨을 세게 후려쳤다. 그는 잠시 멈칫했다. 입에서는 실소가 흘러나왔다. 그는 한동안 입을 다물어 버렸다. 어떤 말도 떠오르지가 않았다. 여전히 기분은 엿 같았고, 그리고 혼란스러웠다. 그녀에게 단순히 뺨을 맞아서가 아니었다. 저렇게 해맑은 얼굴을 하고 순수한 사랑 운운하는 그녀가 미워 죽을 것만 같았다.

사랑할 때마다 꼭 진실된 사랑이어야 하고, 꼭 모든 것을 바쳐 사랑해야만 옳은 것인가. 은조는 자신의 감정이 진심이었다며 더 이상 상처받기 싫다면서 돌아서고 있었다. 정말 사랑한다면 상처 받더라도, 힘들더라도 끝까지 손을 놓지 말아야 하는 거 아닌가. 결국 은조도 상처받기 싫어서 자신을 떠나려 하고 있지 않은가.

그녀는 진심인데, 자신은 사랑을 빙자해 섹스만 하려고 하는 나쁜 새끼 취급을 하면서 말이다.

그래, 가 버리라고. 전부 가 버려.

엄마도 그렇게 갔고, 아빠도 그렇게 가 버렸어. 결국 자신만 아는 이기적인 감정으로 자기 살 궁리만 하는 게 인간의 본질일 뿐.

재익은 말할 수 없는 허탈감을 느꼈다.

"넌 다른 여자들하곤 좀 다를 줄 알았는데, 결국 똑같네. 사랑한다고 매달리고 쫓아다니지만 않았을 뿐. 사랑한다면서 먼저 헤어지자고 하는 건 뭔지. 깨끗한 척, 고고한 척은 혼자 다 하고 있고."

"먼저 헤어지자고 한 건 나지만, 내가 차인 것쯤은 알고 있거든. 그러니까 그따위로 말하지 마. 너 진짜 나쁜 놈이니까."

"그럼, 사랑한다고 말하지나 말던지. 실컷 진심이라고 해 놓고 이렇게 쉽게 돌아서는 거야? 결국 너도 상처받기 싫어서 그런 거잖아. 아니야?"

"네가 사랑이라는 걸 알아? 너 사랑이라는 걸 한 번만이라도 제대로 해 봤니? 진심으로 사랑한다는 게 뭔지 알아? 마음이 아프고 힘든 게 뭔지 아냐고! 네 연락 하나에, 말 한마디에, 눈빛 하나에 가슴 졸이고 행복했다가 불행했다가 하는 마음을 네가 아냐고! 모르면 아무 말도 하지 마!"

그녀의 까만 눈망울에 이슬이 맺히기 시작하자 재익은 심장이 덜컹 내려앉았다. 하지만 그것도 순간일 뿐, 곧 그녀의 말에 점점 화가 치밀어 올랐다. 자신이 왜 이렇게 화가 나는지도 이해가 가지 않았다.

"그래, 나는 그런 거 몰라. 별로 알고 싶지도 않고. 다음에 남자를 만날 때는 너무 깊게 빠져들지 마라. 남자가 하는 말, 남자가 쳐다보는 눈빛, 행동, 전부 믿지도 말고. 특히 남자의 사랑한다는 말. 똑똑한 여자들은 절대 속지 않거든."

은조는 갑자기 앞이 뿌옇게 보이기 시작했다. 커다란 눈물방울이 두 눈가에 맺혀서 눈을 깜박이면 금방이라도 줄줄 흐를 것만 같았다. 재익은 그녀의 눈빛에도 아랑곳없이 차갑게 쏘았다.

"그리고, 한 가지만 더 충고할게. 그렇게 불쌍한 척하면서 사랑 타령 좀 하지 마라. 남자들이 제일 싫어하니까. 결국 헤어지자고 하면서, 자기 마음 알아 달라고 징징대는 건 다른 여자들이랑 똑같으면서."

은조는 눈가에서 눈물방울이 떨어지려고 해, 더 크게 눈을 뜨고 애써 담담한 척 말했다.

"그래, 징징대고 멍청하게 굴어서 미안하다."

재익이 웃었다. 그냥 웃음이 났다. 가슴이 답답해져 온다.

"다시는 속지 마, 남자한테."

"넌, 쓰레기야."

은조가 돌아섰다. 결국 눈물방울이 똑 떨어지고 말았다. 한번 떨어진 눈물은 그것을 시작으로 계속 주룩주룩 흘러내렸다. 그 모습을 죽어도 재익에게 보이고 싶지 않았다. 알량한 마지막 자존심이라고 생각했다.

모든 환상이 깨져 버린 첫사랑. 지질하고 형편없고 속된 말로 남자한테 이용만 당한 완벽한 첫사랑. 하지만 그럼에도 자신은 진심이지 않았는가. 그거면 됐다고 생각했다. 은조는 억지로 자신을 위로하면서 됐다고, 됐다고 다독였다. 어디 가서 추억이랍시고 말하기도 싫은 첫사랑에 대한 완패였다. 겉으론 온갖 아름다운 말로 치장할지 몰라도, 그냥 처음 사랑을 했는데, 거지 같은 남자한테 딱 걸려서 인생 경험한 것, 그 이상도 그 이하도 아니었다.

그럼에도 이토록 마음이 허전하고 아픈 건, 진정 사랑했기 때문이었나.

뒤에서 자신을 좇는 그의 시선조차 그 순간만큼은 거추장스러웠다.

그녀는 조금씩 그의 시야에서 멀어져 가고 있었다. 재익이 멀어져 가는 그녀의 모습을 보다 고개를 돌렸다. 그녀는 다시 돌아오지 않을 것이다. 영영 돌아오지 않을지도 모른다. 어차피 이렇게 될 줄 알고, 퍼붓지 않았던가. 헤어질 땐 냉정하고 여지를 주지 않는 것. 자신만의 철칙 아니었던가.

그러면서도 화가 났다. 아까부터 왜 이렇게 화가 나는지 모르겠다. 이상한 기분이었다. 다시는 그녀를 못 본다 해도 어쩔 수 없는 일이라고 재익은 자신을 다독였다. 그런데 이게 다독일 일인가.

아무것도 아니라고 생각했다. 이런 건, 아무것도 아니라고. 어차피 은조와는 처음부터 안 될게 뻔한 사이였으니까. 만나고 헤어지는 것에 대해 어리석게 미련을 두면 안 된다고 그는 애써 자신에게 되뇌었다.

그녀가 먼저 떠났다. 재익은 그것만 생각하기로 했다. 그녀가 먼저 손을 놓았다는 것.

그는 눈을 질끈 감고 깊은 숨을 몰아쉬었다. 발길이 떨어지지가 않았다. 마음속에서 무언가가 급히 추락하는 기분이었다. 다시는 올라가지 못할 것만 같은 절망감 같은 것.

그는 예전처럼 혼자가 되었다. 자유로워진 것이다. 다시 그 자유를 즐기기만 하면 되는 것이다.

2.

후회하지 않아

이별 노래가 흐르고 있었다. 헤어진 연인을 원망하는 남자 보컬의 목소리가 귓가에 맴돌았다. 그럼에도 사랑한다는 목소리가 달콤하게 들려온다. 하지만 슬픈 이별 노래와는 달리 주위는 시끄럽고 활기찼다.

"자, 건배!"

"위하여!"

맥주잔이 부딪치는 소리, 한 번에 시원하게 꿀꺽꿀꺽 술이 넘어가는 소리, 웃음소리, 장난치는 소리, 그리고 오 실장님의 오늘 회식에 대한 소감까지.

"자, 자 여러분. 주목! 여기를 보세요."

그녀는 포크로 술잔을 가볍게 두드리며 좌중을 훑어보았다.

"앞으로 잘 좀 부탁드려요. 우리 윤 과장님도 그렇고. 이번에 한 건 한 김은조 씨도 그렇고."

그러면서 은조한테 윙크를 날렸다. 은조는 저 미워할 수 없는 여우한테 미소를 한 번 지어 준 뒤 맥주를 들이켰다. 곧 핸섬한 윤 과장의 은은한 목소리가 뒤를 이었다. 은조는 조심스럽게 자리에서 일어났다.

그녀는 음악 소리를 피해 파우더 룸으로 들어가 손을 씻고는 거울을 보았다. 어깨까지 내려오는 찰랑이는 검은 머리, 갸름한 얼굴에 아치형의 눈썹과 커다란 눈매. 둥그스름한 콧날과 부드러운 입술이 그녀를 단정하고 여성스럽게 보이도록 했다.

전형적인 오피스 걸의 느낌이라 그녀는 아이라인을 한 번 더 진하게 그려 눈매를 강조했다. 어느새 어린 티가 사라진 얼굴. 하지만 은조는 지금의 이 얼굴이 더 좋았다.

그녀가 휴대폰을 들었다. 곧 신호가 울리고 조용한 여자의 목소리가 들렸다.

— 빨리도 전화한다.

"미안, 미안. 무슨 일 있어? 계속 카톡이 와서."

— 어디야?

"오늘 회식이야."

— 바쁘네, 김은조. 톡 보낸 지가 언젠데 지금에서야 연락을 하냐? 연애한다고 친구 너무 방치하는 거 아니야?

인혜가 갑자기 소리를 지르는 바람에 은조는 움찔하며 휴대폰을 귀에서 멀리 떨어뜨렸다.

"그런 거 아니야. 삐졌어?"

— 너 그 사람이랑 결혼이라도 할 거야? 너 좋아하는 거 같다며.

"결혼은 무슨. 좋아한다고 다 결혼하나."

214

— 그래? 난 벌써부터 집에서 선보라고 난린데. 내년에 서른 된다고. 서른이 뭐 대단한 것도 아닌데. 은근 스트레스받는 거 있지.

"우리 아직 20대잖아. 너무 조급하게 생각하는 거 아니야?"

— 너야 남자가 있으니까 그렇게 말하는 거지. 어쨌든 애인이 없어도 왜 애인이 없냐고 묻지 않는 사회에 살고 싶다, 정말.

인혜가 까르르 웃으며 말을 이었다.

— 그나저나 그 사람은 능력도 있고, 너 좋다고 한다며. 너도 싫지 않고. 그럼 결혼 상대로 괜찮은 거 아니야?

"글쎄."

— 아무튼 복 터진 년. 대체 네 매력이 뭘까?

은조는 조용히 웃었다.

"내숭 없는 거?"

— 그래, 나이가 좀 있는 남자들은 오히려 솔직한 여자 좋아하더라. 너도 그 남자 좋아서 만나는 거잖아. 아니야?

인혜의 말에 은조가 무심히 대꾸했다.

"그게 말이야. 사랑은 쌍방이어야 하는데 그게 잘 안 되네."

— 너, 설마 아직도 그 자식, 못 잊은 거야?

"그 자식이라. 누굴 말하는 건지."

은조가 정말 궁금하다는 듯 묻자 인혜가 큰 소리로 웃었다.

— 그 연하의 남자.

"아하, 현수 말하는구나."

— 너 많이 힘들어했잖아. 설마 아직도 그런 건 아니지?

"걔 얼굴 기억도 안 난다. 지나가다 길거리에서 마주쳐도 잘 모를 것 같아. 좋은 사람이었지."

— 좋은 사람? 지 힘들다고 너한테 징징대고, 떠났다가 다시 돌

아왔는데 좋은 사람?

"그래도, 뭐. 연애할 땐 나 정말 많이 사랑해 줬거든. 그거 하나로 됐어. 떠날 때 떠나더라도 사랑할 때 아낌없이 사랑했다면 된 거 아닌가?"

— 너, 쿨해졌다? 멋있는 척하는 거야?

인혜는 뭔가 불만이 있는 듯 톡톡거렸다. 아무래도 집에서 계속 압력을 받아서 그런가. 요즈음 부쩍 신경이 날카로워진 듯했다. 그래도 인혜랑 얘기하고 있으면 이상하게 기분이 좋아진다. 은조가 웃으며 말했다.

"너 그거 알아? 연애를 끝낼 때마다 나 조금씩 멋있어지는 거 같아. 아픈 만큼 뭔가 진짜 어른이 되어 가는 느낌이 들어. 뭐 이런 자식도 있고, 저런 자식도 있다고 생각하니 좀 너그러워지는 것도 같고."

— 잘났다, 김은조. 너 그래서 이번엔 결혼할 거야?

"자꾸 결혼, 결혼 얘기 좀 하지 마라. 내가 그렇게나 멋진 연하남도 결국 굴복시킨 여자다."

— 미친년. 다시 돌아왔으면 받아 주지. 뭘 그렇게 또 도도하게 굴고.

"너무 늦게 돌아왔잖아. 내 마음 다 식은 다음에. 재회도 타이밍이더라고."

— 내가 보기엔 네가 그 연하남, 별로 사랑하지 않았던 거 같아. 정말 사랑한다면 다시 받아 줘야 하는 거 아니야?

"됐어. 현수 얘기는 그만하자. 이젠 기억도 안 나는데 무슨."

학교를 그만두고 어느 정도 사회생활에 익숙해질 무렵이었다. 실질적인 집안의 가장이 되어 약속했던 대로 동생의 학비를 벌고 몸이 아픈 엄마의 푸념을 거의 매일 들어 줘야 했던 시절이었다. 내색은 안 했지만 많이 힘들었다. 학교에서 공부하는 대학생들이 여전히 부러웠고 청춘을 즐기는 또래의 여자애들에게 질투가 나기도 했다. 그때 만났던 사람이었다.

힘든 시절을 견디게 해 주었던 사람이라 마음은 각별했지만 어린 남자의 막무가내식 애정 표현과 세상 물정에 어둡고 곱게만 자란 도련님 스타일이라 은조의 바쁜 생활을 이해하지 못했다. 진심으로 자신을 사랑해 주었던 이상형의 가까운 남자였지만 결과는 실패였다. 누구의 잘못도 아니라고 생각했다. 그래도 추억으로라도 기억할 수 있어 다행이라는 생각뿐.

인혜가 웃으며 말했다. 그녀의 웃음소리가 어딘지 씁쓸하게 들렸다.

— 봐. 너 걔 안 사랑했다니깐.

"사랑했어. 사랑했다니까."

은조는 살짝 열을 내며 말하고 있는 자신을 의아해하며 전화를 끊자고 했다. 하지만 곰곰이 생각해 보면 헤어진 지 몇 년 지났고 얼굴도 기억나지 않는 남자를 정말 사랑했다고 할 수 있을까. 반면, 헤어진 지 오랜 시간이 흘렀지만 아직도 생각나고 기억 속에 남아 있는 남자는 정말 사랑했다는 것일까. 그 기억이 설령 안 좋은 기억일지라도.

은조는 다시 회식 자리로 가면서 상념을 지우려 했다. 시끄러운 음악 소리가 들려온다. 슬픈 이별 노래는 어울리지 않는다는 듯 금세 물러나고 어느 순간, 상큼한 소녀들의 목소리가 들려왔다.

"은조 씨, 오늘의 주인공인데 한 잔 받아야지. 우리 해결사."

자리에 앉자마자 오 실장이 요란하게 그녀를 맞았다.

"내가 매일 뜨거운 감자만 은조 씨한테 안겨 주는 것 같아서. 그래도 뭐, 항상 잘하잖아?"

항상 잘해? 성공한 기업인이라고 인터뷰 갔다가 성추행당할 뻔해 줄행랑친 적도 있고, 유명 연예인의 인터뷰를 위해 한겨울 추운 데서 몇 시간씩 기다리다 동상 걸릴 뻔한 적이 한두 번이 아닌데. 게다가 운동선수들 인터뷰는 어떻고. 군부대 가서 군인들 인터뷰하는 것과 똑같은데. 얼굴 두껍지 않으면 못 해 먹는 게 기자인데.

하지만 이렇게 속으로 투덜거려도 은조는 이 일을 좋아했다. 사람을 만나고 마음을 나누는 것 자체를 그다지 두려워하지 않고 자신을 솔직히 드러내는 성격이며 상처를 받아도 오래가지 않아, 어느 정도 적성에도 맞았다.

오 실장이 은조에게 잔을 건네며 친근하게 말했다.

"내가 이 폭탄주 마는 데엔 선수잖아. 이 폭탄주에는 황금비율이란 게 있어. 자, 봐."

직원들이 살짝 취한 듯한 오 실장을 보고는 웃으며 고개를 흔들었다.

"일명, 고진감래주라고. 한번 마셔 봐. 내 특별히 은조 씨한테만 주는 거야."

"그거 마셨다가는 내일 머리통 작살납니다."

옆에 앉아 있던 윤 과장이 이죽대며 한마디 하자, 오 실장이 잠시 그를 째려보았지만 아랑곳하지 않고 맥주잔 안에 소주와 맥주를 조심스럽게 섞고는, 그다음 콜라까지 가지고 와 희한하게 술을 만들기 시작했다.

은조가 잔뜩 찡그린 얼굴로 그 모습을 물끄러미 보고 있었지만 오 실장은 이에 굴하지 않고 열심히 술을 제조했다. 그녀의 표정은 비장함 그 자체였다. 누가 보면 장인의 손길로 한국 전통술이라도 빚는 줄 알 것이다.

"자, 마셔! 쭉, 마셔."

은조는 여전히 얼굴을 찡그린 채 그것을 그대로 마시기 시작했다. 주위에 앉아 있던 직원들이 경악에 가까운 얼굴로 은조를 측은하다는 듯 바라보았지만 오 실장은 생글거리며 떠들어 댔다.

"고진감래라고, 처음엔 목 넘김이 힘든데, 나중엔 황홀해진다니까. 고생 끝에 낙이 온다 그거지. 아주 신세계를 맛볼 것이야. 그래, 그래. 쭉. 쭉. 그렇게. 그렇게. 오케이!"

은조가 술잔을 테이블 위에 탁 소리가 나게 놓자 직원들이 전부 그녀의 표정을 주시했다.

"괜찮은 거야?"

"네, 뭐."

정말 머리가 핑 돈다. 와우.

"내가 이래서 은조 씨를 좋아한다니까. 일 잘하지, 술 잘 마시지. 사회생활 갑이야, 은조 씨."

"실장님은 무슨 그런 구시대적인 발언을 하시고 그러세요? 술 잘 마시는 거랑 사회생활이랑 무슨 상관이라고."

누군가의 반박에 오 실장이 눈을 흘기며 말했다.

"단순히 술을 잘 마셔서 그런 게 아니야. 술을 권한 그 사람의 마음을 잘 받아 준다는 게 고맙다는 거지. 그러니까 은조 씨, 한 잔 더 만들어 줄까? 어때."

"됐어요!"

단호하게 답한 은조가 오 실장이 들고 있던 잔을 냉큼 가져와 맥주를 따랐다.

"한 잔 받으세요. 실장님도 수고하셨어요."

은조는 입술에 묻은 술을 핥으며 살짝 웃었지만 직원들은 그녀의 표정을 보고는 안심했다는 듯 다시 제각각 떠들기 시작했다. 모두 앞다투어 자기 얘기를 조금이라도 더 많이 하겠다며 시끄럽게 얘기가 이어졌다. 살짝 술에 취한 남자 직원 하나가 웃으며 오 실장에게 물었다.

"실장님, 남자는 첫사랑을 못 잊는다고 하는데 여자는 어때요? 여자도 그런가?"

"진부하게 무슨 첫사랑 얘기야. 너무 오래돼서 생각도 안 나, 나는."

"아, 맞다. 실장님. 낼모레 마흔이신데. 그래도……."

즉각 그의 등짝을 후려치는 소리에 은조가 웃음이 터져 나오려는 걸 간신히 참았다.

"여자 나이를 아무 데서나. 취했어?"

"아뇨. 전요, 첫사랑은 죽을 때까지 못 잊을 것 같아요. 정말."

"술만 마시면 첫사랑 타령은. 여자들, 이런 말에 속으면 절대 안 된다. 요즘 여자들이야 워낙 똑똑하니까 저런 개소리에 안 넘어가겠지만."

"개소리요? 난 진심을 말한 건데, 안 그래? 은조 씨?"

은조는 맥주를 홀짝이며, 그저 웃었다.

첫사랑답게 풋풋하게 연애하다 워낙 서툰 나머지 서로 삽질하고 오해하다 헤어졌다고 하면 얼마나 아련하고 추억에 남을까. 이렇게 술자리에서 가끔 안주로 씹으며 적당히 분위기에 취해 보기도 하고.

정말, 말하기도 창피해. 그래도 사랑은 사랑이지. 나는 사랑했으니까. 그 자식은 아닐지라도. 첫사랑. 멋지게 포장하는 첫사랑.

은조는 술잔을 비우며 말했다.

"저, 소주 주세요. 맥주 마셨으니까."

"첫사랑 얘기 하니까, 소주가 당기나 봐요."

남자 직원이 술을 따라 주자 은조가 다시 웃었다. 기분이 나쁘진 않았다. 이미 아주 오래전 일이니까. 그러니까…… 헤어지고 난 뒤 3년 만에 우연히 그를 만났고, 그로부터 다시 5년 후. 그와 헤어진 지도 벌써 8년이나 지났다.

"여자들은 그런다면서요. 다른 사랑에 빠지면 첫사랑이건 그다음 사랑이건 까맣게 잊는다고. 그 당시에는 죽을 것처럼 아파도. 그런데 남자는 아니거든요."

그때 누군가가 발끈하며 부정했다.

"남자들도 다른 여자 잘만 만나던데요, 뭘. 괜히 분위기 잡고 첫사랑 타령 하지 마시고 술이나 마시세요."

"모르는 소리. 아니라니까. 술 마실 때 생각나고, 잘 때 생각나고, 문득 생각나고, 불현듯 생각나고…… 그렇다니까요."

"그게 사실이라면 너무 싫다. 나중에 내 남편이 그렇게 첫사랑 생각한다고 하면. 차라리 여자처럼 깨끗이 잊고 다음 사랑에 충실한 게 낫지."

"그러니까 여자가 더 무서운 거지. 냉정한 거고. 거기에 비해 남자들은……."

"뭘 또 그게 냉정하고 무서운 거라고. 현명한 거지."

두 사람은 한동안 옥신각신했다. 은조는 술잔을 기울이며 씁쓸한 기억을 지우려 했다.

나에겐 그가 첫사랑이었지만 그에게 나는 단지 스쳐 지나가는 섹스 파트너였을 뿐.

첫사랑과 섹스 파트너라. 참 더러운 조합이네.

왜 미련하게 지금껏 가끔씩이라도 그 생각을 하며 회상에 잠겨 있었는지 은조는 자신이 한심하게 느껴졌다. 그녀에게 중요한 건, 지금 바로 현재였다. 과거의 추억이나 첫사랑 따위가 아니라.

현수를 사랑했을 때도 그랬고, 지금 만나고 있는 남자도 마찬가지였다.

그때 그녀의 회상을 방해하는 문자 메시지가 왔다. 정중한 어투였다.

[어디예요? 데리러 가고 싶은데.]

은조는 답장을 보냈다.

[회식이 아직 안 끝나서요. 다음에 만나요.]

[기다릴게요. 부담 갖지 말고 천천히 마시다 와요.]

[언제 끝날지 몰라요. 제가 미안해서요.]

[집에 가는 길에 태워다 주고 싶어서 그래요. 사실 은조 씨 얼굴 보고 싶은 것도 있고.]

은조는 잠시 어떻게 해야 하나 망설이다 메시지를 보냈다.

[네. 알았어요. 끝나는 대로 연락할게요. 고마워요.]

[내가 더 고마워요, 은조 씨.]

그녀가 재빨리 휴대폰 창을 닫았다.

❖

퇴근 시간이 한참 지났는데도 도로는 여전히 막혀 있었다. 자동차 전조등 불빛에 재익은 눈을 살짝 찡그렸다. 거북이 운행 중인

차량들을 보며 다시 무표정한 얼굴로 운전대를 잡고 있는 손에 힘을 풀었다. 느긋하게 마음을 먹어야 할 것 같았다.

그는 라디오를 켰다. 낮고 차분한 여자의 목소리가 듣기 좋게 흘러나왔다.

— 프랑스의 소설가 모파상이 이런 말을 했다고 하죠. 삶에서 유일하게 좋은 게 있다면, 그건 바로 사랑이라고요. 어떻게 보면 참 평범한 말인데 모파상이 했다고 하니까 무슨 대단한 말 같아요. 제가 이렇게 말하면 다들 그걸 이제 알았냐고 할 거예요. 그냥 한 번 웃으시라고 말해 봤습니다. 사랑, 참 좋은 말이죠. 이번에 들려 드릴 곡은 이별에 관한 노랜데요, 그래서 더 마음이 아픕니다. 오늘, 이별하신 분들. 힘내십시오. 릴리 알렌의 「Littlest Things」입니다.

은조와 그렇게 헤어지고 3년 후. 학교 동문회에 나갔다가 우연히 그녀와 마주쳤다. 너무도 환했던 그녀의 얼굴. 예상을 빗나간 그녀의 행동. 그녀는 그저 무덤덤하게 자신을 대했지만 어딘지 모르게 행복해 보였다. 하긴 3년이란 시간이 흘렀으니 그럴 수도 있겠다고 생각했다. 하지만 뭔가 석연치 않았다. 재익은 그때 마음이 상당히 불편했다.

나중에 안 사실이지만 그녀는 다른 남자를 사랑하고 있었고 그와 연애 중이라고 했다. 왜 단 한 번도 그녀가 진짜 사랑을 하리라곤 생각지 못했는지.

'어떤 남자야?'

'그냥, 좋은 남자야.'

223

은조는 시큰둥하게 말했다.

'몇 살인데.'

'나보다 어려.'

누군가 그녀를 부르는 소리에 은조가 그쪽을 쳐다보며 자리에서 일어났다.

'어려? 그럼…….'

돌아서는 그녀에게 재익이 다시 한번 물었다.

'어, 어떻게 만났어?'

'재익아, 너도 좋은 사람 만나.'

좋은 사람 만나.

재익은 그때 알았다. 자신들의 관계가 3년 전이 아닌, 그날 끝났다는 것을. 사랑에 빠진 그녀는 과거의 남자 따윈 안중에도 없었다. 그저 활짝 피어난 꽃처럼 빛날 뿐이었다.

당시 그는 복학생으로 계속 학교에 다니고 있었고, 그녀는 어느덧 사회인의 모습으로 꽤 성숙한 분위기였다. 항상 자신보다 어리게 느껴졌던 그녀였는데 그날따라 어딘지 그녀 앞에서 초라한 기분이었다.

제대하고 나온 후, 그는 한동안 갈피를 못 잡고 있었다. 공부도 하기 싫었고, 여자를 만나는 것도, 친구들과 어울리는 것도, 미래를 위해 열심히 노력하고 준비하는 것 자체도 모두 무의미하게만 느껴졌다. 무슨 이유에선지 그냥 전부 다 귀찮고 싫었다.

은조가 학교를 그만뒀다는 얘기는 상현에게서 진즉에 들어 알고 있었다. 그녀는 그렇게 떠났고, 그렇게 다른 남자와 사랑에 빠졌고, 그렇게 열심히 자신의 인생을 살고 있었다. 남들이 뭐라던 간에, 그녀는 그녀만의 인생을 살고 있는데, 자신은 그렇지 못한 것 같아 불편하고, 짜증이 났다. 자신의 인생이 답답하게만 흘러가는 것 같았다. 아니, 자신의 인생만 답답하게 진행되는 것 같았다. 남들은 전부 잘 살고 행복해하고 있는데. 왜 그런 생각이 드는지 알 수 없었다.

빨리 시간이 흘렀으면 좋겠고, 빨리 나이를 먹었으면 좋겠다고 생각했다. 그토록 활기차고 자유분방했던 대학 시절은 완전히 끝나 버렸고 무료하고 재미없고 지루한 일상만 반복되고 있었다.

그리고 5년이 흘렀다.

아마, 결혼했을지도 모르지. 요즈음은 연하의 남자들이 인기가 많으니까.

풋풋한 그림이 그려졌다. 왠지 두 사람이 잘 어울릴 것만 같았다. 자신은 도저히 가질 수 없는 무언가를 그 남자는 가지고 있는 느낌이었다.

차들이 천천히 움직이기 시작했다. 그는 라디오를 끄고는 액셀을 밟았다. 어둠이 짙게 내려앉은 도시의 밤거리가 낯설다. 매일 오고 가는 거리인데도 그는 다른 날보다 더욱 공허함을 느꼈다.

재익은 천천히 차를 몰아, 그가 살고 있는 아파트 주차장으로 내려갔다. 잠시 후 불 꺼진 집 안으로 들어온 그의 손에는 몇 가지 우편물이 들려 있었다. 대부분 불필요한 광고성 카탈로그와 아파트 관리비 내역서가 전부였다. 그의 스물아홉 번째 생일을 축하한다는 생일 카드가 핑크빛 봉투에 담겨 있는 것을 제외하곤.

[한재익 씨, 생일 축하드려요. 지난번에 만났을 때 오늘이 생일

이라고 하신 것 같아 문득 기억나서 카드 한 장 보냅니다. 부담 갖지 않으셨으면 해요. 직접 전화해서 축하한다고 말하기가 쑥스럽기도 하고 재익 씨가 또 어떻게 생각하실지 몰라서요. 지난번 맛있는 식사 감사했습니다. 오늘 하루 즐겁게 보내시고, 인연이 된다면 또 뵈었으면 합니다. 행복하세요.

최서연 드림

한 달 전 맞선을 본 여자였다. 이 나이에 맞선이라니. 아버지의 성화에 못 이겨 어쩔 수 없이 나간 불편한 자리였지만 상대는 자신에게 과할 정도로 장점이 많은 여자였다. 단아하고 아름다운 외모에 교양 있는 말씨, 상대를 배려할 줄 아는 매너가 몸에 배어 있는 좋은 사람이란 인상을 받았다.

저런 여자와 결혼하면 어떤 기분일까. 잘해 주고 싶고 조심스러운 마음이 들 것 같았다. 싸울 일도 없을 것 같고 항상 남편으로서 대접받는 기분도 들 것 같다.

하지만 자신이 그럴 자격이나 있는 남자일까. 아버지가 일궈 놓은 〈혜성어패럴〉을 이끌고 갈 재원이라는 것 외엔. 아버지도 사업가의 아내라는 자리가 얼마나 중요한지 알기에 그의 어머니와는 정반대인 여자를 소개시킨 것이리라.

재익은 카드를 테이블 위에 올려놓고, 답답한 재킷과 넥타이를 벗어 소파 위에 아무렇게나 던져 놓았다. 그는 냉장고에서 캔 맥주를 꺼내 천천히 마시기 시작했다.

그는 오늘이 자신의 생일이라는 것도 서연의 카드를 받고 알았다. 워낙 회사 일이 바쁜 탓도 있었지만 할머니가 돌아가신 후, 그의 생일을 챙기는 사람도 없었고 본인도 아무 관심이 없어서였다.

누군가에게 생일이라고 카드를 받은 것도 어렸을 때 이후론 처음이었다.

그는 거실에 앉아 서울의 야경이 한눈에 보이는 통유리창 쪽으로 시선을 돌렸다. 밤 11시가 넘어가는데도 서울 한복판에는 차들이 즐비했다. 복잡하고 정신없는 하루하루가 이어지고 있었다.

맥주 맛이 밍밍하기만 하다. 벌써부터 사는 게 재미없어지려 하고 있다는 게 우습다. 매일 똑같은 시간에 일어나 비슷한 옷을 입고 출근하고 거의 똑같은 사람을 만나고 회의하고 출장 가고, 업무 보고를 받거나 기획안을 올리고, 가끔 아버지와 만나서 점심을 먹거나 회사 얘기를 잠깐 한 다음 서로가 별로 관심도 없는 안부 인사를 주고받는다.

아버지와는 가족보단 직장 상사로서가 더 잘 맞는 느낌이다. 차라리 그게 다행이다 싶었다. 아버지는 살가운 성격은 아니지만 그렇다고 권위적이거나 엄한 성격도 아니었다. 무심한 듯하면서도 적당히 거리를 두는 성격이라 재익과는 큰 갈등이 없는 편이었다. 단지 다른 부자지간이 가지고 있는 끈끈한 정이라든가, 애증의 관계가 별로 없다는 게 장점이자 단점일 뿐.

맥주를 마시며 문득 아버지에게 전화를 한번 걸어 볼까 하는 생각이 들었다. 오늘이 자신의 생일이어서가 아니라 아버지가 좀 측은하게 느껴져서였다. 스무 살이나 어린 새어머니도 결국 아버지의 무심함과 일밖에 모르는 워크홀릭에 지쳐 그를 떠났으니 아버지의 마음도 편치만은 않을 것이다.

여자들과의 만남을 가벼운 유희로 즐기는 재익은 아버지를 전혀 닮지 않았다. 아버지가 일에서는 성공했을지 몰라도 남자로서 본다면 그는 거의 실패한 인생이나 다름없었다. 두 번이나 여자를 놓치다니.

재익은 입꼬리를 올리며 씁쓸한 미소를 지었다. 창에 비친 자신의 모습이 이상하게 어색했다. 또렷한 이목구비에 잘생기고 훤칠한 남자가 자신을 보고 있었다. 예전보다 강인해 보이는 턱선과 고집스러운 눈매. 그리고 날카로운 이미지.

무언가 정형화되고 있는 듯한 모습이 싫다. 농담과 거짓말로 사람들을 유혹하고 자유롭게 시간을 즐기고 가끔 불의를 보면 참지 못하는 정의감도 발휘하면서 사랑하고 화내고 망가지고 웃고 울고 했을 때가 그리워진다.

그때를 그리워하게 될 것이라곤 단 한 번도 생각해 보지 못했다.

노래 가사처럼 그건 꿈 같은 시간이었다. 그런데 왜 그때는 몰랐을까.

가장 행복했던 시절이었다는 걸.

✢

토요일 오후, 서울 시내에 위치한 고급 레스토랑에는 연인들의 만남과 헤어짐의 분위기가 테이블 곳곳마다 흐르고 있었다. 높은 천장과 모자이크식 창문, 그리고 중후한 느낌의 중년 남성이 테이블마다 돌면서 서비스에 차질이 없도록 각별히 신경을 쓰는 모양새가 꼭 중세 유럽의 성당을 연상케 했다.

"더 필요한 것 있으시면 말씀하십시오."

지배인이 직접 뜨거운 커피를 따라 주며 정중하게 인사한 후 물러났다. 커피 잔 옆에는 티라미수 케이크 한 조각이 가지런히 놓여 있었다.

"서울 한복판에 이런 곳이 있네요."

창문 너머로 인공 호수까지 보이는 조망에 은조는 신기한 듯 주위를 둘러보았다.

"이 레스토랑 사장님이 저희 아버지 대학 후배세요. 학교 다닐 때부터 종종 놀러 오곤 했는데, 지금은 거의 서울의 명소가 되었어요. 특히 여자들에게 인기가 많다고 하기에 은조 씨도 좋아할 것 같아서요."

그가 커피를 한 모금 마신 뒤 말을 이었다.

"후문으로 나가면 식물원도 있어요. 예쁜 정원도 있고요. 전부 인공이긴 하지만 그래도 관리를 잘해 놔서 볼만해요. 이따가 함께 산책할 겸 걷는 것도 좋을 거예요."

"네에."

"집에서 쉬고 있는데 공연히 불러낸 건 아닌지 모르겠네요."

"아니에요. 저도 바람도 쐬고 좋은걸요. 어차피 집에 있으면 뒹굴거리며 텔레비전이나 보고 있었겠죠. 시간 죽이면서."

은조가 활짝 웃었다. 그 모습을 그는 물끄러미 바라보며 말끔하게 차려입은 양복 안주머니에서 반지 케이스를 꺼냈다. 그녀가 커피 잔을 놓고 그를 쳐다보자 그가 반지 케이스의 뚜껑을 열고는 다이아 반지를 그녀 쪽으로 내밀었다.

은조는 한동안 반지에 시선을 고정시킬 수밖에 없었다. 태어나서 그토록 아름다운 반지는 본 적이 없다. 투명하게 빛나는 광채하며, 창문으로 들어온 햇살에 반사되어 무지갯빛을 발하는 그 영롱한 빛깔하며, 주위를 환하게 밝혀 주는 빛의 존재 같은 느낌이었다. 세팅도 멋지게 되어 있었지만 그 눈부신 빛깔, 그리고 여자의 심장을 두근거리게 하는 이 화려한 분위기.

하지만 은조는 눈을 질끈 감았다. 결코 이 반지의 주인공이 될 수 없기에.

그가 그녀에게 자신감에 찬 어조로 말했다. 하지만 그는 오만하지 않았고 다정하면서도 부드러웠다. 모든 여성들이 꿈꾸는 프러포즈를 그는 알고 있었던 듯, 은조를 향해 말했다.

"은조 씨, 저랑 결혼해 주시겠습니까? 많이 좋아하고 있습니다. 이렇게 구애할 만큼."

분명 멋진 프러포즈였지만 이 멘트가 오글거리는 이유는 무엇일까. 은조는 마음이 불편해지기 시작했다. 그가 은조의 찬 손끝을 잡고는 반지를 들어 그녀의 손가락에 끼워 주려 하고 있었다. 순간, 은조는 살며시 그의 손안에 잡힌 자신의 손을 빼 버렸다. 저 반지의 주인공이 되지 못하는 것이 심히 안타까웠다.

하지만.

"저는, 프러포즈 때문에 만나자고 하는지 몰랐어요. 그냥 밥 한 끼 먹는 자리인 줄 알고."

사실이었다. 학교 선배의 소개로 그를 만난 지 3개월째. 아무래도 서른을 코앞에 두고 있어서인지 선배는 결혼 상대자로 그를 소개해 줬고, 그는 결혼과 관련지어 생각해 본다면 거의 완벽에 가까운 상대였다. 그는 수려한 외모의 30대 초반 남성으로 외국계 은행에 다니고 있었고, 아버지가 제약 회사 이사로 오랫동안 재직해 있었으며, 집안도 부유했고 인성 또한 훌륭했다. 몇 번 만나 본 그에 대한 인상은 좋은 사람이라는 것이었다.

그리고 자신을 많이 좋아하는 것 같았다. 처음 만난 그날부터 도대체 무엇 때문에 자신을 그토록 좋아하는지 모를 만큼 그는 자신에게 성실했고, 다정했다. 하긴, 사람이 사람을 좋아하는데 이유를 묻는 것 자체가 어리석은 것이겠지만.

은조는 마른침을 삼키고 커피를 한 모금 머금었다. 커피가 너무 연해서 맛이 없었다. 아무 맛도 안 나는 맹물처럼. 물인지 커피인지조차 모를 만큼.

맞은편에 앉은 그가 쑥스러운 듯 말했다.

"저는 은조 씨가 깜짝 놀라는 모습을 보고 싶었거든요. 그럴 때 보면 꽤 귀여워서요."

그가 눈웃음을 짓고는 은조를 정말 사랑스럽다는 듯이 바라보았다. 은조는 그의 귀공자 같은 얼굴이 구겨지는 모습을 보고 싶지 않았다. 하지만 그녀는 이렇게 말했다.

"저는 민호 씨와 결혼할 수 없어요. 그래서 당연히 반지도 받을 수 없고요."

그의 얼굴이 서서히 가라앉는 듯했다.

"죄송해요."

"아뇨, 아뇨. 제가 너무 갑작스럽게 행동해서 당황하신 것 같아요. 만난 지 얼마 되지도 않았는데. 오히려 제가……."

"아니에요. 사과하지 마세요. 그러실 필요 없으세요."

은조가 정색을 하자, 그가 약간 놀란 얼굴로 은조를 바라보았다.

"민호 씨 소개받았을 때, 참 좋은 사람이구나 싶었어요. 그리고 만나 본 결과 정말 좋은 사람이었고요. 하지만 만난 지 3개월이 다 되어 가는데도…… 죄송해요. 별 느낌이 없다면 인연은 아니라고 생각해요. 그 전에 제가 제 의견을 분명히 말씀드렸어야 했는데. 미안하네요."

그는 한동안 말을 잇지 못하더니 잠시 감정을 수습하려는지, 한

참 만에야 은조를 바라보며 웃었다. 그 모습이 애처로울 정도였다.

"그렇군요. 음…… 은조 씨한테 실례가 안 된다면 이런 말을 하고 싶어요."

은조는 그가 말을 잇도록 잠시 그의 침묵에 동조했다. 잠시 후 그가 입을 열었다. 그는 평소에도 꽤 신중한 편이었다.

"만약 사랑을 해 본 경험이 있다면 알 거예요. 처음부터 불붙는 사랑이 있는가 하면, 천천히 가랑비에 옷 젖듯이 스며드는 감정도 있다는 거. 제가…… 그러니까. 그렇게 싫지만 않다면……."

그녀의 마음이 조금씩 무거워지고 있었다.

"기다릴게요."

그는 천천히, 그리고 부드럽게 말했다.

"지금은 아니지만 어쩌면 시간이 지날수록 제가 은조 씨한테 그런 남자가 될 수도 있는 거잖아요. 그러니까 너무 감정을 잘라 내듯 그러진 않았으면 좋겠어요. 부담 없이 만날 수도 있는 거고 남녀 사이라는 게 언제 어떻게 될지 모르는 거니까요."

그가 웃었다. 마음이 약해질 만큼 매력적인 웃음이었다.

"저, 기다리는 거 잘해요."

은조도 희미하게 웃었다. 이런 상황에서 어떻게 해야 할지 몰라서 짓는 어색한 미소였다. 그녀는 조심스럽게 말했지만 이미 자신의 마음속에선 결론이 났다.

"아뇨. 이미 프러포즈까지 받은 남자한테 부담을 안 가질 순 없어요. 사실 저도 민호 씨가 너무 매력 있는 사람이라 그런 마음이 생기길 바랐어요. 또 제가 민호 씨한테 좋은 상대가 되고 싶다는 생각도 했어요. 하지만……."

"하지만?"

"사람 마음은 의지로만은 안 되더라고요. 미안해요."

좋아하는데 시간 따위가 뭐가 중요해. 좋으면 그냥 좋은 거지. 아무 이유 없이. 꼭 이유가 있어야 하고, 꼭 여러 번 봐야 하고, 꼭 많은 대화를 나눠야 하나.

은조는 아주 오래전에 그가 했던 말을 떠올렸다. 하필, 이럴 때. 왜 그 얘기가 생각났는지.

아무 이유 없이. 아무 이유 없이. 의지와는 상관없는, 그 어떤 이유도 상관없는…….

"전혀…… 가망이 없는 건가요?"

은조가 말없이 고개를 끄덕였다.

"혹시 좋아하는 사람이 따로 있는 건 아니고요?"

"아니에요."

"은조 씨는 난공불락이네요."

은조가 고개를 저었다.

"그런 거 아니에요."

왜 나는 이렇게 멋진 사람을 사랑할 수 없을까. 내 머릿속 뇌 구조는 대체 어떻게 되어 있단 말인가. 좋은 조건에 나를 아껴 주고 인간 자체로도 흠이 없는 남자인데. 나도 내 마음을 알 수가 없어. 대체 그럼 어떤 남자가 좋단 말인가. 그리고 이 사람은 참. 나 같은 여자가 뭐가 좋다는 건지.

좋은 사람을 사랑하는 그런 공식 따윈 왜 없는 걸까. 좋은 사람이니까 사랑받는 그런 공식 같은 거. 이런 남자를 사랑해서 결혼한다면, 모든 게 착착 맞아떨어질 텐데. 나만 마음을 돌리면 모든 게 편할 수 있는데.

그의 목소리가 다시 들려왔다.

"그럼 이렇게 하면 어떨까요. 서로 사귀는 사이가 아니라 그냥 아는 사이로. 뜨겁게 연애하다가 싸우고 헤어진 사이도 아니고. 우리, 그냥 서로 편하게 만나서 밥 먹는 사이. 어때요?"

은조는 살며시 고개를 저었다. 그의 구애에 점점 더 마음이 불편해지고 있었다.

"아뇨. 좋은 분 만나셨으면 좋겠어요. 전 민호 씨 짝이 아닌 것 같네요."

그에게 더 이상의 여지를 주지 않는 것이 이 불편함에서 벗어나는 길이었다. 그가 그녀에게로 향했던 몸을 뒤로 빼면서 반지 케이스를 만지작거렸다.

"그래요."

잠시, 두 사람 사이에 침묵이 흘렀다. 그 침묵의 틈 사이로 그가 조용히 말했다.

"그래도 이 반지는 받아 줬으면 좋겠어요. 은조 씨 생각하면서 산 거니까요. 이런 마음으로 산 건데 다른 사람에게 줄 순 없잖아요."

"아뇨, 받을 수 없어요. 프러포즈를 거절한 마당에 반지만 받는 것도 이상하잖아요."

"은조 씨 손에 아주 잘 어울릴 거예요. 은조 씨 사이즈에 맞춘 거라 다른 여자들에게는 맞지도 않을 것 같고, 또 주고 싶은 마음도 없고요."

은조는 살짝 피곤해지기 시작했다.

"그래도 전, 받을 수 없어요."

"그럼 이별의 선물이라 생각하고 받아 줘요. 어차피 우리 안 만날 거잖아요."

이 말에 순간적으로 약간 마음이 흔들렸으나 그래도 불편한 건 마찬가지였다.

"부담스러워요, 민호 씨. 이해해 주세요."

"그렇게 내가, 싫어요?"

"아니에요. 반지…… 때문에…… 그런 거죠."

값비싼 다이아몬드 반지가 졸지에 애물단지가 되어 버리는 순간이었다.

"미안해요. 민호 씨."

미안하다는 말을 도대체 몇 번이나 하는 건지.

"아뇨. 은조 씨한테 부담 준 내가 미안하죠."

"아니에요. 무슨 그런 말씀을."

"저랑 헤어져도 제 마음은 당분간은 그대로니까 행복해야 합니다. 누구를 만나든."

"아, 네. 민호 씨도 행복하세요. 어느 분을 만나든. 그동안 감사했습니다."

은조는 그를 보며 애써 환하게 웃었다. 하지만 마음속으로는 빨리 이 자리를 뜨고 싶었다. 사랑하지 않는 남자의 프러포즈는 그런 것이라고 생각했다. 값비싼 보석이며 분위기 있는 멋진 장소가 아무 소용이 없다는 것을.

은조는 아직도 자신의 가슴속에 이런 열정이 남아 있다는 게 신기했다. 그녀가 원하는 건, 좋은 남자가 아닌 사랑하는 남자였다. 그것도 아주 간절히 사랑할 수 있는 남자. 빛나는 보석이 없어도 멋진 장소로 자신을 데려오지 않아도 그 사람 자체를 사랑할 수 있는 그런 남자 말이다. 은조는 그런 남자를 아니, 그런 사랑을 원했다.

❖

영화관을 빠져나오는 관객들의 표정이 제법 밝았다. 시원시원한 액션 신과 기분 좋은 해피엔딩이 사람들의 기분 전환용으론 안성맞춤인 듯했다.

재익은 옆에서 화사하게 웃는 서연에게 말을 건넸다.

"영화 재밌었나 봐요. 아까 많이 웃으시더라고요."

"네. 저 이런 영화 좋아해요. 적당히 싸우는 장면도 있고, 로맨스도 있는."

"다행이네요. 재밌게 보셨다니."

영화 팸플릿을 들고 있는 그녀가 수줍게 웃으며 물었다.

"배고프지 않으세요?"

"네, 배고파요. 서연 씨는 뭐 좋아해요?"

"음, 뭐든 가리지 않고 잘 먹는 편이에요. 그런데 오늘은 제가 사는 거니까 제가 안내해도 될까요?"

"아, 그럼요. 물론이죠. 잘 따라가겠습니다."

재익도 기분 좋게 웃었다. 그들은 주차장 쪽으로 발길을 돌렸다.

그리고 30분 뒤. 화려한 건물 앞에 그들이 타고 온 승용차가 도착하자 재빨리 발레파킹원이 나와 재익에게서 차 키를 건네받았다. 그가 차를 몰고 주차 공간으로 향하자 두 사람은 1층에 있는 레스토랑 출입문을 열고는 나란히 그 안으로 들어섰다. 젊은 안내

원이 다가와 그들에게 물었다.

"예약하셨습니까?"

"네. 최서연이라고 되어 있을 거예요."

"잠시만 기다려 주십시오."

예약자 명단을 확인하는 동안 두 사람은 나란히 카운터 안쪽에 대기하고 있었다. 재익은 기다리면서 홀의 내부를 둘러보았다. 그러다 카운터에서 계산을 하고 있는 커플에게 시선을 주었다. 체격이 좋은 남자가 곁에 서 있는 여자를 바라보고 있었다. 남자를 마주 보기 위해 여자가 얼굴을 옆으로 돌렸을 때 낯이 익은 듯한 느낌이 들었다. 두 사람은 살짝 어색하면서도 서로를 바라보며 웃고 있었다. 재익은 놀란 눈으로 그녀를 빤히 쳐다보았다. 그리고 그녀가 뒤를 돌아본 순간,

"재익 씨, 여기 어때요? 음식이 맛있을지 모르겠네요."

그는 아무 말도 하지 않았다. 아니, 아무 말도 들리지 않았다. 은조가 자신을 뚫어질 듯 쳐다보고 있었다. 두 사람은 아무 말도 하지 못한 채, 멀뚱히 서로를 바라보았다.

옆에 서 있던 남자가 은조에게 다정히 말을 건넸다.

"은조 씨, 이제 가죠."

"아, 네."

"왜 그래요?"

"아무것도…… 아니에요."

재익은 은조에게 뭐라 말하려 했지만, 서연이 살며시 팔짱을 끼며 그를 재촉했다.

"재익 씨?"

은조는 자신을 지나쳐 그 남자와 나란히 출입문으로 향하고는

뒤 한 번 돌아보지 않고서 그대로 나가 버렸다.

"저, 손님. 예약 확인됐습니다. 창가 쪽 자리로 안내해 드리겠습니다."

직원의 안내를 받으며 재익과 서연이 그 뒤를 따랐다.

"재익 씨, 여기가 마음에 안 드나요? 아까부터 아무 말도 안 해서요."

"아, 미안. 미안해요."

"어디, 불편해요?"

"잠깐 다른 생각을 좀 하느라고."

그는 어색하게 웃었다. 서연이 자리에 앉으며 걱정스러운 얼굴로 물었다.

"어디 아픈 건 아니죠? 얼굴색이 안 좋아요."

지배인이 물 잔과 냅킨을 세팅하자, 재익이 물을 마시며 목을 축였다.

"아니에요."

그가 입꼬리를 올리며 말했다.

"요즈음 회사 일이 많아서. 생각할 게 있어서요, 미안해요."

"그랬군요. 전 갑자기 재익 씨가 뭐 기분 안 좋은 일이 있나 했어요."

그는 다시 얼굴에 미소를 머금었다. 차라리 혼자 있고 싶었다. 재익이 서연에게 메뉴판을 건네며 물었다.

"뭐 드실래요? 맛있는 거 드세요."

서연이 메뉴를 고르는 사이, 재익은 무심코 창밖을 바라보았다. 불현듯 은조의 얼굴이 떠올랐다. 자신이 필요 이상으로 깊게 생각하고 있는 건 아닌지.

은조도 나를 보았어. 분명히.

"애피타이저는 에스카르고를 주시고요. 메인 요리는 푸아그라로 하죠. 수프는 필요 없구요. 저, 재익 씨. 괜찮아요?"

"네, 좋아요."

그런데 같이 서 있던 남자는 누굴까. 그때 만나고 있다던 연하 같지는 않던데. 아니, 그래 봤자 두 살 차이니까. 그리고 은조가 어려 보이는 스타일이라. 그래, 그녀는 여전히…….

"샐러드는 아보카도와 연어가 들어 있는 걸로 주세요. 아, 그리고 술은 뭐가 어울릴까요?"

지배인이 뭐라고 하자 서연이 웃으며 말했다.

"네, 샴페인으로."

잠시 후 음식이 차례로 테이블 위에 차려졌다. 지배인은 직접 두 사람에게 샴페인을 따라 주었다.

"좋은 시간 보내십시오."

지배인이 물러가자 서연이 재익에게 음식을 권했다.

"좀 드셔 보세요."

서연은 지나치게 자신을 신경 쓰고 있었다. 그것이 계속 거슬렸다. 아니, 미안했다.

"전 프랑스 요리에 익숙하지 않아서요. 그래도 음식은 맛있어 보이네요."

재익은 최대한 그녀에게 맞춰 주고 싶었다. 서연은 정말 좋은 여자였다. 보면 볼수록.

"저도 그래요, 재익 씨. 특별한 날이 아니면 이런 데 이렇게 못 오죠. 같이 올 사람도 없고."

그녀가 고개를 숙이며 웃었다. 자신을 낮추며 상대를 배려하는 모습에 재익은 묘하게 마음이 불편해졌다. 최대한 그녀를 위한 시간이 되길 바랐다. 더 이상 아무 생각도 하고 싶지 않았다.

"원래 그렇게 착해요? 서연 씨는."

재익이 음식을 먹으며 무심한 어투로 물었다. 일부러 그녀의 눈을 바라보지 않았다. 그녀가 쑥스러워할 것이 분명하기에.

"제가 착해요? 뭐, 그렇게 볼 수도 있겠네요. 착하지 않은 건 아니니까."

서연이 웃으며 말했다.

"사실 남자분들은 이런 데 오는 걸 싫어하죠. 뭐 그렇지 않나요?"

"꼭 그렇지만도 않아요. 모든 남자들이 그런 것도 아니고요."

화제를 바꿔야겠다. 뭔가 답답했다. 그는 샴페인을 마시려다가 그대로 놓았다. 운전을 해야 하는 걸 순간적으로 깜박했다. 마치 뭐에 홀린 사람처럼 기분이 좋지 않았다. 화젯거리가 생각이 나지 않는다.

은조는 그 남자와 어디로 갔을까.

"일요일엔 주로 뭐 하세요?"

서연이 물었다.

"집에 있어요."

"집에서 뭐 하시는데요."

"그냥 텔레비전도 보다가, 혼자 운동도 하다가, 뭐 그래요. 서연 씨는 뭐 하시는데요."

일단은 상대에게 질문을 던진다. 그러면 상대가 얘기하는 동안만큼은 자신이 떠들지 않아도 된다.

"저도 별다를 거 없어요. 가끔 테니스 치러 가는 거 말고는."

"아, 테니스."

재익은 두통이 올 것 같았다. 그녀는 테니스에 대한 얘기를 한동안 즐겁게 했다. 재익은 적당히 고개를 끄덕이며 웃어 보이거나 중간에 추임새를 넣으며 공감한다는 듯 동조했다. 하지만 그는 테니스에 대해 아는 것이 하나도 없을뿐더러 관심도 없었다. 그는 함께하는 운동을 싫어하는 대신, 수영이나 헬스 같은 혼자 하는 운동을 좋아하는 편이었다.

재익은 서연을 좋아하고 싶었다. 저런 여자를 좋아한다면 인생이 편할 것 같다는 지극히 이기적인 생각이 들었다.

음식에 대한 얘기가 잠시 오갔다. 화제가 떨어졌을 때, 식사를 하고 있는 중이라면 음식에 대한 얘기를 하는 게 가장 자연스럽다. 더욱이 자신에 대한 얘기를 하고 싶지 않을 때 임시방편으로도 좋은 화젯거리다. 하지만 재익은 지금 그것마저도 불편하고 어색하기만 했다.

두 사람은 겨우 식사를 끝내고, 나란히 카운터로 향했다. 재익이 계산을 하려 하자 서연이 손사래를 쳤다.

"오늘은 제가 사기로 했잖아요."

"아니에요. 생일 카드 잘 받은 기념으로 제가 사 드릴게요. 덕분에 저도 잘 먹었습니다."

"아니, 그럼 제가 미안한데요."

"별말씀을요."

그가 계산을 마치고 돌아서서 서연을 에스코트했다. 문을 열어 주면서 그는 레스토랑 앞에 대기시켜 놓은 승용차에 올라 서연을 태우고는 바로 출발했다.

"집까지 바래다드릴게요. 지난번에 한 번 갔었죠."

재익은 빨리 집에 가서 쉬고 싶었다. 아까보다 골치가 더 지끈 거렸다. 하지만 그는 전혀 내색하지 않았다.

"집이 좀 멀어요. 괜찮겠어요?"

"부산이라도 돼요? 멀다고 하게."

그는 일부러 농담을 했다. 그렇게라도 이 무거운 분위기에서 벗어나고 싶었다.

"그쪽 가는 길이 많이 막힌다는 뜻이었어요."

맙소사. 그의 양쪽 관자놀이가 미친 듯이 지끈거렸다. 댕댕댕댕 댕. 계속 울리고 있었다.

재익이 음악을 틀면서 분위기를 전환시켰다. 좀 밝은 음악을 듣고 싶었는데 그날따라 클래식 음악밖에 없었다. 그는 차 창문을 살짝 열었다. 마음 같아선 이대로 도로를 질주하고 싶다. 마구 밟고 마구 달리고 싶다.

서연이 그의 얼굴을 쳐다보면서 말했다.

"오늘 정말 즐거웠어요. 식사 감사했구요."

"네, 저도 즐거웠습니다."

서연은 아무 말도 하지 않았다.

그들은 한참 동안 비발디의 「사계」를 들으며 조용히 있었다. 음악은 몹시 지루했다. 재익은 평소에도 클래식 음악을 싫어하진 않았다. 하지만 밑도 끝도 없이 음악이 늘어진다고 생각했다. 음악을 끄고 싶었지만 끄고 난 후의 정적과 어색함을 감당하고 싶지도 않았다. 머리는 더 깨질 것만 같았다. 그는 차 창문을 조금 더 내리며 어쩔 수 없이 양해를 구했다.

"춥지 않죠?"

"네, 괜찮아요."

액셀을 조금 더 세게 밟고 달렸다. 다행인지 불행인지 도로가 토요일치고는 한산했다. 그는 날렵하게 차선을 변경하고 지름길로 능숙하게 차를 몰았다. 생각보다 빨리 그녀의 집에 도착할 것 같았다.

그는 속력을 더 내고 있었다. 액셀을 밟고 있는 오른쪽 발에 힘이 들어갔다. 그리고 조금 더 시속을 올리려는 순간, 옆 차가 갑자기 끼어드는 바람에 순간적으로 브레이크를 거칠게 밟았다. 재익은 본능적으로 오른팔을 서연 쪽으로 뻗으며 그녀의 몸을 재빨리 방어했다. 덕분에 안전벨트를 매고 있던 그녀는 별 탈 없이 몸을 지탱시킬 수 있었다.

재익은 핸들을 쥔 손에 힘을 주었다. 그가 여전히 그녀에게 뻗어 있는 팔을 거두지 않고 물었다.

"서연 씨, 괜찮아요?"

"네. 저, 괜찮아요."

그녀는 정말 아무렇지도 않은 듯했다. 그제야 재익이 그녀를 보호하고 있던 팔을 내리며 다시 천천히 차를 출발시켰다. 그가 그녀를 향해 멋쩍게 웃었다.

"놀랐죠?"

"아니에요. 갑자기 끼어든 차가 잘못이죠. 재익 씨도 괜찮아요?"

"그럼요, 괜찮아요."

재익은 그녀에게 미안했다. 자신의 마음을 들킨 것처럼 얼굴이 확 달아올랐다.

속력을 낮추며 천천히 차를 몰았다. 그렇게 한참을 가고 있었는데, 그녀가 문득 생각난 것처럼 말했다.

"저기, 잠깐만. 중간에 좀 세워 주시겠어요. 가는 길에 살 것이 생각나서."

"뭔데요?"

그녀가 가리킨 곳은 불이 훤하게 켜져 있는 대형 쇼핑몰이었다. 이 시간까지 사람들이 많은 걸로 보아 무슨 행사를 한다든가 파격 세일을 하는 것 같았다.

"저녁때 쇼핑하는 거 좋아하거든요. 혼자서."

재익이 한동안 서연을 쳐다보다 차를 쇼핑몰 쪽으로 돌렸다.

"그래요."

두 사람은 잠시 아무 말이 없었다. 차가 도로 한쪽에 정차하자, 서연이 환하게 웃으며 말했다.

"오늘 고마웠어요."

그러면서 그녀는 뭔가 머뭇거리는 듯하더니 그에게 손을 내밀었다. 악수 요청이었다. 재익은 뜬금없는 그녀의 행동에 의아하게 생각하며 손을 맞잡았다.

"반가웠습니다."

"서연 씨."

"제가 필요 이상으로 눈치가 빠른 편이에요."

그녀가 손을 내리며 재익을 바라보았다.

"잠시 동안이었지만 좋았어요. 부모님이 서로 아는 사이라 조심한 것도 있었지만 재익 씨한테 잘 보이고 싶었거든요. 안녕히 가세요."

"저, 서연 씨."

그가 문을 열고 나가려는 그녀에게 말했다.

"미안해요."

"제가 남자한테 가장 듣고 싶지 않은 말이, 미안하다는 말이에요."

그녀는 다시 미소 지었다. 어쩐지 자신처럼 그녀도 습관적으로 미소를 짓는 것 같다는 생각이 들었다.

"재익 씨, 저 만나면서 미안하다는 말 몇 번이나 한 줄 아세요?"

그는 아무 말도 할 수 없었다. 서연이 고개를 숙여 인사했다.

"안녕히 가세요."

"네, 안녕히. 조심히 가세요."

그들은 마지막까지 서로에게 정중했다. 그녀는 차 문을 닫고, 쇼핑몰 쪽으로 빠르게 걸어갔다. 재익은 잠시 동안, 그 자리에서 서연의 뒷모습을 빤히 쳐다보다 뒤차의 경적 소리에 차를 움직였다. 그가 허탈하게 웃었다.

✣

그는 잠이 오지 않았다. 그래서 일부러 지난해 하반기 매출 실적표를 한 번 훑어봤다가, 디자이너가 이번 겨울 신상품으로 내놓은 몇 가지 도안들도 살펴보는 등 시간을 죽이고 있었다.

재익은 차분히 생각해 보았다.

분명 그 남자가 아닐 거야. 그때가 언젠데. 마지막으로 봤을 때가 5년 전이었다. 그런데 아무리 생각해도 5년 된 애인 사이로는 보이지 않았기 때문이다. 게다가 특별한 날이 아니고서야 오래된 연인들이 그렇게 고급 레스토랑에 오진 않는다. 그리고 그렇게 정중한 태도로 부르지도 않고.

그렇다면 또 다른 남자를 만난 건가. 그렇다고는 해도 얼핏 본 두 사람의 관계는 그리 친밀해 보이진 않았다. 아마 만난 지 얼마 되지 않은 게 분명하다. 남자는 은조보다 꽤 연상처럼 보였고, 태도도 정중한 느낌이었다. 그럼 사귀는 단계란 말인데, 그것도 초기 단계. 한창 불꽃이 튀는 관계. 그의 얼굴이 굳어졌다.

운전 때문에 아까 샴페인도 못 마신 터라 그는 입이 바짝 말라 가는 느낌이었다. 냉장고에 마실 것이 있는지 둘러봤지만 마실 거라곤 오렌지 주스와 캔 맥주뿐이었다. 오늘은 캔 맥주보다 좀 더 강한 술이 필요했다. 그는 가끔 피로회복제로 마시는 팩 와인을 하나 땄다. 과음하지 않기 위해 일부러 팩으로 들여놓은 것이었다. 하지만 그는 관뒀다. 술을 마시면 왠지 더 기분이 우울할 것 같았다. 이상한 얘기 같지만 축 처지는 게 싫었다.

은조가 계속 남자를 바꿔 가며 연애를 한다는 건 상상이 되지 않았다. 그것만은 단 한 번도 생각해 보지 못한 일이었다. 무엇보다 그녀는 사랑할 때, 솔직했다. 자신의 마음을 확인하는 순간, 직진녀의 스타일로 쭉 밀고 간다. 그런 타입은 진중하긴 하지만 연애를 즐기지는 못한다. 하긴, 그 연하남과 헤어졌다고 해도 벌써 몇 년 전이니까.

그렇다고 해도 헤어지고 두 번을 우연히 만났는데 그때마다 다른 남자가 있다니. 그런 스타일이 아닌데.

재익은 또다시 유치해지는 자신이 우스웠다. 은조를 생각하면 유치한 어린애가 된다. 그게 싫다. 자신을 온전히 전부 드러내 보이는 느낌.

그는 할 수 없이 아까 딴 팩 와인 하나를 한 번에 마시고는 그것을 손으로 잔뜩 구겼다. 속이 텅 비어 버린 느낌이다.

그는 팩 와인 하나를 더 땄다. 그러고는 생각했다. 그녀가 자신과 헤어졌을 때 마지막으로 했던 말을.

쓰레기.

어쩌면 마주치고 싶지도 않을 것이다. 자신에겐 가장 행복했던 시절이 그녀에겐 가장 악몽 같은 기억으로 남아 있을지 모른다. 그것이 가슴 아플 뿐이다.

재익은 지우려 해도 자꾸 그 기억이 떠올랐다. 자신과 헤어진 후, 다른 남자를 사랑하고 있었을 때 그녀의 표정, 얼굴.

자신과 만났을 때, 그렇게 예뻤던 적이 있었던가. 그렇게 빛이 났던 적이 있었던가. 그녀의 행복한 모습에 그는 누군지도 모를 상대에게 심한 패배감을 느꼈었다. 감히 자신이 비집고 들어갈 틈이 없을 정도로 그녀는 화사한 꽃 같았다.

그렇다면 오늘은 어땠나.

그래, 어쩌면 둘은 연인 사이가 아닐지도 몰라. 그냥 회사 동료나 선후배 사이인지도.

그는 애써 그렇게 결론을 지었다. 물론 마음이 불편했지만 그런 건 나중에 생각하기로 했다. 둘은 연인 사이가 아닐 거야.

그의 심장이 조금씩 뛰기 시작했다. 단순히 술을 마셔서 그런 것 같진 않다. 그것이 설레는 감정인지, 뭔가 억눌린 감정에서 오는 외침인지 자신도 혼란스러웠다.

그녀는 혼자 잘만 사랑하고 있는데, 자신만 이러는 게 아닌지 한편으론 억울하고 속상했다. 속 좁은 감정이란 걸 안다. 이런 스스로가 머저리 같고, 등신 같았다. 과거 여자한테, 그것도 자신을 떠난 여자한테 연연해하며, 혼자 술이나 마시는 남자를 제일 불쌍하고 못난 인간이라고 생각했는데 자신이 지금 그런 한심한 짓거리를 하고 있다.

사랑한다며 떠난다니. 진심이라고 했으면서.

차라리 그런 말이나 하질 말든지. 자신처럼 즐겼다고나 하든지. 혼자 고고한 척, 순수한 척, 진심 어린 사랑을 하는 순진한 여자 행세는 다 해 놓고 그렇게 아무렇지도 않게 다른 남자를 만나고 사랑하고.

그래, 그녀에게는 그렇게 사랑이 쉬웠겠지. 쉽게 사랑에 빠졌다가 헤어지는 것도 단칼에 헤어지고. 그는 자신만 이렇게 연연해하는 것 같아 속이 뒤틀렸다.

재익은 자신의 어린애 같은 투정에 스스로가 싫어질 지경이었다. 진짜로 바보 같고 멍청이 같았다. 은조는 정말 아무렇지도 않은 걸까. 자신을 까맣게 잊고 있었던 걸까. 어떻게 그렇게 아무렇지도 않을 수가 있을까. 어떻게 그렇게 깨끗이 잊을 수가 있을까.

갑자기 쓴웃음이 나왔다. 왜 이렇게 자신은 못났을까, 한심할까.

이미 자신과는 끝난 사이인데 은조가 다른 남자를 만나면 어떻고, 또 아니면 어떤가. 자신은 이미 기억 속에서 사라진 과거의 남자일 뿐인데. 자신은 그녀의 애인도 아니고, 친구도 아니었다. 아무런 연결 고리가 없단 말이다. 이런 자신이 그녀를 탓할 자격이나 있단 말인가.

이젠 그녀와는 아무 사이도 아닌데.

극심한 우울함이 몰려들었다. 그는 세 번째 팩 와인을 땄다.

✢

스크린 속에선 화려한 여자가 웃고 있다. 남자는 그녀에게 열심히 구애하고 있고, 어디선가 개가 짖는 소리가 들려온다. 여기저기 관객들의 웃음소리도 들려온다. 다시 스크린 속으로 들어간다. 남자가 구애를 하면 할수록 여자는 더 도도해진다. 핸섬한 젊은 남자는 그녀에게 목숨조차도 바칠 수 있을 것처럼 열정을 퍼붓지만 여자는 눈 하나 깜짝하지 않는다. 두 사람의 밀당이 끊임없이 지속되고 있는 순간, 사랑은 온데간데없이 사라진다. 사람들이 또다시 웃는다. 팝콘을 씹는 소리도 들리고, 연인들의 속삭임도 들린다.

은조는 저녁을 먹지 않아 영화관 내에 있는 카페테리아에서 핫초코를 사 가지고 왔다. 토요일 저녁. 혼자 집에 들어가긴 싫고 그 남자와 그렇게 헤어진 후 거리를 걷다가 마침 극장 앞에서 대충 시간이 맞을 것 같아 즉흥적으로 표를 사서 영화관에 들어왔다.

코믹물인 것도 같고, 멜로물인 것도 같다. 이 시간에 이런 영화를 혼자 관람하는 사람은 거의 없었다. 대부분 연인이거나 친구와 함께인 것 같다. 그다지 인기가 많은 영화는 아닌 듯 군데군데 빈자리도 많았다. 그래서 그녀가 혼자 영화를 관람하는 게 더 눈에 띄었다.

스크린 속에 두 남녀는 서로에게 사랑한다고 고백한다. 하지만 애틋하거나 간절한 느낌은 전혀 없다. 굉장히 코믹할 뿐이다. 이런 가벼운 분위기가 영화 전반에 흐르면서 분위기를 무겁지 않고 유쾌하게 만든다. 자신은 웃지 않았지만 다른 사람들은 전부 웃고 있는 것 같았다.

은조는 한동안 화면에서 눈을 떼지 못했다. 그런데 어느 순간, 영화는 끝이 나 버렸다. 엔딩 자막과 음악이 흐르는 가운데 극장에 불이 켜졌다. 영화가 생각보다 짧았다. 하지만 시간을 확인해 보니 벌써 두 시간도 훨씬 넘게 흘러 있었다. 짧은 영화가 아니었던 것이다.

영화 내용은 영화관에서 나오는 순간, 대부분 기억나지 않았다. 제목조차도 한참을 생각해 봐야 할 정도였다. 그 무엇도 그녀의 상념을 방해할 순 없었다. 그 상념을 쫓아 버리려고 영화를 봤지만, 영화의 내용도 현실에 비해선 임팩트가 현저히 약했다. 현실을 잊을 정도의 강렬한 영화를 선택하지 못했던 것이 후회스러웠다.

은조는 버스를 타고 집으로 향했다. 어둠이 짙게 내려앉은 도심은 그 어둠에도 불구하고 무척 화려해 보인다. 여기저기에서 반짝이는 네온사인과 우글대는 사람들, 시끄러운 목소리, 차들의 경적소리. 도로 한복판에서 요란한 굉음을 내며 질주하는 오토바이, 때론 사람들의 싸우는 소리, 깔깔대며 웃는 소리. 그 와중에 무심한 표정으로 휴대폰만 보는 사람들까지.

이렇게 북적거리는 도심 한복판에 있어도 이상하게 그녀는 소외된 기분이다.

혼자 영화를 봐서가 아니다. 사람들이 웃고 즐겁게 관람하는 영화조차도 편하게 보지 못해서도 아니다. 끊임없이 드는 생각. 한곳에 집중할 수 없게 만드는 상념들. 그리고 이상한 얘기지만 어떤 외로움 같은 것. 프러포즈를 받은 날 이런 기분이 드는 게 자신이 생각하기에도 이해가 되지 않는다.

내가 거절하지 않았는가? 어찌 됐든 나 때문에 헤어진 거 아닌가.

어쩌면 그래서 마음이 더 불편한 건지도 모른다.

어느덧 버스가 내려야 하는 정류장에 도착했다. 은조가 버스에서 내리자마자 휴대폰이 울렸다. 엄마였다. 가게를 접은 후, 엄마는 고향으로 내려갔다. 그 후 아픈 것도 많이 나아지고 다달이 은조와 은수가 붙여 주는 생활비로 치료도 꾸준히 받고 있어 예전보다 건강해진 편이었다.

직장 때문에 은조는 서울에서 방을 얻어 생활하고 있었고, 은수는 대학을 마치고 제과 회사에 취직해 회사 기숙사에서 지냈다. 각자 떨어져 살고 있어서인지, 엄마는 간혹 전화를 할 때마다 먼저 걱정 어린 소리부터 했다.

— 너 밥은 먹고 다니는 거야? 지난번 보내 준 밑반찬 또 손도 안 댄 거 아니지? 엄마가 갑자기 쳐들어가서 조사할 거야.

은조는 한숨을 쉬며 웃었다.

"그놈의 밥, 밥. 잘 먹고 있어."

— 잘 먹고 있긴. 아침에는 빵 쪼가리로 때우고, 저녁때는 라면 같은 거나 먹겠지 뭐. 그때 가서 보니까 예전보다 더 말라 가지고. 엄마가 속상해서 그래.

엄마의 목소리가 점점 높아지고 있었다.

"뭐가 속상해. 일부러 돈 들여서 다이어트하는 사람들도 많은데. 좋지, 뭐."

— 시끄러워! 네가 지금 그런 소리 할 때야.

"왜 소리를 지르고 그래. 잘 먹고 다녀요. 밥 못 먹은 귀신이 붙었나. 맨날 밥 잘 먹으란 소리밖에 안 해."

— 그럼, 엄마가 돼 가지고 무슨 소리를 하니. 밥이 최고지. 엄마가 네 생각만 하면 정말.

엄마는 한동안 아무 말도 하지 못하더니 어느새 울먹거리는 것 같았다.

— 엄마가 미안해서 그래. 우리 딸, 엄마 때문에 학교도 그만두고. 엄마가 해 준 것도 없고.

이래서 엄마랑 전화하기가 어쩔 때는 불편하고 싫다. 은조는 자신도 모르게 짜증 섞인 목소리로 말했다.

"뭐가 미안해. 그리고 해 준 게 왜 없어."

은조는 아빠 같은 인간도 있는데, 라는 말을 목구멍에서 삼켰다.

— 엄마가 네 생각 하면 마음이 안 놓여서 그래. 은수는 남자애고, 워낙 회사 복지가 잘돼 있어서 걱정이 안 되는데. 그리고 걔는 먹성도 좋고 연애도 척척 하고…….

"아후, 됐어. 엄마 은근히 나 디스하네. 은수는 뭐든 잘해서 마음이 놓이고 나는 직장도 걔보다 별로고 연애도 못한다 이 말이야, 지금?"

— 누가 그렇대? 넌 여자애잖아. 그리고 네가 힘들게 돈 벌어서 은수 등록금 댄 거 생각하니까 엄마로서는 그게 제일 미안해. 엄마가 해야 할 책임을 너한테로 넘긴 것 같아서.

"맨날 그놈의 미안하단 소리. 듣기 싫거든요."

— 그러니까 엄마 입에서 이런 말 안 나오게 밥 열심히 먹고, 이제 좋은 남자 있으면 연애도 하고, 시집도 갈 생각 좀 하고 그래. 너 좋다는 남자 있으면 엄마 신경 쓰지 말고 홀가분하게 결혼해. 엄마 너한테 절대 짐 안 될 거니까. 엄마는 네가 좋은 남자 만나서 잘 사는 거 말고는 바라는 거 아무것도 없어.

그러면서 엄마는 한동안 뜸을 들이다 말을 이었다.

— 네가 아빠 때문에 남자들한테 편견이 있을지도 몰라서 하는 얘기야. 아빠는 아빠고, 좋은 남자도 많다는 거. 엄마는 우리 딸이 좋은 남자 만났으면 해. 엄마는 실패했지만, 넌 아직 기회가 있잖아. 그러니까 잘 판단해서 잘 살아 줬으면 하는 마음이야.

"뭘 또 엄마가 실패했다고 그래. 엄마도 잘 살고 있어. 아빠하고는 그렇게 됐지만, 우리 이렇게 멋지게 잘 컸잖아. 그럼, 된 거지. 오케이?"

아무래도 이렇게 훈훈하게 끝을 맺고 전화를 끊어야 마음이 편할 것 같았다. 엄마는 그녀의 단순한 칭찬에 기분이 좋아졌는지 웃으며 전화를 끊었다.

엄마와 통화를 하다 보니 어느새 자신의 보금자리인 열 평 남짓한 원룸 앞이었다. 은조가 번호 키를 누르며 문을 열자 고소한 냄새가 흘러들었다. 그녀는 잠시 눈을 찡그리며 친구의 얼굴을 노려보았다.

"서인혜. 너 주인도 없는 집에서 이게 무슨."

"미안, 미안. 나 요즈음 죽겠어. 좀 봐주라."

은조는 핸드백을 소파 위에 던져 놓고는, 그 자리에 그대로 푹 주저앉았다. 오랜만에 하이힐을 신은지라 그녀는 고생했을 종아리와 발을 한 손으로 주물러 주었다. 풀 메이크업을 하고 얼마 전에 새로 산 원피스를 입으며 한껏 멋을 낸 덕분에 더 피곤함이 느껴졌다. 그만큼 남자를 만난다는 것이 어느 순간 피곤한 일이 되어 버리고 있었다.

인혜가 냄비를 양손으로 붙잡고 식탁 위에 내려놓았다. 그러자 아까부터 식욕을 돋우는 냄새에 은조가 그쪽을 힐끗 쳐다보았다.

"먹을래? 이 시간에 먹는 라면, 죽이지 않을까?"

인혜가 마치 자기 집처럼 싱크대 오른쪽 서랍에서 앞접시를 꺼냈다.

"만두랑 김치도 넣고. 파도 듬뿍 넣었어."

은조가 찡그리며 물었다.

"계란은?"

"당근 넣었지. 네가 계란 안 넣으면 안 먹잖아."

"하여튼. 또 뭔 일인데. 이 시간에 여기 와서 라면을 끓여 먹니? 내가 비번을 바꾸든지 해야지, 정말."

"안 돼, 안 돼, 친구야. 절대, 안 돼. 나 집에서 완전 애물단지 됐잖아. 오빠 결혼하고 나서 굳이 집에 들어와 같이 산다며, 새언니가 얼마나 여우 짓을 하던지. 그 꼴 진짜 못 봐 주겠더라. 여시도 그런 여시가 없어."

"넌 무슨 시누이 노릇을 하고 그래. 그냥 독립해서 나와. 집도 부자면서."

"그게 내 돈이니? 내 돈이야? 울 아빠, 돈 앞에서는 자식이건 뭐건 얄짤없어. 무늬만 금수저라니까."

"대학 보내 주고, 유학 보내 줬으면 됐지, 뭐. 그냥 네 돈으로 나와."

"그럼, 나 여기로 들어올까? 언제? 생활비, 집세 부담할게. 돈 굳고 좋잖아."

인혜가 숟가락을 입에 물며 간절한 눈빛으로 물었다.

"우리, 라면 먹자. 맛있겠다."

"계집애. 빈말이라도 들어오란 소린 절대 안 하지."

그녀가 입을 삐쭉대며 라면을 접시에 덜었다.

"빈말 같은 걸 왜 하나? 제일 쓸데없는 게 빈말이야."

"너는 직장 생활은 어떻게 하는지 모르겠다. 그렇게 정직해서."

"우리 라면 먹읍시다. 진짜, 잘 끓였다. 죽여줘. 너 짱이야!"

은조가 엄지손가락을 척 치켜들며, 라면을 입 속으로 밀어 넣었다. 그 모습을 물끄러미 지켜보던 인혜가 고개를 갸우뚱했다.

"저녁 안 먹었어?"

"응, 맛있다."

"근데 너 오늘 그 사람 만난다고 하지 않았니. 그렇게 차려입고 나갔으면서 저녁도 안 먹었어?"

은조가 불어 터진 만두를 입 속에서 우물거리며 웃었다.

"그렇게 됐어. 밤에 먹는 라면은 사랑이야."

"뭐야. 얘기 좀 해 봐. 싸웠어?"

"그냥, 끝냈어."

"뭐? 왜! 유진 선배가 그 남자 완전 괜찮다고. 큰맘 먹고 너한테 소개한 거라던데. 뭐야, 도대체."

은조가 물을 마시며 다시 젓가락을 들었다.

"그 남자가 프러포즈를 했는데, 내가 거절했어. 그래서 헤어졌어. 당연하잖아."

"왜 거절했어?"

"사랑하지도 않는 남자랑 결혼할 순 없잖아."

"은조야, 너는 사람들이 다 사랑해서 결혼한다고 생각하니?"

"그럼, 아니야?"

인혜는 깊은 한숨을 내리쉬며, 숟가락을 놓았다.

"웬 사랑 타령."

"뭐?"

"은조야. 난 있잖아. 자꾸 집에서 맞선 얘기를 해서 그런 게 아니라 그냥 부모님이 정해 주는 남자랑 결혼하려고. 어련히 알아서 수준에 맞는 남자 구해 주겠니. 결혼을 전제로 한 만남. 뭐, 이런 거. 사랑은 별로 없어도 나쁘지 않을 거 같아. 죽자 살자 사랑해도 결혼하면 다 똑같아지는 거잖아. 애 낳고 싸우고 사는 건. 그러니까 너무 그렇게 사랑에 목매는 거, 좀 그렇지 않니?"

은조도 젓가락을 놓았다. 그리고 물을 마시면서 웃었다.

"난 있지. 결혼을 전제로 한 만남. 세상에서 제일 말이 안 된다고 생각해. 어떻게 누군지도 모르는 상대를 결혼을 전제로 만나. 두 눈 똑바로 뜨고 살펴봐도 결혼할까 말깐데. 갈 때까지 가고, 알 것 다 알아도 결혼은 신중해야 하는데, 뭘 결혼을 전제로 만나. 말이 안 되지 않니? 결혼이 그렇게 쉬운가? 사랑이 그렇게 쉬워? 그리고 그냥 사귀면 다 결혼해야 하나?"

"은조야."

인혜가 친구를 빤히 쳐다보았다.

"아니, 그렇잖아. 사람들이 결혼을 너무 쉽게 생각하는 거 같아서. 사랑도 너무 쉽게 생각하고. 내가 너무 어렵게 생각하는 건가? 너무 복잡하게 생각하는 거니? 어떻게 제대로 알지도 못하는 남자를 결혼을 전제로 만나. 그게 말이 된다고 생각해?"

"너 왜 그래? 무슨 일 있어?"

"없어. 그냥 내 말은……."

은조가 잠시 뜸을 들이다 말했다. 하지만 아직도 그녀의 목소리는 살짝 떨리고 있을 정도로 감정적이었다.

"은조야, 너 무슨 일 있지? 그 남자 프러포즈 거절하니까 마음이 좀 그래? 평소 너답지 않은 것 같아. 갑자기 화내는 거 보고 깜짝 놀랐어, 아까."

"미안. 너한테 화난 거 아니야. 그냥 내가 바보 같아서 그랬어. 내가 다른 사람이었으면 좋겠다고 생각했거든."

"도통 무슨 얘길 하는 건지. 말 돌리지 말고 말해 봐. 우리 그런 사이 아니잖니. 왜 그래?"

"누군가가 그러더라고. 그 사람과 평생을 함께하려면, 그러니까 그 사람과 결혼하려면 상대방의 단점을 보고 해야 된대. 장점이 아니라. 우린 그렇게 말하잖아. 너 그 사람 어디가 좋아서 결혼까지 했니. 이렇게 묻잖아. 그런데 좋은 것만 생각하고 결혼하니까 그다음이 힘들어지는 거라고 하잖아. 심하면 불행해지는 거고."

"그래?"

인혜는 한동안 뭔가를 골똘히 생각하더니 말을 이었다.

"뭐, 그, 그래. 무슨 말인지는 알겠어. 그래도 좋아서, 행복을 만끽하면서, 결혼해야지. 무슨 테레사 수녀도 아니고. 그렇게 힘든 고행의 길을 뭐 하러 가려고 하겠니. 어느 정도 결혼에 대한 핑크 빛 환상도 있어야지."

"아무리 사랑해도 단점까지 포용할 수 없다면, 나 그냥 혼자 살 거야. 어차피 핑크빛 결혼을 꿈꾸면서 결혼한 우리 엄마도 지금 혼자 살잖아. 아니, 그전부터 혼자였고. 그럴 바엔 처음부터 혼자 사는 게 나을 거 같아."

인혜가 고개를 절레절레 흔들었다.

"너 그러다가 이상한 남자 만난다. 물론 단점 없는 사람은 없겠지만. 그래도 웬만하면 고르고 골라서 잘 해야지. 무슨 그런 단점까지 끌어안을 생각을 해. 처음부터."

"그런 단점까지 끌어안을 정도로 뜨거운 사랑을 하고 싶다 그거지, 핵심은. 나 왜 이러는지 모르겠어. 그렇게 사랑이 고픈 것도 아니었는데. 아예 남자가 없던 것도 아니었는데. 짜증 나."

은조는 울상을 지었다. 인혜는 그녀가 이해 안 된다는 얼굴로 도리질을 했다.

"너는 아직도 심장이 펄펄 끓는구나. 부럽다고 해야 할지, 안됐다고 해야 할지."

"안된 거야. 부러워할 필요 없어. 치명적인 사랑이니, 뭐 뜨거운 사랑이니 그런 거 피곤하고 골치 아프고, 에너지 소비도 너무 많고, 힘들기만 하지 뭐."

그녀가 다시 남은 라면 가락을 젓가락으로 집어 들었다. 그러다 도로 놓고서 말했다.

"다 아는데. 그런 거 다 아는데. 나도 이런 내가 싫지만 그래도 하고 싶어. 왜 하고 싶은지 모르겠어. 사랑이라는 게 내 마음대로 안 돼서 화나고, 내 의지대로 흘러가지 않아서 화나고 그런데도 하고 싶어. 그래서 신경질이 나."

아직 더 다칠 마음이 남아 있는 것인지. 상처받을 준비가 돼 있는 것인지. 아니면 사랑 안에 감춰진, 그 치명적인 매력에 한 번 더 빠져 보고 싶은 것인지.

그런 자신이 싫고 바보 같다는 생각뿐.

왜, 어째서, 무엇 때문에.

그 자식 때문일까. 한 번 쓰레기는 영원한 쓰레기라고 하던데. 그러면 그렇지. 그 옆에 서 있었던 예쁘고 우아한 여자.

하지만 다시 한번 곰곰이 생각해 봤다. 그땐 우리가 너무 어렸다고. 겨우 스무 살, 스물한 살이었다고. 사랑에 대해 아무것도 모를 때. 그것이 사랑인지, 욕망인지, 동정인지. 스스로 느끼고 깨닫기에는 사실 부족함이 많았다고.

그는 정말 사랑이 아니었을까. 어쩌면 그걸 깨닫기에는 너무 어렸던 게 아닐까. 이런 합리화를 하는 자신이 싫다. 바보 같다.

하지만 설령 그렇더라도 그는 자신을 잡지 않았고, 자신은 떠났다. 그리고 지금은 어떤 상황인가.

그도 나에 대해 생각하고 있을까. 아마 가벼운 마음으로는 생각할 수도 있겠다. 적어도 자신처럼 이렇게 깊게 생각하진 않겠지.

처음부터 재익은 그랬으니까. 어떻게 한번 자빠뜨려 보나, 이런 생각으로만 접근했던 남자였으니까.

자신을 단순히 잠자리 상대로만 대했던 과거의 남자를 아직까지도 생각하고 있는, 정신 못 차린 멍청한 여자는 이 지구상에 자신밖에 없을 거라고 은조는 생각했다. 이런 자신이 너무 싫어서 화가 날 뿐이었다. 그녀는 오늘 그와의 만남을 기억에서 깨끗이 지워 버리고 싶었다.

✜

〈혜성어패럴〉의 회의실은 생각보다 조용했다. 한 회장은 평소 회장실에서 아들과 독대를 한다거나 중요한 얘기를 하는 걸 꺼려했다. 회장실은 지극히 그의 개인적인 공간이었고, 아무리 아들이라 할지라도 공적인 얘기는 일반 직원들이 이용하는 회의실에서 하는 게 보통이었다. 아들인 재익도 그의 방에 들어갈 때는 반드시 노크를 해야 했다. 그렇지 않으면 아버지는 언짢은 표정을 드러내곤 했다. 그 옛날, 집에서도 그건 마찬가지였다.

하지만 회사에서는 그런 차가운 성격이 두 사람의 관계를 아주 깔끔하게 만들었다. 구설수가 돌거나 불필요한 소문과 억측이 퍼지는 일이 일절 없었고, 일에 대해서도 두 사람은 자유롭게 얘기할 수 있었다.

게다가 한 회장은 50대 중반이지만 40대로 보일 만큼 상당히 젊어 보였다. 아들과 대화하는 게 별로 어색하지 않을 만큼 사고방식 또한 고루하지 않았다.

그는 절대 남에게 피해를 주지도 않을뿐더러, 자신이 남의 일에 참견하거나 충고하는 것조차 꺼려 하는 편이었다. 말하자면 타인의 인생에 대해 지나치게 관심이 없다고 해야 할까. 더욱이 놀라운 사실은 하나밖에 없는 아들에게도 그건 예외가 아니었다.

그런 그가 오늘은 일 얘기를 하다 말고, 재익에게 물었다.

"지난번에 내가 소개해 준 아가씨와는 어떻게 됐지? 이름이……."

"최서연이요."

"아, 그래. 별로였던 거냐?"

"차였어요, 제가."

한 회장은 힘없이 웃었다.

"그래? 네가 차이게 한 게 아니고."

"그럴지도 모르죠."

재익은 앞에 놓인 물 잔을 들었다.

"재익아."

갑자기 아버지의 음성이 부드러워졌다. 그는 의자에 등을 기대고는 조용히 말했다.

"넌 아버지랑은 달라야 한다. 그리고 벌써 다르잖아. 혹시 만나는 여자라도 있는 거냐?"

"아뇨."

"그럼, 그 아가씨랑 한번 잘해 봐라. 그, 이름이……."

"최서연이요."

"그래. 내가 사람 이름을 잘 기억 못 해서."

전혀 관심이 없는 거겠지. 그런데 정말 의외긴 하다. 아버지가 저런 말을 하는 것 자체가. 다른 아버지 같았으면 전혀 이상할 게 없겠지만 재익은 그가 뼛속까지 개인주의자라는 걸 어렸을 때부터 알고 있었다.

"잘될 가망성 없어요."

"그 아가씨를 나도 한 번 본 적이 있어. 어쩌면 너한텐 과분한 상대인지도 모르지."

보통 아버지들이라면 농담이나 비아냥대는 속뜻을 내비치고 있었겠지만 아버지는 정말로 객관적인 시각에서 말하는 것이다.

"저도 그렇게 생각해요. 그래서 붙잡지 않았어요. 기회를 뺏는 것 같아서요."

"내가 한 말이 기분 나빴나 보구나. 표정이 안 좋아 보인다."

아버지가 웃으며 몸을 앞으로 내밀었다. 그가 아들의 얼굴을 뚫어질 듯 바라보았다.

"전혀요."

재익은 단칼에 말을 잘랐다. 아버지가 하고 싶은 말이 무엇인지가 궁금했다. 빨리 본론을 말해 주었으면 좋을 것 같았다.

"넌 나랑은 달라. 너도 알 거야. 넌 나를 닮지 않았으니까."

재익은 슬슬 답답해지기 시작했다. 그는 양미간을 찌푸렸다.

"좋아하는 여자가 있으면 잡으란 얘길 하고 싶었다. 그것도 망설이지 말고 잡아. 아까우니, 자격이 안 되니 그따위 헛소리 하지 말고."

재익이 놀란 얼굴로 아버지를 쳐다보았다. 그가 한숨을 쉬며 말을 이었다.

"정말로 똑똑한 남자는 일로 성공한 남자가 아니야. 자기 여자를 알아보고 그 여자를 잡기 위해 일생 동안 쏟아 낼 엄청난 열정과 노력을 그 순간에 발휘하는 남자지. 남자의 반은 지나간 여자를 잡지 못한 걸 후회한다는 거. 그런데 더 웃긴 건, 여자의 반은 현재의 남자에게 잡힌 걸 후회한다더라. 무슨 말인지 알겠어?"

"그래요? 모르겠는데요. 무슨 말인지."

재익이 웃었다.

"후회하는 그 절반의 남자에 네가 끼지 않았으면 한다. 아버지가 아니라 남자로서 하는 말이다. 마음에 들면 수단과 방법을 가리지 말고 잡아. 여자가 후회한다고 해도, 무조건 잡아. 어차피 인간은 이기적인 동물이야. 그 여자 잡아서 행복할 것 같고 마음껏 사랑할 수 있을 것 같으면 잡는 게 옳아. 다른 남자한테 가도 어차피 여자는 후회하게 될 가능성이 반이야."

재익은 의외라는 듯 아버지를 바라보았다. 그의 눈빛이 빛났다.

"그런데 왜 아버지는 그렇게 안 하셨어요? 왜 붙잡지 않았어요? 아니, 엄마가 돌아온다고 해도 막으셨잖아요. 용서 못 한다고."

"그땐 그랬지."

"지금은 후회하세요?"

"글쎄."

재익은 무슨 말을 해야 좋을지 몰랐다. 후회한다 해도 엄마는 이미 떠났다. 엄마의 마지막 모습이 기억났다.

"새로운 분을 만나시는 건 어때요?"

아들로서 할 수 있는 말은 고작 이것뿐이었다. 이런 얘길 아버지와 하는 게 낯설었다.

"내가 말이야, 여자 보는 취향이 까다롭더라고. 그렇지 않을 줄 알았는데."

"제가 좀 알아볼까요?"

이런 말을 하는 자신이 우스웠다. 다른 한편으론 이상한 기분이었다. 마치 뭔가 뒤바뀐 것 같은.

262

아버지가 한 손을 올리며 고개를 저었다.

"날 동정하진 마라. 여자야 얼마든지 있지. 내 돈을 보고 날 좋아하든, 그 외적인 요소를 보고 좋아하든 난 상관없어. 하지만 이젠 내가 귀찮거든. 여자를 만나는 것도, 신경 쓰는 것도. 여자를 그다지 좋아하는 편도 아니었고. 카사노바나 바람둥이도 열정이 없다면 못 할 짓이지. 그런 열정이 부럽다는 거지, 편하게 여자한테 대접받고 싶은 생각은 전혀 없어."

"그래서 저한테 충고하시는 거예요? 아버지는 제대로 된 짝을 못 만났기 때문에?"

"글쎄. 놓친 것일 수도 있어."

한 회장의 시선이 재익을 비껴갔다.

"엄마요? 새엄마요?"

아버지가 웃었다. 오늘따라 아버지의 웃는 모습을 많이 보는 것 같다.

"내 인생에 그 두 여자만 있다고 생각하진 말아라. 나한테도 젊은 시절이 있었거든."

"네?"

한 회장이 자세를 바꾸며 아들에게 물었다.

"네가 직접 최서연, 이라고 했지. 그 아가씨한테 말하기 뭣하면 대신 내가 나서 줄 수도 있다. 아버지가 돼서 그 정도는 해야 되지 않을까 생각한다."

의외였다. 재익은 아버지가 많이 달라졌다고 생각했다.

"아니에요. 그 문제는 제가 알아서 할게요. 신경 쓰지 마세요."

한 회장이 또 웃었다. 재익이 아버지에게 말했다.

"그런데, 아버지."

재익은 문득 스치는 생각에 정신이 번쩍 드는 기분이었다. 어쩌면 자신은 아버지를 닮았을지도 모른다. 항상 자유분방하고 철없는 어머니를 많이 닮았다고 생각했다. 하지만 자신은 아버지의 젊은 시절을 전혀 모른다. 그가 기억하는 아버지의 모습은 그냥 아버지로서의 모습뿐이었다. 한 남자가 아닌 자신의 아버지로서의 모습뿐.

갑자기 이상한 기분에 휩싸였다. 아버지의 결혼 생활은 불행했다. 그 전까지는 아버지가 일밖에 모르는 워크홀릭에다가 일상사에 관심이 없는 지극히 개인주의적인 성향을 가진 그저 차갑고 인간미가 없는 인물로밖에 비쳐지지 않았다. 아들인 자신에게조차 그다지 애정을 쏟지 않는.

단 한 번도 아버지 입장에서 그의 인생을 생각해 본 적은 없다. 하지만 그의 입장에서 돌이켜 본다면. 참 재미없는 인생이지 싶었다.

예전엔 그런 생각을 했었다. 아버진 대체 무슨 재미로 인생을 살까? 일하는 재미로 사나.

여자도 안 만나고 아내도 없고 그 흔한 취미 하나도 없고, 하나밖에 없는 아들조차도 남남처럼 대하고. 게다가 아버지만 바라보고 살던 할머니마저 돌아가셨는데.

만약 자신의 인생이 아버지처럼 된다면. 아버지를 닮았다고 해서 인생조차도 닮진 않겠지만, 만약 그렇다면.

"재익아, 내가 그전부터 얘기했겠지만 지금부터는 일 얘기다. 잘 들어라. 네가 평사원으로 밑바닥에서부터 시작했다고 해도, 이 회사를 맡고 안 맡고는 별개의 문제다. 능력 있는 경영자가 나타난다면 나는 언제든지 그 사람에게 회사를 넘길 생각을 하고 있다.

기업도 이젠 전문 경영인 시대야. 세습이니 뭐니 그런 것들을 나는 아주 싫어한다. 그리고 이건 좋고 싫고의 문제가 아니라 옳고 그름의 문제라고 생각하니 너도 잘 생각해 주었으면 하는구나."

그제야 재익이 현실로 돌아와 쓴웃음을 지었다. 아버지의 목소리가 이어졌다.

"너한테 어느 정도의 유산을 물려주기는 하겠지만 회사는 별개의 얘기다. 난 능력도 없으면서 누구의 아들이니, 누구의 조카니 하면서 핏줄을 들먹이며 회사를 통째로 먹으려는 인간들을 굉장히 불합리하다고 생각하는 사람이니까. 열심히 하지 않으면 실장의 자리까지 오르는 것도 힘에 부칠지 몰라. 적성에 맞지 않으면……."

재익은 웃으면서 고개를 끄덕였다. 그럼, 그렇지. 이제야 아버지다웠다. 사실 아버지 말 중에 틀린 것은 하나도 없다. 재익도 인정한다. 하지만 단 한 번이라도 아버지가 자신을 회사의 일원이 아닌 세상에서 유일하게 사랑하는 아들로 대해 주기를 바라는 희망사항을 아직도 버리지 못하고 있었다. 그건 결코 일어날 수 없는 희망사항일 뿐이다. 재익은 그렇게 생각하기로 했다.

갑자기 돌아가신 할머니가 지금 혼자가 된 아버지의 모습을 본다면 어떤 기분일지 마음 한편이 쓰려 왔다. 할머니는 돌아가시기 몇 년 전부터 아버지와 급속도로 사이가 틀어져 있었다. 이유는 어린 새어머니가 꽃뱀 노릇을 한다며 할머니는 아버지를 몰아붙였고, 아버지는 할머니에게 또 시작이냐며 자신과 아내 사이를 더 이상 이간질하지 말라고 대들었다.

결국 할머니는 스트레스성 소화 장애와 신경통으로 시름시름 앓다가 돌아가셨다. 죽는 순간까지도 할머니는 재익의 손을 잡고 회사 걱정을 하고, 집안 걱정을 하였다. 여자 때문에 집안이 망하는 꼴은 도저히 못 본다며 노발대발했지만 결국 허무하게 생을 마감했다.

할머니가 돌아가시면 솔직히 방해꾼이 없어졌으므로 아버지와 새어머니는 자유롭게 잘 살 줄 알았다. 자신이야 남처럼 오고 가지도 않았기에 그들 부부에게는 별 영향력이 없었다.

하지만 예상은 보기 좋게 빗나갔다. 불과 할머니가 돌아가신 지, 2년 만에 아버지는 그 여자와 갈라서게 되었고 엄청난 금액의 위자료를 지불해야만 했다. 결혼 생활 내내 앓았던 우울증과 시어머니와의 갈등, 결혼 초기의 유산 등을 이유로 젊은 여자는 상상을 초월하는 금액을 제시했다.

만약 전처소생인 재익과 갈등이 조금이라도 있었다면 아마 금액은 더 올라갔을 것이다. 그런데 더 놀라운 사실은 아버진 일체의 망설임 없이 모든 금액을 깔끔하게 지불하고 잡음 하나 없이 이혼 서류에 도장을 찍어 주었다.

굳이 이유를 대자면 한창 젊은 나이에 시집와서 정신적으로나 육체적으로 고생한 어린 아내에 대한 미안함 때문이라고 하는데, 재익은 코웃음이 나왔다. 자신을 낳아 준 친엄마를 대했던 것과는 완전히 상반된 행동인 데다 여자에 대한 동정심이 아버지에게 있다는 것 자체가 의아할 뿐이었다.

대체 뭐가 미안하단 말인가. 어린 나이에 결혼을 한 것도 본인의 선택이고, 의지일 텐데. 그런 개나 줘 버릴 동정심을 갖고 있다는 것 자체가 한심스러울 뿐.

재익은 혀를 차고 싶을 정도였다.

아버지를 미워하거나 싫어하진 않았지만 아버지의 이해되지 않는 동정심이나 행동은 받아들일 수가 없었다. 합리적이며 새로운 경영 방식으로 포장하고 있지만, 사실은 아들인 자신을 은근히 견제하고 있는 태도 하며, 그동안의 회사 내부 사정으로 보아 허점 많은 경영 방식하며 불필요한 구멍들이 여기저기에서 밝혀지고 있는 점들로 보아 재익은 아버지를 완전히 믿을 순 없었다.

아버지 회사로 들어와 일한 지 2년째. 그 전에 재익은 경험도 쌓을 겸 다른 의류 업체에 공채로 채용되어 매장 영업부에서부터 일을 배우기 시작했다. 훤칠한 키에 시원시원한 마스크 덕분에 그는 관리소장의 권유로 피팅 모델까지 겸하게 되었다. 모델을 하다 보면 옷에 대한 감각이 더 예민해지기 마련이고 고객들이 무엇을 원하는지 더 잘 알게 된다.

그렇게 경력을 쌓은 지 2년 만에 그는 〈혜성어패럴〉로 옮겨 왔다. 당연히 아버지는 신입사원을 맞이하는 태도로 재익을 대했다. 그는 일반적인 기업 오너들과는 분위기가 달랐다. 카리스마는 없지만 차가웠다. 재익이 경험한 바로는 그 누구보다 차갑다. 화를 내진 않았지만 냉정했다.

어쩌면 그런 점이 여자들을 질리게 할 수도 있겠다고 생각했다. 그리고 가장 눈에 띄는 점은 열정이 없다는 것이다. 단순히 젊지 않아서가 아니다. 그는 어딘지 의욕이 없었다. 일은 열심히 할진 몰라도 언제부턴가 매사가 너무 건조한 느낌이다.

아버지가 화내고 싸우고 감정을 표현했던 마지막 기억은 엄마가 집으로 찾아와 심하게 다퉜을 때였다. 문득 재익은 아버지가 어린 아내를 정말 사랑해서 결혼했을까 의구심이 들었다. 아버지 성격에 자신보다 한참 어린 아내에게 화내고 소리 지르며 싸운다는 게 상상이 되지 않았다. 위자료를 많이 줬다고는 하지만 아버지 입장

267

에서 본다면 그렇게 큰 액수도 아닐 것이다. 동정심 때문에 돈으로라도 보상했다고는 하지만 아버지 쪽에서 먼저 그녀를 심하게 외롭게 하지 않았을까 싶은 생각도 들었다.

아내에게 열정이 없는 남편, 갈등하는 시어머니까지 없어졌으니 어쩌면 그녀는 더욱 무료해졌을 것이다. 갈등조차도 미움조차도 때론 삶을 살아가게 하는 동기라던데. 가장 무서운 건 무관심과 삶에 대한 동기나 의지가 없는 것이라고 하지 않나.

아버지가 말을 이었다.

"하지만 너에 대한 평판은 좋더구나. 아직까지는 말이다."

"다행이네요."

"그리고…… 아까 내가 한 말, 새겨들었으면 좋겠다."

"아버지처럼 되지 말란 말씀이요?"

재익은 일부러 웃었다. 심각해지기 싫어서였다. 가볍게 넘기고 싶어서였다.

"자신의 선택을 후회하고 사는 사람들이 반이라는 거."

"반이라. 50퍼센트의 확률이라는 거는 참 의미가 없어요. 전……."

그 순간, 재익은 갑자기 심장이 격렬하게 뛰기 시작했다.

50퍼센트의 확률, 남자들은 놓친 여자에 대해 후회하고 여자들은 잡힌 남자에 대해 후회한다고.

은조가 다른 남자를 만나 행복한 모습만 떠올렸다. 그 모습이 아직도 너무나 생생했기에. 하지만 만약 그녀가 불행하다면. 다른 남자한테 갔는데 불행하다면. 오래전, 그들이 헤어졌을 때 마지막 모습이 떨쳐지지 않았다. 결국 자신은 그녀를 불행하게 했을 뿐이었다. 그리고 앞으로도 그녀와 다시 시작할 기회는 오지 않을 것이라 생각했다.

그녀 입으로 말하지 않았던가. 우린, 끝났다고. 좋은 사람 만나라고.

재익은 가슴이 답답해져 왔다. 이상할 정도로 마음이 초조해졌다.

회의실을 나와 그날 하루 종일 정신없이 일했지만 마음은 온통 다른 곳에 가 있었다. 일도 손에 안 잡히고 점심도 먹는 둥 마는 둥 했다. 왜 이러는 건지. 수년 동안 아무렇지 않은 줄 알았는데.

가끔 생각나는 지나간 여자 친구 정도로 그렇게 가볍게만 생각했다. 아니, 어쩌면 그렇게 생각하려고 했는지도 모른다. 그는 모든 것들에 대해 깊이 빠지고 심각해지고 진지해지는 것 자체를 싫어했다. 뭐든 깊게 들어가면, 진지해지면 다시 돌아오기가 힘들어진다. 그것이 싫었다. 현재의 자신을 흔드는 모든 것들을 그는 두려워했다.

퇴근 시간이 될 무렵 그는 오랜만에 상현에게 전화를 걸었다. 그냥 갑자기 그가 생각이 났다. 아니, 그를 생각하면 떠오르는 많은 추억들이 생각이 났다. 그냥, 뜬금없이 생각났을 뿐이다. 그는 애써 자신의 마음을 합리화시키고 있었다.

두 사람은 몇 년 전까지만 해도 가끔 만나 술잔을 기울이는 사이였으나 재익이 본격적으로 회사 일을 시작할 무렵부터 연락이 뜸해졌다. 상현 또한 일찍 결혼을 해 유부남이 된 관계로 자주 만날 수 없는 것도 이유였다.

"오랜만이야, 형."

— 네가 어쩐 일이냐.

"잘 지내지? 딸도 잘 크고."

— 해가 서쪽에서 뜨겠네.

"너무 그러지 마. 나도 외로운 사람인 거 알잖아."

— 미친놈, 술이나 한잔할까.

마치 어제 만난 사람처럼 상현은 별 거리낌이 없었다.

"좋지. 다음 주에 내가 한번 갈게. 형 있는 데로."

— 아무래도……. 뭔 일 있는 것 같은데. 나 그 정도 눈치는 있다.

재익이 망설임 없이 물었다.

"은조랑 연락해?"

그가 깔깔대며 웃었다.

— 너도 별수 없구나.

"그래, 나 원래 아무것도 아닌 놈이잖아. 알면서."

— 뭘 알고 싶은데. 전화번호? 주소? 아니면 결혼했는지 안 했는지?

재익이 잠시 뜸을 들였다.

"그냥……."

— 그냥?

"전부 다, 알고 싶어. 전부 다!"

✢

집 안에 고소한 냄새가 진동했다. 그녀는 30분째 열심히 깨를 볶는 중이었다. 엄마가 지난주에 통깨를 택배로 부쳐 주면서 꼭 옛날 냄비에 깨를 볶아야 된다고 뜬금없이 강조를 했다.

'통깨가 젊은 여자한테 그렇게 좋다더라. 그걸 중불에서 두 숟가락씩 냄비에 넣고 살살 볶아야 돼. 아마 볶으면 깨가 여기저기 막 튈 거야. 그러니까 그냥 놔두면 안 되고 불 앞에 서서 계속 저어 주며 볶아야 된다. 엄마 말 알겠지?'

'그런 걸 뭐 하러 보내, 엄마는 참.'

'엄마가 직접 볶아서 보내 주고 싶었는데, 요즈음 팔이 너무 아파서 그래. 그걸 볶아서 매일 한 숟가락씩 먹으면 노폐물도 빠지고 혈액순환에 그렇게 좋단다. 엄마가 옆에 있으면 이것저것 챙겨 주는데.'

'알았어, 알았다구. 다음부턴 힘들게 이런 거 보내지 마.'

엄마의 잔소리가 이어질까 봐 은조는 일단은 알았다고 했다. 그런 뒤 냉장고 한쪽 구석에 일주일간 처박아 두었다가 마침 금요일 밤 약속도 없고 할 일도 없어서 깨를 볶기 시작했다. 엄마의 말대로 깨가 볶아지면 볶아질수록 자꾸 여기저기 튀어서 계속 저어 주어야 했다.

좀 있으니 쉬지 않고 저어 준 덕분에 양쪽 팔이 아플 지경이었다. 살짝 연 창문 너머로 아까부터 봄바람이 불어왔다. 문득 밖으로 나가 그 기운을 맛보고 싶은 기분이 들었다. 황사다 미세먼지다 방송에선 연일 마스크를 착용해야 한다며 주의를 줬지만 오늘 밤만은 공기가 상쾌했다. 마치 1년에 몇 번 없는 청명한 날씨 같았다. 먹을 것도 사 오고 싶어서 그녀는 대충 카디건을 챙겨 입고 밖으로 나갔다.

불금에 누군가를 만나지 않아도 외롭다는 생각이 들지도 않고, 맥주가 생각나지도 않았다. 센티해지는 봄밤이었다. 깨를 볶아서 그런가. 고소하고 어딘지 알콩달콩한 분위기도 느껴졌다. 누군가와 농담 따 먹기를 하거나 장난을 쳐도 좋을 만큼 기분이 상쾌했다.

실로 몇 년 만인지 모르겠다.

은조는 카디건의 옷깃을 여미고 가벼운 슬리퍼에 추리닝 차림으로 동네를 걸었다. 배 속에서 꼬르륵 소리가 났다. 집 앞에 수제 햄버거집이 새로 생겼는데 이 시간까지 문을 안 닫았으면 그것을 포장해서 사 오든가, 그 옆에 있는 족발집에서 족발을 사다 먹을까. 아니면 만두와 찐빵을 사다 먹을까. 귀찮아서 저녁을 건너뛰려 했더니 배 속에서 미친 듯이 난리가 났다. 더불어 머릿속엔 온통 먹는 생각뿐.

야식의 종류를 머릿속으로 나열하자 얼굴에 흐뭇한 미소가 지어질 지경이다. 모든 음식들이 전부 먹고 싶었다. 갑자기 치킨도 생각나고, 치킨이 생각나니 아까까지 생각 없었던 맥주 생각도 나고. 맥주가 생각나자 모든 안주류가 머릿속을 관통했다. 그녀는 자신도 모르게 침을 삼켰다. 아무튼 무엇을 먹을까, 이런 고민을 하고 있는 것 자체가 행복했다.

이 밤중에. 홀로. 맛있게. 즐겁게. 먹는 거야. 자 그러니까 고르자. 무엇을……

"은조야."

누군가 자신의 이름을 불렀다. 그리고 그녀는 자신의 눈을 의심했다. 가로등 불빛 아래에 그가 서 있었다.

"오랜만이네."

귀에 익은 목소리가 들려왔다. 은조는 며칠 전에, 식당에서 그를 본 것처럼 우두커니 서 있었다. 한동안 그녀는 입이 떨어지지가 않았다. 표정이 일순간 굳어 버렸다. 너무 예상치 못한 일이 일어나 솔직히 당황스러웠다. 방금 전까지 세상의 모든 음식을 먹고 싶어 했던 식욕이 싹 가실 만큼 그녀는 정말 놀랐다. 그가 자신을 바라보고 있었다. 불빛 아래의 그의 모습이 너무나 비현실적일 정도로 근사하다는 건 인정해야만 했다.

"어, 오랜……만이네."

그런데 뛰어온 건가? 머리는 살짝 흐트러져 있고, 이마에 땀도 맺힌 듯하다. 불빛을 정면으로 받아서 얼굴이 적나라하게 보였다. 그가 자신의 시선을 의식했는지 한 손으로 머리를 쓸어 넘겼다.

슈트가 제법 어울리는 것 같은데, 넥타이는 매지 않았고 와이셔츠의 앞단추도 풀어져 있었다. 하지만 은조는 고개를 돌렸다. 그의 눈을 똑바로 쳐다보고 싶지 않았다. 아니, 이상한 얘기 같지만 쳐다볼 수 없었다고 해야 맞을 것이다. 자신이 잘못한 것도 없는데, 그의 시선을 피했다. 그의 갑작스러운 출현도 이런 어색한 만남도 그저 싫을 뿐이었다. 5년 전에 우연히 마주쳤을 때와는 또 달랐다. 그때는 그가 그 자리에 와 있을 것이라고 어느 정도 예상을 했던지라 그다지 놀랍거나 당황스럽지가 않았지만 지금은 아니었다.

대체 그는 왜 갑자기 여기에 있는 걸까?

"잘 지냈어?"

재익이 물었다.

"어쩐 일이야?"

은조가 물었다.

"음, 지나가다가."

재익은 자신의 거짓말이 너무 어설퍼 얼굴이 화끈거렸다. 스무 살 남자아이처럼 부끄러웠다. 은조가 다시 물었다.

"너, 여기 살아?"

"아니."

그의 가라앉은 목소리가 매혹적으로 들린다. 예전에도 그랬던 것 같다.

은조는 눈을 질끈 감았다. 뭐라 말해야 좋을지 모르겠다. 자신의 이런 감정이 신기하기까지 했다. 재익이 말했다.

"전화를 안 받기에."

"전화……."

그제야 은조는 그의 얼굴을 쳐다보았다.

"다섯 번이나 했는데."

다섯 번. 왜? 그리고 번호는 어떻게 알고?

"집에 있을 땐 잘 안 받아."

계속 주방에서 깨를 볶고 있어서 못 들었나 보다. 당장 들어가 깨나 볶고 싶다. 아무 생각 없이. 너 따위가 생각나지 않게. 지금의 이 만남이 빨리 기억에서 사라져 버리게.

재익이 희미하게 웃었다. 웃을 듯 말 듯 한 그 표정. 은조는 어느 순간, 이성이 돌아오는 느낌이었다.

"내 번호는 어떻게 알았어?"

"상현 형이랑은 계속 연락하고 지냈어. 형 결혼식 때도 갔었고."

어렴풋이 생각이 났다. 은조는 그때도 오지 않았다. 재익은 문득 그녀와 연결되는 모든 것들에 대해 조금이라도 기대했던 마음이 떠올랐다. 무슨 기대? 그녀를 다시 만날 기대? 다시 그녀와 시작하고픈 기대? 아니다. 그저, 그냥…… 어떻게 지내나 궁금했을 뿐이었다. 그 남자와는 아직도 만나고 있는지, 결혼은 했는지. 우습게도.

지질한 과거 남자의 전형적인 모습이라며 스스로에게 코웃음을 쳤던 기억이 났다.

"너, 말이야."

은조는 옷깃을 여민 채, 그가 무슨 말을 할지 기다리는 것 같았다.

"어떻게 지냈나 해서."

"뭐?"

그녀는 실소가 터져 나왔다. 웬 자다가 봉창 두드리는 소리람?

"우리, 얼마 전에 한 번 부딪쳤잖아. 레스토랑에서. 기억나지?"

"아, 그거."

은조는 별로 대수롭지 않은 것처럼 말했다. 재익이 그녀에게 한 발자국 성큼 다가갔다. 그런 재익을 은조는 미동도 없이 바라봤다. 재익이 먼저 말했다.

"너무 뜻밖이라, 난 좀 놀랐는데."

은조가 잠시 뜸을 들이다 말했다.

"뭐, 그래. 나도 놀랐어."

다시 재익이 말했다.

"넌, 잘 지내는 거 같던데."

"아, 뭐. 그, 그래. 나야, 그렇지."

은조는 지금 자신들이 뭘 하고 있는지 어색하기만 했다. 그녀가 그에게 길을 비켜 주며 말했다.

"지나가다가 들렀다며. 가던 길, 가지."

분명 자신에게 전화를 걸었다고 했다. 무언가 할 말이 있다는 뜻이다. 게다가 상현에게 전화해 자신의 전화번호까지 알아낸 걸 보면, 그는 분명 거짓말을 하고 있는 거다. 일부러 자신을 만나러 왔다는 걸 알고 있음에도 은조는 그를 재촉했다.

"잘 가, 그럼."

"은조야!"

그녀는 아무 말도 하지 않았다. 재익이 불쑥 물었다. 너무 궁금
했다. 여기까지 찾아온 이유이기도 했다.

"그 남자, 누구야?"

은조가 눈을 깜박이며 그를 쳐다보았다.

"며칠 전 식당에서 본 남자. 네 옆에 있었던 그 남자."

은조는 슬슬 기분이 나빠지려 했다.

"그런 건 왜 물어?"

"사귀는 사람이야?"

은조는 어이가 없다는 표정으로 웃었다.

"너 참 웃기는 남자구나."

"그 남자랑 있으면 행복해?"

"한재익!"

재익이 다시 한 발짝 그녀 앞으로 다가섰다. 그러자 그녀는 한
발짝 뒤로 물러났다.

"좋아해, 그 남자?"

결국 말해 버렸다. 애증이 부끄러움을 이겼다.

"너랑 할 얘기 없어."

그녀가 몸을 돌리자 그가 거칠게 은조의 팔목을 잡았다가 순간
적으로 다시 놓았다.

"미, 미안."

은조는 그를 미친놈 쳐다보듯 바라보았고, 재익은 한동안 아무
말도 하지 않았다. 그녀는 집으로 돌아가고 싶었다. 답답하고 화가
났다. 조금 전까지 느꼈던 기분 좋은 기운을 이 자식이 다 쫓아내
버렸다.

"나, 일부러 왔어. 너 보려고."

은조는 아무 대꾸도 하지 않았다.

"너 보려고 왔다고. 일부러. 네 전화번호, 주소 알아내서. 무슨 말인지 알겠어?"

은조는 기가 막혔다. 갑자기 한밤중에 찾아와서는 이 무슨 무례하고 경우 없는 짓인지.

정말 예의라고는 눈곱만큼도 찾아볼 수가 없는 남자다. 예전이나 지금이나.

그녀도 말이 좋게 나갈 리 없었다. 불과 며칠 전까지 그를 생각하고 있었지만 좋은 기억을 떠올린 것도 아니었고, 자신의 예상이 맞는다는 생각뿐.

"왜? 그 여자한테 차였니? 아니면 네가 찼어?"

"뭐라고?"

재익은 인상을 쓰며 무슨 말이냐는 듯 물었다. 은조는 그냥 웃었다.

"아니야, 아무것도. 나 찾아온 이유가 뭐야."

"남자가 여자를 찾아오는 이유가 뭐겠어. 그것도 이 밤중에."

"같이 자 줄 여자가 필요한 거야? 같이 잘 여자가 없어서?"

재익은 한동안 말을 잇지 못했다. 그는 무슨 말을 어떻게 해야 좋을지 몰랐다. 은조가 자신을 경멸하듯 쳐다보는 시선에 그는 눈을 질끈 감았다.

"김은조. 너 어떻게 나를."

"내가 그렇게 섹스를 잘했나? 8년 동안 잊지 못할 만큼?"

은조는 이렇게 말하고 있는 자신이 싫었다. 하지만 재익의 행동이 자신을 불쾌하게 만드는 건 사실이었다.

"은조야, 난, 난, 말이야."

"난 너랑 섹스하기도 싫고 너랑 대화하기도 싫어."

은조는 더 이상 재익과 엮이고 싶지 않았다. 그러자 그가 말했다.

"그게 그렇게 잘못이야? 너랑 자고 싶어 한 게. 너 좋아한 게."

"날 좋아했다고? 내가 널 사랑한다니까 너 어떻게 나왔는지 기억 안 나? 즐기는 사이라며, 우리가. 쿨해지자며. 어차피 결혼할 것도 아닌데, 가식 떨지 말라며. 그래 놓고는 몇 년 만에 찾아와 날 좋아했었다고? 뜬금없이?"

8년이 지났는데도 그와의 마지막 모습은 이상하리만치 뚜렷하게 기억하고 있었다. 좋았던 추억조차도 잊게 할 만큼 그는 모질고 못되게 굴었다. 은조는 이런 감정이 남아 있다는 것도 싫을 정도로 불쾌감만 들었다. 대체 내가 이 남자를 정말 사랑한 적이 있었을까 싶었을 만큼 잊고 있었던 기억이 새록새록 떠올랐다.

그녀의 말 한마디, 한마디에 재익은 일순간 말문이 막혔다. 자신의 감정만 생각하다 여기까지 온 스스로가 멍청이 같았다.

"그, 그래, 이렇게 갑자기 찾아와 너한테 이러는 게 기분 나쁠 거라는 생각까진 못 했다. 난, 그냥, 그냥."

그때부터 심장이 너무 떨려 왔다. 어떻게 해야 할지 몰라 우물쭈물하는 자신이 바보 같았고, 은조의 차가운 반응에 스스로가 초라해지는 것 같아 얼굴이 달아올랐다. 그럼에도 이대로 물러나고 싶진 않았다. 여기서 그냥 간다면, 그동안 마음 한구석에 항상 가지고 있었던 그녀에 대한 미련이 더 커질 것만 같았다. 은조의 반응을 어느 정도 예상하고는 있었지만 재익은 쉽게 입이 떨어지지가 않았다. 그가 차분히 말하려 애썼다.

"넌, 한 번도 나에 대해 생각한 적. 없었어? 그러니까……"

은조가 바닥을 쳐다보며 아무 말도 하지 않았다.

"내가 널…… 정말로 좋아했었다고……. 단 한 번도…… 생각한 적 없었던 거야?"

그의 목소리가 어둠 속에서 떨렸다. 정말 재익은 그것이 알고 싶었다. 뛰어오다시피 그녀에게로 온 자신이 바보 같았지만, 그녀가 자신을 지금껏 어떻게 생각하고 있었는지 궁금했다. 그녀는 자신을 진심으로 사랑했었다고 말했다. 헤어지는 순간까지.

그런 그녀가 자신을 수작이나 한번 부리려는 난봉꾼 정도로만 생각했다고는 믿을 수가 없었다. 그런 남자를 진심으로 사랑했었다고 말하는 여자가 세상에 있을까? 그것도 그토록 당당하게.

재익이 다시 한번 물었다.

"어느 순간에는 나도 너한테 진심이었다는 거. 정말, 몰랐던 거야?"

은조가 고개를 흔들며 웃었다. 그녀가 몸을 비스듬히 튼 채, 재익을 바라보았다.

"왜 그걸 나한테 물어봐. 네 마음은 네가 더 잘 알겠지."

은조는 답답했다.

"아직도 너의 마음을 모르는 거야? 그렇게 시간이 흘렀는데도."

재익이 천천히 말했다.

"그러게, 내가 바보라서."

"무슨 말이 하고 싶은 건데."

"다른 건 모르겠어. 그런데 분명한 건 정말로 좋아하는 여자와는 헤어지고 싶지 않다는 거."

은조는 그때를 떠올려 보았다.

그래, 자신이 먼저 헤어지자고 했었지. 그는 화를 냈었고. 잘못

279

은 네가 해 놓고는.

"나랑은 즐기고만 싶다며. 실컷 즐기기만 하다 헤어지자며. 사랑 같은 건 뭐 하러 하냐고 말했으면서. 그래서 내가 너 먼저 찬 거잖아. 사실, 내가 차인 거지만."

아직도 이런 유치한 얘기를 하고 있는 이 상황이 은조는 싫었다. 벌써 끝난 일 아니던가.

"그래, 그땐 그랬어. 네가 헤어지자니까 그냥 화가 났어."

재익이 바지 주머니에 손을 찔러 넣고는 무뚝뚝하게 뱉었다.

"그런데 화를 낸 이유가 날 정말 사랑했기 때문이라는 거야? 아니면."

은조는 이 말까진 하고 싶지 않았으나, 그날 레스토랑에서 재익 옆에 서 있던 예쁜 여자가 생각나자 말이 좋게 나가지가 않았다. 재익은 여전히 바람둥이였다. 진심이라곤 손톱만큼도 없는.

"그냥 이 여자, 저 여자 다 만나 봤는데 전부 안 돼서 나한테 찾아온 거 같단 생각이 들거든. 내가 만만하니까. 아니야?"

이 여자, 저 여자…….

마음을 송곳으로 후벼 파는 느낌이었다. 재익이 씁쓸한 표정으로 웃었다. 뭐라고 말해도 은조는 자신의 말을 믿지 않을 것만 같다.

"넌, 예전이나 지금이나 똑같구나."

은조는 정말이지 하나도 변하지 않았다. 어떤 상황에서도 자기 하고 싶은 말은 다 하는.

어쩌면 그런 면에 재익이 끌렸을지도 모르겠다. 자신의 진짜 마음도 모른 채, 우왕좌왕하는 그와는 확연히 다른 그녀에게.

그의 목소리가 조금씩 떨리고 있었다.

"믿을지 안 믿을지 그건 네 판단이겠지만. 난, 난 그냥, 그냥, 네가 좋았어. 같이 있는 것도 좋았고. 그래. 솔직히 말해서, 섹스할 땐 더 좋았어. 나도 나름 솔직했으니까. 그땐, 우리가 다 그럴 때였잖아."

이상하게 그의 말이 아련하게 들려왔다. 그녀도 사실은 어느 정도는 알고 있었다. 그의 마음이 모두 거짓은 아니라는 걸. 어떻게 그와의 시간이 모두 다 거짓일 수가 있겠는가. 그가 섹스만을 목적으로 만났다 하더라도 진심 어린 순간이 있었을 것이다. 비록 순간일지라도.

하지만 그럼에도 은조는 그의 사랑 따윈 믿을 수가 없었다. 어찌 보면 마음 아픈 일이지만 그것이 사실이었다. 그는 타이밍도 놓쳤고, 고백조차도 어설펐다. 진심을 어필하는 데 있어서 그는 그녀의 마음을 조금도 움직이지 못했다. 은조는 불쾌한 마음이 사라지는 대신, 조금씩 공허함이 몰려들었다. 재익은 여전히 매력적이었지만 자신의 마음은 예전처럼 아프지도 설레지도, 힘들지도 않았다.

오히려, 그에 대한 미련 따위가 조금씩 사라지는 것 같았다. 그가 오랜 시간 끝에 다가오고 있었지만 이번엔 그녀가 다시 그에게서 멀어져 갔다. 그것을 그녀는 본능적으로 느끼고 있었다. 어째서 사람의 마음이란 이렇게 끊임없이 일치하지가 않은지.

은조는 피곤함이 몰려들었다. 그녀가 재익에게 말했다.

"돌아가. 그리고 앞으론 이렇게 갑자기 찾아오지 마."

"날 믿지 못하는 거구나."

그는 자꾸 치기 어린 투정을 부리려 하는 자신의 유치함에 조금씩 화가 났다.

은조가 말했다.

"세상에는 말이야. 정말 좋은 남자도 많더라. 진심을 다해 여자에게 다가가는 남자 말이야. 특별한 매력을 어필하지 않아도. 그런 게 진짜 사랑이 아닐까. 조건이나 배경, 그리고 뭐, 너처럼 온갖 사탕발림으로 여자를 유혹하지 않아도 말이야."

그녀가 돌아서서 가려 하자, 재익이 큰 소리로 말했다.

"그래서 그렇게 좋은 남자를 만난 거야. 나랑 헤어지고 아무렇지도 않게. 넌 참 좋았겠다. 아무 고민 없이 그렇게 다시 시작할 수 있어서."

은조는 아무 말 없이 그저 아랫입술만 깨물었다. 재익이 계속 말했다.

"너도 나랑 헤어진 후 다른 남자도 만나 봤으니까 그럼 알겠네. 그 차이가 뭔지. 정확히 알겠네."

"뭐, 뭐라고?"

그녀가 다시 몸을 돌렸다.

"그 남자는 너를 진심으로 사랑한다고 했나? 진심으로 너를 사랑해, 은조야. 이렇게? 그 진심이 네게 느껴졌어? 정확히 느껴졌냐고! 그 차이가 뭔지, 정확히 알고 있냐고!"

그의 목소리가 어둠 속에서 어느 순간부터인가 쩌렁쩌렁 울렸다. 재익은 그녀의 마음을 돌릴 수 없다는 걸 알고 있었다. 그래서 더 집요하게 물고 늘어지고 싶었다. 그 남자가 그녀에게 진심 어린 사랑을 주었다는 걸 그녀의 입에서 듣게 되는 것이 자신에게는 큰 상처인 줄 알고 있음에도 그는 그녀에게 물었다.

"그 남자는 너를 진심으로 사랑해 주었냐고! 그게 너한테 느껴졌어? 마음으로, 몸으로 느껴졌냐고! 나와는 다르게 느껴졌냐고!"

"그래, 느껴졌어. 끝날 때까지 느껴졌어."

하지만 은조는 알고 있었다. 이별할 때까지 의심하고 싸웠던 걸. 처음엔 진심이라고 믿었지만 이별할 즈음 그건 아무것도 아닌 게 돼 버렸다. 진심조차도 퇴색하게 만드는 사랑의 결말. 헤어짐은 결국 진심과는 상관없이 가슴 아픈 일인 걸.

그래도 은조는 처음부터 의도가 불순했다는 게 싫었다.

재익은 한동안 아무 말도 하지 않았다. 감정을 수습하려 그저 조용히 있을 따름이었다. 그는 자신이 졌다는 걸 알고 있었다.

누군가에게 진정으로 사랑을 받았다는 것 자체가 뿌리칠 수 없는 유혹인 것이다. 정말로 사랑을 받아 본 사람은 알 것이다.

"네가 행복하면 좋겠어. 네가 행복해하는 얼굴이 좋았거든. 날 보면서."

은조가 아무 말도 하지 않았다.

그땐 부담스러워했잖아. 마누라처럼 구는 게 싫다면서.

하지만 은조는 속으로 그 말을 삼켰다. 똑같은 남자한테 두 번이나 상처받고 싶지 않을 뿐이었다. 같은 이유로. 그녀는 앞으로도 재익을 믿지 못할 것만 같았다. 한마디로 이런 재회는 기분 나쁜 후유증만 남길 뿐이다. 힘이 쭉 빠졌다.

"난, 너 많이 생각했어. 그냥, 생각이 나더라고."

그가 돌아섰다. 그리고 그녀 앞에서 멀어져 갔다. 그의 축 처진 어깨가 그녀의 시야에 들어왔다. 그는 그사이 키가 더 커진 것 같았다. 그가 조금씩 더 멀어져 갔다. 하지만 은조는 그 자리에 그대로 머물러 있었다. 그가 완전히 사라질 때까지.

집에 들어가 다시 깨나 볶아야겠다고 생각했다. 그러면 그에 대한 오늘의 기억이 사라지려나? 집중해서 깨를 볶자. 계속 불 앞에

서 있으면서 열심히 깨를 볶자. 그럼, 그에 대한 기억을 전부 잊을
수 있을 것 같았다.

❖

회전문을 밀고 건물 안으로 들어오는 인혜의 얼굴이 살짝 경직
되었다. 안은 밖보다 훨씬 크고 일사불란했다. 화려하면서 현대적
인 매장 분위기에도 불구하고 이곳은 어딘지 훈훈한 기운이 느껴
지는 게 묘한 대조를 이뤘다. 오고 가는 사람들의 표정이 일단 밝
았고 매장에서 일하는 직원들과 사무실 사람들이 곳곳에서 자연스
럽게 얘기를 주고받았다. 좀 자유로운 분위기가 느껴진다고 해야
할까.

그녀가 이곳에 입사한 이유도 바로 그것이었다. 아무리 회사라
도 수직적인 인간관계를 그녀는 싫어했다. 아버지의 인맥으로 대
기업 쪽 일자리도 몇 군데 소개받았지만 그녀는 모두 거절했다. 자
신의 실력이 못 미치는 경우도 있었으나 거대한 조직사회의 부속
품처럼 느껴지는 삶이 별로였기 때문이다. 게다가 그녀는 돈에 궁
한 사람도 아니었다. 풍족한 집안에서 태어났다는 건, 선택할 수
있는 폭이 넓다는 뜻이다. 인혜는 그 자체도 축복이라고 생각했다.

그녀가 일할 기획실은 7층에 자리하고 있었다. 그녀는 애써 자
신을 격려하며 얼굴에 의식적인 미소를 지었다. 엘리베이터를 타
기 위해 걸어가는데 맞은편에서 사원증을 목에 걸고 다가오는 키
큰 남자가 눈에 띄었다. 인혜는 그가 누구인지 알고 있었다.

그래, 여기가 한재익의 아버지가 운영하는 회사였지. 〈혜성어패
럴〉의 상호를 기억하고는 그녀가 최대한 자연스럽게 마주 오는 그

에게 먼저 알은척을 했다.

"오랜만이다, 한재익."

"누구⋯⋯."

그가 살짝 인상을 쓰며 바라보자 인혜는 조금 짜증스럽게 말했다.

"나, 서인혜. 기억 안 나? 은조 친구."

"은조 친구?"

그가 미간을 찌푸리며 생각하다 잠시 후, 그제야 기억났다는 듯 표정을 풀었다. 하지만 곧장 사무적인 말투가 튀어나왔다.

"그런데, 네가 여긴 어쩐 일이냐?"

"몰랐구나. 나 여기 취직했어. 기획실로."

"네가? 어떻게?"

"우리 아버지가 이쪽에 아는 분이 계셔서. 엄밀히 말하면 낙하산이지. 여직원이 임신하는 바람에 갑자기 퇴사했다고. 급하게 사람을 구한다기에 아버지가 내 얘기를 하셨나 봐. 그렇다고 너무 언짢아하지는 마. 나 능력 있으니까."

인혜는 일부러 자신감 있게 말했다. 그렇게라도 하지 않으면 낙하산이란 선입견으로 보는 시선이 계속 신경 쓰일 것 같아서였다. 재익이 희미하게 웃었다. 예전부터 느꼈던 거지만 좋게 말하면 이지적으로 보이고, 나쁘게 말하면 어딘지 무례해 보이는 표정이었다.

"그래, 열심히 해 봐라. 쉽진 않을 테지만."

"그런데, 너도 여기서 일해?"

인혜가 궁금한 듯 물었다. 대놓고 너희 아버지 회사에서 일하고 있냐느니, 어떤 부서냐느니 이런 건 묻기가 껄끄러웠다. 아무리 한다리 건너 친구라 해도.

"응, 바빠서. 먼저 가도 될까?"

"그, 그래."

그때 휴대폰이 울리자 그녀가 전화를 받았다. 인혜는 재익에게 미소를 지으며 손짓으로 가 보라고 했다.

"어, 은조야. 어때, 뭐?"

재익은 인혜의 목소리에 가던 발길을 멈췄다. 인혜는 대화에 열중해서인지 천천히 걷다가 사람들을 피해 한쪽으로 비켜서 통화를 했다. 재익이 호기심을 참지 못하고 전화하는 그녀를 바라보았다. 아니, 통화 소리를 들으려 귀를 세웠다.

"응. 응. 참, 그러니까 휴일에 연습 좀 하지 그랬니. 내 차, 말만 중고지 다 정상이야. 내가 카센터에 맡겨서 다 손보고 너한테 넘긴 건데, 뭐. 불안해? 그렇게 겁이 많아서 너 어떻게 운전할래? 야, 야. 안 죽어. 안 죽어."

그녀는 갑자기 언성이 높아진 자신의 목소리를 의식했는지 한껏 목소리를 낮췄다. 하지만 곧 다시 언성이 높아졌다.

"주차는 그냥 경비 아저씨한테 해 달라 그래. 그니까 왜 벌써 회사에 끌고 나왔어. 너 차 어떻게 뺄래. 알았어. 알았다고. 야, 나 바쁘니까 끊어. 나중에…… 글쎄, 안 죽는다니까!"

인혜는 전화를 끊고 고개를 흔들었다. 재익이 그녀의 곁으로 가 대뜸 물었다.

"무슨 전화야?"

"뭐? 아, 아니야. 내 전화 엿들었어?"

인혜가 인상을 쓰자, 재익이 차갑게 내뱉었다.

"그렇게 목소리를 높이는데 안 들리냐, 그럼?"

"어머. 내 목소리가 그렇게 컸니. 아휴. 직장 생활 하면서 는 건, 목소리 커진 것밖에 없다니까."

"은조가 운전을 못해?"

재익이 물었다. 인혜는 잠시 말을 할까 말까 망설이다가 그냥 하기로 했다. 어차피 다 들은 것 같고, 굳이 못 할 말도 아니라고 생각했다.

"내가 처음으로 몰던 나의 애마를 은조한테 얼마 전에 줬거든. 걔가 그전부터 취재하러 다니면서 많이 불편해서. 맨날 사진작가 차 얻어 타는 것도 눈치 보인다고. 근데 은조가 면허 딴 지 얼마 안 돼서. 며칠 전에 후진하다가 가로수 들이박고, 지난주에는 직진하는 차 못 보고 우회전하다가 또 박았잖아. 다치진 않았는데, 차가 망가져서 불안하다는 둥. 어쩐다는 둥. 그런데 처음엔 다 그렇지 뭐. 그러면서 느는 거고. 나도 처음엔 그랬는데."

"걔 몇 시 퇴근이지?"

"6시 아니면 7시겠지."

인혜는 의아한 표정으로 재익을 쳐다보았다.

"왜, 네가 가 보기라도 하게?"

그는 한쪽 머리를 쓸어 넘기며 말했다. 그의 목소리가 날카로웠다.

"그럼, 생명이 달린 문젠데. 너는 지금 그걸 말이라고."

그러면서 재익은 급하게 발길을 돌려 가 버렸다. 그의 뒷모습을 빤히 보고 있던 인혜는 코웃음을 쳤다.

"왜 저래? 지가 무슨 남자 친구라도 되는 것처럼."

그녀는 은조에게 메시지를 남길까 하다가, 지금은 그럴 상황이 아니라는 듯 옷매무시를 점검했다.

"사람이 그렇게 쉽게 죽진 않지."

그녀는 낙천적인 성격의 자신을 사랑했다. 그건 아무나 가질 수 없는 장점이므로.

하지만 그날 저녁, 인혜의 생각과는 달리 은조는 땀을 뻘뻘 흘리며 핸들을 돌리고 있었다.

빵! 빵!

"거, 차 좀 뺍시다!"

난리였다. 아니, 이건 거의 주차 대란이었다. 좁은 대로변에 위치한 그녀의 원룸은 주차 공간까지 협소해 빨리 1층 주차장으로 차를 넣지 않으면 뒤에 차들이 밀려 대혼잡을 이루었다. 은조는 낑낑대며 핸들을 이리 움직였다 저리 움직였다 앞을 보았다 뒤를 보았다 했지만 마음먹은 대로 차는 움직여지지 않았다. 뒤에선 거의 욕설이 터지는 수준이었다. 등 뒤에선 식은땀이 나고 손발이 떨렸다. 자꾸 재촉을 하니 있던 감각도 없어진다.

이건 차가 아니라, 짐이야, 짐. 대형 짐.

후진 기어를 넣고 차를 움직였지만 주차장 입구 벽에 걸렸다. 다시 전진 기어를 넣고 차를 앞으로 뺐다.

빵! 빵!

"야, 이봐!"

은조가 입술을 깨물자 누군가 창문을 두드렸다. 그녀가 바로 창문을 열었다.

"나와. 빨리."

"저기……."

"뒤에 차들 안 보여? 빨리 나와."

은조가 안전벨트를 풀고 나오자 재익이 재빨리 운전석으로 가 단숨에 주차장으로 차를 집어넣었다. 그가 차를 제자리에 완벽히 주차한 시간은 딱 2초.

은조는 허탈한 웃음을 흘렸다. 뒤차들이 움직이며 은조를 째려보는 시선이 느껴졌다. 그중 한 남자는 창문을 열고는 서 있는 그녀에게 짜증을 내며 소리를 질렀다.

"그런 실력으로 무슨 놈의 차를 끌고 다닌다고! 집에서 솥뚜껑 운전이나 해!"

주차를 마친 재익이 차에서 내려 그녀에게 다가왔다. 차들은 거의 다 빠져나가고 주변은 순식간에 조용해졌다. 조금 전까지 일어나고 있었던 난리가 상상이 되지 않을 정도로.

"차를 좀 손봐야 할 것 같은데. 앞쪽 범퍼도 그렇고 타이어도 문제가 있어 보여. 아무래도 위험하니까."

"너 왜 그래? 또 지나가다 들렀어?"

"응. 우연히 들렀어. 주위가 너무 시끄럽기에 봤더니."

재익은 분명 은조가 자신이 거짓말을 하고 있다는 걸 알 거라 생각했다. 하지만 개의치 않았다. 그는 무조건 밀고 나갔다.

이래도 나쁜 새끼고 저래도 나쁜 새끼일 바엔.

은조가 황당하다는 표정으로 말했다.

"어떻게 알고 왔어? 그리고, 왜 그래?"

"지금 그게 중요한 거 아니잖아. 생명이 달린 문젠데. 도와주고 싶어서 그래."

"생명? 주차 못한다고 죽기라도 해?"

"그런 말이 아니잖아."

"됐어. 아무튼 뭐."

은조는 고맙다는 말이 죽어도 안 나왔다.

"너 평소엔 어떻게 다녀. 매일 이래?"

"아냐. 다른 땐 경비 아저씨가 도와주거나 잘할 때도 있어. 그리고 나 운전 잘해! 그렇게 못하는 거 아니야. 뒤에서 차들이 하도 재촉을 하니까 그렇지. 우리나라 사람들이 워낙 성격들이 급하잖아. 당장 조금만 못 가도 성질들을 내고 욕을 해 대고. 그런 인간들이 예의가 없는 거지. 자기들은 뭐 태어날 때부터 잘했나."

은조는 자기도 모르게 투덜대다, 재익이 자신을 빤히 쳐다보며 웃자 그대로 얼굴을 돌렸다.

"그래도 아파트 주차장도 아니고, 이런 구조라면 재빨리 해야 돼. 난이도가 좀 높긴 한데. 연습하자. 내일 시간 어때? 토요일이잖아. 야외로 나가서 공원 같은 데서 연습하는 게 제일 좋아. 스트레스도 덜 받고."

"내일 약속 있어. 그리고 네가 상관할 바가 아니잖아. 죽이 되든 밥이 되든 내가 알아서 할 테니까 신경 껐으면 좋겠거든."

"알았어, 그래. 불편하면 더 이상 말 안 할게. 대신 차는 오늘 중으로 손봤으면 좋겠는데. 잘 아는 카센터가 있어. 바로 이 근처야. 시간 오래 안 걸려."

"재익아."

그때 인혜에게서 전화가 오는 바람에 은조는 휴대폰을 꺼내 들었다. 그 틈을 타서 재익은 은조가 손에 쥐고 있던 차 키를 냉큼 빼어가 손을 흔들었다.

"뭐야, 한재익."

"빨리 갖다 놓을게. 걱정 마. 네가 다치는 거 싫어서 그래."

그는 은조가 쫓아올까 봐, 재빨리 차에 몸을 싣고 그대로 횡하니 가 버렸다. 은조는 우두커니 서서 재익이 간 자리를 물끄러미 바라보았다. 휴대폰에서 인혜의 목소리가 울리자 은조는 시선을 땅으로 내렸다.

— 김은조. 은조야! 내 말 듣고 있어? 왜 대답이 없어?

"어. 어. 그래. 말해. 듣고 있어."

— 첫날부터 일 빡세게 시키고. 그런데 있지.

인혜는 한동안 첫 출근 한 소감을 잔뜩 쏟아 내다 뜬금없이 재익에 대해 말하기 시작했다. 은조는 미간을 찌푸리며 친구의 얘기를 들었다.

— 지가 무슨 네 남자 친구라도 되는 줄 아나 봐. 그런데 여전히 멋있긴 멋있더라. 스타일이며. 목소리며. 뭐 의류 회사 아들이어서 그런가. 완전 모델 같다니까. 근데 그러면 뭐 해. 어차피 쓰레기인데. 멋있으면 뭐 하냐고. 재활용도 안 되는 쓰레기잖아.

"너는 무슨. 사람한테 재활용이니, 쓰레기니. 우리 언어 순화 좀 하고 살자."

— 김은조. 네가 먼저 그랬잖아. 쓰레기 자식이라고.

"그거야 철없을 때, 그랬지."

은조가 힘없이 웃었다. 자신이 말해 놓고도 기분이 묘했다.

— 기가 막혀. 지가 먼저 그래 놓고는. 개새끼라고.

"그 개새끼를 사랑했던 나는 뭐니?"

— 사, 사랑? 너 너무 자연스럽게 나온다. 사랑? 너 혹시 아직도……

"아냐! 그런 거!"

은조가 또박또박 천천히 말했다.

"사랑했었다고. 사랑하고 있는 게 아니라."

그러면서 다시 그녀의 목소리가 부드러워졌다.

"암튼. 고마워. 인혜야."

— 뭐야, 또. 뜬금없이.

"나 걱정돼서 전화해 준 거잖아. 첫날이라 너도 바쁠 텐데."

— 아니, 뭐. 그래. 걱정이야 되지. 그리고.

사실 남의 연애에 크게 관심은 없었지만 그래도 대학 때의 두 사람의 관계를 알고 있던 터라, 그녀는 내심 현재의 그들의 관계가 궁금하기도 했다. 인혜가 말했다.

— 별일, 없지? 혹시.

"별일 없어. 이번 주에 한번 와라. 취직 기념으로 내가 맛있는 거 해 줄게."

— 오호, 맛있는 거.

"그래. 맛있는 거 먹고 내가 드라이브도 시켜 줄게. 시승 한번 해야지."

— 그, 그래. 그 차, 보험 빵빵하게 들어 놨으니까.

두 사람은 웃으며 전화를 끊었다. 그로부터 두 시간 뒤. 차 소리 때문에 창밖을 바라보니, 재익이 차를 주차장에 넣고 있었다. 그가 그녀의 집 앞에서 그녀의 방 창문을 향해 손을 흔들었다. 은조는 별로 나가고 싶지 않았다. 나가서 그와 마주 서면 또 말을 섞게 될 것이고, 그러면 혹시라도 쓸데없는 감정에 휘말릴지도 모르니까. 그녀는 남녀 관계에 대해 큰소리치는 오만을 부리고 싶지 않았다. 그 연약한 감정을 그에게 조금이라도 들키기 싫었다.

그녀가 문자 메시지를 남겼다.

[잘 가. 차 키는 우편함에 넣어 둬.]

그러고는 창문을 닫았다.

❖

　다음 날 아침. 일찍 눈을 뜬 은조는 창문을 열어젖혔다. 아무래도 환상적인 토요일이 될 것 같았다. 햇빛은 눈이 부셨고, 하늘엔 구름 한 점 없는 청명한 날이었다. 정말 몇 년 만에 보는 날 좋은 토요일이었다.

　그녀는 세수를 하고 옷을 갈아입은 뒤 간단히 아침을 챙겨 먹고는 주차장으로 내려갔다. 어제 재익이 말한 대로 넓은 공원 쪽으로 차를 가지고 나갈 생각이었다. 혼자 바람도 쐬고 싶고, 주차 연습도 할 겸.

　인혜에게서 아침부터 톡이 날아왔다.

　[약속 있어? 없으면 쇼핑 갈래? 이태원으로. 저녁도 먹고.]

　[나 차 끌고 나갈 거야. 주차 때문에 스트레스받아서 안 되겠어. 시간 있을 때 연습 좀 하려고.]

　다시 인혜에게서 톡이 들어왔다.

　[아, 글쿠나. 어디로 갈 건데?]

　[음, 글쎄.]

　[너 목적지 안 정해 놓고 갔다간 초보 때 큰일 난다. 걱정되니까 도착하면 문자 날려.]

　[왜, 오려고?]

　[너 집 못 찾아오면 어떡해. 너 길눈도 별로잖아.]

　[서인혜. 진짜 사람 무시하고 있어.]

　[문자 날려. 사랑해, 친구!]

　"진짜 왜들 이러는 거야."

그녀는 투덜대며 차에 올라탔다. 벨트를 매고 심호흡을 한 후, 시동을 걸었다.

"자, 베스트 드라이버가 되는 그날까지! 그럼, 출발해 볼까."

그녀가 활기찬 표정으로 천천히 차를 움직여 밖으로 나갔다.

그리고 한 시간 뒤. 창문 안으로 스미는 햇빛 때문인지, 아직도 도로에서 느껴지는 긴장감 때문인지 핸들을 잡은 손이 축축할 정도로 땀이 났다. 내비게이션을 따라 잘 가고 있었는데, 어느 순간 이상한 길이 나왔다.

"대체 이놈의 차는 어디로 가는 것인가."

그녀는 혼자 중얼대며, 이정표를 보다가 다시 내비게이션을 보는 등 열심히 길을 찾아보았다. 처음엔 한강시민공원으로 가려고 했는데 멀리서 보아도 사람이 너무 많아 그녀는 방향을 바꿨다. 할 수 없이 잠시 갓길에 차를 세워 두고는 휴대폰으로 지도를 검색해서 목적지를 확인했다.

차들이 너 나 할 것 없이 그녀의 옆을 무섭게 질주했고 쏟아지는 햇빛은 뜨거웠다. 그녀는 자신이 현재 위치하고 있는 곳의 지도를 캡처해 인혜에게 톡으로 쏴 주었다. 돌아가는 길은 그녀에게 대신 운전을 부탁해야 할 것 같아서였다. 둘이 만나서 저녁도 먹을 겸.

그러기를 한 20분 정도가 지났을까. 그녀가 잠시 쉬었다 핸들을 잡으려고 하자 그가 나타났다. 재익은 바로 조수석 문을 열고 그녀 옆에 앉았다. 가벼운 면바지에 카키색 니트 차림으로 편안한 복장이었다.

그가 아무렇지도 않게 그녀에게 말을 건넸다. 말을 하면서 웃기까지 하는 그의 얼굴이 능청스러웠다. 동시에 햇빛을 받고 있는 그의 표정이 신기할 정도로 해맑아 보였다. 그는 기분이 꽤 좋은 것 같았다. 이해할 수 없지만.

"놀랐지? 갑자기 나타나서."

은조가 한동안 아무 말도 하지 않았다. 그러다 양미간을 찌푸리며 한숨을 쉬었다.

"누구야?"

"뭐가?"

"어떻게 지금 네가 여기에 왔냐고."

"차 타고 왔지, 어떻게 오긴."

은조는 팔짱을 끼며 잠시 고개를 숙이더니 바로 생각났다는 듯 얼굴을 들었다.

"인혜구나. 스파이가."

"스파이?"

"내가 그 정도 눈치도 없는 줄 알아? 너네 회사 다닌다며. 어쩐지 어제오늘 연달아 연락을 하고 꼬치꼬치 묻더라니."

재익이 살며시 웃었다.

"인혜한테 도움을 받은 건 사실이지만 스파이까진 좀 그렇지. 내가 부탁했어. 도와 달라고."

"뭘? 뭘 도와줘?"

은조의 목소리가 날카로웠다.

"네가 도로에서 떨지 않고 운전할 때까지만. 그리고 주차장에 자연스럽게 주차할 수 있을 때까지만 내가 좀 봐줄게. 매일 경비 아저씨한테 도와 달라고 할 순 없잖아."

"매일이 아니라니까. 내가 언제."

그가 한 손을 올렸다.

"알았어. 알았다고. 그때까지만. 생명이 달린 문제니까."

그는 '생명'이란 단어에 힘을 주었다. 재익은 최대한 쿨한 척을 좀 해야겠다고 생각했다. 은조가 말했다.

"운전이란 게 혼자 하는 거지. 네가 옆에 있다고 뭐가 달라져? 이런 식으로 엉겨 붙을 생각 하지 마. 그리고."

"일단 가자. 여기 갓길이라 차 오래 세워 두면 안 돼. 자, 어디로 갈 건진 정했어? 혹시 안 정했으면 내가 알고 있는 데가 있는데 그리로 가자. 길도 쉬워. 차들도 별로 없고. 외곽으로 나갈 거거든."

재익은 은조가 뭐라 할 틈도 주지 않은 채, 그녀를 재촉했다. 그녀는 심사가 뒤틀렸으나 계속 운전을 하려면 좀 참아야겠다고 생각했다. 하여튼 신경 쓰이는 짓만 골라서 하고. 가뜩이나 긴장되어 죽겠는데.

할 수 없이 그녀는 핸들을 잡았다. 그러자 재익이 갑자기 그녀에게로 몸을 숙였다. 그의 얼굴이 그녀의 얼굴 가까이로 다가왔다. 은조가 그를 밀어 내려고 두 손을 그의 가슴 쪽으로 내미는 순간, 그가 안전벨트를 그녀에게 매 주었다.

"아무리 급해도, 잊어버리면 안 된다."

은조는 그를 한 번 노려본 뒤 핸들을 잡았다.

잠시 후, 은조는 쌩쌩 달리고 있는 차들 한가운데를 뚫어지게 응시하면서 핸들을 움직였다. 차선을 변경할 때마다 이마에서 식은땀이 흘렀다. 차들이 거의 시속 100키로미터 이상으로 달리는 것 같았다. 너무 빨리 가는 것처럼 느껴졌다. 재익이 웃으며 말했다.

"그런데 은조야. 너무 천천히 가는 거 같은데. 40은 좀 그렇잖아."

"조금씩 올릴 거야, 걱정 마."

목소리와는 다르게 그녀의 표정은 비장함, 그 자체였다. 뒤에서 간혹 빵빵거리는 소리가 들려왔다.

"얼마나 됐어? 운전한 지."

"2주째야."

"2주."

그의 목소리가 아주 낮아졌다.

"보름도 안 돼."

은조의 말에 재익이 느긋하게 앉아 있던 자세를 바로 고쳐 앉았다. 은조는 어깨에 잔뜩 힘이 들어갔다. 차들이 너무 빨리 움직인다. 조금씩 속력을 내자 60까지 올라갔다. 속도를 높였음에도 오히려 아까보다 한결 나은 것 같았다. 재익이 물었다.

"아침에 회사에 몰고 간다며. 지금 실력으로 어떻게 했어?"

"끼어들기 못 해서, 두 시간 걸릴 때도 있었고. 첫날은 두 시간 반 걸렸어."

은조가 일부러 웃었다.

"주차까지 합하면 세 시간."

차선을 변경하자 뒤차가 요란하게 클랙슨을 울렸다. 너무 붙었나.

재익이 다시 웃었다. 그가 머리를 쓸어 넘기며 한숨을 내쉬었다.

"세 시간. 지금은?"

"지금은 좀 나아졌지. 그런데 내가 자꾸 길을 돌아서 가. 차가 너무 막히니까."

그래도 은조는 흐뭇한 얼굴로 말했다. 재익은 아무 말도 하지 않고 은조의 얼굴만 빤히 쳐다보았다. 여기저기에서 험악한 얼굴의 남자들이 그녀의 차를 덮칠 것만 같았다.

그녀의 앞으로 갑자기 차가 끼어들더니 쏜살같이 달려갔다. 은조는 놀라 하마터면 브레이크를 밟을 뻔했다. 재익이 핸들을 잡은 그녀의 손 위로 자신의 손을 포개면서 말했다.

"이대로 쭉 가, 그냥. 속력 올리고."

"안 돼. 너무 빨라."

"그냥 해. 80 이상까지 올려. 그래, 자. 옳지."

은조는 재익이 시키는 대로 했다. 그대로 쭉쭉 나갔다.

그의 손이 너무 뜨거웠다.

왜 하필, 이때. 미친놈이야, 아무튼.

은조가 아랫입술을 꽉 깨물었다. 치우라고 말하고 싶었지만 지금은 그럴 경황이 아니었다. 차들이 쌩쌩 달린다. 너무 긴장이 되어 핸들을 잡고 있던 손이 떨려 왔다.

재익의 커다란 손이 그녀의 손등을 살짝 터치하며 속력을 줄이라고 했다가 올리라고 했다. 확실히 그가 옆에 있으니까 처음보다 조금 덜 떨리는 것도 같다.

그가 창문을 살짝 열었다. 시원한 바람이 불어왔다. 은조는 열심히 앞만 보고 달렸다. 이마에 맺혀 있던 땀방울이 바람결에 날아갔다. 한결 긴장이 풀렸다. 계속 가다 보니, 아까보다 차들도 많이 줄었다. 그 많던 차들은 대체 어디로 간 것일까.

은조는 80 이상을 밟으며 계속 앞으로 나아갔다. 도로는 거짓말처럼 한산했고 차들이 많이 없어서 차선 변경도 수월했다. 마치 드라이브를 하는 것 같았다. 조금씩 숨통이 트였다. 게다가 한참을 그렇게 가니 저 멀리, 강가가 보이는 듯했다. 은조는 떨어진 속도를 다시 올렸다. 바람이 아까보다도 더 시원했다. 재익은 그제야 등을 의자 등받이에 받치며 느긋하게 몸을 뒤로 젖혔다.

그때 검은색 스포츠카 한 대가 그녀의 옆 차선에 바짝 붙더니 순식간에 바로 앞으로 밀고 들어왔다. 너무 가까이 들어온지라 은조가 당황한 나머지 핸들을 옆으로 틀어 버렸다. 차체가 흔들리자 재익이 반사적으로 일어나 재빨리 핸들을 제자리로 돌렸다. 위험한 순간이었다. 오른쪽 옆 차선에서 버스를 몰던 기사가 창문을 열고 소리를 질렀다.

"죽고 싶어서 환장했어? 운전, 똑바로 못 해?"

은조가 심장을 쓸어내렸다. 아직도 손이 떨리고 다리가 후들거린다. 너무 놀라 그녀는 그냥 헛웃음이 나왔다. 은조가 얼굴을 옆으로 돌리지도 못한 채, 그저 앞만 보면서 재익에게 말했다.

"미안, 너, 그냥…… 내려라. 내려 줄게."

재익이 그녀에게서 시선을 거두며 다시 등받이에 몸을 기대었다.

"차선 변경 세 번이나 해야 하는데, 언제 내려 줄 건데?"

이 와중에도 그는 자신을 놀렸다. 하지만 은조는 농담할 기분이 아니었다. 피곤했다.

"내려 줄게. 좀 있어 봐."

은조는 고집을 부리며 오른쪽 백미러를 흘끗 보았다.

"차라리 옆에 아무도 안 태우는 게 낫지. 죽어도 나 혼자 죽고, 다쳐도 나 혼자 다치는 게 나아. 내려 줄게."

"그냥 같이 죽지 뭐."

"뭐어?"

은조가 찡그린 얼굴로 그를 힐끗 바라보다 다시 시선을 정면으로 향했다.

"계속 달려. 난 괜찮으니까."

까짓것 죽기밖에 더 하겠어? 사랑하는 사람과 드라이브 중에 죽는다. 그것도 즉사. 영화 같은 얘기네. 뭐가 두렵다고. 정말, 두려운 건 따로 있는데.

차는 질주했다. 생각보다 잘 가고 있었다. 어디서 그런 배짱이 나왔는지 은조는 그다음부터 흐트러지지 않고 차를 잘 몰았다. 그녀의 표정이 사뭇 진지했다.

아기처럼 안아 주고 보호해 주고 싶은 그녀. 너무나 씩씩한 척, 아무렇지도 않은 척 열심히 운전을 하고 있는 그녀. 하지만 그녀가 손에 쥔 핸들은 그녀의 땀으로 범벅이 되어 있을 것이다.

재익은 이대로 차가 튕겨 하늘 높이 공중으로 분해되어도 그녀와 함께라면, 그녀와 영원히 함께라면…… 이 순간만큼은 더 이상 바랄 게 없을 것만 같았다. 눈을 질끈 감았다. 욕망이건 사랑이건 한번 끝까지 가 볼 것이다. 지구 끝까지, 우주 끝까지, 세상 끝까지. 이 삶의 끝까지, 그녀와 함께 가 볼 것이다. 얼마나 불행하든, 얼마나 상처받든. 얼마나 싸우든.

설령 지금의 선택을 나중에 후회한다 해도 이 지긋지긋한 미련에서만은 벗어날 수 있을 것이다. 차가 달린다. 쉬지 않고 달린다. 쏟아지는 봄 햇살을 받으며 달리는 차 안에서 두 사람은 아무 말도 하지 않았다.

은조가 목이 잠겨 말했다.

"호수가 보이네, 드디어."

그녀가 천천히 속력을 줄이면서 핸들을 돌렸다.

그녀의 말대로 시원하게 뚫린 호수가 눈에 들어왔다. 재익은 말 없이 몸을 일으키며 감정을 추슬렀다. 그의 손도 땀으로 흠뻑 젖어 있었다. 하지만 격렬해진 심장을 그녀에게 들키고 싶진 않았다. 그 가 웃으며 말했다.

"수고했어, 김 기사! 잘했어 아주!"

그가 엄지손가락을 척 들어 올리다, 은조의 잡아먹을 듯한 시선 을 마주하고는 재빨리 차 문을 열고 나왔다.

화창한 봄날에 벚꽃이 흩날리고 있었다. 은조는 한쪽에 차를 세 워 두고는 바로 문을 열고 밖으로 나왔다. 긴장이 풀렸는지 이마를 훑고 지나가는 청명한 바람에 그녀는 환하게 미소 지었다. 신선하 고 맑은 바람이었다. 기지개를 쭉 켜고 그녀는 자신의 어깨를 주물 렀다.

"날씨 좋네. 공기도 좋고."

재익이 주변을 한 번 둘러보더니 은조보고 따라오라고 했다. 소 풍을 나온 가족들과 강아지를 데리고 산책을 온 연인들이 눈길을 끌었다. 도시락을 싸 와서 먹는 사람들, 캐치볼을 하면서 뛰어다니 는 어린아이들, 맥주를 마시며 그늘 아래서 쉬고 있는 아저씨들까 지. 오랜만에 보는 평화로움에 은조는 말없이 재익을 따라갔다.

그들이 앉아 있는 곳은 호수가 정면으로 내려다보이는 한적한 나무 그늘 아래였다. 재익이 등받이가 있는 나무 벤치에 앉았다. 바람에 호수가 잔잔히 일렁인다. 물결이 햇빛에 반사되어 반짝이 고, 저 멀리서 구름은 몽실몽실 떠다니고 있었다.

"어디야? 여긴."

"경기도 부근이야. 조금만 벗어나도 좋은 곳 많아."

그가 자신의 옆자리를 손으로 툭툭 쳤다. 먼지를 털어 내면서 서 있는 은조를 바라보았다. 그녀가 자리에 앉으면서 머리를 쓸어 넘겼다. 시원한 바람이 불어와 땀을 식혀 주었다. 은조는 상쾌함을 느꼈다.

그녀는 주위를 한 번 둘러보며 조용히 말했다.

"좋긴, 좋다. 한적하고 공기도 맑고."

재익은 그녀에게서 시선을 거두지 않았다. 그녀가 자신의 어깨에 기대었으면 좋겠다. 하지만 그녀는 그러지 않을 것이다. 재익이 말했다.

"배고프지 않아? 저기 매점도 있는 것 같은데 뭐 좀 사 올게."

재익은 은조가 뭐라 하기도 전에, 얼른 그쪽으로 뛰어갔다. 조금 있으려니, 그가 양손에 먹을 것을 잔뜩 사 가지고 와 손짓을 하며 그녀를 불렀다.

"이쪽으로 와."

그는 잔디밭에 돗자리를 깔고 그 위에 먹을 것이 담긴 봉지를 올려놓은 뒤 그 안에 담긴 것들을 하나씩 꺼냈다. 김밥과 우동, 샌드위치, 닭강정과 소시지, 마늘빵, 감자칩, 구운 계란, 사이다, 캔커피, 생수, 물티슈, 휴지까지. 은조가 눈을 동그랗게 떴다.

"돗자리도 팔기에 같이 사 왔어. 뭐 해, 앉아."

"뭘 이렇게나 많이 사 왔어. 누가 다 먹는다고."

"너 많이 먹으라고."

은조가 아무 대꾸 없이 앉자 재익이 사이다 캔을 따서 건넸다. 그는 분위기를 바꾸고 싶었다.

"김 기사, 수고했어. 먹고 힘내서 야간 운전 해야지."

그가 싱긋 웃었다.

"깜깜할 때까지 있자는 거야? 대체 너는."

"농담이야. 갈 때는 내가 모실게. 편하게. 걱정 말고. 자, 드시죠."

은조가 사이다를 한 모금 마시며 그를 째려봤다. 재익이 그녀의 앞으로 음식들을 챙겨 주었다.

"우동하고 김밥 먼저 먹어 봐. 식기 전에. 여기 우동이 맛있거든. 주인이 직접 하는 거라서."

"언제, 왔었어?"

"응, 몇 년 전에 할머니 모시고 한 번 왔었어. 바람 쐬고 싶다고 하셔서."

"그랬구나."

은조가 먼저 그릇째 들고 국물을 삼킨 후, 우동 한 젓가락을 집어 맛을 봤다.

"맛있네, 정말."

"그런데 그게 마지막이었어. 일주일 후에 돌아가셨거든."

"그, 그래."

재익은 은조를 만나면 이런 얘기가 너무 자연스럽게 흘러나오는 자신이 이상했다.

"미안. 기분 처지겠다."

"너한테 할머니는 특별한 분 아니었나?"

은조는 옛 기억을 되살려 봤다.

"그랬지. 그런데 이미 다 지난 일이야."

다 지난 일.

재익은 생각했다. 그토록 싸우고 헐뜯었던 가족들은 이제 전부 자신의 곁에 없다. 아버지 외엔. 문득 서로 싸우고 욕했던 그 시절이 그리운 건 무슨 미친 아련함이란 말인가. 추억도 아니고 뭣도 아닌.

바람이 불어왔다. 따뜻한 미풍이었지만 바람이 스친 자리는 어딘지 서늘하다. 한낮의 해가 기울었다. 벌써 오후가 지나가고 있었다. 하지만 여전히 햇빛은 눈이 부셨다.

재익은 음식에 거의 손도 대지 않았다. 그가 은조를 향해 말했다.

"은조야."

"응."

그녀가 김밥을 우물거렸다. 물도 마셨다.

"어떻게 지냈어? 그동안."

은조가 김밥을 다 먹고 물병을 바닥에 내려놓았다. 다시 바람이 불어왔다. 그녀의 머리도 흩날렸다. 하지만 그녀는 그냥 웃었다. 그녀의 웃는 모습을 재익이 잠시 넋을 잃고 바라보았다.

"재익아."

"응."

"너, 나 좋아하지?"

한동안 두 사람 사이에 침묵이 흘렀다. 은조가 말했다.

"나 좋아하는 거 맞잖아. 다시 나랑 잘해 보고 싶은 거잖아. 그런 거지?"

재익은 한동안 말이 없다 한참 만에야 물었다. 정말 수없이 물어보고 싶은 말이었다.

"너는, 너는 어떤데. 네 마음이 궁금해."

재익은 심장이 떨려 더 이상 말이 안 나왔다. 그녀의 말 한마디에 천국과 지옥이 결정될 것이다. 조마조마했다.

"나는……."

어느 정도는 예상하고 있었다. 재익이 물었다.

"내가 싫은 거야?"

쿨하게 멋지게 묻고 싶었으나 결과는 그가 듣기에도 자신의 목소리가 한심했다.

"아니, 싫은 건 아니야. 처음 네가 찾아왔을 땐 화도 나고, 네가 많이 미웠어. 며칠 전까지도 그랬어. 차라리 싫어하거나 화가 난다는 건 감정이 남아 있는 거잖아."

"그런데?"

재익은 불안해졌다. 심장이 쿵쾅거렸다.

"지금은 별 감정이 안 들어. 그냥."

"그냥……."

"누군가를 만나고 연애하고 사랑한다는 게 참 조심스러워. 너도 해 봤으면 알 거야. 사랑, 그거 어렵잖아. 하기는 쉽지만 끝내는 것도 어렵고 맺어지는 것도 어렵다는 거. 알 것 같은데."

"그래, 어렵지. 그래도 다들 잘하고 살잖아. 만나고 헤어지고, 싸우고 욕하면서도 또 행복해하고."

"그건 그렇지."

은조가 힘없이 대꾸했다. 재익도 웃으며 말했다. 사실, 이런 얘기 이렇게 부드럽게 할 줄은 몰랐다. 그것도 두 사람 다.

"은조야, 나 너 좋아했었어. 너는 믿지 못하겠지만."

"알아, 나도."

"알아? 넌 나 안 믿었잖아. 예전에도 그렇고, 지금도."

"그럼 믿겠니? 여자 몸만 탐하려고 하는 사기꾼같이 행동해

놓곤."

재익이 뭐라 하려고 하자 은조가 웃었다.

"그런데, 그게 참 미묘해. 섹스 파트너와 진짜 연애의 차이. 진짜 사랑했느냐. 사랑한 척하면서 섹스만 하려고 했느냐. 사실 넌 후자잖아. 처음부터 날 그렇게 대했잖아."

"남자도 마음에도 없는 여자와 섹스하기 싫어하는 건 마찬가지야."

"정말? 넌 아니었잖아."

은조가 놀리듯 웃었다.

"네 기억 속에 나란 놈은 그냥 아주 나쁜 인간일 뿐이구나. 개새끼이고."

재익도 웃었다.

"사실이잖아. 나쁜 멍멍이 새끼."

"뭐, 부인은 하지 않을게. 그런데 말이야."

"응?"

은조는 약간 시큰둥하게 물었다. 8년이란 시간 때문일까. 어떻게 이런 얘길 아무렇지도 않게 나눌 수가 있을까. 시간이 약이고, 세월이 약이라는 말 때문일까. 아니면 그의 진심을 알아 버렸기 때문일까. 재익이 어딘지 쑥스러운 얼굴로 말했다.

"네가 웃을지 모르겠지만, 개새끼에게도 순정은 있어."

은조가 예상대로 웃었다. 조금씩 더 크게 웃었다.

재익은 자신이 이렇게 말할지 몰랐다.

그녀는 자신을 비웃고 있는 건가? 아니다, 은조가 그럴 리는 없다. 하지만, 그녀의 웃음이 자신을 부끄럽게 만드는 건 무슨 심리인지.

그냥, 미안해. 예전엔 너무 미안했어. 내가 나쁜 놈이었고, 너한테 상처 준 거. 하지만 일부러 그러려고 했던 건 아니야. 널 사랑하지 않았던 게 아니야. 내가 사랑을 몰랐던 개멍청이어서 그래. 노력할게. 진심으로 노력하고 사랑해 줄게. 그러니까 우리 다시 시작하자.

이것이 그의 머릿속에 있던 고백 아닌 고백이었다. 뭐, 특별할 것도 없지만 이것이 자신의 진심이었으므로. 진심이면 뭐든 통한다고 생각했으니까.

하지만 현실은 그렇지 않은 것 같다. 은조가 말했다.

"순정이라고. 그건, 아니다."

"순정이 뭐 별건가. 너만을 진심으로 좋아하는 마음, 절실한 감정…… 그런 거잖아."

바람이 조금씩 차가워졌다. 바람 소리에 묻혀 그녀의 목소리가 들려왔다.

"난 너랑 다시 시작할 수 없어. 예전처럼 널 사랑하지도 않고 그렇다고 옛정이 남아 너의 단점까지 포용할 자신도 없고 그걸 받아들일 만한 그릇도 안 돼. 어쩌면 그 정도의 사랑이 아닐지도 모르지. 8년이 지났어도 잊지 못할 사랑, 그 정도는 아니었나 봐."

은조가 씁쓸하게 웃었다. 재익은 어떻게 말해야 좋을지 몰랐다. 차라리, 그냥 용서 못 한다고 화를 내는 게 나을 것 같았다.

그 정도의 사랑이 아니라고 말하는 그녀가 한편으론 야속하고 서운했다.

나와의 사랑이 그 정도의 사랑이 아니라고? 그래, 아니겠지. 당연히 아니겠지. 이해는 하지만 마음 한구석에 서늘한 바람이 불어왔다.

그러니까 먼저 그렇게 냉정히 떠났지. 어쨌든 그녀가 먼저 떠났으니까. 뒤 한 번 돌아보지도 않고. 영영 돌아오지 않을 것처럼.

정말 사랑했다면 자신을 기다려 줬을 거라는 건, 자신의 이기심이었던가?

은조는 자신을 그토록 뜨겁고, 열렬하게 사랑하지는 않았던 것이다. 결국, 그런 것이다. 사랑한다고는 했지만 그 정도의 깊은 사랑은 아닌 것이다.

상대를 기다려 주고 끝까지 함께하는 사랑.

남자가 여자에게 바라는 사랑에 대한 유일한 로망이자 판타지 말이다.

겉으론 아무렇지도 않은 척했지만 그 정도의 사랑은 아니라는 것, 알고 있었다. 그러면 자신은 어떤가. 자신은 그 정도의 사랑인가. 절대로 다시는 그녀 곁을 떠나지 않을 만큼, 그 정도의 뜨거운 사랑인가. 그래서 지금은 자신이 먼저 손을 내밀고 있는 건가?

그가 자조적으로 말했다.

"그래, 인정해. 내가 쓰레기처럼 군 거. 하지만 네가 그렇게 빨리 떠나 버릴 줄 몰랐어. 어떨 땐 네 얼굴 한 번만이라도 볼 수 있으면 소원이 없겠다 싶었을 때도 있었어."

"그런데 왜 그렇게 하지 않았어?"

"너한테 다른 상대가 있었잖아. 그것도 너의 이상형에 가까운. 내 말이 틀린가? 똥차 가고 벤츠 온다고. 그 순간엔 너의 그 남자가 벤츠였잖아. 내가 똥차였고."

은조는 허탈한 마음에 웃었다. 재익의 말이 어느 정도는 사실이었다. 하지만 이상형이란 건 손에 잡을 수 없는 허상 같은 것이란 거. 결국 그 사랑도 어느 순간 흔적도 없이 사라져 버렸다. 이젠

308

기억조차 희미해진. 애증도 없고, 미움도 없고, 사랑도 없어진 기억인데.

8년 동안 은조가 가지고 있던 솔직한 마음은 아무래도 억울함이었던 것 같다. 언제나 나쁜 놈한테 당했다는 기억 때문에 그저 자존심이 상할 뿐이었다. 하지만 문득, 그래 불현듯, 그녀는 생각했다. 이런 감정도 사랑인 걸까. 아니면 아쉬움이 조금이라도 남아있는 미련일까.

그리고 혹시 재익도 자신과 같은 마음이 아니었을까. 자신을 붙잡진 않았지만, 그렇다고 쿨하게 보내 주지도 않았다. 그래서 마음 한구석에서 항상 의심했다. 기억하기도 싫은 남자라고 치부하면서도, 그의 쿨하지 못한 마지막 모습 때문에 혹시, 혹시 그도 날 사랑했던 게 아니었을까 하고.

하지만 시간이 지남에 따라 그런 의심과 감정도 무뎌졌을 뿐.

그래, 사랑이면 어떻고 아니면 또 어떤가.

그래 봤자, 다시 만날 사람도 아닌데, 이런 생각이었다.

재익이 아직도 그녀를 바라보고 있었다. 그가 머리를 쓸어 넘기며 말을 이었다.

"다시, 시작하자. 이번엔 제대로 하자. 처음부터 솔직하게. 우리, 그래도 한때는 좋았잖아. 기억 안 나? 그래도 어느 순간엔 서로가 진심이었다는 거. 행복했었다는 거."

"지나고 나니까 그런 거야. 막상 다시 시작하면 똑같아질걸. 추억은 어느 정도 미화가 된다고 하잖아. 그땐 힘들어 죽을지라도. 이젠 그런 거에 안 속아."

은조는 바닥을 바라보며 뭔가 생각에 잠긴 것처럼 한곳을 뚫어져라 응시했다. 그녀의 말 한마디 한마디가 심장을 후벼 팠지만 재익은 물러서고 싶지 않았다.

"똑같지 않을 거야. 그땐 몰랐고, 지금은 알았으니까. 똑같아질 수가 없어. 내가 누구보다 그 어느 때보다 너한테 진심이라는 거, 알고 있으니까 절대 같을 수가 없어. 무슨 말인지 알겠어?"

은조의 심장이 뜨거워졌다. 그가 사랑을 깨닫고 자신에게 사랑한다고 고백해 주길 얼마나 바랐던가. 헤어진 직후, 그녀는 매일 매 순간, 그를 생각하고 그를 추억하고 그리워했다. 지금의 이런 상황을 얼마나 많이 그렸던가.

그가 쩔쩔매면서 자신을 원해 주기를. 간절히 사랑해 주기를 얼마나 바랐던가. 떠나려는 자신을 꽉 붙잡아 주길 바랐을 때, 그는 다른 남자를 만날 땐 제발 멍청하게 굴지 말라고 충고까지 했었다. 그것으로 은조는 자신들의 관계가 완전히 끝났음을 확인했다.

그래서 지금 자신 앞에 있는 재익의 모습이 낯설기만 하다.

"아직 나에 대한 앙금이 남아 있다면 기다릴 거고, 또 기다릴 거야. 네가 마음이 돌아설 때까지 나, 계속 기다릴 수 있어. 내가 눈에 보이는 게 불편하면 그냥 너 안 찾아올게. 하지만 나한테 그만두라는 말은 하지 마. 조금씩, 네가 부담 느끼지 않게 노력하고 싶어."

"그래, 네 맘대로 해. 사람 마음을 어떻게 막을 수가 있겠니. 하지만 난 네 상대가 아니고 별로 너랑 시작하고 싶지 않아. 어찌 됐든 지금으로선 널 좋아하지 않으니까. 마음이 가야 연애고 뭐고 하는 거 아니야? 내 성격에 좋아하지도 않는 남자랑 만나는 게 상상이 돼?"

재익은 순간 말문이 막혔다. 은조는 좋고 싫은 게 분명한 여자였다. 그녀가 이렇게 말할 정도라면 솔직히 별로 가능성이 없다고 해야 맞을 것이다. 그의 가슴이 철렁 내려앉았다. 그 오랜 시간 동안 자신이 그렇게 만들었을 뿐이었다. 당연했다. 그녀의 식은 사랑을 탓하기 전에 그는 자신의 어리석음과 회한의 감정에 마음이 쓰라렸다. 뭔가 울컥 치미는 마음에 그가 감정을 가다듬은 후, 조용히 말했다. 생각했던 것보다 훨씬 힘들어질 것 같았다.

"나, 정말 안 좋아하는구나. 어떻게, 어떻게, 그렇게 깔끔할 수가 있어."

사랑조차도 맺고 끊는 게 분명한 그녀. 분명 장점이었지만 그에게 있어서 이 순간엔 상처일 뿐이다.

"그렇게 되더라고. 그러니까 앞으로 나 찾아오지 마. 사랑하는 사람과 연애하고 결혼하는 거지, 이미 끝난 마음이 다시 돌아올 리도 없고. 지난 감정 들먹이며 사랑 운운하는 거 솔직히 마음의 허영이고, 사치라고까지 생각하거든."

"사치라고, 허영이라고."

계속되는 그녀의 말이 그의 가슴을 후벼 파고 있었다. 사람의 진심을 몰라준다는 게 이런 기분일까. 난 진정으로 너에게 말하고 있는데, 너는 사치라 하고, 허영이라 한다. 내 진심이 값싼 사랑의 감정으로 전락하는 기분이고 쓸데없는 감정놀음으로 매도되는 기분이다.

그럼에도 은조의 얼굴은 너무도 평온해 보이기까지 하다. 그녀 또한 자신의 진심을 말하는 것이리라. 그에게서 완전히 떠나 버린 그녀의 마음을 말이다.

바람이 불어왔다. 따스한 기운이었지만 마음은 구멍이 뚫린 듯 시리기만 했다. 재익은 한동안 아무 말도 할 수가 없었다. 은조 또한 아무 말이 없었다.

재익은 문득 아버지가 했던 말이 떠올랐다.

자신의 여자를 알아보고, 일생 동안 바칠 열정과 에너지를 끌어모아 그 여자를 잡는 게 가장 성공한 인생을 사는 것이라고.

아니, 성공이고 뭐고 그런 게 중요한 게 아니었다. 그는 그녀가 좋았다. 예전이나 지금이나. 왜 좋은지 굳이 알고 싶지도 않을 만큼 좋아하고 잘해 주고 싶은 마음이 간절하지만 지금은 마음 떠난 여자를 어떻게든 붙잡아 두고 싶은 집착에 스스로도 당황스러울 뿐이었다.

그는 자신도 모르게 자꾸 그녀에게 보챌 것만 같았다. 이런 자신이 싫지만 돌아선 그녀의 마음을 단 한 번만이라도 잡아 보고 싶었다.

"그래, 네 말이 맞는지도 몰라. 사랑이란 게 어찌 보면 배부른 사람들의 투정이고 허영이라는 거. 그게 사랑의 양면적인 감정일지도 몰라. 하지만, 그럼 어때. 허영이고 사치면 어떠냐고. 그래도 네가 좋은데. 너 좋아하는 마음은 진짜인데."

"이래서 더 사랑하기가 싫어. 한 사람이 멀어지면 그제야 다가오는 거. 사람 마음이 억지로 돌아오는 건 아니잖아."

재익은 동의할 수 없었다.

"그래도 그렇게 말하지 마라. 억지로라니. 그리고 한때는 우리도 정말 좋았잖아. 설마 그게 우연이라고 생각하는 건 아니지? 그건 우연이 아니야. 정말 서로가 사랑한 거라고."

은조가 고개를 저었다.

"그래. 하지만 그건 과거일 뿐이야. 중요한 건 현재지. 현재 내가 사랑하고 있는 사람, 현재 내가 만나고 있는 사람. 우린 그때로 돌아갈 수 없어. 못 돌아가."

재익의 얼굴이 무너져 내렸다. 은조의 목소리가 들려왔다.

"그래도 넌 내 첫사랑이야, 한재익. 내 첫 순정을 가져간 내 첫 남자라고. 그거면 되지 않겠어?"

"뭐?"

"어쩌면 그래서 더 억울했는지도 몰라."

그녀가 말을 이었다.

"하지만 이젠 그렇지 않아. 너도 나한테 진심이었다는 거, 알았으니까 됐어. 그걸로 난 만족해. 다시 시작할 수는 없지만 그걸로 그냥 각자 갈 길 갔으면 해. 서로 주고받았으니까 된 거잖아."

"난 그렇지 않아. 이제야 알았는데…… 시작도 안 해 볼 순 없어."

"그래도 난 너랑 다시 시작할 생각 없어."

은조가 냉정히 말했다. 하지만 재익은 그녀 곁으로 바짝 다가왔다. 그가 나직이 말했다.

"그럼 나 혼자만 시작할게. 네 마음이 돌아올 때까지. 나 혼자만 해도 돼."

두 사람은 한동안 말이 없었다.

그날, 두 사람은 돌아오는 차 안에서도 아무 말도 하지 않았다. 재익은 운전을 하면서 라디오를 들었고 은조는 해가 지는 풍경을 바라보며 생각에 잠겼다. 붉은 하늘이 점점 멀어지고 있었다.

바비 킴의 목소리가 들려왔다. 그의 목소리가 감미롭다. 노랫말이 귓가에 스며든다. 오늘 하루, 참 많은 일이 일어난 것만 같았다.

노래가 끝나자 재익이 라디오를 껐다. 차 안엔 다시 적막만이 가득했다. 은조의 집에 다다르자 그가 말했다. 담담한 목소리였다.

"조심해서 들어가."

"그래, 너도. 잘 가."

두 사람은 그렇게 헤어졌다. 마치 아무 일도 없었던 듯.

✥

회사 구내식당에서 인혜와 재익은 함께 점심을 먹고 있었다. 인혜가 말했다.

"밥 잘 나오네. 난 다른 건 몰라도 부실하게 밥 나오는 건 못 참거든. 잡채에다가 닭볶음탕에 수정과까지. 회사가 그렇게 크진 않아도 식당은 맘에 든다."

"일이나 열심히 할 생각 해. 너 요새 계속 깨진다며."

"누가 오너 아들 아니랄까 봐, 잔소리는."

"기획실 박 팀장이 좀 깐깐하긴 하지. 그래도 그런 사람 밑에서 경력 쌓는 게 나쁘진 않을걸. 나중에 다른 데 옮겨 가도 일 못한다는 소린 안 들을 거다."

재익이 웃었다. 어딘지 비웃는 듯한 웃음이었지만 매력적이긴 했다. 은조가 이런 점에 빠졌나. 그래도 별로 가까이하고 싶지는 않다. 다른 여자들에게 눈길을 많이 받으면 피곤한 일만 생길 뿐. 인혜는 부족함 없이 자란 환경에 익숙해져, 그다지 인생에 큰 바람도 열망도 없었다.

연애에 있어서도 그건 마찬가지였다. 그래서 가끔 은조가 이해가 안 되기도 했다. 은조는 사랑에 대해 고민을 너무 많이 한다. 고민해서 해결될 일도 아닌 것을. 고민거리가 안 생기는 남자를 선택하면 되는 것을.

"은조는 잘 만났어?"

재익이 고개를 끄덕였다.

"덕분에. 고마웠다."

"고마웠다? 뭐야. 둘이 다시 시작하는 거 아니었어?"

"나는 그러고 싶은데, 은조가 거절했어."

인혜가 숟가락을 놓더니 재익을 찬찬히 바라보았다.

"그래서 그만둘 거야?"

"남의 연애사에 너무 관심이 많은 거 아니야?"

"도와 달라며, 사정할 땐 언제고. 그러니까 네가 싸가지가 없다는 소릴 듣는 거야. 너, 은조 좋아하잖아. 옛날에도 좋아했던 거 아니야? 어떻게 헤어진 건지 난 모르지만."

"왜 다른 사람들은 다 아는데, 본인들만 모를까. 참 아이러니야."

"뭐가?"

인혜가 냉이된장국을 떠먹으며 눈을 동그랗게 떴다.

"아니야. 아무것도."

"다시 시작 안 할 거면 걔 주위엔 얼씬도 하지 마. 그래야 남자다."

그녀가 목소리를 한껏 깔면서 그를 몇 초 동안 노려봤다. 저 기센 놈을 좀 꺾어 놓을 필요가 있겠다 싶었다.

"난 관둔다고는 안 했다."

"그럼, 계속 들이대려고? 은조가 싫다는데?"

"그래서 말인데. 은조는 뭘 좋아하지? 뭘 싫어하고."

"그걸 몰라? 너네 예전에 사귀었잖아."

그땐 이성보다는 본능이 먼저 앞선 시절이었다. 그녀의 성향보다는 그녀의 몸에 대한 관심이 더 컸다고. 그가 알 수 없는 미소를 지으며 입을 열었다.

"오래전이어서. 그동안 어떻게 지냈는지도 궁금하고."

"넌 대체 걔 어디가 그렇게 좋아? 예전부터 궁금했거든. 그 연하남도 은조한테 아주 푹 빠졌었다니까. 난 친구지만 여자로서 그렇게까지 매력이 있는지는 잘 모르겠거든. 그 남자, 은조가 안 받아 주니까 아주 나중엔 다 죽어 갔었어."

재익이 자신을 죽일 것처럼 노려보고 있다는 걸 깨닫자 인혜가 손으로 입을 가렸다.

"미, 미안."

그러면서 시정하기 시작했다.

"그래도 뭐 그렇게 신경 쓸 건 없을걸. 그 계집애가 냉정할 땐 진짜 얄짤없더라고. 그리고 은조는 그 남자 별로 사랑하지도 않은 것 같아. 그렇게 매달리고 난리 쳤는데도 결국 안 받아 줬잖아."

"계속할래?"

"아니, 아니. 내 말은 그러니까. 들어 봐. 끝까지. 은조는 집착하고 막 소유욕 강한 그런 남자 싫어한다는 얘기야. 아주 진절머리를 칠걸. 너처럼 쓰레기 짓, 아니, 미안. 그런 남자도 별로지만 너무 여자를 막 옭아매고 스토커처럼 따라붙는 남자도 결국 여자가 도망가더라고. 막 벗어나고 싶어 한다니까. 치를 떨고. 그러니까 내 말은."

"그 새끼가 은조한테 무슨 짓 했어?"

그의 목소리가 찢어질 듯 날카로웠다.

"아니, 무슨 짓을 한 게 아니라, 내 말은 적당히 밀당을 좀 해야 할 거다, 이 말이지. 들이대고 싶어도 좀 참고. 너 그런 건 잘할 거 아냐. 여자, 많이 만나 봐서."

"무슨 얘기를 하고 싶은 건데?"

"은조가 좋은 애이긴 한데, 뭐라고 해야 하나, 단순한 거 같으면서도 복잡해. 솔직히 그렇게 살 필요가 없는데. 아무튼 연구 좀 많이 해야 할 거다."

인혜는 속으로 '쌤통이다'를 외치며 좋아했다. 저 무너져 내리는 표정을 보자 기분이 즐거워지기까지 했다. 아주 쪼금 살을 붙여서 얘기하긴 했지만 뭐 틀린 말도 아니고 말이다.

"고맙다, 충고해 줘서."

그가 식판을 들고 일어나자 인혜가 눈에 반달을 그리며 고개를 끄덕였다.

"고맙긴. 이번엔 잘해 봐라. 가 봐."

재익은 몸을 돌려, 성큼성큼 앞으로 걸어 나갔다. 마치 패션지에서 방금 튀어나온 듯한 그가 사원 식당 한가운데를 걸어 나가자 사람들의 시선이 그에게로 쏠렸다. 그 이유가 오너의 아들이어서 그런 것인지, 아니면 눈에 띄는 외모 때문인지는 모르겠지만.

오후가 되자 그는 새 브랜드를 론칭할 예정인 압구정동 매장으로 나갈 차비를 하고 있었다. 그는 차에 샘플용 옷 몇 가지를 싣고 곧장 그쪽으로 움직였다. 돌아오는 길에는 인천에 있는 공장에도 들러야 하고 한 달 뒤에 있을 매장 오픈 기념식을 위해 패션쇼도 준비해야 한다. 모델들과 연예인들의 섭외도 아직 하지 않은 상태고 매장 인테리어도 끝나지 않은 상황이라 정신이 없었다. 물론 그는 영업부에 속한 직원이고 이런 일들에 대해 신경을 쓰지 않아도 상관은 없다. 그가 하지 않으면 누군가는 할 것이니까.

하지만 그는 직접 발로 뛰는 것에 생동감을 느끼는 사람이었다. 그는 어쩌면 자신의 미래가 아버지처럼 되는 것을 두려워하고 있는지도 몰랐다. 열정을 잃어버린 남자의 무료한 얼굴이 스쳐 지나간다.

무언가에 집착하고 기대하고 실망하고 또 쫓아간다는 것이 누군가에게는 무의미한 일처럼 느껴질 수도 있다. 하지만 재익은 그렇게 생각하지 않았다. 그것이 일이든, 사랑이든 그는 자신의 존재감을 항상 확인하고 싶어 했다.

그는 은조에게 보낼 메시지를 입력했다.

[날씨가 좋아. 좋은 하루 보내.]

보내기 버튼을 누르려다 말고 재익은 메시지를 삭제했다.

[점심 먹었어?]

삭제.

[요즈음은 주차 어때? 할 만해?]

아니지. 또 삭제.

[저녁때 시간]

다시 삭제.

[은조야 보고]

이건, 너무 갔어.

그는 휴대폰을 만지작거렸다.

[그냥. 잘 있나 궁금해서. 술 한]

다시 삭제. 그리고.

[은조야.]

그는 결국 휴대폰을 놓아 버렸다. 그러고는 차를 출발시켰다. 아무래도 당분간은 일에만 집중해야 할 것 같았다. 들이대는 게 문제가 아니라 '어떻게', '언제' 들이대느냐가 항상 문제였다. 타이밍과 방법은 모든 연애의 기초라고 생각했다. 이미, 한번 어긋나 버렸으니 더 신중할 수밖에. 무작정 들이대다가 영원히 도망가기라도 한다면 그땐 그야말로 돌이킬 수 없는 법. 머릿속이 터질 것 같았다.

그는 뿌연 먼지로 가득한 도심 한복판을 달렸다. 마치 자신의 마음처럼 약간은 우울하고 축 처지는 날씨였다. 봄날인데 봄날이 아닌 것 같은 날이었다.

✣

키보드를 두드리는 손이 안 보인다. 은조는 집중해서 일에 몰두하고 있었다. 이번 주까지 기사를 넘겨야 하니까 서두르지 않으면 안 된다.

30년 된 장인의 손에 탄생된 수제 인형의 세계

기사 제목이 너무 길단 말이야. 진짜 마음에 안 들어.
은조는 다시 기사 제목을 뽑기 위해 잠시 손을 멈췄다.
"은조 씨."
"네."
은조는 목소리가 들리는 쪽을 쳐다보지도 않고 대꾸했다.
"잠깐 미팅 좀."
오 실장이 미팅을 말할 시엔 100퍼센트 좋지 않은 일이었다. 제목을 어떻게 뽑을 것인지, 어느 지역으로 인터뷰를 갈 것인지, 책자는 어떤 식으로 만들 것인지에 대한 논의가 아니다. 순전히 회사 자체의 문제에 대한 이야기인 경우가 대부분이라 마음이 불편했다.

윤 과장과 오 실장이 은조에게로 다가왔다. 회사 살림을 맡아 보는 경리 직원 유리 씨까지.

오 실장이 먼저 입을 열었다.

"알겠지만 우리 회사가 지금 위기인 건 알지? 예전보다 정기간 행물도 줄었고, 회사 사보를 만드는 곳이 많이 없어져서 일거리가 제한적이긴 해. 그래서 말인데."

"일거리는 줄었어도 큰 걸 몇 개 잡았잖아요. S그룹 카탈로그도 이번에 우리가 맡기로 했고, 몇 달 전부터는 인물 인터뷰만 싣는 「사람들」이란 잡지도 우리가 하고 있지 않습니까. 게다가 꾸준히 1년 동안 병원 사보까지 하고 있는데요."

윤 과장이 반론을 제기했지만 오 실장은 적당히 미소를 흘리며 손사래를 쳤다.

"그래, 어쩌면 다 맞는 말이야. 하지만 지금 하는 걸로는 아무 래도 부족한 게 많아. 병원 사보도 조만간 없어질지도 모르고. 그 래서 새로운 곳을 뚫었으면 해. 좀 없을까. 사보가 아니더라도 카 탈로그나 작은 책자 같은 건 얼마든지 지금 시스템으로 제작 가능 하잖아."

오 실장이 두 사람을 번갈아 바라보면서 드디어 본론을 얘기했다.

"두 사람, 너무 애써 주는 거 아는데 한번 알아봐. 나도 발로 뛰 어 볼 테니까. 예를 들어 영화사나 스포츠클럽 같은 데가 좋겠네. 뭐 패션 회사도 나쁘지 않고. 카탈로그나 포스터, 책자가 다양하잖

아. 예쁘게도 만들어야 하고. 기업 사보만으로는 사실 불안하잖아. 언제 없어질지 모르니까. 하지만 패션이나 영화 스포츠 같은 건 없어지는 게 아니잖아. 진화할 뿐이지. 두 사람, 정말 부탁 좀 할게."

그러면서 옆에 앉은 유리 씨에게도 당부했다.

"우리 복덩어리 유리 씨도 한번 생각해 봐. 내가 강요는 안 하니까. 엄연히 이건 부탁이야. 부탁. 다들 알겠지?"

은조는 아무 말도 하지 않은 채 고개만 끄덕였다.

"알았어요. 한번 알아볼 테니까, 실장님도 힘내세요. 우리, 지금껏 잘해 왔잖아요."

"그래, 그래. 내가 은조 씨 없었으면 어떻게 버텼을지 모르겠어. 이 회사는 은조 씨 거야. 이름만 내 이름으로 되어 있지, 이건 김은조의 회사라고."

맞은편에 앉은 윤 과장이 오만 인상을 쓰며 조용히 혀를 차기 시작했다. 은조는 자신의 손을 꽉 잡고 있던 오 실장의 손을 냉큼 내려놓으면서 어색하게 웃었다.

"끔찍한 소리 하세요, 왜."

"왜라니. 그렇잖아. 우리가 어떻게 만난 사이야. 응? 우리가 보통 인연이야?"

그녀는 오 실장의 과장된 제스처에 허탈한 웃음을 지으며 마지못해 수긍했다.

은조는 대학을 중퇴했지만 운이 좋게도 첫 직장을 대기업 사보 팀으로 들어가게 되었다. 회사 사보를 만드는 곳이라 분위기도 좋고 대우도 나쁘지 않았다. 다만 윗사람들의 검열이 심하고 사소한 문구나 편집과 취재에 대한 규제가 엄격해 스트레스가 적잖이 있었다는 걸 제외하고는 말이다.

그러나 운은 잠시일 뿐. 경영난이 닥쳐오면서 사보 제작을 외주로 돌리게 되었다. 그런 연유로 은조는 입사한 지 3년 만에 회사를 나왔다. 오 실장은 그때 만난 사보 팀 선배이자 후배를 은근히 이용해 먹는 교묘한 사수였다. 하지만 그럼에도 오 실장을 따라나선 이유는 처음부터 다시 일을 배우고 싶다는 욕심에서였다.

은조는 평생토록 남의 밑에서 일만 하다 끝내고 싶진 않았다. 언젠가는 자신도 독립적으로 사무실을 차려 자신만의 회사를 갖고 싶었다. 그것이 은조의 꿈이라면 꿈이었다. 그래서 오 실장을 도와 일을 시작했고, 시작한 지 5년 만에 지금은 제법 자리를 잡아 가고 있었다.

오 실장은 개인적으로 딱히 친해지고 싶은 사람은 아니었으나 일적으로 볼 때면 영민하고 노련해서 도움이 많이 되었다. 그리고 은조가 언젠가는 독립하고 싶어 한다는 걸 눈치채고는 영업을 하거나 오더를 따 오는 일을 오늘처럼 가끔씩 은조에게 떠넘기곤 했다.

이것이 부탁이 아니라 반명령이란 것쯤은 은조도 알고 있었다. 워낙 욕심이 많은 오 실장이어서 당장 회사가 어렵지 않아도 그녀는 무조건 일을 하고 보자는 주의였다. 요즈음처럼 하루에도 수없이 많은 회사들이 도산하는 가운데 조금이라도 마음 놓고 일하려면 어쩔 수 없다는 핑계 아닌 핑계를 대며, 그녀는 직원들이 조금만 풀어져도 금세 분위기를 감지해 내고는 이런 대안을 내놓곤 했다.

한마디로 정신 차리고 일을 더 충실히 하든지, 일을 물어 오든지 둘 중에 하나는 확실히 책임지라는 뜻이었다. 다음 달 원고가 마무리될 즈음인 적절한 타이밍에 오 실장은 채찍을 휘두른 셈이다.

은조는 오늘은 일단 퇴근을 하고 집에 가서 쉬고 싶었다. 원고를 마무리하는 작업은 언제나 골치가 아프다. 보람도 있지만, 일이 끝나자마자 또 다른 일을 강요당한다는 건 숨통을 조이는 거나 마찬가지였다. 하지만 그럼에도 버틸 수 있는 건, 이런 과정이 언젠가는 자신이 홀로서기를 할 때 자양분이 된다는 것. 그 이유, 하나였다.

그녀는 미팅이 끝나자마자 핸드백을 들고서는 퇴근 준비를 서둘렀다.

"내일 봬요. 수고하셨어요."

"그래, 수고 많았어. 조심해서 들어가."

그녀는 사람들과 인사를 한 후, 빠른 걸음으로 회사를 나왔다. 나오자마자 숨을 한 번 크게 들이쉬었다. 탁한 공기임에도 봄기운이 느껴지는 저녁이었다. 오늘은 차를 가져오지 않았다. 그냥 좀 걷고 싶기도 했고 남이 운전하는 차를 타고 편하게 집으로 가고 싶다는 이유 때문이었다.

그녀는 휴대폰에 이어폰을 꽂고는 저장된 음악을 들었다. 걸어다닐 때 음악을 듣는 게 습관이 되어 있어 그냥 걷기만 하면 버스 정류장까지 가는 길이 너무 멀게 느껴진다.

퇴근 시간이 다 되자 거리로 사람들이 쏟아져 나왔다. 다들 어디를 그렇게 바쁘게 가는지 뒤 한 번 안 돌아보고, 옆 한 번 안 쳐다보고 앞만 보고 빨리 걸어가고 있다. 자신도 사람들 틈에 섞여 무심히 음악을 들으며 함께 걸어갔다.

어쩌면 걸을 때마다 혼자 음악을 듣는 이유도 혼자 이 시간을 보내고 싶어서인지도 모른다. 옆 사람과 이야기를 하고 주위를 둘러볼 틈이 없어서 그런다기보다 스스로를 일부러 고립시키고 있는 건지도.

저녁 시간이 되면 피곤에 지쳐 어쩔 땐 말하기도 싫고 집에 가서 쉬고만 싶을 때가 많다. 혼자 음악을 들으며 걷고 있으면, 지나가는 사람이 길을 물어보거나 말 한마디를 붙여 보려고 해도 그냥 지나칠 것이다.

혹시 자신을 아는 사람이 알은척을 하고 싶어도 어쩌면 귀에 이어폰을 꽂고 혼자만의 시간을 갖고 있는 그녀를 방해하고 싶지 않아 잠시 망설이든지 그냥 갈지도 모른다. 딱히 사람들을 피하거나 혼자 있는 걸 좋아하는 성격은 아니었는데 언제부터인가 은조는 자신도 모르게 필요 이상으로 혼자만의 시간에 익숙해지고 있었다.

오늘따라 더욱 그런 기분이다. 버스정류장에 도착해도 그녀는 이어폰을 빼지 않았다. 습관적으로 버스카드가 장착되어 있는 휴대폰을 버스 카드기에 대고 찍는다. 사실 요금이 얼마인지도 모른다. 그냥 언젠가부터 습관적으로 찍고 습관적으로 타고 내리고 집으로 간다.

그녀가 회사에서 나와 집으로 가는 길에 사람들과 말 한마디, 눈빛 한 번 교환하지 않아도 아무런 문제 없이 집에 잘 도착한다. 말 한마디 할 필요가 없이 너무나 단조롭고 편리하다. 이상한 일이 아니지만 어쩔 땐 이상한 일처럼 느껴진다. 누군가와의 소통이 없어도 아무 문제가 없고 아무 불편함이 없다.

집으로 돌아온 그녀는 발에 꼭 맞는 신발을 벗어 버리고는 일단은 소파에 몸을 한 번 눕힌다. 제일로 행복한 시간이다.

갑자기 배에서 꼬르륵 소리가 나자 은조는 한숨을 쉬며 웃었다.

"아, 누가 밥 좀 차려 줬으면 좋겠다."

그녀는 드러누운 채로 휴대폰을 검색하면서 입맛을 다셨다. 화면엔 오늘의 저녁 메뉴라며 갈치조림과 해물탕 사진이 올라와 있었다. 봄철에 식욕을 돋우는 음식으로 달래장도 올라와 있고, 아삭아삭한 오이소박이와 주꾸미 샤브샤브도 보였다. 게다가 여덟 가지 봄나물이 들어가 있는 육회비빔밥에 미소된장국까지.

"다 먹고 싶다."

그녀는 휴대폰 속으로 들어가고 싶은 걸 꾹 참고 갑자기 벌떡 일어나 앉았다. 한번 늘어지면 계속 늘어질까 봐 그녀는 일부러 몸을 꼿꼿이 세웠다. 그런 다음, 일단은 옷을 갈아입고, 쌀을 씻어 안친 뒤 결국 홈쇼핑에서 산 냉동 고등어를 뜯어 생선 전용 프라이팬에 구웠다. 갓 지은 밥에 구운 고등어 한 토막과 김치와 김으로 한 끼를 뚝딱 해치울 생각이었다. 그녀는 저녁을 먹으면서도 내내 휴대폰으로 음식 탐방을 하면서 대리만족을 했다.

"너무 맛있겠다. 당장 내일 점심은 이걸로."

그녀는 즐겨찾기를 해 놓았다. 항상 다음엔 이걸 꼭 사 먹어야지, 다음엔 이걸 꼭 해 먹어야지 하며 다짐하지만 진짜로 실행에 옮긴 적은 거의 없다. 은조는 화면을 넘기면서 계속 중얼댔다.

"보는 것만으로도 행복해."

남은 밥을 다 먹고 난 후, 그녀는 흐뭇한 얼굴로 휴대폰을 내려놓았다. 먹은 그릇을 전부 치우고 설거지를 한 다음, 혼자서 커피를 마셨다. 생선을 먹었기 때문에 아메리카노가 더 마시고 싶다. 며칠 전 집 근처 카페에서 산 더치커피를 내린 후 기분 좋게 한 모금 마셨다.

혼자 생활한 지, 5년째. 사 먹는 밥도 너무 지겨워서 그녀는 거의 매일 집에서 밥을 해결한다. 아주 오래전 그녀 자신도 식당 일을 해 봤고, 그래서 음식도 잘했지만 혼자서는 도통 의욕이 생기질 않는다. 그냥 한 끼 대충 때운다는 식으로 간단히 조리할 수 있는 음식만 해 먹어서인지 이젠 음식을 예전만큼 잘할지도 미지수다.

하지만 음식에 관한 건 어쩌면 아무것도 아닐지 모른다. 그것보다 혼자 살면서 진짜로 힘든 건, 저녁 시간을 견뎌 내는 것이다. 낮에는 회사에서 바쁘게 일을 하기 때문에 지루하거나 무료한 느낌이 들지 않는다. 사람들하고 좋든 싫든 말을 하고 의견을 교환하는 등 서로 소통을 하지만 집으로 돌아와서는 일체 혼자만의 시간이다.

보통 퇴근 후, 이렇게 소파에서 잠시 몸을 쉬게 한 후 저녁을 차려 먹고 나서는 어김없이 시간을 흘려보낸다. 텔레비전을 보거나 인터넷 서핑을 하면서 시간을 보내지만 어느 누구와도 소통이 없이 자신만의 시간을 보낸다는 건 자유로운 것이 아니라 어딘지 공허한 느낌이다.

설령 잠깐의 자유를 만끽한다 할지라도 그다음은 끝없이 이어지는 고독과의 싸움이다.

생계를 위해 치열하게 싸우거나 살아남기 위해 전쟁처럼 살지 않는 이상, 나머지의 인생은 죽을 때까지 고독과 권태와의 싸움이라고 했다. 매일 똑같은 일상이 이어진다. 평화롭고 아무 일도 일어나지 않는 상황에 만족해야 하지만 그런 일상이 계속될수록 무언가 새로운 일이 일어나길 바란다. 하지만 새로운 일이 나를 만족시키지 않거나 혹여 그 일이 불안과 걱정을 초래할 시엔 다시 평화를 갈망한다.

은조는 어느 책에선가 끝없이 인간은 갈망하고 끝없이 만족하지 못한다는 글을 읽은 적이 있다. 지금 그녀의 상황도 마찬가지다.

은수의 등록금을 대기 위해 밤낮으로 치열하게 살았던 몇 년 전이 오히려 더 지금보다 낫다는 생각이 들 때도 있었다. 아무 생각 없이 일에만 몰두할 수 있었으니까. 돈만 벌고 열심히만 살면 됐으니까. 그리고 무엇보다 동생을 꼭 졸업시켜야 한다는 뚜렷한 목표 의식이 있었으니까. 그것만 생각하면 무료하거나 지루할 틈조차 없었다.

그녀는 씻어야겠다고 생각했다. 샤워를 하면 한결 기분이 나아진다. 쓸데없는 잡념도 없어진다. 욕실로 들어가 양치를 하고 더운 물로 깨끗이 몸을 씻은 후 그녀는 잠옷으로 갈아입었다. 그러고는 다시 소파에 기대앉았다. 텔레비전 리모컨을 잡고 이리저리 채널을 돌렸지만 딱히 보고 싶은 프로는 없었다. 텔레비전을 끈 뒤 다시 휴대폰을 잡고서는 인혜에게 전화를 걸었다. 신호가 울리고 상대편에서 전화를 받았다.

— 은조구나.

"어디야, 집?"

— 아니…… 나, 사실은.

"너 나한테 뭐 할 말 없어?"

은조는 인혜가 자신에 대한 정보를 재익에게 흘린 것을 추궁하고 싶진 않았다. 하지만 한 번은 짚고 넘어가야겠기에 인혜에게 말했다.

"너, 앞으로 다시는."

— 은조야, 나 지금. 선보러 나왔어. 미안. 이만 끊는다.

"뭐? 어. 그, 그래. 알았어."

은조가 대답하기도 전에, 인혜는 전화를 끊어 버렸다. 그녀는 잠시 휴대폰을 무심히 내려 보았다. 이상하게 허무했다. 그러다가 손으로 휴대폰의 전화번호란을 한 번 쭉 훑어 내렸다. 결혼을 한 친구도 있었고, 몇 년째 연락을 하지 않은 친구의 번호도 고스란히 저장되어 있다. 옛날에 잠시 스쳐 지나간 거래처 직원도 있고, 아무 의미도 없는 사람의 번호도 있다.

그녀는 다시 친구들의 전화번호를 훑으면서 혼잣말을 했다.

"얘는 분명 전화하면 결혼하냐고 묻겠지. 지가 그랬으니까. 평소 연락 한번 안 하다 경조사 때만 연락하는 애니 뭐."

그다음 번호.

"얘는 내 전화 씹을 게 분명하고. 나도 지워야지."

그녀는 그 친구의 전화번호를 지웠다. 그다음.

"미정이는 이혼했다고 창피해서인지 자꾸 내 전화를 피해. 내가 불편한가."

은조는 계속 중얼댔다.

"상현 오빠는 유부남 됐지. 패스하고. 이 사람은 오래전에 소개팅했던 사람인데. 왜 안 지웠지."

그녀는 또 번호를 지웠다.

"지현이는 잘 사나. 너무 오랫동안 연락 안 해서 전화하면 어색해할 텐데."

은조는 자신이 인간관계를 그다지 잘 관리하지 못한 거 같아 살짝 우울해지려고 했다. 딱히 성격이 차갑지도 않은데, 살다 보니 이렇게 된 게 꼭 자기가 성격이 못돼서 그런 것만 같다. 그녀는 상념을 떨쳐 버리려 했다.

마지막으로 쓰레기라고 저장된 그의 번호도 있었다. 한동안 그녀는 재익의 번호를 지울까 말까 고민했다. 자신이 이 순간 미적거리고 있는 것 자체에 조금 화가 나기도 했다. 그녀는 더 이상 망설이지 않고 그의 번호를 지웠다. 그러고는 침대에 벌렁 드러누웠다. 오늘은 잠이 잘 왔으면 좋겠다고 생각했다. 내일은 좀 더 유익하게 저녁 시간을 보내자고 다짐하면서. 하지만 그럼에도 똑같을 거란 걸 알면서 그녀는 휴대폰을 침대에서 멀찌감치 떨어뜨려 놓았다.

막 잠이 들려는 무렵, 울리는 휴대폰 벨소리에 살짝 인상을 쓰며 눈을 떴다. 화면에 뜬 건, 전혀 모르는 번호였다. 은조는 잠시 받을까 말까 고민한 후, 그냥 벨소리가 끊기길 기다렸다. 지금까지의 경험으로, 모르는 번호는 받아서 좋은 기억이 없다. 벨소리가 끊겼다. 잘못 걸린 전화거나 스팸전화일 것이다.

하지만 다시 벨이 울렸다. 그녀는 얼굴을 베개에 묻고는 다시한번 전화벨 소리가 끊기길 기다렸다. 다시 벨소리가 끊겼다. 아무래도 은조는 잠을 푹 자려면 아침까지 전화기를 꺼 놔야겠다고 생각했다. 그녀가 전화기에 손을 뻗으려는 순간, 또다시 요란하게 벨소리가 울렸다. 은조는 신경질적으로 전화를 받았다.

— 여보세요?
그녀의 목소리가 날카롭다.
"잤어?"
— 누구…….
"누구냐니. 설마……."
— 재익이니?
"뭐야. 벌써 내 목소리까지 잊은 거야?"
— 네 번호인 줄 모르고.
"뭐?"
그의 목소리도 날카로웠다.

— 왜 전화했어?

잠시 두 사람 사이가 조용했다. 재익이 말했다.

"잘 지내나 해서."

침묵이 흘렀다. 너무나 어색했다. 재익은 자신이 처음 사랑을 하는 남자 같았다. 솔직히 쪽팔렸다. 얼굴이 달아오를 정도로.

정적이 흐른다. 누군가 말을 이어 가야 하는데, 선뜻 말을 하지 않는다. 그러다 한참 만에야 은조가 말했다. 차분한 목소리였다.

— 할 말 없으면…….

"은조야!"

재익은 뭐라 말해야 좋을지 몰랐다. 그동안 여자들에게 써먹은 온갖 사탕발림이 전부 가치 없게 느껴졌다. 심장이 두근거리고 떨렸다. 은조가 무슨 말을 할지 무섭기까지 했다. 재익은 심장이 시키는 대로 말이 튀어 나간다는 것이 어떤 건지 알게 되었다. 그건 어딘가 모자란 남자가 되는 것이었다. 지금처럼.

은조가 말했다.

— 말해.

그럼에도 재익은 쉽게 입이 떨어지지 않았다. 자신이 바보 같았다.

"그냥, 전화했어."

또다시 침묵이 흘렀다. 은조의 한숨 쉬는 소리가 들렸다.

— 지금 12시야. 사람 잠 다 깨워 놓고.

"넌…….."

재익이 망설였다. 그러다 결국 말해 버렸다.

"네 목소리 듣고 싶어서, 전화했어."

재익은 자신의 용기에 박수를 쳐 주고 싶었다. 또다시 정적이 흘렀다. 젠장.

— 재익아.

"응."

은조의 희미한 숨결이 들리는 것 같다.

— 앞으로 전화하지 마.

또다시 침묵이 흐른다. 재익은 이런 분위기가 익숙지 않았다.

— 끊을게.

휴대폰에 은조의 번호가 깜박였다. 재익은 한동안 끊긴 휴대폰을 뚫어질 듯 쳐다보았다. 그의 눈에 초점이 흐려지고 있었다. 심장이 내려앉고, 자존감이 내려앉는 기분이었다.

나쁜 계집애. 애정이 애증으로 바뀌고 있었다. 그런데 정말 인정하기 싫지만 그래도, 그럼에도, 나쁜 계집애라도 보고 싶은 건 사실이다.

어리석은 감정이지만 그녀가 자신을 밀어내자 더욱 그녀가 보고 싶고 간절해질 뿐이었다. 이상하게 마음이 아파 왔다. 고독했고 쓸쓸했다. 우습지만 혼자 이 세상에 버려지는 기분이었다.

예전에도 언젠가 은조에게 이런 비슷한 기분을 느낀 적이 있었다. 그때가 언제였더라.

그깟 여자한테 거절 한번 당했다고 세상 다 무너져 내리는 것 같은 이 거지 같은 기분. 그는 자신이 왜 이렇게 됐나 이해할 수가 없었다. 그 옛날 여자 앞에서 능수능란했던 한재익은 어디에도 없고. 은조 앞에서는 우물쭈물 소심한 멍청이가 될 뿐.

어차피 혼자 시작한다고 하지 않았나. 그녀는 싫다고 했으니까. 사랑한다면, 정말로 사랑한다면 움츠러들 일도, 상처받을 일도 이런 감정은 아무것도 아니라고 재익은 스스로를 위안했다. 내가 사랑하니까, 그러면 된 거라고.

✜

빗방울이 창문에 부딪쳤다. 저녁부터 내리는 비는 늦은 시간까지 그칠 줄을 몰랐다. 은조는 커튼을 치고 책상 앞에 앉았다. 노트북의 깜박이는 커서를 보면서 커피를 한 모금 삼켰다. 오후에 취재한 기사를 초안이라도 잡아 놓고 싶었지만 진도가 나가지 않았다.

간혹 재익에게서 메시지가 오곤 했다. 별 부담 없는 메시지였다. 오랜 친구지간에 나눌 만한 그렇고 그런 안부 문자 정도. 누가 봐도 연인 사이라고는 할 수 없는 그런 가벼운 말들.

서로가 과거에 진심이었으면 됐다고 쿨한 척하긴 했지만 그건 재익과의 분명한 선을 긋기 위함일 뿐이었다. 괜히 발끈해서 널 용서 못 한다느니, 너랑은 두 번 다시 엮이고 싶지 않다느니 하는 과한 반응을 보이는 것 자체도 싫었기 때문이다. 아니, 그 정도의 강한 감정 따위가 이젠 남아 있지 않다고 해야 맞을 것이다. 이렇게 다시 시작하려는 그의 의도가 은조는 불편하기만 했다.

그런데도 이상하게 생각이 난다. 싫은데도 생각이 난다.

— 그냥, 전화했어.

그냥 전화했다는 말은 약간의 용기가 필요한 말이었다. 아니, 어쩌면 엄청난 용기가 필요할지도 모른다. 은조는 그렇게 생각했다. 만약 자신이었다면 그랬을 것이다. 대부분의 사람들은 수많은 이유를 대면서 자신의 순수한 마음을 말하지 못한다. 그냥 전화를 하고 싶어도 아닌 척, 괜히 민망하니까 여러 가지 이유를 갖다 붙이며 구구절절이 설명한다.

뭐 좀 물어보려고.

지나가다 네 생각이 나서.

잘 살고 있나 궁금해서.

뭔가 자기 얘기를 하고 싶은데, 자기 마음을 알리고 싶은데, 그 상대가 너라는 게 쑥스럽고 창피하기만 하다. 아주 친한 친구 사이에서조차도 쉽게 할 수 있는 말은 아니었다.

어쩌면 그런 용기를 내서 한 말이었는데, 상대는 차갑게 나왔다. 전화하지 말라고.

은조는 귓가에 맴도는 말을 무시하려고 했다. 어찌 보면 아무것도 아닌 말이다. 술에 취해 문득 생각나 전화했을 수도 있고, 말 그대로 그냥 아무 생각 없이 전화했을 수도 있다. 어쩌면 그가 아는 몇몇 여자들에게 똑같은 레퍼토리로 전화했을지도 모른다. 그러다 보면 한 명은 걸릴지도 모른다는 전제하에.

맥주 생각이 났다. 커피가 아닌 맥주가 마시고 싶다. 비가 오니 더 그런 것도 같고.

그때, 갑자기 초인종 소리가 나서 은조는 깜짝 놀랐다. 이 시간에 올 사람이 없기 때문이다. 그녀가 인터폰을 들고 확인하자, 그곳엔 재익이 서 있었다. 맞다, 그는 그녀의 집을 알고 있었다.

문득 예전 생각이 났다. 재익은 자신이 살고 있는 오피스텔에 절대 여자를 들이지 않았었다. 나중에 여자들이 들러붙을까 두려워 그 나름대로 조심스럽게 행동하기 위해 만든 철칙이었다.

그런데 지금 이 순간 그 옛날 재익의 마음을 어느 정도 이해할 수 있을 것 같기도 했다. 왜 집에는 무턱대고 찾아와 가지고. 이건 두 사람이 연인 사이건, 친구 사이건 무례한 행동이라고 생각했다.

은조가 현관문을 열자, 재익은 예의 그 특유의 눈웃음을 지으며 그녀에게 다짜고짜 비닐봉투를 통째로 안겨 주었다. 비를 맞고 왔는지, 그의 와이셔츠와 머리카락이 젖은 것처럼 보였다. 비닐봉투를 건네는 손도 빗물 때문인지 축축했다.

"맥주 생각이 날 것 같아서."

봉투 안에는 캔 맥주를 비롯해 그녀가 좋아하는 군것질거리가 잔뜩 들어 있었다. 은조가 살짝 얼굴을 찌푸린 채로 그에게 말했다.

"뭐 하는 거야?"

"밥은 먹어 가며 일하라고. 나도 혼자 살아 봐서 아는데, 위장병 안 생기려면 뭐라도 챙겨 먹으란 얘기야."

"지금 나한테 수작 부리는 거야?"

은조가 봉투를 재익에게 돌려주려 하자, 그가 다시 그녀에게로 들이밀며 웃었다.

"내가 수작 부린다고 넘어올 네가 아니잖아. 그냥 이것만 전해 주려고 온 거야."

"얼굴이 두껍다고 해야 하나, 뻔뻔하다고 해야 하나."

은조도 웃었다. 별로 웃고 싶지 않았지만 심각해지는 게 싫어서 그냥 웃어 버렸다.

"갈게."

재익이 몸을 돌렸다. 돌아선 그의 등도 살짝 젖은 것 같았다.

우산이 없나?

은조는 슬슬 짜증이 밀려들었다. 신경 쓰이는 짓만 골라서 하고.

그녀가 현관문을 닫으려다가 계단을 내려가는 그에게 소리쳐 물었다.

"우산 안 가져왔어?"

"차 가져왔어, 신경 안 써도 돼."

그가 무덤덤하게 얘기하며 뒤도 돌아보지 않고, 밖으로 나가 버렸다.

차를 가져왔단 사람이 저렇게 비를 맞았다고?

은조는 고개를 흔들며, 현관문을 닫아 버렸다. 알게 뭐람.

집 안으로 들어온 그녀는 그가 건넨 군것질거리를 통째로 냉장고에 쑤셔 넣고는 거실 창 쪽으로 가 밖을 내다보았다. 비는 아까보다 더 세게 내리는 것 같았다. 창틀에 부딪치는 빗소리가 귀에 거슬렸다. 그의 모습은 보이지 않았다. 은조는 재익이 곧바로 차로 간 모양이라고 생각했다. 그렇게 생각하고 싶었다.

은조는 다시 냉장고로 가서 맥주를 꺼내 왔다. 재익이 사다 준 것이 아니라, 며칠 전 자신이 사 온 맥주를 꺼내 와 그것을 한 번에 꿀꺽꿀꺽 마셔 버렸다.

불 켜진 창문 사이로 보이던 은조의 모습이 사라져 버렸다. 얼마나 시간이 흘렀을까. 이곳에 서 있으면 그녀의 모습이 어렴풋이 보인다. 처마가 드리워진 낡은 찻집이었는데, 꼭 옛날 전통 찻집 분위기다. 아니, 그런 건 아무 상관이 없다. 제법 멀리 떨어진 위치였지만 대각선 방향에 있는 그녀의 2층 집에선 온기가 퍼져 나오는 것만 같았다.

재익은 처마에서 떨어지는 물줄기를 바라보며 담배 한 대를 피웠다.

대체 이게 무슨 꼴이람.

우산이 없어 비가 그치길 바라는 마음에서라고 궁색한 변명을 해 보지만 실은 그녀의 모습을 조금이라도 더 보고 싶은 마음에서 이 자리를 뜨지 못하고 있다. 이런 걸, 애틋한 순정남의 사랑이라고 포장을 하나. 아니면, 지질한 남자의 모양새 빠지는 덜떨어진 행동이라고 하나.

이젠 은조의 모습도 보이지 않는다. 벌써 자러 간 건지, 씻으러 간 건지, 아니면⋯⋯.

우산이라도 달라고 할걸, 그러면서 은근슬쩍 그녀의 집 안으로 들어가 보기라도 할걸. 어떻게 사는지도 궁금하고, 그녀의 손때가 묻은 집 안도 궁금하고, 그녀의 침실도 궁금하고, 밥은 제때 먹고 다니는지, 혹시 일하다가 그냥 잠이 든 건 아닌지, 전부 다 궁금해 죽을 것만 같다. 정작 볼 수 없으니, 그녀의 모든 것들을 보지 못하고 알지 못하니 더 궁금해 미칠 지경이었다. 이대로 계속 들이댔다가는 그녀에게 영원히 아웃될 것만 같다는 소심한 생각에 재익은 마음이 답답하기만 했다.

담배가 점점 타들어 갔다. 손을 델 것처럼 점점 안쪽으로 타들어 가고 있었다. 그의 주위엔 온통 냉랭한 기운뿐이다. 자신의 마음도, 주위 공기도 모두 차갑기만 하다. 무엇도 온기를 가진 것이 없다. 그래서 더욱 공허하고 쓰리다. 담배 연기가 따뜻하게 느껴지는 지금 이 순간이 왠지 서글프기만 하다. 재익은 뜨거운 온기를 느끼고 싶었다. 열정적이며, 순수했던 그때를 기억했다. 은조가 자신을 사랑했을 때를.

그때였다.

"여기서 담배 피우시면 안 됩니다!"

찻집 안에서 예쁘장하게 생긴 여자가 나와 차갑게 말했다. 재익이 피우던 담배를 입술에서 떼어 내며 여자를 쳐다보자, 그녀가 살짝 미소 지었다.

"꽁초는 저기 구석 재떨이에 넣어 주시구요. 이쪽은 금역 구역이라서요."

"아, 네. 죄송합니다."

재익이 정중하게 말하며 자리를 뜨자 그녀가 중얼댔다.

"얼굴이 아깝네. 그냥, 피우게 둘 걸 그랬나."

비는 여전히 내리고 있었고, 재익은 바지 주머니에 양손을 찔러 넣은 채 비를 맞으며 터벅터벅 걸었다. 담배 한 개비도 마음대로 피울 수 없는 신세가 우습기도 하고 처량하게 느껴졌다.

은조와 만났을 때에도 비가 왔던 적이 많았다. 하지만 비가 왔을 때 그들은 거의 집 안에서 만났기 때문에 그렇게 좋은 추억은 아니었다. 함께 밤을 보내다가 싸우기도 했고 헤어지기 전 마지막으로 함께 보냈던 날도 은조가 그를 남겨 둔 채 먼저 집으로 가 버렸다. 그 당시 그의 입장에선 그렇게 생각했었다.

그러나 지금 와 생각해 보면 재익은 얼굴이 확 달아오를 지경이었다. 가겠다는 그녀를 잡지 않았었다. 표면상으로 가 버린 건 그녀였지만 결국 그렇게 만든 건 본인이었다.

빗줄기가 더 세지는 것 같았다. 그날도 이렇게 비가 왔고, 은조는 혼자 집으로 갔다. 아마 우산도 없었을 것이다. 그렇다고 그녀를 집까지 바래다준 것도 아니었다. 물론 그녀가 거절한 것이지만 그도 더 이상 잡지 않았다.

그녀가 다시 돌아와 주기만을 바랐던 이기적인 남자였을 뿐.

은조는 집으로 돌아가면서 무슨 생각을 했을까. 그때 헤어지기로 결심했을까. 여자의 진심을 이용해 자기 욕구만 채우려 했던 못돼 먹은 남자와의 관계를 끝내기로 마음먹은 거겠지. 더 늦기 전에…… 더 상처받기 전에…….

사람의 마음을 이용한다는 게 나쁘다는 것쯤은 분명 알 만한 나이였다. 그리고 충분히 알고도 있었다. 그런데도 왜 그랬는지……. 우습게 생각했던 같잖은 사랑 때문에 지금 이 꼴을 하고 있는 자신이 견딜 수 없이 비참했다.

그는 우산도 없이 비를 맞으며 계속 걸었다. 빗물이 옷 속을 파고들었다. 차가운 빗물 때문인지, 시린 마음 때문인지 그는 몸을 떨었다. 끔찍한 회한의 감정이 밀어닥쳤다.

그녀의 집이 멀어지고 있었다. 멀리서 본 그녀의 집은 깜깜했다. 아마 잠자리에 든 모양이다. 다시는 그녀에게 다가갈 수 없을 것만 같아 두려웠다. 예전처럼 아무렇지도 않게, 자연스럽게 은조에게 다가갈 수가 없을 것만 같았다.

머리카락에서 빗물이 뚝뚝 떨어졌다. 그리고 어느 순간, 뚝 그쳤다. 비가 그쳤나.

그가 고개를 들자 자신의 머리 위에 우산을 씌워 주고 있는 은조가 보였다. 그녀가 무덤덤하게 말했다.

"쓰고 가."

재익이 우산을 쥔 은조의 손을 잡자, 그녀가 슬며시 손을 빼내며 재익에게 우산을 완전히 건넸다.

"미안하다, 은조야."

재익이 쉰 목소리로 말했다.

"정말……."

한동안 두 사람은 아무 말도 하지 않았다. 어색한 침묵만 흐르고 있었다. 은조가 가만히 그의 얼굴을 바라보았으나, 재익은 이내 시선을 피했다.

잠시 후 그가 고개를 들어 그녀의 눈동자를 응시했다.

"미안하다."

"재익아."

"미안해."

이번엔 은조가 그의 시선을 피했다. 다시 침묵이 흐른다. 빗소리가 귓가에 선명히 들릴 정도로 무거운 침묵이었다. 누구도 먼저 입을 떼지 않았다. 이상한 일이었지만 그랬다.

그렇게 한참이 지나고 나서야 재익이 입을 열었다. 가지 않고 기다려 준 그녀가 새삼 고맙기까지 했다. 바보 같았다. 그리고 바보, 맞았다. 더 이상 바보가 되지 않으려고 그는 용기를 내었다. 그래야 한다고 생각했다.

"그런데, 있잖아."

재익이 말을 이었다.

"미안해도…… 난 포기 안 해."

또다시 침묵이 흐른다. 짧은 침묵.

"그래도 당당하게 너한테 다시 대시하고 노력할 거야. 왜냐하면……."

은조가 눈을 깜박였다. 무언가 말하려 했지만 재익이 먼저였다.

"나 정말 너 좋아하니까. 예전에도 그랬고."

"난 네 생각 별로 안 났는데. 왜 그렇게 미련하게 지난 일에 연연하는 거야? 지금도 그렇고."

"난, 너랑은 다르니까. 넌, 어떨지 몰라도 난 그래."

은조가 한숨을 쉬며 말했다.

"앞으로 찾아오지 마. 요즈음 너 이렇게 행동했다간 스토커로 고소당해. 아니, 그거?"

재익이 살며시 웃었다.

"고소해 봐 그럼. 까짓것 고소당하지 뭐."

"난 내 의견을 분명히 말했다고 생각하는데. 너 이러는 거 사랑도 아니고, 그냥 집착이야. 내가 너 안 받아 주니까, 오기로 들러붙는 집착."

"난 네가 제때 밥은 먹어 가며 살고는 있는지, 혹시 이 시간에 출출하진 않은지, 어디 아프진 않은지 그냥 궁금하고, 걱정됐을 뿐이야. 내 마음을 집착이니, 오기니, 네 마음대로 단정 짓지 마. 나 안 좋아하는 건 알지만, 내 마음까지 네 마음대로 결론 내진 말라고."

은조는 고개를 흔들었다.

"피곤하게 굴지 마. 너한테 조금도 마음 없으니까."

그녀가 돌아서서 가자, 재익이 큰 소리로 말했다.

"그럼, 우산은 왜 가져왔어? 그냥, 개새끼니까 비 맞아 죽든 말든 놔둬 버리지."

이렇게 말하고 싶진 않았으나 재익은 자신도 모르게 어깃장을 놓았다. 이 상황이 유치하게만 느껴졌다.

"너 계속 나 쳐다보고 있었잖아. 집에도 안 가고! 볼 거면 멀리서나 보든지. 우리 집 창문에서 너 다 보였어."

"뭐, 뭐?"

그럼, 은조도 계속 자신을 보고 있었다는 말이다.

"그렇다고 오해는 하지 마. 네가 걱정돼서 그런 건 아니니까.

지금, 네 모습 구질구질하다고 생각하지 않아?"

은조는 조금씩 화가 나기 시작했다. 재익이 말했다.

"원래 사랑이라는 게 그렇잖아. 예쁘고 멋지기만 한 게 아니라는 거."

"재익아, 난 있지."

은조는 잠시 입을 다물다 또박또박 말했다.

"이젠 이런 짜증 나는 사랑 싫거든. 예쁘고 멋진 사랑 하고 싶다고. 그런데, 너랑은 그런 사랑 할 수나 있겠냐고. 여태껏 이래 왔는데. 안 그래?"

"내가 노력한다고 했잖아. 많이 부족하지만……."

은조가 웃었다. 그녀의 웃음에 재익의 심장이 덜컥 내려앉았다.

"사랑이 노력한다고 되는 거야?"

"그러니까, 내가……."

"난 안 되던데."

그녀의 목소리가 어딘지 슬프게 들려와 재익은 말을 하려다 멈췄다. 은조가 차분하게 말했다.

"자연스럽게 마음이 가는 사람과 연애하고 싶어. 예쁘고, 달달하고, 따뜻하고, 서로 아껴 주면서. 새로 시작하는 마음으로. 너랑은 솔직히 자신 없어."

그녀의 말 한마디 한마디가 비수가 되어 마음속에 꽂히는 듯하다. 그의 눈동자가 이리저리 흔들렸다.

"예쁘……고, 따뜻……하고……. 그, 그래."

"이런 구질구질한 사랑 같은 거 안 하고 싶단 말이야. 아, 이 남자 정말 날 사랑하는구나. 나도 이 남자 정말 사랑하는구나, 그런 사랑 하고 싶다고. 매일 의심하고, 사람 헷갈리게 하고 상처받을까 봐 전전긍긍하는, 그런 골치 아픈 사랑 같은 거 이젠 싫다고. 무슨 말인지 알겠냐고."

재익은 아무 말도 할 수 없었다. 뭐라고 말해야 할지 몰랐다.

"은조야, 내가."

자꾸만 말이 나오지 않았다. 뭐라 자신 있게 얘길 해야 하는데 그게 안 되었다.

"내가 잘할게. 잘할 수 있어."

은조가 무덤덤하게 말했다.

"난 이제야 편해졌는데 넌 왜 지금에 와서 이래?"

"그러니까 내가 바보지. 그동안 뭐 했나 싶고."

재익은 울컥 속에서 뭔가가 치밀어 올랐다.

"정말 원하는 건, 너무 늦게 와. 왜 그런지 모르겠어."

은조의 중얼거림에 재익이 솟구치는 감정을 억누르며 물었다.

"너도 날 기다렸던 거지? 그랬던 거지?"

"그게 다 무슨 소용이야. 이제 다 지난 일인데."

재익이 은조의 손을 잡으려 팔을 내밀었으나 그녀는 뒤로 물러났다.

"이젠 정말 찾아오지 마. 나도 잘 살 거니까 너도 잘 살아. 그 말 하려고 온 거야."

은조는 그렇게 말하고는 가 버렸다. 살이 하나 나간 찢어진 우산을 쓰고 가면서 은조는 뒤 한 번을 돌아보지 않았다. 재익에게는 튼튼한 우산을 건네준 그녀.

그는 그녀의 이런 행동 따위에 사소하게 미련을 두는 자신이 못내 원망스러웠지만 마음을 쓸어 낼 뿐이었다.

정말 원하는 건, 너무 늦게 온다고 그녀는 말했다. 자신과는 한 번도 해 보지 못한 그런 사랑을 하고 싶다고도 말했다. 예쁘고 달콤하고 서로를 위해 주는 그런 사랑.

왜 이제야 알았을까. 시간을 되돌릴 수만 있다면, 다시 그때로 돌아갈 수만 있다면 이번엔 정말 잘할 수 있을 것 같았다. 이런 후회 따위 없이 사랑하고 그녀에게 상처 주는 일도 없을 것만 같았다. 그녀가 헤어지자고 말해도 화내지 않고 잡을 수 있을 것 같았다.

하지만 불행히도 너무 늦게 그녀에게 돌아와 버린 것일까. 그녀의 마음이 떠나 버린 후에, 사랑이 떠나 버리고 식어 버린 후에.

빗물인지 눈물인지 모를 뜨거운 액체가 입 안으로 주르륵 흘러들었다. 입 안에서 짭짤한 맛이 느껴졌다.

우산을 쥔 손이 축축하게 젖어 들었다. 앞이 어른거려 아무것도 보이지 않았다.

너무나 은조가 보고 싶었다. 모진 말로 그녀에게 상처 주었던 시간들, 그때는 자신이 뱉은 말 한마디에, 행동 하나에 그녀가 그토록 아파할 것이란 걸 생각지 못했다. 사랑하는 사람을 바라본다는 것이, 내 욕심을 버리고 그 사람만을 생각한다는 것이 이렇게나 힘들고 쓸쓸한 것인지도 몰랐다. 이 모든 것들이 부메랑이 되어 지금 자신의 심장을 할퀴고 있다. 미안하고 가슴 아팠다.

너와는 한 번도 해 보지 못한 그런 사랑이라고…… 한 번도 해 보지 못한…….

그래서 지금이라도 이렇게 너한테 가려 했는데. 네가 원하는 사랑 하면서. 진심을 다해 마음을 다해 사랑해 주고 싶었는데…….

그는 급기야 어린애처럼 흐느껴 울기 시작했다. 흐르는 눈물과 콧물로 엉망이 된 얼굴을 손등으로 훔쳤다. 그를 지나쳐 가는 사람들의 시선도, 수군거림도, 아무것도 보이지도 들리지도 않았다. 오직 그녀 외엔, 아무 생각도 나지 않았다.

✤

창틈으로 스며드는 햇빛에 은조가 살짝 얼굴을 찡그리자, 윤 과장이 그녀에게 웃으며 말을 건넸다.

"마감 원고도 넘겼고, 이제 슬슬 일을 찾으러 가야 할 것 같은데요."

"벌써 압력 주시는 거예요?"

은조가 일부러 무표정하게 말했다.

"은조 씨, 그러지 마요. 난 오 실장님이 아니거든. 천천히 해요. 우리 안 굶어 죽으니까."

"오 실장님은 엄살쟁이예요. 아니, 그런 척하시잖아요. 하지만 열심히 일해서 나쁠 건 없죠."

그녀가 다 식어 빠진 홍차를 마시며 싱긋 웃었다.

"너무 부담 갖지 말아요. 친구가 영화 잡지사에서 일을 해요. 난 그쪽을 알아볼 거예요. 일을 줄지는 모르겠지만. 요즈음은 영화 잡지도 구독률이 낮다고 하더라구요. 그래도 팸플릿이나 소책자 정도는 항상 제작을 하니까. 누군가에게는 일이 가겠죠."

"이왕이면 재정 상태가 좋은 곳을 뚫어야겠네요."

"어디 아는 데라도 있어요?"

"글쎄요. 패션이나 스포츠클럽, 아니면…… 도서관에서 나오는 정기 간행물도 있을 테고."

"도서관이나 관공서 같은 곳은 어려울 거예요. 이미 큰 데서 전부 꽉 잡고 있으니까. 여기도 빈익빈 부익부는 마찬가지거든요."

은조는 잠시 생각을 하더니 고개를 끄덕였다. 그녀는 일부러 활기차게 말했다.

"그래도 한번 알아볼게요. 시간이 걸리긴 하겠지만 지금껏 잘해 왔으니까 잘되겠죠. 윤 과장님의 디자인 실력과 저의 취재 실력을 썩힐 순 없잖아요."

"긍정의 마인드, 좋습니다."

긍정의 마인드가 아니라 어쩔 수 없이 그런 척하는 것이다. 아마 자신의 마음을 윤 과장도 알고 있을 것이다. 약간의 허세와 없어도 뭔가 있는 척하는 것이 가끔은 불안한 마음을 잡아 주기도 한다는 것을. 물론 그 순간이겠지만.

은조는 지금껏 만들었던 팸플릿과 책자들을 차곡차곡 모아 놓기 시작했다. 색감이 훌륭하고 디자인이 세련된 것부터 내용이 알찬 것까지 그녀는 커다란 숄더백에 그것들 중 몇 개를 집어넣었다. 샘플 자료로 가져가기 위함이었다.

저녁때 잠깐 인혜를 만나기로 했다. 선본다고 그렇게 전화를 끊어 버린 것이 미안했던지 바로 다음 날 카톡이 연속으로 날아왔다. 은조가 좋아하는 해물파스타를 사 주겠다며 회사 근처로 오라고 호들갑을 떨었다. 며칠 전 새로 오픈한 이태리 식당이 있는데, 회사 사람들의 반응이 너무 좋았다며 간만에 와인도 마시고 기분도 내자고 했다.

은조는 거리가 그리 멀지 않았으므로 알았다고 한 뒤 그녀의 회사 근처로 가기로 했다. 인혜가 일하고 있는 회사가 곧 재익이 있는 곳이라는 게 마음 한편에 걸리긴 했지만 작은 회사도 아니니 별문제 될 건 없다고 생각했다.

마주치면, 그냥 인사나 하면 되지 뭐. 죄진 것도 아니고.

여전히 재익을 생각하면 마음이 불편했다. 어째서 이렇게 깔끔하게 정리가 안 되는 건지 모르겠다. 이젠 누군가에게 상처받기도 싫고, 마찬가지로 상처 주는 것도 싫다. 어찌 됐든 이런 식으로 감정의 찌꺼기가 남아 자꾸 엮이는 것이 못내 마음에 걸렸다.

그는…… 나와는 인연이 아닌 것이다. 은조는 애써 그렇게 결론을 내렸다.

커피를 마시고 있는 재익의 얼굴이 까칠했다. 하지만 그는 회사에선 사적인 감정을 티 내지 않으려 했다. 그래서 일부러 다른 날보다 사람들과 얘기도 많이 하고 일도 더 많이 했다. 늦게까지 자처해서 야근도 하고 없는 일도 만들어 했다. 굳이 자신이 하지 않아도 될 일까지 해서 주변 사람들에게 피곤한 인상을 주기도 했지만 그런 것들을 별로 신경 쓰지 않았다.

그는 타인의 시선을 의식해서 사는 삶이 얼마나 공허한지 알고 있었다. 과거 자신의 경험으로 그는 일찍이 세상의 이치에 눈을 떴다. 사람들에게 잘 보이고 싶어 하는 허세, 특히 여자들의 환심을 사 자기 마음대로 그녀들을 휘두르는 쾌감에 빠져 살았던 시절을 떠올려 보았다. 얼마나 부질없던 짓인지……. 세상 멋진 여자들을 모두 사로잡으면 뭐 하나. 내가 원하는, 정말로 사랑하는 여자를 얻지 못한다면 다 소용없는 짓인걸.

내가 사랑하는 그녀가 나를 사랑하지 않는다면, 사는 것 자체가 아무 의미가 없는 것이다. 이렇게 날 좋은 오후에 마시는 최고급산 원두로 내린 커피조차도 아무 맛이 안 날 정도로 그는 하루하루가 덧없기만 했다.

재익은 몇 모금 마시다 만 커피를 책상 위에 놓았다. 오늘도 늦게까지 남아 일을 할 작정이었다. 어차피 반기는 사람 하나 없는 썰렁한 집으로 가기도 싫었고, 그렇다고 가끔 있는 부서별 회식 자리에 억지로 끼는 것도 싫었다.

회장의 아들인 자신을 불편해하는 직원들도 있었고, 은근슬쩍 눈길을 주는 여직원들도 부담스러웠다. 아버지가 회장임에도 너무도 신사적인 이미지라 아들인 자신이 나서서 카리스마 있는 척 여기저기 휘두르고 다니는 것도 회사 이미지에 안 좋은 영향을 줄 것 같아 그는 자신의 일만 묵묵히 할 뿐이었다. 솔직히 가끔은 어디에도 끼지 못하는 이방인 같은 기분이었다. 사실은 아주 오래전부터 그랬다. 집에서도, 회사에서도.

재익은 마음을 다잡고자 매장으로 내려가 봐야겠다고 생각했다. 신상품이 출시된 지 얼마 되지 않았지만 그는 전체적인 판매 현황이나 흐름 등을 파악해 볼 계획이었다.

엘리베이터를 기다리는데 기획실 사람들이 빠져나오는 것이 보였다. 그 틈에서 인혜가 그를 보며 알은척을 했다.

"퇴근해?"

"아니."

주머니에 손을 찔러 넣은 채, 재익이 무심히 대꾸했다. 그녀는 그의 곁에 서서 함께 엘리베이터를 기다리는 동안 카톡을 하더니 대뜸 재익에게 물었다.

"나, 은조랑 저녁 먹으러 가는데 같이 갈래?"

재익이 잠시 아무 말도 없다가, 고개를 저었다.

"오늘은 좀 바빠서."

"아, 그렇구나. 뭐, 할 수 없지. 내가 사려고 했는데."

둘은 함께 엘리베이터에 올랐다. 둘 다 1층을 누르고 내려가는 동안 침묵이 흘렀다.

땡.

엘리베이터가 1층에 서고, 문이 열리자 재익이 인혜에게 말했다.

"저기 말이야."

인혜가 묻는 듯한 표정으로 재익을 바라보았다.

"부탁 좀 하자."

"무슨?"

인혜는 그의 말을 듣고, 잠시 뭔가 망설이는 듯싶더니 어쩔 수 없다는 듯 고개를 끄덕였다. 조금 전까지 그늘져 있던 재익의 표정이 환해지고 있었다.

〈혜성어패럴〉근처에 도착한 은조에게 톡이 왔다. 인혜였다.

[오늘 딱 걸렸음. 야근이야. 죽을죄를 지었어. 미안. 나중에 술 살게. 죽이지는 마.]

그녀는 손이 발이 되도록 비는 이모티콘을 다섯 개나 보내오면서 앓는 소리를 했다.

노느라고 그런 것도 아니고 야근 때문에 약속이 깨진 걸 어쩌겠는가.

그래도 그렇지. 일찍 좀 연락하지, 참.

은조는 투덜투덜하며 답장을 보냈다. 여기까지 온 것도 온 것이지만, 퇴근 무렵부터 배가 너무 고파 배 속에서 난리가 나고 있었다. 이상하게 오늘따라 다른 날보다 더 허기가 졌다. 어찌 됐든 뭐라도 좀 먹긴 먹어야 할 것 같다. 그녀는 일단 허기를 달래기 위해 가방에서 생수병을 꺼내 물을 마셨다. 미세먼지 때문에 자꾸 목이 잠기는 것 같아 며칠 전부터 물을 꼭 챙겨 가지고 다녔다.

은조는 새삼 기분이 이상했다. 생각보다 크고 으리으리한 건물 앞에 서 있으니 자신이 꼭 난쟁이 같았다. 〈혜성어패럴〉은 5층까지가 매장이었고, 6층부터 꼭대기 층까지는 모두 사무실인 것 같았다. 매장은 전부 통유리창으로 먼지 하나 없이 깨끗하고 반질반질했다. 보란 듯이 우뚝 서 있는 늘씬한 마네킹들에게 직원들이 옷을 갈아입히고 있는 모습이 보였다.

벌써 여름 신상품이 출시되었는지 마네킹들은 반팔 차림이었다. 매장 마감 시간인 10시까지는 아직 시간 여유가 있어 은조는 온 김에 옷이나 구경하고 갈까 하다가 그만 행동을 멈췄다. 1층 숙녀복 매장에 재익이 있었다.

말쑥하게 차려입은 그가 매장 안에서 젊은 여자와 얘기를 나누고 있는 모습이 눈에 들어왔다. 유니폼을 입지 않은 걸로 보아 여자는 매장 직원은 아닌 것 같았다. 아마 고객이거나 평소 아는 사이인 듯했다. 주로 말하는 쪽은 여자였고, 재익은 조용히 그녀의 말에 귀를 기울였다.

조명 아래 서 있는 그의 얼굴에선 빛이 났다. 여자는 어딘지 무심히 말하는 것 같았으나 그럼에도 그에게서 시선을 거두지 못했다. 재익이 한쪽 머리를 쓸어 넘기며 카탈로그를 덮었다. 재익은 그녀를 쳐다보지 않고 있음에도 여자는 계속 그를 바라보았다. 그러다 팔을 앞쪽으로 뻗으면서 그에게 뭐라 말하는 것 같았다. 재익은 손사래를 치며 웃었다. 눈꼬리가 살짝 내려가는 너무나 자연스러운 웃음이었다. 마치 그런 얼굴을 가지고 태어난 사람 같았다.

그는 예전부터 그랬다. 도통 어색하고 쑥스러운 느낌이 없었다.

게다가 과하게 오버하지 않는 자신감 있는 행동이 여자들의 경계를 풀게 만드는 것 같았다. 재익이 여자의 시선을 피해 고개를 돌리자 은조도 재빨리 시선을 피했다. 자신이 너무 그를 오랫동안 보고 있었다는 사실을 깨닫자 그녀는 당황했다. 서둘러 돌아서려는 찰나, 그녀의 불안이 적중했다. 분명 그럴 의도가 아니었는데.

은조가 몸을 돌려 발걸음을 떼자마자 재익이 그녀를 큰 소리로 불렀다.

"은조야, 잠깐만."

재익이 매장에서 나와 그녀 쪽으로 거의 뛰다시피 다가왔다. 그는 급히 오느라 헝클어진 머리를 채 쓸어 넘기지도 않고 말했다. 그의 얼굴이 환해졌다. 아까 조명 밑에 있을 때보다 더 얼굴이 환해서 은조도 깜짝 놀랐다.

"어쩐 일이야? 여기까지? 혹시……."

"인혜 만나러 왔어."

"아. 그렇구나."

재익이 잠시 고개를 갸웃했다.

"오늘 기획실 전부 다 야근이라던데."

"그래. 그래서."

"바람맞았구나?"

은조가 어깨를 으쓱했다.

"맞아. 그렇게 됐네. 가 볼게."

"잠깐만."

그가 그녀의 팔목을 꽉 붙잡자 은조가 그의 손을 쳐 냈다.

"그냥 모른 척 좀 해라."

"미안. 그런 뜻이 아니었어."

"내가 너 때문에 친구도 못 만나야 하니?"

은조는 자신이 그에게 괜한 투정을 부리는 것 같아 마음이 불편했다. 그렇지만 뭐, 틀린 말도 아니고. 재익만 자신을 모르는 척해 준다면 아무 불편이 없을 텐데.

하지만 이것도 이기적인 생각이란 걸 안다. 사실 재익은 아무 잘못이 없다. 친구를 꼭 만나고 싶으면 다음부터는 이곳이 아닌 다른 곳으로 약속을 잡으면 되니까. 피하고 싶으면 자신이 움직이면 되는 거니까.

"저녁 안 먹었지?"

"먹었어."

"그럼, 술 한잔할까?"

"아니."

그런데 배 속에서 꼬르륵 소리가 났다. 아까 먹은 생수가 내려가는 소리인지, 배고파서 나는 소리인지. 은조는 얼굴이 화끈 달아올라 그냥 몸을 돌렸다.

"같이 저녁 먹자."

재익이 웃음을 참지 못하겠는지 눈꼬리가 휘도록 웃었다.

바람이 불어왔다. 따뜻하다 못해 더운 바람이었다. 훈훈하다 못해 답답한 느낌이 들기도 했다. 이 상황이 그런 기분을 불러일으키는 건지도 모른다. 은조는 뭐라 말해야 할지 망설였다. 너무 밀어내면 재익 같은 남자는 오기로 더 들러붙기도 한다. 차라리 밀당이라면 짜릿하기라도 하지.

재익은 지난번에 그렇게 가 놓곤 정말 아무렇지도 않은 걸까? 아니, 아무렇지 않은 척을 하는 건가? 분명 그의 성격상 무척 자존심이 상했을 텐데. 어떻게 저런 얼굴을 할 수 있을까. 아무것도 아닌 듯. 마치 오랜 친구를 대하는 듯.

자신만 어색해하는 것 같아, 그녀의 말투가 괜히 퉁명스럽게 나와 버렸다.

"이상하게 자꾸 너랑 엮이게 된다. 너는 좋니?"

바람이 그의 머리칼을 스쳤다. 마치 영화 속에서 튀어나온 주인 공처럼 재익은 근사했다. 목소리까지 더없이 멋있다. 너무 굵지도 않고 미성도 아닌 듣기 좋은 목소리를 가졌다. 그 음성만은 예전보다 훨씬 듣기가 좋았다. 인정하기 싫지만.

"이상한 게 아니야. 자연스러운 거지. 만날 사람은 언젠가는 꼭 만난대잖아."

"그거 영화 대사잖아."

은조가 중얼거리자, 재익이 그녀에게로 다시 손을 뻗었다. 그가 그녀의 손을 잡으려 하는 순간, 누군가 재익에게 말을 건넸다. 아까 매장에서 본 여자 같았다.

"저, 오늘 고마웠습니다. 또 뵐 수 있을까요?"

재익이 그녀 쪽으로 몸을 돌리며 멋쩍게 대꾸했다.

"아뇨. 전 다른 부서로 가게 될 것 같습니다. 담당자분이 따로 계시니 그분께 말씀드리면 될 것 같네요."

재익이 재킷 안주머니에서 명함을 한 장 꺼내 그녀에게 건넸다.

"윤 팀장님이 담당자분이십니다."

"아, 네. 그렇군요."

그녀는 마지못해 명함을 받는 듯했다. 재익이 깍듯하게 고개를 숙인 후, 몸을 돌려 은조에게로 향하자 그녀가 잠시 멈칫했다.

"실례지만, 사귀는 분이세요? 두 분이 너무 잘 어울리시네요."

은조는 알고 있었다. 저 여자는 분명 재익에게 사심이 있다. 하지만 드러내 보이고 싶진 않은 것이다. 재익이 크게 웃으며 은조의 손을 꽉 잡았다.

"정말이요? 정말, 잘 어울려요?"

여자가 고개를 끄덕였다.

"애인, 사인가요?"

"아니에요. 저희는 그냥 친구예요."

은조가 말했다.

"Just Friends, 라고 하죠."

그리고 다시 한번 강조했다. 하지만 그렇다고 여자의 표정이 풀어지는 것도 아니었다. 더 의심스럽다는 듯 은조와 재익을 번갈아 쳐다보았다.

재익의 얼굴이 굳어지더니, 잠시 은조를 바라보았다. 여자는 재밌다는 표정이었다.

"사실 저만 혼자 좋아해요. 짝사랑이죠."

그가 아무렇지도 않게 여자에게 말하자, 그녀는 마구 웃었다. 재익이 그런 여자에게 차갑게 말했다.

"업무가 끝나셨으면 가 보시죠. 방해하지 마시고."

재익이 은조의 손을 더 꽉 잡고, 몸을 돌렸다. 그러고는 은조를 데리고 그 여자로부터 멀리 떨어져 걸었다. 은조는 여자의 표정을 볼 자신이 없어서 뒤를 돌아보지 않았다. 재익은 뭔가 불쾌한 표정이었다. 은조가 힘주어 잡은 그의 손을 살짝 놓았다.

여자에게서 어느 정도 멀리 떨어져 왔을 때쯤, 은조가 재익에게 말했다.

"왜 그렇게 불친절하게 얘기해? 싫어하는 사람이야?"

"아니."

은조는 기분이 묘했다. 그녀는 자신의 이중적인 마음이 가증스럽기까지 했다. 재익이 그 여자에게 한 행동은 분명 무례한 부분이 있었다. 하지만 그녀 입장에서 본다면 그의 깔끔한 선 긋기식의 태도는 충분히 매력적이었다. 설령 자신이 그를 그렇게나 좋아하지 않는다고 해도 말이다.

은조는 예나 지금이나 헤픈 남자는 딱 질색이었다. 자신이 재익의 애인이 아니라고 해도 남자가 여러 여자에게 웃음과 마음을 주는 것에 대해선 비판적이었다. 도덕적으로 완벽할지는 몰라도 어쩌면 자신의 이런 생각이 구식이고 고루한 사고방식일 수도 있겠다고 은조는 자신을 탓했다.

내 남자도 아닌데, 남자가 헤프면 어떻고 다른 여자에게 마음을 주면 또 어떠한가. 나랑은 아무 상관도 없는 남자인 것을. 아무 상관도. 아무 상관 없는 남자. 정말 그럴까.

은조는 자신 앞에 굳은 얼굴을 하고 서 있는 재익을 바라보았다. 그가 말했다.

"맛있는 거 먹자. 너 배 많이 고프잖아."

"재익아."

"어차피 밥은 먹을 거 아니야. 딱 밥만 먹자. 그럼, 됐지?"

은조가 그의 얼굴을 보면서 천천히 고개를 끄덕였다.

"그럼 내가 살게. 그게 마음이 편할 것 같아."

재익이 다시 웃었다. 눈꼬리가 휘어지며 쑥스러워하는 웃음이었다.

"좋아. 대신 메뉴도 네가 정해라. 너 먹고 싶은 걸로."

"파스타 먹고 싶어. 잘하는 집 있다고 인혜가 그러던데."

은조는 그 순간 확신했다. 자신은 재익을 귀찮아하지도 않고 싫어하지도 않는다. 먹고 싶은 음식을 솔직하게 얘기하는 걸로 보아 어떻게 보면 그를 매우 편하게 생각하는 것 같기도 하다. 만약 그에 대한 미움이나 애증이 남아 있었다면 벌써 식욕이 달아났을 것이다.

적어도 맛있는 걸 같이 먹겠다는 의지가 있다는 건 그를 편하게 생각하는 것이다. 좋아하거나 사랑하는 것하고는 다른 것이지만.

그것이 조금은 신기했다. 얼마 전까지만 해도 은조는 그를 미워하고 짜증 나 했다. 괘씸하다고 생각하며 지나간 추억조차 구질구질하게 느껴질 정도였다. 어떻게 이렇게나 마음이 편해진 건지, 놀랍기만 했다. 그가 자신을 진심으로 사랑한다고 느끼는 그 순간부터 자신의 마음은 고요한 물결처럼 평화를 되찾았다. 그것이 정말 사랑의 힘인가?

어딘지 바보같이 자신을 쳐다보는 그의 표정. 예전의 자신감 있고 능글거리는 얼굴이 아니었다. 조금 전에, 그 여자와 함께 있을 때처럼 빛나 보이고 세련된 모습도 아니었다. 그는 소년 같았다. 딱 사랑에 빠진 소년의 얼굴이었다.

은조는 지금 이 순간 자꾸만 자신을 쳐다보는 재익을 보면서 알았다. 그는 완전히 자신에게 빠져 있다. 불행인 건지, 지금의 저 표정은 예전에 사귀었던 남자가 자신을 보았을 때의 그 표정과도 똑같았다.

사랑에 빠진 남자의 표정에는 공통점이 있다. 전혀 그 얼굴이 멋있게 보이지 않는다는 것. 어딘지 부족해 보이고 서툴게 보이고 바보같이 보인다. 아이러니하게도 남자가 가장 멋져 보이지 않을 때야말로 그 순간이 여자를 가장 사랑하고 있을 때라는 것.

지금 재익은 열정이 넘치는 소년 같기만 하다. 그의 서툰 행동과 풋풋함에 은조의 얼굴에 조금씩 희미한 미소가 스쳐 간다.

✛

두 사람은 새로 오픈한 이태리 식당에 자리를 잡고 앉았다. 생각했던 것보다 식당은 작았지만 조용하고 따뜻한 분위기였다. 두 사람은 크림스파게티와 해물파스타를 시켰다. 샐러드와 갓 구운 마늘바게트가 나오자 재익이 프랑스산 와인도 한 병 추가했다. 테이블 위에 꺼질 듯 꺼지지 않는 인공 촛불이 두 사람의 얼굴을 어색하게 밝혔다.

재익이 그녀에게 와인을 따라 주며 말했다.

"천천히 마셔."

두 사람은 건배했다. 빈속에 진한 와인이 들어가자 머리가 핑 도는 것 같았다.

은조가 스파게티를 숟가락 위에서 포크로 돌돌 말아 한입 먹었다. 부드럽고 걸쭉한 크림이 입 안에 확 퍼졌다. 맛있는데 많이는 못 먹을 것 같다. 너무 묵직해서, 너무 느끼해서. 이상하게 벌써 배가 차는 느낌이다.

재익은 식사를 하면서 계속 그녀를 응시했다.

"잠깐만."

그가 자리에서 몸을 일으켜 그녀를 향해 상체를 숙였다. 놀란 그녀가 몸을 뒤로 빼려 하자 그는 손으로 그녀의 입술에 묻은 크림을 닦아 주었다. 그러고선 바로 제자리에 앉아 아무렇지도 않은 듯 식사를 이어 갔다.

은조는 아무 말도 하지 않았다. 계속 음식을 먹었다. 하지만 신경이 쓰였다. 또 입술에 묻을까 그녀는 혀로 자꾸 자신의 입술을 핥거나 손으로 입술을 건드렸다. 재익이 와인을 마시며 그 모습을 물끄러미 바라보았다. 그는 웃지 않았다. 그녀를 지나치게 노골적으로 쳐다봐서 은조는 거북할 정도였다. 괜히 같이 밥을 먹었나 후회가 되었다.

왜 저렇게 쳐다보는 거야?

그녀는 몹시 불편해서 포크와 숟가락을 놓고, 물을 마셨다.

"더 먹어. 배 많이 고팠잖아."

재익이 웃으며 말했다.

"네가 그렇게 쳐다보는데 불편해서 어디 먹겠어?"

"내가 불편해?"

"그래."

이번에 그는 웃지 않았다. 오히려 지나치게 진지한 느낌이라 더욱 부담스러웠다.

"와인 더 마실래?"

"아니."

달아오른 얼굴을 한 손으로 어루만지며 은조는 테이블에 시선을 고정시켰다.

"은조야."

"그렇게 부르지 마. 무슨 말 할지 겁나."

재익이 싱긋 웃었다.

"그래도 너한테 꼭 얘기하고 싶어."

"날 사랑한다는 얘기?"

"너도 나 좋아하잖아. 나만큼은 아니겠지만."

은조는 조금씩 움직이고 있는 자신의 마음을 들킨 것만 같아 얼굴이 확 달아올랐다. 하지만 여기서 부정하면 꼴이 더 우스워질 것 같아 그냥 가만히 있었다. 은조가 와인 잔을 손으로 빙글빙글 돌렸다. 보랏빛 액체가 출렁이는 걸 그저 바라만 보고 있었다.

"무슨 얘길 하고 싶은 거야?"

"사람이 말이야. 원하는 걸 너무 참게 되면 그게 막 꿈에서 나타나."

은조가 그를 똑바로 쳐다보았다. 그녀의 눈빛이 차가웠다. 저 인간이 대체 무슨 말을 하려고 저러나, 한번 들어나 보자는 눈빛이었다.

반면 그의 눈빛은 조명을 받아서인지 몹시 반짝거렸다. 그는 온통 그녀에게 집중하고 있었다. 은조는 이 식당에 단 두 사람만이 있는 듯한 기분이었다. 부담스러울 정도로 재익은 자신의 얼굴을 훑어 내렸다.

"가끔 널 납치하는 꿈을 꿔."

은조가 웃었다. 너무나 어이가 없다는 웃음. 하지만 재익은 웃지 않았다. 그가 생각 외로 진지하게 말한다.

"그래서 널 가두고, 너와 사랑을 나누지."

이번엔 웃을 수 없었다. 웃긴데, 웃지를 못하겠다. 왠지 여기서 웃으면 재익이 상처받을 것만 같았다. 은조는 터져 나오는 웃음을 참기 위해 일부러 그의 시선을 피했다.

"내 얘기, 웃기지?"

"미안."

"사랑을 나눈다는 말이 이상하게 낯간지럽네. 그래, 솔직히 말할게. 하루 종일 너랑 섹스해. 밥 먹고 나서도 하고 자다가도 하고 네가 싫다고 하는데도 해. 네가 날 거부해도 무조건 나는 널 만져. 키스하고 끌어안고 널 놔주지 않아."

은조가 그를 쳐다보았다. 그녀의 얼굴에서 서서히 웃음기가 가셨다.

"널 만지고 있으면 기분이 너무 좋거든. 따뜻하고 네가 내 몸 안에서 녹아 흐르는 것 같아."

재익이 와인을 마시며 마지못해 웃었다.

"그런데 웃긴 건, 끝까지 못 간다는 거야. 사정하려는 순간, 네가 없어져. 사라져 버리거든."

은조도 그만 웃어 버렸다. 차라리 함께 웃어 주는 게 나을 것 같았다. 은조는 아무렇지도 않게 말했다.

"욕구 불만이겠지."

"사실 그런 꿈을 꾼 날은 하루 종일 몸이 무거워."

은조는 하마터면 마시고 있던 와인을 뱉을 뻔했다.

"그리고 마음도 무거워."

"뭐?"

그녀가 웃음을 멈추고 다시 심각해진 그의 얼굴을 물끄러미 쳐다보았다.

"너한테 못된 짓 했던 거, 벌받는 거지 뭐."

그가 와인을 한 잔 더 따랐다.

"훗."

은조가 자신도 모르게 웃어 버렸다.

"너답지 않게 그러지 마. 사랑했는데, 벌받고 말고가 어디 있어. 그냥 뭔가 안 맞았던 거지."

"말은 그렇게 하지만 넌 나 용서 안 할 거잖아."

"재익아, 그냥 마음이 너한테 안 가는 거야. 용서하고 말고 그런 게 아니고."

"내가 너 제대로 사랑했다면, 안 그랬을 거야."

은조는 그가 와인을 마시는 모습을 물끄러미 바라보았다. 그의 목울대가 흔들리는 것도, 손등에 힘줄이 생기는 것도 그녀의 시선을 사로잡았다.

"너랑 자고 싶어. 아니 하고 싶어. 아니, 하고도 싶고 자고도 싶어. 그냥 같이 있고 싶고, 하루 종일 네 얼굴만이라도 보고 싶어. 나 미친놈 같지?"

은조는 참을 수 없다는 표정으로 웃으며 고개를 흔들었다.

"한재익, 옛날 그 스킬은 다 어디 가 버렸어? 네가 이렇게 노골적으로 나오면 여자가 도망간다는 거 몰라?"

하지만 은조는 알고 있었다. 정말 사랑하는 사람 앞에서는 밀당이고 스킬이고 아무것도 눈에 보이지 않는다는 걸.

그렇다고 해도 은조는 재익이 부담스럽기만 했다.

"일어나자."

그녀가 가방에서 지갑을 꺼내려 하자 재익이 먼저 계산서를 잡아채며 일어났다. 은조가 그러지 말라며 급하게 가방을 들고 일어서는 바람에 가방 안에 들어 있던 팸플릿과 샘플용 책자들이 쏟아져 나왔다. 재익이 뒤돌아 그녀가 떨어뜨린 책자와 팸플릿을 주워 주다 책자 맨 밑에 그녀의 이름이 새겨진 걸 보고는 말했다.

"뭐야, 이게 다. 네가 만든 거야?"

"으, 응."

"그래, 가만가만. 맞다, 너 이런 일 한다고 그랬지."

그녀가 책자와 팸플릿을 전부 잘 챙겨 넣자, 재익이 의아한 듯 물었다.

"그런데 이 일은 언제부터 한 거야?"

"좀 됐어. 일단 나가자."

은조가 재익을 앞서 걸어 나갔다. 그러곤 그 틈을 타, 계산을 하려는데 재빨리 재익이 카운터에 먼저 카드를 건넸다.

"다음엔 네가 사."

재익이 윙크했다. 그가 밖으로 나오자마자 말했다.

"팸플릿이 근사한데."

"응, 그렇지."

은조가 제법 자랑스럽게 말했다. 재익은 그제야 생각이 났다. 지난번 상현과 잠깐 통화했을 때 얼핏 들은 얘기였다. 재익의 얼굴이 갑자기 환해졌다. 조금 전까지 답답했던 마음이 풀리는 듯한 느낌이었다.

"저녁 잘 먹었어."

은조가 가볍게 말했다.

"제대로 먹지도 못했으면서."

재익은 이렇게 말하면서 다음번엔 더 맛있는 걸 먹이고 싶다는 말을 덧붙이고 싶었다. 널 보면 자꾸 통통하게 살을 찌우고 싶다고. 문득 엉뚱한 생각을 하는 자신이 우스웠다. 은조가 엄청나게 뚱뚱해지면 아무 데도 못 가겠지. 집 밖으로도 못 나갈 정도로 어마어마한 뚱보가 된다면 자신이 혼자서 그녀를 독점할 수 있을 것 같았다.

그녀에게 밥을 먹여 주고, 화장실을 같이 가 주고, 잠을 재워 주고, 옷을 입혀 주고, 매일매일 그녀 옆에서 그녀의 모든 수발을 들어 준다. 그녀는 하루 종일 그를 기다리고, 그에게 모든 것을 의지한다. 결국 그녀는 그 없이는 아무것도 할 수 없게 되고 온종일 그가 돌아올 시간만 눈이 빠지게 기다린다. 그리고 하루 종일 그만 생각하고 그만 바라보게 된다. 한순간이라도 그가 없인 살 수 없게 된다.

재익은 자신의 머리가 어떻게 되어 가는 것만 같았다. 스물아홉이 아닌, 그냥 아홉 살짜리도 이런 생각은 안 할 텐데. 이젠 하다 하다 별 이상한 생각까지 하는 자신이 제정신이 아닌 것만 같았다.

자신의 눈에 은조가 이렇게 예쁘다는 게 마음이 아프기까지 했다. 가질 수 없으므로. 소유할 수 없으므로. 만질 수 없으므로.

"조심해서 들어가, 재익아."

"어, 그, 그래. 잘 가라."

그들은 담백하게 헤어졌다. 연인이 아닌, 정말 오래된 친구처럼 자연스럽게. 재익은 자신의 인내심을 칭찬했다.

❖

재익은 조급한 마음이 앞섰지만, 자신과 은조의 관계가 전혀 가망이 없는 것은 아니라고 생각했다. 다만 시간은 걸릴 것 같았다. 그는 늦은 시간까지 잠을 이루지 못하고 뒤척였다. 그녀도 지금 이 시간쯤이면 자신을 조금이라도 생각할 것이다. 아까 식사를 하면서 자신이 던진 말을 그녀도 그냥 흘려 넘기진 않는 것 같았다.

좀 노골적이긴 했지만 그녀가 그렇게 싫어하지는 않는 듯한 눈치였다. 심장이 두근거렸다. 은조에게 잘 들어갔냐고, 피곤하진 않냐고, 문자라도 보내고 싶었으나 그는 꾹 참았다. 몇 번이고 휴대폰을 손에 쥐고 버튼을 누를까 말까 고민하는 자신의 손을 잘라내고 싶을 정도였다.

지금 이 순간, 메시지를 보낸다면 내일 아침 분명 후회할 것이다. 사랑에 있어서 솔직함만이 최선은 아니라는 걸 그는 충분히 알고 있었다. 하지만 결국 최선과 진심만이 승리한다는 것도 알고 있었다.

머릿속이 다시 복잡해지기 시작했다. 차라리 여자를 전혀 몰랐던 때로 돌아가고 싶었다. 그렇다면 무조건 직구로, 직진으로만 갔을 것이다. 때론 그랬을 때가 한없이 그립기도 했다.

어쩌면, 사랑이라는 거. 참 별게 아닌데. 어렵다고 생각하니까 답이 없는 것만 같고, 조심하면 할수록 그녀는 더욱 멀어지는 것만 같고, 그렇다고 솔직하게 다가서자니 그녀가 다시 도망갈 것만 같고, 이미 한번 냉정하게 돌아선 전적이 있던 그녀였기에 겁이 나는 것도 사실이었다.

사랑하는 사람의 마음을 영원히 붙잡아 놓는다는 건, 불가능에 가까울 정도로 어렵다. 그럼에도 영원하기를 바라는 이 무모한 집념이 자신이 생각하기에도 안타깝고 바보 같다.

그리고 그날 밤, 재익은 결국엔 바보 같은 짓거리를 하고야 말았다.

[잘 들어갔어? 넌 잘 때도 예쁠 것 같다.]

은조가 침대에 누우려는데 메시지가 날아왔다. 정말 낯간지러운 메시지였다. 그런데 웃긴 건, 싫지만은 않다. 이상한 얘기 같지만 정말 연애를 하는 기분이었다. 그럼, 예전엔 아니었나. 그땐…….

그녀는 휴대폰을 놓고는 곧장 이불 속으로 몸을 집어넣었다. 와인을 마셔 몸이 노곤했는데, 더운물로 샤워를 하고 누우니, 지금은 피로가 싹 풀리는 기분이었다. 만족스러웠다. 하지만 잠은 오지 않는다.

재익은 예전이나 지금이나 별로 변한 것이 없다. 그렇게 노골적인 말을 얼굴 한 번 붉히지 않고 자신 앞에서 늘어놓다니. 널 만지고 싶고 섹스하고 싶어 죽겠다는 표정. 그녀가 술이라도 왕창 취해 비틀거렸다면 두말할 것도 없이 그는 자신을 안았을 것이다. 은조는 문득 과거 그와의 잠자리를 곰곰이 기억해 보았다. 그때도 그는 참 정력적이었지. 물불 안 가리고 들이대고.

은조는 대체 여자를 유혹하는 방법이 그것밖에 없을까 하는 의구심이 들었다. 그래, 어떻게 보면 자신의 욕망에 너무 충실한 것일지도 모르지. 그렇게 노골적으로 널 갖고 싶다는 티를 마구 내면 여자도 함께 원하기라도 한다는 건지. 어찌 됐건 새벽 1시가 다 되어 가는데, 자신은 지금 그가 내뱉은 말에 적어도 신경을 쓰고 있지 않은가.

그가 사랑을 표현하는 방법일 뿐일지도 모른다. 그렇게 생각하기로 했다. 바람둥이의 여자사냥쯤으로 치부하기엔 그의 표정과 말투는 너무 직설적이었고 간절했다고 해야 할까.

재익은 지금 자고 있을까. 아니면 혹시 자신의 답 문자를 기다리는 건 아닌지.

은조는 이불 속으로 더 깊숙이 몸을 집어넣었다. 자신의 몸이 이불 안에 폭 감싸이는 느낌이 좋았다.

재익은 은조에게서 아무런 연락이 없다는 것을 자연스럽게 받아들여야 함에도 마음 한구석이 휑했다. 그깟 문자 하나 보내는 게 뭐가 어렵다고. 그는 자신이 이렇게나 전전긍긍한다는 것 자체가 한심하게 느껴졌다.

오전에 새로 오픈하게 될 매장을 둘러보고, 그쪽 책임자와 오픈 당일에 있을 행사에 대해 상의하기 시작했다.

"모델들은 이미 섭외가 끝났습니다. 이 바닥에선 알아주는 A급 모델들로요. 그리고 행사 후에 있을 리셉션도 그렇고, 오프닝 멘트나 선물 증정, 기념품 및 이벤트도 현재 기획 중이랍니다."

여자가 펄럭이는 소매를 걷어 올리며 재익에게 미소를 지었다.

"아무래도 금요일이라 무척 혼잡할 겁니다. 주차장 문제나 좌석 배치도 그렇고, 참 카탈로그와 팸플릿은 어떻게 됐나요? 홍보용 책자도 필요한 건 아시죠?"

재익은 제법 구색이 갖춰진 매장 안을 둘러보며 물었다.

"그게 몇 군데에서 샘플을 받아 봤는데, 한번 보시겠어요?"

금색 펄이 잔뜩 들어간 매니큐어를 바른 여자의 손톱 끝에 몇 가지 책자가 들려 있었다. 하지만 그녀는 별로 탐탁지 않다는 듯 한 번 스르르 넘겨 볼 뿐이었다.

"카탈로그는 저희 회사 내부에서 제작한 건데 너무 평범해요. 회장님한테 넌지시 건의 좀 해 주세요. 카탈로그만 봐도 사고 싶은 구매 욕구가 확 들어야 하는데. 그리고 다른 건 뭐."

그녀는 시큰둥하게 말했다. 재익이 책자를 내려놓고 그녀를 쏘아보았다.

"네, 건의해 드리죠. 서 실장님이 내부에서 제작한 카탈로그를 마음에 들어 하지 않는다고요. 그리고 저한테 직접 회장님께 건의 좀 해 달라고 지시했다는 것까지도요. 오늘 중으로 말씀드리겠습니다."

회사 사람들이 자신을 불편해하고 있다는 것쯤은 진작부터 알고 있었다. 하지만 이런 식으로 공과 사를 구분 못 하고 반농담조로 말을 흘리는 것에 대해선 충분히 단속을 해야 할 문제라고 재익은 생각했다. 어찌 보면 직원들끼리 별생각 없이 얘기할 수 있는 일이었지만 상대는 자신이 회장의 아들이란 걸 알고 있었다. 그것을 은근히 이용해 먹는 것일 수도 있다. 직장이라는 곳은 절대로 만만히 보여선 안 되는 곳이다. 인간적으로 생각하자면 슬픈 일이지만 그것이 현실이었다.

"본사로 들어가는 즉시, 회장님께 보고하고 카탈로그 제작은 다른 곳으로 알아보죠."

"아니, 저, 전. 그냥. 그런 뜻이 아니고요. 좀 신경을 써 달라는 말이었죠. 사실 카탈로그 제작이야 다 거기서 거기죠, 뭐. 요즈음 누가 책자 보고 옷 사나요. 다 휴대폰으로 검색하고 인터넷에서 사거나 직접 매장으로 오지."

"서 실장님?"

"네."

그녀의 목소리가 살짝 떨렸다. 티를 내지 않으려고 하는 기색이 역력했지만 말투가 조금 전과는 확연히 달랐다.

"저희 기획물이나 홍보용 책자를 특별히 맡기는 곳이 있나요? 서 실장님이 주관하신다고 들었는데."

"있긴 있는데, 그게."

"마음에 들지 않으면 이참에 옮기는 게 어떨까요."

"잘 아는 곳이라도 있으세요?"

그녀는 진심으로 묻는 것처럼 보였다.

"아는 곳이야 많죠. 그중에 괜찮은 데가 있긴 있어요."

그녀가 솔깃해하자, 재익이 웃으며 말했다.

"제 생각에는 카탈로그는 계속 내부에서 제작하는 걸로 하고 나머지 책자나 기획물은 전부 한곳에 맡기는 게 좋을 것 같은데, 서실장님 생각은 어떠세요?"

오늘 그녀가 말한 것은 눈감아 줄 테니, 자신의 의견대로 가자는 뜻이었다. 서 실장은 고개를 끄덕였다.

"그래요. 어차피 일하는 게 마음에 안 들었는데 잘됐네요. 진작에 말씀하시지."

그녀는 정말로 골치 아픈 일을 해결한 것 같은 환한 표정이었다. 그녀의 이런 태도로 보아 아까의 투정은 그다지 심각하게 자신을 견제한 것은 아닐지도 모른다. 하지만 깊은 생각 없이 하는 말 자체도 한 번 들어 주고 두 번 들어 주다 보면 나중엔 눈덩이처럼 커지는 법이라고 재익은 생각했다.

그는 매장을 나와 바로 은조에게 문자를 넣었다. 정기적으로 나오는 모든 홍보용 책자와 인쇄물을 맡기고 싶다는 내용이었다. 출력소와 인쇄소도 필요하다면 소개해 주고 싶었지만 그쪽에서도 일을 오래 했다면 정기적으로 거래하는 곳이 있을 것 같아 그것까지 참견하는 것은 과한 듯해 관뒀다. 재익은 그녀가 오케이 해 주기만을 바랐다. 조금 더 일이 익숙해지면 더 많은 일거리를 줄 생각이었다. 그녀의 이름이 새겨진 책자를 정기적으로 받고 싶은 마음이기도 했다.

오전 미팅 시간. 벌써 1시간째 회의에 진전이 없다. 윤 과장이 먼저 다소 사무적으로 말했다.

"일단 현재 우리가 맡고 있는 일을 진행하기에도 다소 어려울 듯합니다. 사실 일손이 많이 부족하다는 건 오 실장님도 아시잖아요. 전부 아웃소싱으로 돌리지 않는 한. 일을 더 따 오는 게 문제가 아니라 유지하는 것 자체도 버겁단 말씀이죠."

"그 문제에 대해선 걱정하지 마세요. 외주 업체들 많이 알고 있으니까. 사보만 한다는 게 솔직히 불안해서 그래요. 알잖아요, 다들. 예전만큼 사보 제작이 많지 않다는 걸."

오 실장은 결론을 말했다.

"그래서 윤 과장은 전혀 성과가 없었단 말이죠?"

그녀의 친절을 가장한 뼈 있는 어투에 윤 과장이 어깨를 으쓱해 보였다.

"너무 쪼지 마세요. 안 그래도 머리카락 빠질 것 같으니까. 영화사도 예전 같지 않더란 말씀이죠."

"알았어요. 윤 과장님 수고하는 거야 내가 알죠. 하지만 좀 실망한 건 사실이네요. 자, 그럼 은조 씨는?"

오 실장의 고개가 은조에게로 향하자 윤 과장이 오 실장의 뒤통수에 대고 주먹을 날리는 시늉을 했다. 이를 본 직원 하나가 조용히 쿡쿡댔다.

은조가 잔뜩 기대를 걸고 있는 오 실장에게 조용히 말했다.

"저도 아직…… 아시잖아요. 영업이 가장 어려운 거."

은조는 일부러 영업이란 말을 강조했다. 취재기자가 제작과 편집을 맡아서 하고 있는 마당에 영업까지 뛰라는 게 말이나 되냐고 큰소리치고 싶었지만 그녀는 꾹꾹 눌러 참고 얼굴에 회심의 미소를 띠었다.

　"알지. 내가 왜 그걸 모르겠어. 은조 씨는 능력 있으니까. 내가 믿으니까."

　"저, 그렇게 믿지 마세요. 저도 저를 못 믿겠는데."

　그때 윤 과장이 눈치를 주자 은조가 얼른 목소리를 낮췄다.

　"지금 저희가 진행하고 있는 일도 사실 벅차요. 일을 가져와도 어떻게 진행할지가 문제인데, 가능한 선에서 해야 하지 않을까요?"

　"다들, 왜들 그래? 둘이 짰어? 외주 업체에 맡긴다잖아. 정 그렇게 자신 없으면 프리랜서 작가, 기자 다 붙여 줄 테니까 제발 일만 좀 가져오라구. 내가 요즈음 밤에 잠을 설쳐. 회사 걱정 때문에 불면증이 다 생겼다구. 알아, 그거?"

　오 실장의 호들갑은 어제오늘 일이 아니라서 이젠 그러려니 하고 있었다. 은조는 최대한 좋게 생각하려고 노력했다.

　대기업에서의 구조조정에 의해 그녀는 하루아침에 직장을 잃었었다. 해고 영순위는 바로 자신 같은 사람을 두고 하는 말이었다. 낙하산으로 채용된 직원은 공채로 들어온 사람보다 아무래도 자르기가 쉽지 않다. 능력에 상관없이 나이가 어리고 신입에다가 공채로 채용된 여성은 단연코 가장 먼저 잘려 나간다. 아직 젊으니 기회가 많이 있을 거라는 전제하에.

　당시에는 그녀가 실질적인 집안의 가장이었으므로 모든 것들이 불안했고 암담하기만 했다. 그녀가 깨달은 사실은 사회란 곳은 절대 믿을 만한 곳이 못 된다는 것. 당장 지금 회사가 잘 굴러가도,

자신이 인정받는다 해도, 언제 내쳐질지 모르고 또 언제 자신이 이룩한 성과를 빼앗길지도 모른다. 그녀는 회사에서의 성과에서만큼은 절대로 쿨해질 수가 없었다.

재주는 곰이 부리고 공은 여우가 가로채 가는 그런 불합리함을 그녀는 수없이 보아 왔기에 그녀 자신도 스스로가 인식하지 못하는 사이에 점점 여우가 되는 것만 같아 씁쓸해지기도 했다.

"너무 걱정하지 마세요. 조만간 일이 들어올지도 모르죠."

"내가 너무 닦달하는 것 같아서 그런데, 인센티브도 올려 주고 성과금도 많이 생각하고 있어. 우리, 조금만 힘내자고. 나 은조 씨, 믿어. 내가 은조 씨한테 먼저 함께 일하자고 했잖아. 나 사람 보는 눈 있다고. 안 그래, 윤 과장?"

그녀는 다시 당근을 내밀었다.

"윤 과장이나, 은조 씨나 내가 먼저 손 내밀었잖아. 나 아무한테나 그러지 않아. 세상에 누가 창업하면서 능력 없는 사람을 불러들이겠냐고. 원래 처음 시작할 때는 오너보다 주위 사람들이 더 똑똑한 법이야. 그래야 회사가 사니까. 이 회사, 내 것 아니야. 알잖아, 다들."

윤 과장과 은조는 못 당하겠다는 듯 속으로 고개를 흔들었다. 사실 이런 점이 오 실장의 장점이긴 하다. 말로 살살 구슬리는 거. 약한 척하면서.

게다가 그녀의 입장에서 보자면 이해 못 할 일도 아니다. 그녀는 모든 식구들을 먹여 살려야 하는 사장님이자 책임자이고, 회사가 망하면 그녀가 전부 끌어안고 가야만 한다. 그런 위험을 피해 은조 자신도 그녀 밑으로 들어왔던 게 아니던가. 최대한 그녀를 이해하고 싶었다.

"그럼요, 알죠."

"그래요. 오 실장님. 저희 오늘은 좀 편하게 사무실에서 일해도 되겠죠?"

윤 과장이 웃으며 말하자 그제야 오 실장은 고개를 끄덕이며 미안하다고 했다.

"그래, 그래. 나도 백방으로 뛰어 볼 테니까, 부탁 좀 할게. 수고."

그녀는 가방을 들고 서둘러 밖으로 나갔다. 윤 과장이 한숨을 쉬며 웃었다.

"저 욕심쟁이를 대체 어떻게 해야 하는지, 참."

"놔두세요. 원래 예전부터 그랬잖아요. 그리고 저희처럼 커 가는 회사는 지금 상태로는 불안한 게 맞을 수도 있죠, 뭐."

"어디 뚫은 데라도 있어요?"

"아뇨, 아직. 저, 취재 나갔다 올게요. 점심 혼자 드셔야겠네요."

"잘 다녀와요. 지난번처럼 인터뷰 너무 길게 하지 마요. 어차피 다 편집될 거니까."

"알았습니다. 다녀올게요."

은조는 회사 밖으로 나오면서 휴대폰을 만지작거렸다. 어제 오후에 재익에게서 온 문자를 곰곰이 생각해 보았다. 〈혜성어패럴〉의 일을 맡게 된다면 이건 거의 대박이나 다름없다.

〈혜성어패럴〉은 외부적으로도 평판이 아주 좋았다. 결제도 깔끔하고 회장의 마인드 자체가 오픈마인드라, 일하는 데에도 크게 무리한 요구나 갑질과 같은 억지 횡포도 없을뿐더러 기본적으로 깨끗하고 젊은 이미지였다.

작년 취업 전문사이트에서 발표한 20대 젊은이들이 가장 입사하고 싶은 중견기업 10위 안에 들기도 했는데, 통계자료라는 것이 항상 근거가 있는 건 아니지만 그만큼 선호하는 기업임엔 틀림이 없다는 얘기일 것이다.

은조는 왜 한 번도 재익과 그곳을 함께 생각해 보지 않았는지 자신이 생각하기에도 의아했다. 그는 그냥 그 회사의 평사원 모습 그대로였다. 그 어디에서도 그가 회장의 아들이라든가, 후계자라는 인상은 받지 못했다. 그가 자신의 가정사에 대해 늘 시큰둥하게 말했고 아버지와는 거의 애착도 없는 사이라고 말해서였을까. 그와 〈혜성어패럴〉은 매치가 되지 않았다.

그것이 어쩐지 은조의 마음 한편을 아리게 만들었다. 할머니도 돌아가셨다는데, 그럼 재익은 이제 혼자인 건가. 분명 아버지와는 따로 살 것이고. 엄마는 어려서 집을 나갔다고 했으니.

예전엔 그와 자신의 가정환경이 비슷하다고 생각했지만 그건 터무니없는 얘기였다. 경제적으로도 차이가 많이 나는 것은 물론이거니와 더 중요한 건, 은조는 자신이 항상 혼자이고 가족들로부터 고립되었다는 느낌을 전혀 받지 않았다는 것이다.

그녀에겐 사랑하는 엄마가 있다. 한때는 엄마를 이해하지 못하고 미워했지만 지금은 누구보다 든든한 후원자이자 사랑하는 사람이다. 게다가 자주 만나지는 못하지만 동생 또한 마찬가지다. 적어도 사람들이 흔히 말하는 끈끈한 가족애가 있다고 은조는 믿고 있었다.

하지만 재익은 그렇지 않을 것이다. 만약 아버지와도 사이가 좋지 않다면, 그는 외톨이일 것이다. 예전에도 그랬고, 지금도 그럴 것이다.

그가 외롭기 때문에 자신에게 빠져 있는지도 모를 일이다. 그나마 그의 속사정을 아는 사람은 몇 안 될 테니 자신에게 은근히 위로를 받고 싶어 하는지도 모른다. 문득 생각이 여기까지 미치자 은조는 기분이 이상했다. 그는 정말 자신을 사랑하는 것일까.

그가 일을 주겠다는 제안에 기뻐 손뼉이라도 쳐야 할 상황인데, 은조는 마음이 불편했다. 그녀는 재익에게 답변을 해 줘야 한다. 받아들일 것이냐, 거절할 것이냐. 그와의 관계를 냉정히 잘라 내려면 거절해야 하는 게 맞다. 마음이 무거웠다. 자신이 여기서 미적거렸다가는 일이 더 우습게 꼬일 것만 같았다.

그는 자신이 아니더라도 얼마든지 여자를 고를 수 있다. 부자에다가 잘생겼고 매너도 좋고 인기도 많다. 그리고 이젠 예전처럼 그렇게 자유분방하게 행동하지도 않는다.

자신은 예전의 한재익을 사랑했던 거지, 지금은 아니라고 생각했다. 바람둥이에다 나쁜 남자였지만, 그녀는 그 시절에 그를 사랑했다. 그 사랑이 다시 불붙듯 뜨거워질 수는 없는 것이겠지. 이미 그와의 가슴 뛰는 사랑은 지나갔다. 인정해야만 했다.

그녀는 그에게 문자를 보냈다.

[재익아, 고마워. 하지만 거절할게. 우리 일 너무 많아. 너희 회사 일, 가져와도 못 해.]

그에게서 바로 답장이 날아왔다.

[그래, 할 수 없지. 알았어. 수고해라.]

의외로 재익이 깔끔하게 수긍을 했다. 은조는 아무래도 일이니까 그런가 보다 했다. 일에서만큼은 재익도 냉정하리만치 맺고 끊는 게 확실하다는 느낌이었다. 하지만 그건 그녀의 착각일 뿐.

그날 오후, 업무를 마치고 사무실로 돌아온 그녀는 자신의 눈을 의심했다. 재익이 오 실장과 회의실 테이블에 나란히 앉아 심각하게 얘기를 나누고 있었다. 옆에 앉은 윤 과장이 열심히 그에게 맞장구를 치는 것 같았다. 은조가 그들을 보자, 먼저 입을 연 것은 오 실장이었다.

"은조 씨, 마침 잘 왔어. 왜 진작에 얘기 안 했어. 둘이 대학 동창이라며."

"네?"

은조는 어리둥절해서 재익과 오 실장을 번갈아 보았다.

"은조 씨 보고, 우리 회사에 일을 맡긴다고. 여기 책임자시라네."

재익이 장차 〈혜성어패럴〉을 맡게 될 사람이라는 것은 모르는 눈치였다. 그가 일어나서 다시 한번 오 실장에게 말했다. 그의 손에는 각종 책자와 이곳에서 제작한 팸플릿이 들려 있었다.

"정말, 잘 부탁드리겠습니다. 제가 지금까지 설명한 이미지대로 가 주셨으면 합니다."

"무슨 그런 말씀을. 당연히 저희가 잘 부탁드려야죠. 아니, 두 분이 동창이시라니까 어쩌면 잘됐네요. 이제부턴 은조 씨하고 상의하세요. 전체적인 기획이나 제작과 관련해선 김은조 씨가 담당자니까요. 뭐 해, 은조 씨."

"아, 네."

재익이 그녀에게 악수를 청했다.

"잘 부탁드려요, 김은조 씨."

재익이 그녀의 손을 꽉 잡았다. 그러자 오 실장이 호탕하게 웃었다.

"두 사람, 쑥스럽겠네. 그래도 뭐. 생판 모르는 남보다야 낫지. 은조 씨가 우리 회사에 대해 상당히 좋게 말했나 봐요."

"네, 은조가 직접 만든 책자를 보고 마음에 들었거든요. 저희 콘셉트와 잘 맞는 것 같기도 했고요."

재익은 거짓말을 잘도 했다. 언제 그렇게 유심히 봤다고.

다시 오 실장이 말했다.

"저희가 일은 제대로 하죠. 실망하지 않으실 거예요. 자, 은조 씨도 오늘은 수고했고 이젠 퇴근들 하죠."

재익이 일어나면서 말했다.

"내일 저희 직원이 계약서와 필요한 서류들을 가져올 겁니다. 자 그럼, 내일 뵙겠습니다."

"네, 정말 감사합니다."

오 실장은 문을 열고 나가는 재익의 뒷모습이 사라질 때까지 쳐다보았다. 그의 모습이 완전히 보이지 않자, 그녀는 은조에게 속사포로 쏟아 내었다.

"역시 은조 씨는 호박씨란 말이야. 어디서 저런 거물을 물었어. 학교 다닐 때도 저렇게 멋있었어?"

은조는 갑자기 골치가 지끈거렸다.

"글쎄요, 뭐."

"둘이 정말 친구야? 우정을 나누는."

그때 윤 과장이 인상을 쓰면서 오 실장을 나무랐다.

"실장님도 참."

"아니, 나는. 둘이 동창이라고 해서 그랬지."

"오 실장님. 왜, 남의 개인사에 그렇게 관심을 가지고 그러세요.

오 실장님 앞가림이나 잘할 것이지."

"윤 과장! 꼭 거기서 그 말이 나와야겠어? 나는 일하고 결혼한 여자라고. 일을 너무나 사랑해서 일과 연애하고 결혼했단 말이야. 뭐든 사랑하는 대상이랑 결혼해서 행복하면 되는 거 아냐? 정말, 왜들 그러는지."

오 실장은 다소 높아진 목소리를 가다듬으며 은조에게 법인카드를 건넨 뒤 조급하게 말했다.

"가서 대접도 좀 하고, 다른 일 없나 물어도 보고. 내가 함께 가고 싶지만 불편해할 것 같으니까 은조 씨가 잘 좀 해 봐."

"실장님, 이러지 않으셔도……."

"얼마나 좋은 친구야. 에이, 친구로 두긴 아까운데. 그러니까."

"네, 저 퇴근하겠습니다. 내일 뵐게요."

은조가 마지못해 카드를 챙겨 넣으며 급하게 나가려 했다.

"그래, 그래. 조심해서 가. 립스틱도 좀 바르고. 은조 씨, 입술 예쁘잖아."

"정말. 실장님이 더 예쁘세요! 가 볼게요."

오 실장은 얼굴이 붉게 달아오르며 정말 쑥스러운 듯 웃었다.

은조는 밖에서 휴대폰으로 통화 중인 재익에게 다가갔다. 일부러 자신을 기다리고 있었던 건지, 아니면 정말 통화 중인지는 알 수 없지만.

재익이 그녀를 쳐다보며 말했다.

"네, 내일 출근해서 말씀드리겠습니다. 알겠습니다."

그는 웃으며 전화를 끊었다. 재익은 목이 답답했는지 넥타이를 살짝 늘어뜨려 맸는데, 그 모습이 이상하게 섹시해 보였다. 그의 풀어진 와이셔츠 사이로 울컥 솟은 목울대가 보였다. 그가 말을 할 때마다 그곳이 미세하게 움직였다.

"퇴근이야?"

"응. 꼭 이렇게까지 해야겠어? 너, 나랑 그렇게 엮이고 싶은 거야?"

"그래. 거짓말은 하지 않을게. 너랑 엮이고 싶은 건 맞아. 하지만 순전히 그 이유만은 아니야. 우린 이 일을 해 줄 사람들이 필요했고, 여기가 아니라도 어차피 다른 곳을 찾았을 거야. 그리고 네가 어떻게 일하는지도 사실 궁금하기도 했고."

"계속 일 때문에 만나겠네."

은조가 힘없이 웃었다.

"아니. 다른 사람이 갈 거야. 정말 그쪽 책임자. 난 너희 회사만 소개해 주는 거고."

"내가 부담을 느낄 거라는 건 생각 안 해 봤어? 너와 내가 마주치지 않아도 마음은 불편해할 거라는 거."

"은조야."

그녀는 대답이 없었다.

"넌 자꾸 날 불편해해. 왜 그럴까?"

"뭐?"

"왜 나를 자꾸만 불편해하는지."

"무슨 말이야, 그게?"

그가 그녀의 곁으로 바짝 다가왔다. 그의 숨결이 느껴질 정도로. 은조는 주위를 살펴보며 한 걸음 뒤로 물러났다. 그러자 다시 재익이 그녀 곁으로 다가온다. 아까보다 더욱 가까이.

그가 그녀의 한쪽 가슴에 손을 올리며 말했다. 그 행동이 너무나 자연스러워 은조는 아무런 저항도 하지 못했다.

"네 마음속을 한번 들여다보란 말이야. 네 뛰는 심장이 무엇을 말하는지."

"뭐, 뭐야."

그녀가 또 한 발자국 뒤로 물러나자, 이번엔 재익이 그녀를 자신의 품으로 끌어당겼다. 그의 단단한 가슴에 부딪치자 은조가 당황해서 바로 그의 품에서 몸을 떨어뜨렸다. 그녀의 얼굴이 붉게 물들어 갔다. 그 순간을 놓치지 않고 그가 말했다.

"난 내가 뭘 원하는지 알고 있어. 그리고……."

은조도 그를 보았다.

"너는 여전히 오만해."

재익이 당황해하는 그녀에게 멋쩍게 말했다.

"오만했다면 미안하다. 그런 뜻이 아니었어."

"먼저 가 볼게."

"잠깐만."

재익이 가려는 그녀를 다시 붙잡았다.

"저기, 집으로 가는 거면 바래다줄게. 집까지."

"됐어!"

"다른 뜻은 없어. 그냥."

그가 잠시 머뭇거리며 말했다.

"집 앞까지 바래다주고 싶어서 그래. 너 집에 잘 들어가는 거 보고 싶어서."

"그럼, 우리가 연인 같잖아."

"꼭 연인 사이만 그러는 건 아니잖아. 꼭 그렇게."

"그러지 말고."

갑자기 왜 그런 충동이 느껴졌는지 모르겠다. 은조가 불쑥 말했다.

"정 그렇게 나랑 같이 있고 싶으면…… 술이나 한잔하자."

차라리 진탕 마시고, 너랑은 끝내고 싶다. 두 번 다시는 안 보는 관계로.

"좋아, 그러자, 그럼."

❖

두 사람이 만나는 날은 이상하게 비가 많이 내렸다. 지금도 비가 내리기 시작했다. 조금 전까지 날 좋았던 봄날 저녁은 사라져 버리고 바닥에 흙 내음이 진동하는 낡은 포장마차 안에서 두 사람은 술잔을 기울였다.

"상현 오빠는 잘 지내나? 결혼하더니, 딴사람 됐다며."

재익이 웃으며 그녀의 잔에 소주를 따랐다.

"완전 페미니스트 다 됐다. 믿지 않겠지만 술도 끊고."

"정말?"

"맨날 말로만 술 한잔하자고 하지, 형수한테 꽉 잡혀서 모범 남편 다 됐어."

은조가 웃었다.

"진짜 인간 됐구나. 어떻게 그렇게 달라지지?"

"그러게 말이다. 사랑의 힘인가?"

두 사람은 서로의 얘기가 아닌, 다른 말만 해 댔다. 겉도는 얘기들, 하지만 지난 추억거리들. 설령 두 사람이 헤어진 사이라 해도, 공통된 관심사와 그 순간을 함께했던 시간들이 있었기에 그것은 두 사람의 대화를 무르익게 했다. 사랑이 없어도 우정은 남게 되는 그런 애매한 상황이었다. 이 순간만큼은 은조도 날 선 감정이 되지 않았다. 짧은 대학 생활이었지만 행복했던 시절이었다.

재익 때문에 상처도 받았지만, 그와의 추억을 부인하고 싶진 않았다.

"너 학교 그만두고 나서, 실은 나 되게 못나게 굴었어. 넌 모르겠지만."

예전에 먹었던 안주들이 갑자기 생각나 은조는 계란말이와 오뎅탕을 추가로 시켰다. 재익이 단숨에 술잔을 비우자, 은조가 그의 잔을 채웠다. 비가 계속 부슬부슬 내렸다. 은조는 약간 취기가 돌았지만 또박또박 말했다.

"재익아, 내 말 잘 들어."

재익이 그녀의 달아오른 얼굴을 물끄러미 바라보았다. 하지만 쉽게 입을 열지 않고 술잔만 만지작거리는 은조를 보며 재익이 먼저 입을 열었다.

"내가 정 부담스러우면 네 눈에 안 띌게. 그럴 수 있어. 네가 원하는 대로 해 주고 싶으니까."

그가 다시 잔을 비웠다.

"천천히 마셔."

"그냥, 너 이렇게만 만나도 좋을 것 같아, 욕심부리지 않고."

"나랑 전혀 스킨십을 안 해도?"

은조는 턱을 괴며 그를 유심히 보았다. 재익이 씩 웃었다. 부인하고 싶지만 매력적인 웃음이었다.

"응."

"정말?"

재익도 그녀를 바라보았다. 자신을 향하고 있는 그녀의 맑은 눈동자를, 물기 어린 입술을, 하얀 목덜미를……

은조의 눈 속으로도 그가 들어오고 있었다. 그의 뚜렷한 이목구비와 곧게 뻗은 목덜미가, 그리고 재익의 허스키한 목소리가 들려온다. 빗소리와 함께.

"그냥 너 보고만 있어도 돼. 지금처럼."

"날 만지고 싶다며, 자고 싶어 미칠 것 같다며."

그녀의 목소리가 촉촉이 젖어 들었다. 은조는 자신이 취한 것 같았다. 하지만 뭐 어떤가. 그 옛날, 재익은 수도 없이 자신을 이렇게 대했는데. 그때 그도 지금 이런 기분이었을까. 상대를 떠보고 싶고, 시험해 보고 싶고, 그리고 확인해 보고 싶은 묘한 감정.

아니지, 남자들은 이런 생각 안 하지. 바보.

은조는 술잔을 들어 빙글빙글 돌렸다. 그냥 웃음이 났다. 하지만 문득 궁금했다.

날 얼마만큼 사랑하는지, 얼마만큼 원하고 있는지, 과연 내가 상처받지 않을 만큼 그 감정이 뜨겁고 절절한지. 진실로 그 마음이 날 향하고 있는지.

재익이 입을 열었다.

"널 항상 원해. 하지만 네가 떠날까 봐 두려워."

"너 너무 약해졌다."

은조가 그제야 그에게서 시선을 떼면서 술잔을 입술에 댔다. 그녀는 자신에게 빠져 있는 이 남자에게 묘한 감정이 들었다. 예전의 재익과는 다른 사람 같았다. 하지만 자신도 어느 면에서는 변한 것이 있었다.

마치 나쁜 여자가 된 것 같은 이 우월감과 설렘을 어떻게 설명해야 할지. 은조가 힘없이 웃었다. 술은 달았고, 날은 어두워졌고,

비는 더 촉촉이 내렸다. 이 모든 것들이 자신의 감정을 무장해제시켰다. 그녀가 술잔을 기울이며 대수롭지 않은 것처럼 말했다.

"네가 나한테 상처를 준 건 맞지만, 이해가 안 되는 것도 아니야."

"무슨 말이야?"

그의 표정이 진지해지고 있었다. 은조가 턱을 괴며 말했다.

"우리가 맨날 EBS나 공영방송만 보는 건 아니잖아. 케이블도 보고, 야동도 보고 포르노도 보잖아."

재익의 한쪽 눈썹이 올라갔다.

"사랑도 다 그런 게 아닌가 싶어."

그의 눈빛이 흔들리고 있었다. 적어도 은조의 눈엔 그렇게 보였다.

"나랑 잘래?"

"뭐?"

"한 번 자고 나면 그 질척대는 미련이 없어질지 모르지. 아니, 어쩌면 내가 너한테 매달릴지도 모르고. 아니면 둘 다 깨끗이 끝날지도."

그가 미동도 없이 입술을 꼭 다문 채 은조를 차갑게 바라보았다. 재익이 남아 있던 소주를 단번에 비워 버렸다. 그의 표정이 너무 굳어 있어 은조는 농담이라는 말도 할 수가 없었다. 사실, 농담이 아니었다. 우습지만 그와 자고 싶었다. 그리고 그의 반응을 보고 싶었다. 그녀는 정말 자신이 나쁜 여자가 된 것 같았다. 재익이 자리에서 일어섰다.

"어디 가는 거야?"

"나랑 섹스하고 싶다며."

재익이 은조에게 손을 내밀었다. 그녀가 일어나 그의 손을 잡자, 재익은 힘껏 깍지를 끼웠다.

✢

두 사람은 키스로 시작했다. 달콤한 혀가 서로의 입 안에서 엉켜들었다. 곧 끈적한 타액이 오가면서 두 사람은 조금씩 달아올랐다.

이상한 애기 같지만 둘은 예전처럼 성급하지도 않았고 서로의 옷을 벗길 때는 다소 조심스럽기까지 했다. 너무 오랜만이라 은조는 부끄러운 마음이 들었다. 그녀의 마음을 알았는지 재익이 천천히 그녀의 블라우스 단추를 끄르자 은조가 그의 손을 제지했다.

"내, 내가 할게, 재익아."

하지만 그는 살며시 웃으며 그녀의 손을 꽉 움켜잡았다.

"내가 하고 싶어."

재익의 손길은 처음엔 다소 거친 듯했지만 예상외로 섬세했다. 하나씩, 하나씩 그녀의 옷을 벗기는 그의 손끝이 자신의 피부에 닿을 때마다 은조는 몸을 떨었다. 부끄럽게도 다리 사이가 젖어 들고 있었다.

분명 술에 취해 질편한 정사를 나눈 것은 아니었다. 술의 힘을 빌렸다면, 뜨거웠던 그 밤의 섹스가 오히려 충분히 설명이 되었을지도 모른다. 술은 마셨지만 어느 정도 멀쩡했고 의식도 있었다. 하지만 시간이 지남에 따라 거칠게 그녀의 몸을 탐했던 그의 손길도, 지칠 줄 모르는 그의 애무도, 고르지 못한 그의 숨결도, 그녀에게는 버거울 뿐이었다. 마치 인사불성으로 마신 술 때문에 제정신이 아닌 것처럼 재익은 은조를 끝없이 안았고 그녀의 반응을 갈구했다.

은조도 처음엔 당황스러웠다. 물론 그녀의 제안으로 여기까지 온 것이지만 그의 열정적인 사랑의 행위는 그녀를 놀라게 만들었다. 그와의 첫 경험이 생각났다. 허름한 모텔로 자신을 데려갔던 재익이었다. 그때와 다른 점이 있다면, 이번엔 1등급 호텔 스위트룸으로 자신을 데려와 분위기를 잡고 그녀를 리드했다.

그가 실오라기 하나 걸치지 않은 그녀의 알몸을 구석구석 눈으로 훑어 내렸다.

"그렇게 보지 마."

은조가 고개를 옆으로 돌리자 재익이 그녀의 얼굴을 한 손으로 다시 돌렸다.

"날 봐, 피하지 말고."

그녀가 얼굴을 붉히자 재익이 그녀의 목덜미를 입술로 훑어 내려갔다. 그의 손길이 그녀의 어깨를 쓰다듬고 봉긋한 젖가슴을 양손으로 감싼 채 어루만졌다. 더욱 깊이 애무할수록 오히려 참기 힘든 건 재익이었다. 은조가 잠시 몸을 빼려 하자, 그의 단단한 몸이 그녀를 내리눌렀다.

은조는 처음이었다. 그토록 단단하고 억센 근육이 자신의 몸을 감싸 안는 것도, 불같은 기운이 자신을 집어삼킬 듯 끌어안는 것도.

그녀는 마치 자신이 종이인형처럼 느껴졌다. 그의 손길에 따라 적나라하게 그 앞에서 다리가 벌어졌다. 재익의 뜨거운 입김이 그녀의 여성 안으로 훅 들어왔다. 재익은 참았던 고통을 해소하듯 그녀의 계곡 안에서 흐르는 물을 깊숙이 훑어 내렸다. 그의 혀는 불처럼 뜨거웠고 그 태울 듯한 기운이 그녀의 몸에 전율하듯 흘러들었다.

급기야 은조가 신음 소리를 내지르기 시작했다. 그가 그녀를 충분히 달구었다고 생각했는지 얼굴을 들고 그녀 앞에서 허리띠 버클을 풀었다. 곧 바지와 브리프가 그의 몸에서 차례로 흘러내렸다. 우뚝 솟은 그의 남성이 번들거리며 힘줄이 터질 것처럼 아우성을 쳐 댔다. 더 이상 기다릴 수 없다는 듯 말간 액을 뚝뚝 흘리며 재익이 그녀에게로 다가왔다.

예전 같았으면 부끄러움에 은조는 다리를 오므렸을 것이다. 하지만 그녀는 그 앞에서 보란 듯이 다시 다리를 벌리고 그를 받아들일 준비를 했다. 이 순간만큼은 자신도 그를 원했다.

재익이 그녀의 양쪽 무릎을 꽉 눌러 잡은 후 한 손으로 그녀의 여성 안을 한 번 쓱 만졌다. 은조가 눈을 질끈 감자, 바로 그의 분신을 그 안으로 깊이 밀어 넣었다. 아니, 닿기만 했는데도 그녀 쪽에서 자신을 빨아들이는 것 같았다. 그 느낌이 너무 짜릿해서 재익은 그녀의 허리를 한 손으로 꽉 잡아당겼다. 맞닿은 하체가 끈적거리며 달라붙었다. 질퍽거리는 소리가 음란하게 들려왔다.

"아하…… 재익아."

은조의 몸을 그가 서서히 들락거리기 시작했다. 단단한 기둥이 여린 그녀의 벽에 몇 번이고 닿자 용트림을 하듯 꿈틀댔다. 재익은 깊숙이, 더 깊이 그녀의 안으로 들어갔다. 순간 은조가 다리를 오므리며 그를 꽉 조였다. 자신을 감싸 안는 그 꽉 찬 느낌에 그가 몸을 떨었다.

재익이 땀으로 젖은 그녀의 머리를 한 손으로 쓸어 주면서 그녀의 흠뻑 젖은 입술을 빨아 댔다. 몸과 몸이, 충분히 서로에게 통하고 있었다. 이런 일체감을 느껴 본 적이 없었다. 재익은 그녀와 한 시라도 떨어지지 않으려 은조의 하반신을 더 바짝 끌어당기며 몸을 움직였다. 부드럽게 리드하겠다던 애초의 다짐이 무너질 만큼 그는 자신의 페이스를 잃고 있었다.

그의 입에서도 신음 소리가 흘렀다. 재익이 허리를 틀고 깊게, 그리고 격렬하게 몸을 움직였다.

"은조야…… 은조야…… 은조야……."

열에 달뜬 그녀의 얼굴이 무척 색정적으로 보였다. 그 얼굴을 오직 소유하고 싶다는 생각뿐.

"아하…… 아하……."

자신을 뜨겁게 안고 있는 그의 눈빛을 마주하자 은조의 몸도 활활 타올랐다. 하반신의 묵직한 통증과 함께 온몸이 떨려 왔다. 그의 단단한 몸 밑에 깔린 자신이 불쌍할 만큼 그의 움직임에 끌려가고 있었다.

그가 자신에게 완전히 빠져 있다는 것이 몸으로 마음으로 느껴졌다. 은조는 그의 잘생긴 얼굴을 마주하고 싶었다. 그래서 살짝 몸을 일으켜, 그와 마주 보는 자세로 앉아 그의 리듬에 맞춰 허리를 움직였다. 그의 육체가 주는 쾌락에 그녀도 신기할 만큼 짜릿한 전율을 느끼고 있었다. 그를 애절하게 사랑하는 것과는 별개였다. 은조는 요염하게 허리를 흔들고 그의 반응을 살폈다. 그와 순수하게 즐기는 기분이었다.

어느 순간, 그녀는 자신도 모르게 야한 말들을 재익의 귀에 속삭였다. 고개를 젖히며 목과 가슴을 그의 입술에 내어 주면서 그녀는 더욱 리드미컬하게 허리와 엉덩이를 움직이며 그를 자극했다.

예전에 재익도 이랬을 것이다. 오로지 그녀의 육체만을 탐하고 원했을 것이다. 은조가 그를 더 바짝 자신 쪽으로 끌어당겨 하반신을 밀착시켰다. 유연하게 움직이는 몸놀림에 서로가 서로의 입술을 탐했다. 하지만 자신의 몸짓과 그의 노련함에 정작 흥분하고 소리를 지른 건 은조였다.

"하아…… 하앗……."

"은조야, 으음……."

한 번도 경험하지 못한 미칠 것 같은 환희였다. 그녀의 얼굴이, 목덜미가, 가슴이, 그리고 그녀의 은밀한 몸 구석구석이 그의 타액으로 번들거리자 그녀는 더욱 흥분감이 치솟았다.

결합된 두 사람의 몸이 사정없이 흔들리자 은조는 오르가슴에 찬 흥분을 느끼며 그 안에서 최고를 맛보았다. 재익 또한 포효하듯 그녀 안에서 몸을 부르르 떨었다.

그는 눈을 감고 그녀의 자궁 안에 정착한 자신의 분신을 빼내지 못하고 있었다. 마치 그녀가 자신 안에서 나간다면 영원히 은조가 떠나 버릴 것만 같았다.

"조금만, 조금만 더. 이대로 있자."

은조가 가쁜 숨을 몰아쉬자, 재익이 그녀 얼굴의 흐르는 땀을 손으로 닦아 주었다.

"이 순간이 오길 내가 얼마나 원했는지 알아?"

그녀가 얼굴을 들어 그를 보았다. 믿을 수 없지만 그의 눈빛이 아직도 절절해 보이는 건 자신의 착각이 아니었다. 그녀가 그의 목을 두 팔로 끌어안으며 물었다.

"아직도 좋아? 내가 그렇게?"

재익이 웃지 않고 말했다.

"왜 그렇게 물어?"

은조가 그의 얼굴을 쓰다듬으며 말했다. 그의 볼에 살며시 키스하면서.

"우리, 그럼 섹스만 할까? 서로 사귀지는 말고."

그가 머리를 흔들며 그녀를 더 꼭 자신의 품속으로 끌어당겼다.

"너 지금 나한테 복수하는 거야?"

둘 사이의 결합된 하반신이 미끈거렸다. 하지만 그 감촉이 나쁘지 않았다. 오히려 짜릿한 기분에 두 사람 다, 다시 흥분할 것만 같았다. 은조가 다시 그의 품에서 빠져나가려 하자, 이번엔 재익도 순순히 그녀를 놔주었다.

"진심으로 얘기하는 거야. 나도 너랑 섹스하는 건 좋아. 어때, 생각해 볼래?"

재익이 몸을 일으켜 끼고 있던 콘돔을 정리하고는, 그대로 침대 위에 걸터앉았다. 그가 머리를 쓸어 넘기며 깊은 숨을 내쉬었다. 뭔가를 참고 있는 표정이었다. 한참 만에야 그가 입을 열었다.

"섹스 파트너라면, 지금 이 상황에서 목적이 끝났으니까 누구 하나가 가야 돼. 너 나 혼자 놔두고 갈 수 있어?"

"그런 억지가 어딨어."

"너, 나랑 자고 싶은 거 아니었어? 함께 밤을 보내고 아침을 맞이하는. 내 품에 안겨서 내 숨소리 들으면서. 나는 자는 네 얼굴 보면서 키스하고 사랑해 주고 싶은 거였는데 넌 아니었어?"

"그렇다면 잠은 같이 자자. 하지만 정말 사랑하지 않는다면 불편할걸. 거북하고."

"은조야, 너는 정말……."

"샤워하고 올게."

그녀는 욕실로 들어가 버렸고, 재익은 텅 빈 침대 위에 그대로 우두커니 앉아 있었다. 잠시 후, 샤워를 끝냈는지 가운을 걸치고 밖으로 나온 그녀가 바로 침대 속으로 들어가 버렸다.

은조는 그에게서 등을 돌려 누우며 이런저런 생각을 하기 시작했다. 재익은 정말 섹스를 잘한다. 예전에는 잘 몰랐는데, 지금은 그런 것 같다. 아니면 자신을 정말로 사랑하는 마음에서 모든 열정을 쏟아부은 건지도. 그녀에게 맞춰.

뜨거운 기운이 뒤에서 느껴졌다. 재익이 그녀를 뒤에서 안고 속삭였다. 머리를 말리지 않아 축축한데도 재익은 그녀의 정수리에 입술을 묻고 말했다.

"네가 원한다면, 그렇게."

몸으로라도 그녀의 마음을 얻을 수만 있다면 이런 것쯤은 아무것도 아니다. 은조가 돌아누워 그에게 말했다.

"그래? 그럼."

"말해."

"난 함께 자는 건, 불편해서. 예전에 우리도 그랬잖아. 나중에 같이 잔 적은 없는 걸로 아는데."

어딘지 쑥스럽게 말하는 은조를 재익은 한참 동안 바라보다 머리를 쓸어 넘기며 웃었다.

"예전이라고."

문득 은조가 자신의 오피스텔에서 밤을 보내고, 자신이 그녀를 위해 된장찌개를 끓여 주었던 기억이 떠올랐다. 은조는 그 기억을 잊은 건가? 재익은 그녀와 함께 아침을 맞는 것이 싫지 않았었다. 불편해했던 건, 오히려 은조였다. 하지만 그때도 그는 내색하지 않았었다. 당연히 간다고 하는 그녀를 잡지도 않았었고.

은조가 말했다.

"섹스가 끝나면 넌 항상 차가웠어. 섹스할 땐 분명 날 좋아하는 거 같았는데 끝나고 나면 널 잘 모르겠더라고."

"그래서 나중엔 그냥 집으로 가 버린 거야? 나한테 서운해서?"

"그런 것보다 그냥 네가 불편했어. 아침에 일어나서도 넌 날 덮칠 생각만 했잖아. 난 같이 아침 먹고, 데이트하고 싶었는데."

"아, 데이트."

"그래도 네가 끓여 준 된장찌개는 정말 맛있었어, 사실 그날이 제일 좋았었어."

그녀가 그를 사랑한다고 고백했던 날이었다. 재익도 그날을 기억하고 있었다. 가슴 뭉클하고 저릿한 기억. 너무도 솔직하고 순진한 얼굴로 그를 사랑하는 것 같다고 은조는 말했었다. 그 순수함이 싫어서 그 순간, 그는 발을 뺐다. 하지만 발을 빼도 이미 늦었다는 걸 그도 알고 있었다. 그래서 은조에게 더 못되게 굴었는지도 모른다.

"생각난다, 나도."

은조가 담담한 말투로 말을 이었다.

"너도 나랑 같이 자는 거 불편하잖아. 예전에도 그랬고."

"은조야, 나는."

구차하게 변명하는 것 같아서, 재익은 아무 말도 하지 않았다. 그때도 은조가 그냥 가 버리면 이상하게 화가 나고 싫었다. 그녀가 누워 있었던 침대의 빈자리를 쓸어 보기도 하면서 바보 같은 짓은 혼자 다 했다. 가지 말라고, 진심이라고, 항상 함께 있고 싶다고 말 한마디 못 했으면서.

"혼자 자는 게 편해서 그래. 이해하지?"

"지금 나보고 가라는 말이야?"

"미안, 그게 연애와 섹스 파트너의 차이가 아닐까 싶어."

은조는 재익이 자신에게 완전히 정떨어지길 바랐다. 다시는 보고 싶지 않을 정도로.

재익은 한동안 어리둥절해하더니 이내 침대에서 몸을 일으켜 옷을 하나씩 주섬주섬 입기 시작했다. 그의 손놀림이 다른 때와는 달리 몹시 어색해 보였다. 그가 옷을 다 입고 나자 조용히 말했다. 예상외로 제법 차분한 목소리였다.

"나가면서 미리 체크아웃할게. 쉬어, 그럼."

재익이 몸을 숙여 그녀의 볼에 키스했다. 은조는 그를 쳐다보지 않은 채, 말했다.

"잘 가."

그는 호텔 프런트로 내려와 계산을 하고는 그대로 밖으로 나왔다. 비가 더욱 거세게 몰아쳤다. 다행히 호텔에 상주해 있는 택시가 그의 앞에 섰다. 그가 택시에 올라타고 행선지를 말했다. 나이가 지긋해 보이는 기사가 온화한 표정으로 재익에게 말을 건넸다.

재익은 무심히 그의 말에 대꾸했다. 빗방울이 창문에 부딪치는 소리가 규칙적으로 들려왔다. 어느 순간 다른 생각에 빠져, 기사가 뭐라 말하는지 더 이상 들리지도 않았다.

하늘에 구멍이 뚫린 듯 비가 주룩주룩 내렸다. 정말로 지긋지긋한 비라고 생각했다.

만신창이가 된 기분이었다. 가슴이 너덜너덜해졌다. 이 상실감을 어찌해야 좋을지 모르겠다. 그녀로 인해, 천국과 지옥을 몇 번이나 오가고 있었다.

이상하게 은조가 다시는 자신에게 오지 않을 것만 같았다. 그럼에도 그녀가 이 밤중에 혼자 있는 것이 걱정되었다. 다시 호텔로 갈까, 몇 번이나 망설이는 자신이 거지 같았다. 차라리 호텔 밖에서 지키고 서 있을까. 마음이 놓이지 않아 발걸음이 떨어지지 않는 자신을 그녀는 비웃을지도 모른다. 예전엔 어떻게 혼자 잘도 보냈냐며 그렇게 말할지도 모른다.

처음엔 그녀의 안위가 걱정되었는데, 이젠 우습게도 그 나쁜 계집애가 말할 수 없이 보고 싶었다. 그는 아랫입술을 꽉 깨물었다. 이 가슴을 다 헤집어 놓은 그 나쁜 계집애가 미칠 것처럼 보고 싶었다. 죽어도 좋을 만큼 보고 싶었다. 그 어느 때보다 그녀를 뜨겁게 안고 싶었다.

조금 전, 그녀를 안았던 자신의 몸에서 그녀의 체취가 났다. 자신의 목덜미와 가슴에, 그리고 은밀한 허벅지 안쪽까지 키스마크를 남긴 그녀. 짙은 고독감과 외로움에 재익은 멍하니 차창 밖 비 오는 거리만 바라보았다. 택시는 어둠을 뚫고 달렸지만, 그에게는 이 칠흑 같은 밤이 한없이 길게만 느껴졌다.

✢

은조는 그날 밤, 자신이 행한 일을 조금씩 후회하고 있었다. 엮이지 말았어야 했다. 술도 마시지 말았어야 했고, 섹스도 하지 말았어야 했다. 재익이 다시는 자신에게 오지 않는다면 다행이었지만, 그 과정은 자신이 생각하기에도 치사했다. 인생에서 단 한 번, 나쁜 여자이고 싶었던 자신의 로망을 실현시켰을 뿐이었지만 결과는 통쾌하지 않았다.

공허했고 씁쓸했다. 채워지는 게 아니라 무언가를 잃어버리는 기분이었다. 사랑도 잃어버리고, 감정도 잃어버리고, 마음까지 잃어버리는 기분.

재익은 지금 뭘 하고 있을까. 자신을 원망하고 있겠지. 당연하다고 생각했다. 그럼에도 그가 이젠 정말로 행복해졌으면 하는 이 웃기는 마음은 무엇인지.

동정인지, 연민인지 알 수가 없었다. 진정 사랑하는 여자를 만나서 잘 살면 다 잊게 되는 것이라고 은조는 마음을 쓸어내렸다. 그런 꼴을 당하고도 다시 자신을 찾는다면 그건 진정 호구라고밖에 할 수 없을 테니까. 이런 것이야말로 재익이 가장 경멸했던 사랑의 방식 아니었던가.

그리고 재익이 그렇게까지 여자에게 헌신적인 건 왠지 싫었다. 재익은 약간 이기적이고 못되게 굴 때 빛이 나는 남자였다. 그렇게 그에게 상처받았음에도 아직도 이런 마음이 드는 자신이 못내 이해가 되지 않았지만 은조는 재익이 풀 죽어 있는 모습은 보고 싶지 않았다.

재익에게선 그날 밤 이후로 연락이 없었다. 이젠 미련 따윈 남아 있지 않을 것이다. 일에 관한 것도 재익의 말대로 다음 날 카탈로그 담당자가 바로 사무실로 찾아와 별 탈 없이 진행되었다.

마치 아무 일도 없었던 듯 어느덧 여름이 다가올 정도로 날은 화창하기만 했다.

오후에 인혜에게서 연락이 왔다. 지난번 그렇게 약속을 취소했던 게 미안했던지 저녁을 사 주겠다고 했다. 은조는 퇴근 시간에 맞춰 〈혜성어패럴〉 근처로 찾아갔다. 둘은 간단히 저녁을 먹은 뒤 가볍게 맥주 한잔을 했다.

벌써부터 술집엔 에어컨을 틀어 놓을 정도로 열기가 훈훈했다. 이젠 제법 더운 여름이라는 것을 예고라도 하듯 해가 길어지고 늦은 저녁임에도 바깥에선 따뜻한 공기가 흘러들었다.

그녀가 오랜만에 만난 친구에게 기분 좋게 물었다.

"이제 선본 얘기 좀 해 봐. 혼자 바쁜 척은 다 하더니 할 건 다 하고 다녔네?"

"그러는 너는."

"내가 뭐?"

은조가 생뚱맞다는 듯 묻자, 인혜가 뭔가 말을 하려다 마는 것 같았다.

"왜, 선본 남자가 별로였어?"

은조의 질문에 인혜가 건포도를 집어 먹으며 한숨을 쉬었다.

"그게 말이야. 난 어쩔 수가 없나 봐."

"왜?"

"다 괜찮은데, 외모가 꽝이야. 극복 못 할 거 같다."

"그렇게 아니야?"

"그게 아니고, 내가 남자 외모를 좀 보잖아. 난 사실 돈, 능력 그런 거 조금 부족해도 되니까 외모가 멋진 남자가 좋거든. 섹시한 느낌의 그런 남자. 그런데 아니었다."

은조가 혀를 차며 고개를 흔들었다.

"섹시한 남자가 선보러 나오겠니? 설령 그런 분위기라도 반듯하게 하고 나오겠지."

"내 말은 그러니까, 반듯해도 섹시해 보이는 남자가 있잖아. 난 그런 스타일이 좋은데."

"부모님이 정해 주는 대로 결혼하겠다면서. 왜 맘이 달라졌어?"

"그러게. 눈높이를 낮춰야 하나?"

은조가 맥주를 한 병 더 땄다. 인혜가 그녀에게 병을 부딪치자 은조가 웃으며 말했다.

"어르신들이 그런 말씀 하시잖아. 인물 따지는 사람이 제일 못생긴 사람하고 결혼하고, 능력 따지는 사람이 제일 무능한 사람하고 결혼한다고."

이에 인혜가 발끈했다.

"그럼, 넌 뭘 제일 따지는데?"

"나야, 당근 사랑이지. 나 플레이보이랑 결혼할 건가 봐."

은조가 양쪽 눈가가 휘어지도록 웃었지만 인혜의 얼굴은 굳어졌다.

"너 재익이 좋아하지? 그냥, 이쯤에서 인정해라, 김은조."

창밖을 바라보며 은조가 달아오른 한쪽 볼을 문질렀다.

"무슨 말이야, 그게?"

"무슨 말이냐니? 재익인 내가 보기에 너한테 푹 빠져 있던데, 넌 아니야?"

은조는 머리가 묵직해져 왔다.

"아니야, 그런 거."

그녀가 딱 잘라 말하자 인혜가 고개를 저었다.

"내가 널 아는데, 아니야? 너 사람 헷갈리게 만드는 그런 재주 없잖아. 좋으면 좋은 거고 아니면 말고, 그런 애잖아. 재익이가 그만큼 너한테 빠질 정도면 너도 걔 좋아하는 거 아니었어?"

"아니라니까. 나 걔 안 좋아해."

"너네 계속 만나고 있었던 거 같던데. 좋아하지도 않는데 계속 만나는 거야?"

"그건, 그러니까."

"재익이, 회사에 계속 안 나오고 있어. 아마 안 나온 지 꽤 됐을 거야. 뭐, 병가라고는 하는데, 은근 회장님도 걱정하는 눈치고. 그쪽 팀장도 무슨 이유인지를 모르겠대. 이렇게 오랫동안 자리 비우는 사람이 아니라며 조만간 빨리 출근하라고 채근하나 봐. 너도 왜 그런지 모르는 거야?"

"그, 그래?"

"얼마 전까지만 해도 사람들하고 말 한마디를 안 섞고 매일 남아서 일만 했다고 하는데, 무슨 일인지를 모르겠어."

은조는 아무 말 없이 맥주만 홀짝였다. 인혜가 그런 은조를 보며 말했다.

"요즈음 재익이 가끔 회사에서 볼 때가 있는데. 예전에 네 모습이 생각났어. 은조, 네가 한창 재익이 좋아했을 때. 푹 빠져서 너무 행복해했을 때. 딱, 그때 네 표정하고 똑같더라니까."

인혜가 말을 이었다.

"나도 처음엔 쓰레기라고 생각해서 너하고 엮어 주려는 마음 전혀 없었는데 너 좋아하는 건 맞는 거 같아. 걔 주위 여직원들이 은근슬쩍 데이트 한번 하자고 해도 꿈쩍도 안 하는 거 같더라고. 그래서 나는 너네 다시 만나는 줄 알았지. 근데 아니었던 거야?"

은조가 맥주병을 손가락으로 톡톡 쳤다.

"헤어진 연인이 다시 만나서 잘될 확률은 거의 없어. 똑같은 이유로 다시 헤어진다잖아. 설령 처음엔 서로 조심해서 잘 만난다 해도, 그게 얼마나 가겠니. 그러니까 이제 그 얘기는 그만하자. 골치 아프다."

"그래도 미련은 없을 거 아냐. 이렇게 감정이 조금이라도 남아 있는 상태에서 시작도 안 해 보고 그냥 흘려보낸다는 건, 너무 아쉽잖아. 상처받을 때 받더라도 다시 시작하면 안 되나?"

"인혜야."

"응."

"나, 걔 잊는 데 3년 걸렸어. 불과 몇 개월 사귀지도 않았는데. 얼마나 힘들었는지 알아? 밥도 못 먹고 잠도 잘 못 잤어. 매일 울고. 사랑, 그거 우습게 보다간 피눈물 흘려."

인혜는 술병을 들어 올리다 그대로 놓았다.

"그, 그랬어? 난 네가 너무 아무렇지도 않은 것 같아서. 그 정도일 줄은 몰랐지."

"아무렇지 않은 척했을 뿐이지. 그딴 새끼 때문에 아파하고 힘들어하는 게 자존심 상해서."

은조의 얼굴이 점점 어두워져 갔다.

"그래도 첫사랑이었는데, 억울하고, 창피하고. 그냥 눈 딱 감고 먼저 연락해 볼까. 사실, 나도 너 그렇게 심각하게 좋아했던 거 아니었다고. 나도 너랑 섹스하는 거 좋았다고. 그냥 가볍게 계속 관계를 유지해 볼까. 왜 그때 그렇게 단칼에 잘라 내듯 헤어지자고 했을까. 돌아서서 후회하고, 그러다 또 아니라고, 잊어야 한다고 혼자 울고."

그녀의 얼굴에 옅은 미소가 흘렀다.

"생각보다 나 재익이 많이 사랑했나 봐. 첫사랑이라 그런가?"

"은조야."

"지금이라면, 그렇게 얘기할 수 있을 거 같아. 그냥 우리 섹스 파트너 하자. 이렇게. 가볍게."

은조는 그날 밤을 생각하며 말을 이었다. 이런 쓸쓸하고 공허한 기분이 싫었다. 이런 관계가 싫었다. 자신의 속마음을 얘기하듯 그녀의 입에서 줄줄 말이 흘러나오고 있었다.

"즐기는 상대라는 것도 맘이 전혀 없는 사람과는 못 하는 거니까. 기회로 생각하는 거지. 마음을 얻을 수 있는 기회. 나중에 아프더라도. 하지만 그땐 너무 솔직했고, 사랑하는 거니까 같이 자는 거라고 생각했거든. 그게 아니라는 걸 정말 못 받아들이겠더라고."

"그, 그래, 당연히 그렇지. 그때가 몇 살인데. 그래 봤자 스무 살, 스물하나인데. 재익이가 나빴지, 인정해."

"나도 그런 새끼 사랑하고 싶어서 사랑했던 거 아니야. 솔직히 재익이가 뭐가 멋있니. 걘 내가 사귀었던 다른 남자들보다 훨씬 못해. 모든 게. 나에 대한 진심도 제일 부족하고."

은조가 잠시 감정을 추스르는 것 같았다.

"그래, 사귀었던 다른 남자랑 비교하는 거 진짜 찌질한 짓이란 거 나도 아는데, 사실이야. 객관적으로 보자면 제일 안 멋있는 남자였어."

"그런데 제일 사랑했던 남자잖아. 그것도 엄청."

인혜는 팔짱을 낀 채, 물끄러미 은조의 얼굴을 바라보았다.

"지금은 아니야."

"아니라고 하고 싶겠지."

"다시 그렇게 우연히 만나지만 않았더라면, 그냥 그렇게 살았을 거 같아. 왜 다시 나타나서는 잘 살고 있는 사람 흔들어 놓고, 찾아오고, 사랑이니 어쩌니 늘어놓고."

인혜의 얼굴에 옅은 미소가 스쳤다.

"혹시 알아? 너희 둘이 진짜 인연이어서 그런 건지."

친구의 말에 은조는 한동안 무슨 생각을 하는지 말이 없었다. 이런 침묵이 어색하지 않을 만큼 두 사람은 가까운 사이였지만 은조의 창백해지는 얼굴이 신경 쓰여 인혜가 먼저 입을 열었다.

"은조야, 난 네 친구야. 널 좋아하고 너도 날 좋아하는."

은조가 살짝 얼굴을 찡그렸다.

"나도 네가 상처받는 거 싫어. 네가 행복해졌으면 좋겠어. 이거, 술 마셨다고 내가 오글거리는 소리 하는 거 아니야. 절대."

"무슨 얘길 하고 싶은 거야?"

"전혀 사랑할 수 없을 것 같은 사람을, 그 사람의 치명적인 단점을 다 알고 있음에도, 진실로 사랑할 수 있는 사람이 얼마나 될까? 누구나 다 그럴 수 있다고 생각하는 건 아니지? 나는 절대로 그런 사랑은 못 해. 내 기준에 맞지 않는 남자에게 어떻게 사랑을 느껴. 하지만 어떤 사람들은 그런 사랑을 하더라고."

"지금 나 놀리는 거야?"

"가끔은 그런 사람들이 부럽다는 거야. 어떻게 보면 다 알면서도 사랑한다는 게. 사랑을 인정한다는 게. 부럽기도 하고. 그냥, 대단해 보여. 나는 절대 못 하니까, 그런 사랑."

"너, 나 지금 비웃는 거지?"

"누가 비웃는 얘길 이렇게 심각하게 하냐."

"그럼, 꿈보다 해몽이 좋은 거네."

은조가 맥주를 들이켜며 시니컬하게 말했다.

"은조야, 얼마 전에, 그러니까 한 달 전쯤이었나? 네가 나 만나러 온 날, 나 야근했던 거 아니야. 재익이가 부탁하더라. 그날 네가 나 만나러 온다니까, 한 번만 도와 달라고. 너랑 우연처럼 마주칠 수 있게. 너희 회사 일도 사실 재익이 혼자 그렇게 자기 마음대로 처리하면 안 되는 거였어. 기획실 동의를 거쳐야 함에도, 독단적으로 처리해서 회장님한테 한 소리 들었다더라. 물론 아들이지만 우리 회장님, 굉장히 특이하시거든. 직원들 전부 다 그거 알고 있어."

"그래?"

은조는 뭔가 생각에 잠긴 표정으로 인혜를 뚫어져라 바라보았다.

"그냥, 내 생각인데 재익이 걔 우리가 생각하는 것처럼 부유한 집안에서 자라 고생 모르고 철없이 자기 하고 싶은 대로만 하고 살았던 건 아닌 거 같아서. 내가 잘 알지는 못하지만 옆에서 얼마간 본 내 느낌은 그래."

은조도 알고 있었다. 하지만 그런 연민의 감정 따위에 휘둘려 그에게 끌려가고 싶진 않았다. 머릿속이 복잡해졌다.

은조는 애써 자문자답했다. 자신도 어쩌면 재익에게 상처를 줬을지도 모르니, 이쯤에서 깨끗이 잊자고, 더 이상은 질척대지 말자고, 그가 회사에 결근을 하든 말든 이젠 아무 상관도 없는 사람이라고 자신을 타일렀다.

❖

재익은 침대에서 일어나 협탁 위에 놓인 물컵을 들었다. 그는 약을 삼키고는 그대로 다시 등을 기대고 앉아 생각에 잠겼다. 벌써 며칠째 불면증 때문에 수면제를 먹고 있었다. 입맛도 없고, 잠도 잘 자지 못했다. 면도를 안 한 얼굴은 까칠하고 핼쑥해 보였다. 몇 주 전부터 몸에 무리가 올 정도로 일만 파고들었던 탓에 일주일 전부터 몸살이 단단히 나 있었다.

그는 좀처럼 아프지도, 감기 한 번을 제대로 걸린 적도 없는 타고난 건강 체질이었다. 그전에도 종종 수면제를 먹긴 했지만 불면증이 조금 더 심해졌다. 하루 종일 늦게까지 일하고 와 몸이 피곤한데도, 제대로 잠들 수가 없다는 건 큰 고통이었다.

술을 마셔도 그때뿐, 금방 다시 깨곤 했다. 당연히 입맛도 없고 만사가 다 귀찮았다. 문득 예전 생각이 났다. 언제였던가, 그때도 이랬다. 대학 시절 은조와 헤어진 직후, 그는 모든 게 짜증 났고 다 싫었었다.

그런데도 어째서 그 순간 그녀를 찾지 않았는지, 그녀에게 가 잘못했다고 미안하다고 한마디만 하면 될 걸. 다 필요 없고 너만 있으면 된다고, 너뿐이라고, 나 같은 쓰레기 새끼, 제발 버리지 말고 한 번만 기회를 달라고 했었더라면, 어쩌면 그녀는 받아 주었을지도 모른다. 아직 자신에 대한 감정이 남아 있는 상태였으므로, 지금처럼 냉정히 돌아서진 않았을 것이다.

그러나 그녀에게 가지 않았다. 곧 군에 입대해야 한다는 무거운 마음도 있었고, 은조에게 그렇게 못되게 굴었으면서 차마 기다려 달라고 할 수가 없었다. 아니, 그렇게 비굴하게 빌면서까지 그녀를 붙잡고 싶진 않았다. 그녀에 대한 사랑보다는 남자의 자존심이 먼저였다. 결국 자존심은 지켰을지언정, 그녀는 잃었다.

그녀를 잃고 지킨 자존심 따위가 대체 무슨 의미가 있는가.

지금 이렇게도 고통스러운데. 잠도 못 자고, 아무것도 못 하고 있는 이 비루한 몰골 자체가 자존심을 잃는 것보다 더 초라한데.

2주 이상을 회사에 나가지 않았는데도 누구 하나 전화해 주는 이가 없고, 누구 하나 진심으로 걱정해 주는 이도 없다. 그저 회사에 누가 될까 봐 형식상 되묻는 안부 정도일 뿐. 재익은 문득 보름 전, 아버지와의 일을 생각해 보았다. 아버지는 자신의 마음을 꿰뚫는 듯 물었다.

'네가 일을 아주 열심히 한다고 들었다. 하지만.'

'아버지께서 무슨 말씀을 하시고 싶은지 알고 있습니다. 다음부턴 미리 보고하도록 하겠습니다.'

그는 아버지와 되도록 언쟁하고 싶지 않았다. 뒤로 물러나서 해결될 일이라면 굳이 입씨름을 하기보다는 피하는 게 일에 대한 유연성이라고 생각했다.

재익은 원리 원칙을 따지기보단 상황에 따라 대처할 수 있는 유연함을 더 중요하게 여기는 사람이었다. 하지만 아버지가 전형적인 원칙주의자라는 건 진작부터 알고 있었기에 재익은 아버지와 맞서기보다는 되도록 아버지를 이해하려고 노력했다.

아버지는 재익의 마음을 알아챈 듯 웃었다. 이상하게 순수한 웃음은 아니라고 느껴졌다.

'넌 어려서부터 잘못을 인정하고 그 자리에서 항상 잘 빠져나갔어. 학교에서도 선생님께 야단을 맞았다거나 뭔가 잘못해서 문제를 일으킨 적이 없어. 하지만 네 속마음은 그렇지 않았을 거야. 그렇지?'

'무슨 말씀을 하고 싶으신 거예요?'

'너무 타협을 쉽게 하는 것도 인간미가 떨어진다는 말을 하고 싶은 거다. 사람들은 순수하고 약간은 답답한 사람한테 본능적으로 끌리는 법이거든. 겉으로는 매력 없다며 과소평가를 하지만 결국 그런 사람들을 좋아하지. 뭔가 상처받지 않을 것 같으니까. 자신이 더 똑똑하게 느껴지니까. 여우 같은 사람들은 다 알아서 해 주니 편하긴 하지만 결국 마음을 얻는 건 진정성이거든.'

'제가 지금 마음에도 없는 행동을 하고 있단 말씀인가요? 저는 회사의 규칙을 어겼기 때문에, 제 마음대로 거래처를 바꿨기

때문에, 잘못을 시정하고 다음번엔 미리 보고하고 행하겠단 말씀을 드린 겁니다.'

재익은 정말 아버지에게 화가 나기 시작했다.

'알고 있다. 다만 난 네가 더 솔직히 말해 줬으면 하는 바람이었다. 이 회사는 앞으로 네가 주인이 될 회사인데 그것 좀 바꿨기로서니, 뭐가 그렇게 잘못이냐고 나한테 큰소리치거나 화를 낼 수도 있었을 텐데. 넌 그 감정을 억누르고 나한테 아주 사무적으로 대하고 있잖아. 더 솔직해도 된다는 말을 하고 싶었다.'

재익은 어이가 없다는 듯 웃었다.

'언제는 이 회사는 네 회사가 아니니 너도 똑같이 열심히 일해야 할 거라고 하시고서는 왜 딴소리이십니까?'

'그땐 그랬지. 그런데 네가 일하는 모습을 쭉 지켜보니까 내가 마음이 바뀐 것 같아서 말이야.'

아버지는 아들의 얼굴을 재밌다는 듯 바라보았다. 그 모습이 재익을 불쾌하게 만들었다.

'아버지.'

그는 단 한 번도 한 적이 없는 말을 아버지에게 하고 있었다. 하지만 언젠가는 꼭 하고 싶었던 말이었다.

'저는 영악하지도 않고요, 계산적이지도 않습니다. 단지 이렇게 행동해야지만 제가 어른들 싸움에 휘말리지 않을 것 같아서 나름 어려서부터 단련된 저의 처세일 뿐입니다. 그것을 약삭빠르고 교활한 것처럼 말씀하지 마십시오. 이해하려고 노력했을 뿐이고, 부딪치지 않고 조용히 넘어가길 바라는 마음에서 저를 다른 방법으로 표현했을 뿐입니다. 아버지까지 저를 그런 식으로 보는 거, 참을 수 없습니다.'

그는 아버지의 저런 냉정하고 차가운 모습 때문에 여자들이 못 견뎠을 거라는 결론을 내렸다. 아버지는 화를 내지 않는 잘생긴 석고상 같았다. 그는 화를 내고 소리를 질러도 뜨거운 정을 느낄 수 있는 아버지를 원했다. 자신이 일을 너무 못해서 무능하다는 소리를 모든 직원에게 들어도 아버지가 회장이라는 강력한 배경을 이용해 아들의 편을 들어 주는 팔불출 같은 아버지이기를 바랐다.

아버지는 합리적이고 감정에 치우치지 않는 세련된 사람이었지만 아버지로서는 빵점이었다. 재익이 그런 아버지 옆에서 느낄 수 있었던 감정은 딱 한 가지밖에 없었다.

아버지는 조용히 말했다. 그는 아들의 분노에도 전혀 동요하지 않았다.

'네가 화까지 내는 이유를 모르겠구나. 물론 기분이야 상하겠지만 그렇게 감정적일 필요는 없단 얘기지. 내가 하고 싶은 말은, 너무 자신을 감추지 말고 진실로 상대를 대했으면 좋겠다는 말이었다. 이해하려고만 하다가 상대의 마음을 놓칠 수도 있는 거니까. 오늘 일은 네가 인정했으니까 알았다.'

재익이 자리에서 일어났다.

'알겠습니다. 솔직한 제 마음을 말하라고 하니 저도 한마디 하겠습니다. 아버지, 아니 회장님. 화가 날 때 화 좀 내시고, 마음에 들지 않을 때 쌍욕도 좀 하고 사세요. 그렇게 대외적으로 고고한 이미지만 구사할 생각 마시고, 폼만 잡으려고 하지도 마세요. 술도 마시고 여자도 만나고 다니세요. 고리타분해 보이고 매력 없어 보여요. 인생을 즐길 줄도 모르는 남자가 남자겠습니까. 아들이자 남자로서 드리는 말이었습니다. 나가 볼게요.'

재익은 문을 꽝 닫고 나갔다. 나가면서도 속이 후련하기보다는 아버지의 표정이 궁금할 뿐이었다. 저렇게 호기심을 자극하는 사람도 없을 것이다. 그것이 아버지의 성향 때문인지, 그래도 아들로서 아버지에게 인정받고 싶은 그나마 남아 있는 정 때문인지, 알수 없었다.

자신의 편은 아무도 없는 것만 같았다. 지금껏 인생을 잘못 살아온 사람처럼 무기력하기만 했다. 그의 머릿속에 아버지의 말이 자꾸 맴돌았다.

진정성. 분노.

생각하지 않으려 해도 머릿속이 꽉 차 있었다. 자신은 이제야 사람들에게 진심으로 다가가려 하는데, 사람들은 그런 자신을 신뢰하지 않는다. 은조도 그렇고, 아버지도 그렇다.

왜, 무엇 때문에.

오늘밤도 잠은 자긴 글렀다. 몸살 때문에 며칠간 고열과 두통에 시달렸지만 그는 병원에 갈 생각도 하지 않고, 집 안에만 틀어박혀 있었다. 이토록 쓸쓸한 기분을 느껴 본 적이 없었다. 창문 밖, 어둠이 내려앉은 시내가 그의 시야에 한눈에 들어왔다. 날은 따뜻한데, 포근한 기운이 느껴지기는커녕 썰렁하고 공허한 어둠뿐이다.

마음 한구석이 구멍이 뚫린 것처럼 시리기만 하다. 그런데도 그 밑바닥엔 아직도 뜨거운 감정이 절절 끓고 있다는 게 고통스럽다. 사랑을 갈구하는 열정이 없었더라면, 자신에게 간절함과 절절함이 없었더라면 얼마나 좋았을까. 예전처럼 모든 것들이 그저 가벼운 유희로만 느껴진다면 얼마나 좋을까. 그렇다면 이런 마음의 고통도 상처도 없었을 텐데.

재익은 휴대폰을 들었다. 그는 은조가 어떤 말을 해도 상관없다고 생각했다. 지금 이 순간은, 미안하지만 그녀보다는 자신의 감정이 먼저였다. 한 번만이라도 좋으니 그녀와 얘기하고 싶었다.

신호가 갔지만, 그녀는 전화를 받지 않았다. 어느 정도 예상한 일이라 그는 다시 단축키를 눌렀다. 역시였다. 하지만 재익은 망설이지 않았다. 다시 한번 그녀에게 전화를 걸었다. 이번에 받지 않는다면 음성 메시지를 남길 생각이었다.

— 여보세요?

가슴이 철렁 내려앉았다. 그녀의 목소리에 무슨 말을 먼저 꺼내야 할지 잠시 주춤했다.

— 여보세요?

이상하게 말이 나오지 않았다. 은조가 한참을 기다리다 전화를 끊으려고 할 때에서야 재익이 입을 열었다.

"나야."

짧은 침묵이 영겁처럼 느껴졌다.

"잘 지냈어?"

재익이 물었다. 그는 애써 아무렇지도 않은 척 그녀에게 말하고 싶었다.

— 응…… 잘, 지냈어.

"은조야……."

— 재익아…….

두 사람이 동시에 말하자, 두 사람 다 멈칫거렸다.

"너 먼저……."

— 너, 먼저…….

다시 동시에 말하는 두 사람. 은조가 말했다.

— 아냐, 너 먼저 해.

"그, 그래."

재익은 휴대폰을 쥔 손에 땀이 났다. 심장이 튀어나올 것처럼 두근거렸다.

"그날, 너 호텔에 혼자 두고 와 걱정했는데, 연락도 못 했다."

은조는 듣고만 있었다.

"다음 날 출근은 잘했는지, 집에는 잘 들어갔는지."

— 너희 회사가 바쁘다고 들었어. 그리고 그럴 필요 없는 거잖아.

은조의 말투가 냉정해지고 있었다.

"그런가? 그럴 필요가 없는 건가?"

은조는 그의 전화를 받아 버린 자신도, 지금 이 상황도 슬슬 화가 나기 시작했다. 그녀는 예나 지금이나 하고 싶은 말을 참지 못하는 성격이었다. 재익은 대체 무슨 생각일까.

은조가 대뜸 재익에게 물었다.

— 지금 어디야? 조용한 것 같은데.

"집이지, 어디긴."

— 집? 퇴근한 거야?

은조는 재익이 어떻게 말할지 궁금했다. 대체 회사는 왜 빠진 건데.

"퇴근했지. 지금이 몇 신데."

— 너 어디 아프니?

"뭐?"

재익이 그만 피식 웃었다.

"나 아픈 데 없는데. 방금까지 열심히 일하다가 왔는데 너무 정신없이 일하다 보니 너한테 연락할 틈도 없었고. 또 네가 부담스러워할 것 같아……."

— 너 회사 결근했다며. 벌써 보름째 안 나가고 있다며. 나 때문이야?

잠시 동안 침묵이 흘렀다. 이어 재익의 웃음소리가 들려왔다.

"무슨 소리야, 나 멀쩡해. 그리고 회사 결근한 건 맞지만."

그는 자신의 거짓말이 들통나 얼굴이 화끈거렸으나 어떻게든 티 나지 않도록 자연스럽게 얘기하려 애썼다.

"너 때문 아니야. 괜히 오해하지 마. 마음 쓸 것 없어."

그가 딱 잘라 말하자 오히려 은조가 기가 막히다는 듯 쏘아 댔다.

— 그럼 왜 회사도 안 나가고, 이 밤중에 전화한 건데. 나 보고 싶어서 전화한 거 아니었어?

"은조야, 화났어?"

재익은 예전부터 이런 식이었다. 여자 마음을 귀신처럼 잘 알면서 모르는 척하는 것. 하지만 이번만큼은 마음 한구석이 쓰렸다. 약삭빠른 여우가 아니라 곰처럼 미련하고 답답하게 느껴졌다.

— 내가 왜 화가 나? 네가 나한테 잘못한 거 하나도 없는데.

"왜 잘못한 게 없어. 넌 싫다고 하는데, 어떻게든 네 마음 돌려 보겠다고 너 귀찮게 하고 힘들게 하고 있잖아. 너 화나게 하고, 답답하게 굴고. 미련하고, 바보같이."

급기야 은조는 재익에게 퍼붓기 시작했다.

— 한재익, 넌 자존심도 없어? 그 옛날 자신만만하고 오만했던 한재익은 어디 간 거니? 왜 나한테 이렇게 비굴하게 구냐고. 네 연락 하나 못 끊어 내는 나도 문제지만, 너 이렇게 나한테 매달리고 싶어?

은조는 감정을 추스르고 말을 이었다.

— 지난번에 너에게 했던 말, 우리 가볍게 그냥 만나자고 했던 그 말, 그것도 취소할게. 나 너랑 아무것도 하기 싫어. 섹스도 데이트도, 아무것도.

"아무것도 안 해도 돼. 아무것도 하지 마. 나도 바라는 거 없어. 너한테 아무것도 원하는 거 없어. 그러니까 제발, 가라는 말만 하지 마."

— 너 아주 등신이 다 됐구나. 여자한테 빠져서.

은조는 자신이 말하고서도 그만 멈췄다.

"그래, 나 바보 천치 등신이야. 자존심도 없고, 비굴하고, 나 싫다는 여자한테 끈질기게 매달리고. 나한텐 너만 있으면 되니까."

— 제발, 예전의 그 한재익으로 돌아가라. 싸가지 없고 못돼 먹은 그 남자로 돌아가라고. 내가 흔들리지 않을 만큼 나쁜 남자로 다시 돌아가라고.

은조는 자신의 목소리가 떨리고 있는 게 느껴졌다. 휴대폰 너머로 그의 거친 숨소리가 들려왔다. 머리로는 전화를 끊어야 한다는 걸 알고 있었지만 마음은 아니었다.

"못 돌아가. 다시는 예전 그 남자로 못 돌아간다고. 매일매일 네 생각밖에 안 나. 하루 종일 너만 생각해. 그런데 네가 부담스러워할까 봐, 그래서 떠나갈까 봐 이렇게도 못 하고 저렇게도 못 해. 그냥, 네 목소리 한번 듣고 싶었어. 그거면 충분해. 아무것도 원하는 거 없어. 정말 아무것도."

— 그래도 이제 다시는 너한테 안 넘어가. 두 번 다시는.

그녀의 말에 재익은 울컥했다.

— 내가 너한테 넘어가면 넌 다시 예전의 한재익으로 돌아갈 거 같아. 불안하고 조마조마한 사랑, 널 사랑한 나머지 항상 나 자신

이 초라하게 느껴졌던 시절이었거든. 겉으론 당당한 척했지만, 넌 언제나 나한텐 나쁜 남자였어. 다시는…….

"은조야, 잠깐만."

그가 침대에서 벌떡 일어났다. 마치 그녀가 앞에 있는 것처럼 그는 안절부절못하고 있었다.

"전화 끊지 마. 부탁이야. 내가 갈게. 가서 얘기하자."

— 오지 마. 와도 달라질 것 없어.

"아니, 그래도 갈게. 지금 갈게."

이미 끊어진 휴대폰에 대고 그는 말하고 있었다. 재익은 몸이 천근만근 무거웠지만, 옷을 챙겨 입고 곧바로 집을 나섰다. 운전을 하면서도 재익은 머릿속이 터질 것 같았다. 자신에게 완전히 정떨어졌을 거라는 예상과는 달리, 그녀는 어쩌면 자신이 더 다가와 주길 바라고 있었는지도 모른다. 그는 조급한 마음에 위험할 정도로 액셀을 밟았다.

✛

초인종을 몇 번이나 눌렀는데도 아무런 기척이 없었다. 재익은 어쩔 수 없이 손으로 문을 두드렸다.

"은조야, 문 좀 열어 봐."

그녀는 문을 열어 줄 생각이 없는 것 같았다.

"안 자고 있는 거 다 알아."

한밤중도 아니고 새벽녘이었다. 몇 시인지도 몰랐다. 시간을 가늠할 수도 없을 만큼 그의 마음은 절박해져만 갔다.

"열어 줄 때까지 기다릴게. 하루가 됐든, 일주일이 됐든."

마치 지금이 아니면 기회가 오지 않을 것처럼 그는 기다렸다. 몸이 점점 뜨거워지는 것 같았다. 원래 열이 있어서 그런 것인지, 그녀에 대한 열병 때문인지는 알 수 없었다. 초여름이었지만 새벽은 한기가 들 정도로 쌀쌀했다. 온몸에 소름이 끼쳤다. 그는 출입문 앞에 있는 계단에 걸터앉아 그녀가 나오기만을 기다렸다.

　안이 조용한 걸로 보아, 잠이 든 것 같았다. 전화를 해 볼까 었지만 관뒀다. 어차피 마음을 열지 않는 이상 전화를 해도 소용없을 것이다. 그렇게 시간은 계속 지나가고 있었다.

　얼마나 시간이 흘렀을까. 몸은 점점 더 가라앉는 느낌이다. 재익은 눈꺼풀이 내려오는 걸 간신히 참고 있었다. 며칠째 불면증으로 힘들었던 터라, 이런 달콤한 졸림마저도 행복할 지경이었다. 제발, 한 시간만이라도 잠을 자고 싶었다.

　그때, 도어록 열리는 소리가 들려왔다. 재익은 정신이 번쩍 들었다. 살짝 열린 문틈으로 은조가 그를 빤히 내려다보고 있었다. 재익은 그녀의 시선에 천천히 몸을 일으켜 세웠다. 까칠하고 초라한 자신의 몰골이 못내 안타까웠지만 그는 애써 아무렇지도 않은 척했다. 그녀는 말을 잇지 못하는 눈빛이었다.

　"조용하기에, 난 네가 돌아간 줄 알았어."

　그녀 또한 잠을 못 잤는지, 눈가에 그늘이 드리워져 있었다. 문 하나를 사이에 두고 두 사람은 마주 보았다.

　"기다린다고 했잖아."

　"돌아가, 그리고 다신 오지 마!"

　그녀가 문을 닫으려 하자, 재익은 재빨리 문 사이를 발로 막아섰다.

　"못 돌아가! 네 마음, 확인하기 전까진 그냥은 못 가!"

"뭐?"

재익은 가슴속에서 뜨거운 불덩이가 치밀어 올랐다. 이 간절함
이 해소될 때까진 아무것도 할 수가 없었다. 좀 전까지 축 처졌던
기운이 다시 살아나고 있었다. 그는 한쪽 팔과 다리로 문 사이를
비집고 들어가 은조 앞에 마주 섰다.

"너도 나 원하는 거 아니었어? 내가 네 마음 알아주길 바라는
거 아니었냐고. 너도 나 좋아하는 거 아니었냐고!"

은조가 대답을 피한 채 몸을 돌렸다. 그러고는 안으로 들어가자
재익이 그대로 문을 꽝 닫았다. 한동안 그녀는 말이 없었다. 그녀
의 집에 처음으로 발을 디뎠으나 아무것도 보이지 않았다. 그의 눈
엔 도통 마음을 알 수 없는 그녀의 모습뿐이었다.

은조가 그에게 등을 보인 채 말했다.

"맞아, 나도 너한테 마음이 있어. 이럴 줄 몰랐는데 그렇게 됐
어."

그녀가 힘없이 말했다. 재익이 그녀 곁으로 바짝 다가왔다. 그
의 뜨겁고 후끈한 기운이 그녀의 등 뒤에서 느껴졌다.

"내가 어떻게 해야 할까?"

재익이 더 가까이 은조에게로 왔다.

"글쎄."

"은조야……."

그가 그녀를 뒤에서 와락 끌어안았다. 그의 입술이 그녀의 목덜
미에 닿았다. 그녀의 몸을 태울 것 같은 열기였다. 더 이상 앞으로
가지 말라는 듯 그가 그녀를 단단히 감싼 채 놔주지 않았다.

"다시는 안 놔줄 거야. 죽어도 네 곁에 붙어 있을 거야."

"너……."

은조가 울컥했는지, 잠시 쉬었다 말을 이었다.

"예전엔 정말 개자식이었는데."

재익이 웃었다. 은조도 따라 웃는 것 같았다.

"네가 그랬잖아. 현재가 중요하다고. 현재 네가 사랑하는 사람이 중요하다고."

그는 웃으며 말하다 갑자기 울컥하여 목소리가 떨렸다.

"그래, 난 지금이 중요하니까. 과거 따위에 얽매이고 싶지 않으니까. 그게 뭐라고."

그녀를 안은 팔에 더 힘을 주었다.

"내가 잘할게."

그녀가 몸을 돌려 그를 정면으로 마주 보았다. 은조의 눈에 눈물방울이 맺혀 있었다.

"난 영원한 사랑 같은 거 믿지도 않고, 네가 어떻게 나오느냐에 따라 또 내 인생 찾아갈지도 몰라. 그게 나더라고."

자신도 모르게 눈물이 주룩주룩 흐르고 있었다. 널 떠날지도 모른다는 말을 하는데 왜 이렇게 마음이 아픈지 모르겠다.

재익이 그녀의 눈가를 양손으로 닦아 주었다. 울어야 할 사람은 자신인데, 그녀의 눈물을 보자 그도 마음이 아파 왔다.

"나한테도 항상 불안했던 사랑이었어. 넌 모르겠지만."

"넌 바보야."

"그래, 나 바보야. 네가 또 나 차 버릴까 봐 불안해하는 바보 맞아."

은조가 계속 울었다. 눈물이 멈추지 않고 흘러 말하기가 힘들었다.

"너…… 잘못하면, 나 또 너 차 버릴…… 거야. 이번엔 정말……."

재익의 입술이 그녀의 입술 안으로 성급히 밀려들었다. 그녀의 짭짤한 눈물이 두 사람의 포개진 입술 사이로 스며들었다. 더 이상 타오를 수 없을 정도로 그의 품 안은 뜨거웠다. 끈적이는 타액과 눈물이 서로의 입술 안에서 엉켜들었다. 그는 눈물로 얼룩진 그녀의 얼굴을 만지며 젖은 입술을 정신없이 빨아들였다.

"사랑해, 은조야."

그가 이토록 열정적인 남자인 줄 그녀는 미처 알지 못했다. 그의 키스는 투박했고 세련되지 않았다. 아주 오래전, 그는 그녀에게 시도 때도 없이 키스를 퍼부었다. 그는 키스를 아주 좋아했고, 좋아하는 만큼 잘했다. 하지만 지금은 아니었다. 마치 키스 같은 건 할 줄 모르는 순진한 남자가 마음만 앞선 나머지 여자의 입술을 정신없이 핥고 빨아 대는 것만 같았다.

은조는 그 순간 알 수 없는 뭉클함이 치밀어 올라 그만 그의 입술을 놓아 버렸다. 숨이 차올랐다. 두 사람은 헐떡이며 계속 바보같이 웃었다. 그의 서툰 키스가, 어색한 포옹이, 여기까지 달려오고 기다린 그의 마음이 은조의 마음을 녹이고 있었다.

지금 이 순간만큼은 그가 자신의 사랑을 받을 자격이 충분한 남자라는 생각이 들었다. 오만하다고 해도 좋았다. 그에게 주고 싶었던 사랑을 조금씩 꺼내 주고 싶었다. 조금씩, 아주 조금씩…….

은조가 재익의 입술을 다시 물며 싱긋 웃었다.

"너, 너무 뜨거워졌어. 아니, 그런데."

"응?"

그녀가 그에게 안긴 채로, 그의 가슴을 만져 보다 물었다.

"정말, 왜 이렇게 뜨거워? 혹시…….”

"네가 날 이렇게 만들었잖아. 뜨거운 남자로."

은조가 미심쩍다는 듯, 살짝 뒤로 물러나 그의 이마를 만져 보았다.

"열 있는 거 아니야? 아까부터 느꼈지만 몸이 불덩이 같아. 땀도 나고."

그녀가 계속 그의 얼굴을 만지자 재익이 살며시 웃었다. 눈꼬리가 내려앉는 자연스러운 웃음이었다. 예전 그녀의 심장을 녹였던 그 미소였다.

"네가 식혀 주면 돼. 은조, 네가 식혀 주면 된다고."

"무슨 소리야? 병원은."

"그런 거 필요 없어. 내가 가진 열을 너한테 나눠 주고 싶어. 미안하지만."

그가 말이 떨어지기가 무섭게, 그녀를 번쩍 들어 안았다.

"뭐, 뭐야. 내려놔, 어서."

"조금만, 조금만 식혀 줘. 조금만."

재익의 속삭임이 달콤하게 들렸다. 은조는 자신도 제정신이 아닌 것만 같았다. 그를 정말 원하고 있다는 게 믿을 수가 없었다.

어느 순간, 그가 그녀를 침대에 눕히고 있었다. 그의 불규칙적이고 다소 거친 숨소리에 은조가 걱정스러운 얼굴로 물었다.

"정말 괜찮은 거야?"

재익이 고개를 끄덕였다.

"나 때문에 너도 잠 못 잤잖아."

"당연하지. 네가 밖에서 기다리는데 맘 편히 잘 수 있을 것 같아?"

"그럼, 자. 지금부터."

"뭐?"

은조가 몸을 일으키며 묻자, 재익이 침대 밖으로 나와 말했다.

"편히 자라고. 네 마음 확인한 것만으로도 난 됐어."

"뭐, 뭐야. 아깐 열을 식혀 달라니 어쩌니 하구서."

은조는 눈을 동그랗게 뜨고 입술을 내민 채, 재익을 빤히 쳐다보았다. 그 모습이 귀여워 재익은 그만 웃어 버렸다.

"왜, 아쉬워?"

"아, 아니, 그게 아니고."

재익은 어느 정도 이성이 돌아온 지금, 그녀의 얼굴을 보고 있자니 방금 전까지 열렬한 키스를 퍼부은 자신의 행동이 무안했다. 아니, 그보다는 은조에게 애틋한 마음이 들었다. 그녀를 조금 더 보호해 주고 싶은 마음이었다.

"너 감기 옮으면 안 되니까. 눈이라도 좀 붙이고 출근해야 할 거 아냐."

"그렇긴 한데…… 그래도……."

그녀의 시무룩한 표정에 장난기가 발동한 재익이 바짝 다가와 속삭였다.

"그럼 같이 잘까?"

"아니야! 어서 나가."

그가 다시 웃었다.

"그럴게. 편히 자."

"재익아!"

"응?"

나가려는 그가 돌아서서 그녀에게 물었다.

"너 이러는 거 조금 어색하다."

"그래? 자라."

재익이 돌아서 나가려다 말고, 다시 은조를 쳐다보았다.

"은조야."

"응?"

"우리 다시는 헤어지지 말자."

뭉클함이 밀려들었다. 자신이 말하고서도 마음이 저려 왔다. 은조의 말대로 바보같이.

그가 몸을 돌려 문고리를 잡고 나가려 하자, 은조가 불렀다.

"재익아!"

"응?"

"헤어지지 말자며."

그녀가 자신의 옆자리를 손으로 톡톡 두드렸다.

"가지 마."

고개를 들어 자신을 간절한 눈빛으로 바라보는 그녀를 보자 재익은 조금 전까지의 결심이 단번에 무너져 내렸다. 은조의 얼굴만 봐도 넘어가 버리고 마는 자신이 우스웠다. 그는 그대로 은조에게로 다가가 그녀 위로 몸을 포개 버렸다. 품 안으로 들어와 자신의 목을 끌어안는 은조를 그는 뼈가 부서져라 끌어안았다. 두 사람의 불붙은 심장이 서로에게 스며들었다.

어느새 날이 밝아 오고 있었다. 창문에선 싱그러운 햇살이 들이쳤다. 바람에 커튼이 흔들렸고, 곧 서로의 옷을 벗기는 소리가 사각거리며 들렸다. 침대가 삐걱대며 움직이기 시작했다. 신음 소리가 얽혀 들고, 포갠 두 사람의 몸에서는 영원히 식지 않을 것만 같은 진한 애정의 흔적이 흐르고 있었다. 지금 이 순간, 이 세상엔 단둘만이 존재했다.

재익의 숨소리가 들려왔다. 역시 그는 피곤했던 것이다. 은조는 잠든 그의 얼굴을 침대에 누운 채, 바라보았다. 길고 단단해 보이는 목덜미 아래, 그의 넓은 가슴이 조금씩 들썩였다. 새파란 힘줄이 쭉쭉 가 있는 그의 단단한 팔뚝과, 메말라 까칠해진 그의 입술을 손으로 살살 만져 보았다. 은조는 심장이 두근거렸다.

그녀가 그의 젖은 머리카락을 쓸어 넘겨 주자 그의 입매가 살짝 비틀렸다. 갑자기 그의 목소리가 듣고 싶었다. 조금 전까지 얘기를 했는데도 다시 듣고 싶었다. 살짝 허스키한 그의 목소리. 웃지 않고 말할 땐 말투나 분위기가 어딘지 섹시하다. 그의 숨결을 들으며 은조는 생각에 잠겼다.

훨씬 이전부터 그가 자신에게 오지 않기를, 그냥 가 주기를 바랐다. 일단 눈에 보이지 않고 마주치지 않으면 더 이상 동요되는 일은 없을 테니까.

하지만 그는 자꾸만 그녀를 흔들었다. 더 이상은 흔들리지 않을 자신이 있다고 큰소리치지 못할 만큼 이젠 사랑 앞에서 아주 겸손해지고 있었다. 겁쟁이가 되고 소심해진다 한들 어쩔 수가 없었다.

사랑엔 공식이 없다. 똑같은 상황임에도 후회하고 돌아왔던 남자를 거절했던 기억이 있다. 그 남자가 재익보다 절절하지 않았던 것도 아니다. 그 남자를 덜 사랑했는지는 모르겠다. 아니면 미련이 남지 않을 만큼 최선을 다해 사랑했던 것일까. 어쨌든 은조는 그를 거절했고, 일말의 정 따위도 남아 있지 않았다. 그녀는 자신이 그토록 냉정한 사람인지 처음 깨달았다.

하지만, 지금은. 지금은 어떤가.

은조는 손을 뻗어 재익을 만져 보았다. 얼굴을 만지면 그가 잠이 깰 것 같아, 그의 목덜미와 어깨를 손으로 쓸어내렸다. 아직도 열이 있는지, 그의 몸이 불처럼 뜨거워 깜짝 놀랐다.

은조가 그에게서 손을 떼려는 순간, 재익이 그녀의 손을 꽉 잡아 버렸다. 은조가 놀라 손을 빼내려 했지만 그는 놓아주지 않았다.

그가 눈을 뜨고는 그녀를 아래로 내려다보았다. 은조가 희미하게 웃으며 말했다.

"안 자고 있었어?"

"날 만지면서 무슨 생각 하고 있었어?"

"당연히 네 생각 했지."

"정말이야?"

은조는 고개를 끄덕였다.

"네가 아픈 것 같아 신경 쓰여."

그가 야릇하게 웃었다.

"다 나았어."

"아직도 몸이 뜨거워."

"네가 식혀 줄 열이 남았나 봐."

그가 눈꼬리가 휘도록 웃었다. 재익은 고개를 숙여 그녀의 목덜미를 입술로 핥아 내려갔다. 그의 손길이 그녀의 어깨를 쓰다듬는다. 그러고는 봉긋한 젖가슴을 양손으로 감싼 채 어루만졌다.

"네 몸도 뜨거워졌어."

재익의 손은 여전히 은조의 몸에서 떨어지지 않았다. 한 손안에 쏙 들어오는 가슴을 그는 찌그러질 만큼 마음껏 주무르다 입술로 젖꼭지를 물며 빨았다. 그러다 그가 돌기를 깨물자 은조가 비명을 질렀다.

"아앗. 살살…… 해……."

그제야 그의 입술이 그녀의 가슴에서 억지로 떨어졌다. 감촉이 더없이 좋았다. 몸이 곤두설 만큼 그녀에게 끌렸다.

"넌 가슴도 예쁘고, 거기도 예뻐."

은조가 말없이 웃기만 했다. 재익이 다시 그녀의 입술을 물고 키스한다.

"제일 예쁠 땐, 나와 눈이 마주쳤을 때 이렇게 웃는 거."

"그래?"

"그럴 때, 내 여기가 막 서거든."

재익이 은조의 손으로 자신의 심벌을 잡게 했다. 은조의 얼굴에 금세 홍조가 생겼다.

"옛날부터 그랬어. 너, 처음 만났을 때부터."

은조가 얼굴을 들어, 정말이냐는 듯한 표정으로 물었다.

"남자는 맘에 드는 여자를 만나면 그래. 본능이 앞서거든."

재익이 그녀의 얼굴을 훑어 내리며 웃었다.

"오죽하면 그런 말이 있잖아. 친절한 남자의 팬티 안은 뜨겁다고."

은조도 어처구니없다는 듯 웃었다.

"친절한 남자, 조심해야겠네."

재익이 그녀를 끌어당겨 다시 하반신을 밀착시켰다.

"내가 처음에 너한테 친절하게 굴었던 거 기억나지?"

"기억은 나는데, 별로 좋은 기억은 아니야. 속이 훤히 다 보였거든."

"뭐?"

그가 반쯤 몸을 일으켜 그녀의 얼굴을 내려다보았다.

"늑대에다가, 미친놈이구나 했지."

"내가 그렇게 티를 냈나."

재익이 웃으며 그녀의 뽀얀 가슴을 한 손으로 쓰다듬고 주물렀다. 하루 종일 쭉쭉 빨아 주고 싶다는 생각뿐이었다. 그녀를 만지고 있으면 온몸에 전기가 흐르는 것처럼 짜릿짜릿하다.

"네가 나 보고 웃어 주니까, 흥분했나 보지."

"넌, 여자와 눈만 마주쳐도 흥분하는 거야?"

재익이 억울하다는 듯 그녀의 가슴을 더 세게 만져 댔다.

"아, 아파…… 그만…… ."

"여자가 아니라, 너와 눈이 마주쳐서 그런 거지. 나 원래 성격 까칠한 남자야. 아무나 보고 그러지 않는다고. 설마 너야말로 다른 남자들한테 그렇게 웃어 줬던 거 아니지? 그렇다면."

그가 그녀의 가슴을 아프게 비틀었다.

"아앗…… 아니야!"

"그러니까 자꾸 그렇게 웃지 마. 웃을 때마다 시도 때도 없이 서니까."

그의 말처럼 다시 그의 남성이 커지기 시작했다. 믿을 수 없을 만큼.

"넣고 흔들고 싶은 거 참느라 힘들어."

"너는 말을…… ."

은조가 얼굴을 붉혔다.

"왜, 더 야하게 말해 줄까? 네 여기가 저절로 벌어지게."

그의 손이 그녀의 다리 사이로 들어와 은밀하게 그녀의 여성을 감쌌다. 그의 커다란 손바닥 안에 감싸인 젖은 음모를 그가 앞뒤로 쓸면서 은조의 귓가에 노골적으로 말한다.

"더 벌려 봐. 보고 싶으니까. 네 꺼, 봐도 봐도 예쁜 것 같아."

"그만해."

은조가 자꾸 얼굴을 붉히자 재익은 예뻐 죽겠다는 표정으로 그녀의 입술을 거칠게 빨아 댔다. 은조는 그에게 계속 키스를 당하면서도 웃었다. 그는 하나도 변하지 않았다. 섹스하는 내내, 키스하는 습관이 있다는 거.

"죽어도 못 헤어져. 두 번, 다시는."

어느 순간부터 재익의 목소리에서 장난기가 사라졌다. 오히려 퍽 진지하게 들렸다.

"난 결심하기까지는 오래 걸리지만, 결심이 서면 지체하지 않는 성격이야. 무슨 말인지 알겠어?"

"아니, 모르겠는데."

"우리가 헤어지지 않는 방법은 딱 하나밖에 없어."

은조가 눈을 깜박이다 허탈한 듯 웃었다.

"재익아, 나는 말이야."

은조가 몸을 돌려 누웠다. 은조는 지금 이 순간이 그냥 행복할 뿐이었다.

그녀의 뒤에서 뜨거운 기운이 바로 엄습했다. 재익이 그녀의 머리칼을 쓰다듬으며 그녀의 허리와 겨드랑이 사이로 두 팔을 집어넣었다. 그러고선 그녀를 뒤에서 와락 끌어당겨 안았다. 그녀의 정수리에 그의 뜨거운 입김이 흘러내렸다.

이런 상황에서 할 말은 아니라고 생각했지만 재익은 조급해지는 마음을 숨길 수가 없었다. 머리와 가슴이 따로 놀고 있었다. 자신이 생각하기에도 바보가 맞았다.

"너도…… 언젠가는…… 결혼할 거잖아. 아니야?"

그의 목소리가 몹시 허스키하게 들렸다.

"하긴, 하겠지. 그렇지만 당장 결혼을 말하는 건."

"나 아니면 절대 안 한다는 말은 안 하네."

재익의 목소리가 측은할 만큼 애절하게 들려오는 건, 자신의 착각인가? 뒤를 돌아보고 싶었지만 그가 자신을 너무 꽉 끌어안고 있어 몸을 움직일 수가 없었다.

"재익아. 그게, 아니고."

"또, 다른 새끼한테 가려고. 나한테 이렇게 안겼으면서. 이렇게 좋아했으면서."

그의 목소리가 어느 순간부터 떨리고 있었다. 그의 손이 거칠게 그녀의 양쪽 가슴을 주무르고 비틀었다.

"아, 아파……."

"그래도 상관없어. 그 새끼 죽이고 너 데려올 거니까."

그가 그녀의 목덜미를 깨물며 핥는다. 은조는 눈을 감았다. 그의 격한 심장의 울림이 등 뒤에서 느껴졌다. 은조는 어떻게 말해야 좋을지 몰랐다.

"재익아, 난."

"나한텐 너밖에 없어. 아무도 없어. 정말 아무도……."

재익의 목소리가 가라앉고 있었다. 그가 그제야 그녀를 끌어안고 있던 팔에 힘을 빼고는 은조의 하얀 어깨를 쓰다듬었다. 그의 손길이 어쩐지 측은하게 느껴졌다. 은조가 천천히 몸을 돌려 그를 마주 보았다.

그녀의 알몸이 자신의 맨살에 부딪쳐 오는 느낌에 모든 세포가

곤두서고 있었다. 설레고 따뜻했다. 은조는 항상 그랬다. 예전부
터. 재익이 그녀의 얼굴을 두 손으로 만지며 말했다.

"지금 대답 안 해도 돼."

"그, 그래."

은조가 눈길을 밑으로 떨구었다.

"내가 노력할게. 많이 노력할게."

"그래, 나도 노력할게."

재익의 눈을 바라보며 은조가 싱긋 웃자, 그가 그녀 위로 천천
히 올라탔다.

"그렇게 웃지 말라고 했지."

하지만 은조는 그의 눈에서 시선을 떼지 않았다. 조금 더 그를
애태우고 불안하게 하고 싶었다. 그를 정말로 사랑하니까.

❖

정확히 보름 만의 출근이었다. 재익은 말끔한 차림새를 하고는
회장실로 향했다. 아버지가 무슨 말을 할지 알고 있었지만 그는 개
의치 않았다. 예상했던 대로 아버지는 다른 때와 똑같이 그를 대했
다.

그동안 밀린 업무 보고를 마치자 한 회장이 재익을 보고 대수롭
지 않은 투로 물었다.

"몸은 좀 어떠냐. 네가 2주일 이상을 결근했다고 하던데."

"지금은 괜찮습니다."

"얼굴이 상한 것 같은데, 무슨 일 있는 건 아니고?"

"무슨 일이 있긴 한데…… 조만간 좋은 일이 생길지도 모르겠

어요."

"좋은 일?"

그는 자신만만하게 아버지에게 말했다. 아직 은조의 허락이 떨어진 건 아니었지만 그래도 말이라도 이렇게 해야 더 자신감이 생길 것 같았다.

"결혼하고 싶은 여자가 있어요."

한 회장은 그를 빤히 쳐다볼 뿐, 말이 없었다.

"오랫동안 좋아했는데, 얼마 전에야 마음을 확인했거든요."

재익이 처음으로 아버지 앞에서 활짝 웃었다. 그는 진심으로 아버지에게 감사하다고 말하고픈 심정이었다. 하지만 담백하게 말했다.

"아버지의 얘길 듣고, 용기를 냈죠."

"내 얘기? 무슨?"

"죄송해요. 아버지처럼 후회하기 싫었습니다."

"난 내 결혼을 후회한다고 하진 않았다. 네 엄마가 후회했을 뿐이지."

아버지의 단호한 말도 재익의 마음을 흔들어 놓진 못했다.

"그런가요? 엄마에 관한 얘기가 아니었는데요. 아버지에게 여잔 엄마만 있었던 게 아니었다면서요."

"글쎄, 누구를 만났어도 아마 후회했을지도 모르지. 지금은 그렇게 위로하면서 살고 있다. 어차피 사는 건 다 똑같아. 계속 자책하고, 후회하고, 또 자책하고. 하지만 누군가는…… 그래, 누군가는 아주 극소수겠지만 이렇게 후회할 시간에 진짜 사랑을 하면서 사는 사람도 있을 거다. 나처럼 실패하지 않고. 그 소수의 사람 중에 내 아들이 끼길 바랐지. 비록 나는 아니지만 너는 그런 인생을 살아 주었으면 했다."

아버지가 처음으로 자신에게 애정을 표현한 말이었다. 재익은 그렇게 믿고 싶었다. 양쪽 눈가의 짙은 주름이 오늘따라 아버지를 나이 들어 보이게 했다.

"어떤 여자인진 모르지만, 축하한다. 언제 데리고 올 거냐?"

"조만간이요."

"그래, 잘됐으면 좋겠구나."

그러면서 한 회장은 뜬금없이 말했다.

"내일부터 다시 필드에 나가기로 했다. 골프를 안 친 지 너무 오래돼서 몸이 굳었지만 그래도 박 비서랑 같이 가니 심심하진 않겠지."

"박 비서님은 골프를 전혀 못 치신다고 들었는데요, 두 분이서 사귀세요?"

박 비서는 아버지 밑에서 10년째 일하고 있는 수행 비서였다. 오랫동안 아버지를 보좌했으니 아마 그 어떤 사람보다 아버지를 잘 알고 있을 것이다.

"네가 그랬잖아. 여자도 좀 만나고 욕도 하면서 살라고. 다른 사람들이 그렇게 말하면 무슨 헛소린가 하는데, 그래도 아들은 아들이더라."

"무슨 말씀이세요?"

"가끔 난 네가 무서울 때가 있다. 사실 대부분의 부모들은 자식들을 무서워해. 또 그게 정상이고."

재익은 잠시 어리둥절한 표정으로 아버지를 바라보았다. 한 회장이 슬쩍 웃으며 말했다.

"프러포즈는 가능한 한 너무 길게 끌지 마라. 여자들이 서운해

426

하니까."

"잘 새겨듣겠습니다."

재익은 아버지에게 인사를 하고는 회장실을 나왔다. 마음이 한결 가벼워졌다.

그날 저녁 재익은 은조에게 전화를 걸었다. 그녀의 목소리가 심상치 않자, 걱정이 되어 물었다.

"왜 그래?"

— 몰라. 너 나한테 감기 옮겼나 봐.

그녀의 기침 소리에 재익은 아차 싶은 마음이 들어 희미하게 웃었다.

"그냥 있어. 지금 갈 테니까. 아무것도 하지 말고, 그냥 있어."

— 됐어, 오지 마. 나 그냥 약 먹고 잘 거야.

"너 또 그런다. 이제 같이 있는 것에 익숙해져야지. 조금만 기다려."

콜록거리는 소리에 그는 차를 몰고 그녀의 집으로 향했다. 중간에 잠시 차를 세워 두고는 원룸 근처에 있는 죽 집에 들러 죽을 포장해 갔다.

집에 도착하니, 예상대로 그녀는 열이 있는지 얼굴이 붉게 달아올라 있었고 무척 피곤해 보였다. 재익이 집 안에 들어서자마자 그녀에게로 다가가서 이마와 얼굴을 만져 보았다.

"이런, 이런……."

은조가 입이 마르는지 주방 쪽으로 가 따뜻한 보리차를 마시며 식탁 의자에 앉았다. 재익이 포장해 온 죽을 꺼내 접시에 덜어 내어 은조 앞에 내놓았다.

"입맛이 없어도 먹어야 돼."

"저녁 먹었어."

"안 먹은 거 알아."

그가 숟가락을 그녀의 손에 쥐여 주자, 은조가 고개를 저었다.

"속이 좀 안 좋아. 입맛도 없고. 나중에 먹을게."

어떻게든 밥을 먹이기 위해 재익이 잔소리를 하려고 입을 떼는 순간 그녀가 활짝 웃으며 어리광을 부렸다.

"좀 봐주셔요, 응?"

"회사는?"

"갔다가 좀 일찍 퇴근했어. 걱정 마셔요."

재익이 다시 일어나 커피포트에 물을 끓인 뒤 머그잔에 매실 엑기스를 넣고 차를 만들어 왔다.

"죽집 아주머니가 주시더라고. 아픈 사람은 소화도 잘 못 시키니까, 죽도 부담스러워하면 먼저 이거 한 잔 먹이라면서."

은조가 양볼에 홍조가 진 얼굴로 웃으며 그가 건넨 매실차를 마셨다. 따뜻한 컵을 양손으로 감싸며 그녀가 재익을 마주 보았다.

"꼭 우리 엄마 같다. 어렸을 때 내가 소화 잘 못 시키면 이렇게 매실차 타 주셨는데."

"그래."

"내가 약 먹는 것도 너무 싫어하고, 바늘로 손가락 따는 건 질색을 해서 할 수 없이 이거 주셨거든. 진짜 효과 좀 있어."

은조는 죽에는 손도 대지 않고 매실차만 홀짝였다. 재익은 은조의 입술이 차로 인해 조금씩 촉촉해지는 것을 바라보았다.

"아프지 말아라. 넌, 아픈 거랑 안 어울려."

"나도 약한 척 좀 해 보자. 나라고 맨날 씩씩한 줄 알아?"

은조가 뾰로통하게 말하자 재익이 일어나 그녀 곁으로 바짝 다가왔다. 오늘도 그는 타이를 매고 오지 않았다. 앞단추가 풀어진 셔츠 사이로 힘줄이 가 있는 목덜미와 가슴팍이 보였다. 은조는 갑자기 심장이 쿵쾅거렸다.

그가 그녀를 내려다보며 한쪽 손으로 얼굴을 쓰다듬었다.

"나한테서 옮았으니 내가 책임져야지."

"뭐, 뭐 하려고……."

설마 이 상황에서 키스를 하려는 건 아닐 테고.

그녀가 이런 생각을 하기도 전에, 그가 그녀를 번쩍 들려 올려 자신의 무릎 위에 앉혔다. 얼떨결에 그의 가슴 안에 갇힌 꼴이 되자 은조는 재익의 얼굴이 너무 가까이 있다는 게 의식되어 시선을 돌렸다.

하지만 그녀의 한쪽 팔은 여전히 그의 목에 감겨 있었다. 재익이 쑥스러워하는 그녀의 머리칼을 쓰다듬어 주었다. 예전엔 그에게 안겨 있을 때조차 어딘지 불안정한 느낌이었는데 지금은 신기하게도 그렇지 않았다. 뭔가 가슴 한구석이 꽉 차 오는 것 같아 은조는 뭉클하기까지 했다.

"너 감기 나을 때까지 여기서 출퇴근하고 싶은데."

"뭐?"

은조가 고개를 흔들었다.

"안 돼, 그러지 마. 은근슬쩍 내 옆에 붙을 생각 마."

"나도 혼자 텅 빈 집에 들어가기 싫어서 그래."

"그래도 안 돼. 자주 만나면 되지."

"내가 마음이 안 놓여서 그래. 너 밥도 챙겨 주고 싶고, 병원도 데려가고 싶고, 그리고 또……."

"왜 그래, 정말?"

은조가 생뚱맞다는 듯 눈을 크게 뜨고 재익을 보았다.

"그냥 네가 눈에 자꾸 밟혀. 솔직히 아프면 다 귀찮잖아. 내가 옆에서 다 해 주고 싶어."

그가 그녀를 자신의 품속으로 더 꼭 끌어당겨 안았다.

"내가 어린애인가? 나 커리어 우먼이야."

은조가 크게 웃으며 그의 가슴팍을 주먹으로 쳐 대자 재익이 그녀의 한쪽 볼을 손으로 잡아당기며 볼에 입을 맞췄다.

"넌 아플 때도 정말 예쁘다. 어떻게 하면 이렇게 예쁠 수 있어?"

"그만해. 너, 너무 간다."

재익이 장난꾸러기처럼 쿡쿡 웃어 댔다.

"좀 받아 주지, 너도 참."

그가 이번엔 웃음기를 거두고 진지한 얼굴로 말했다.

"은조야."

"응?"

"죽 먹자."

"아, 죽."

은조는 뭔가 대단한 얘기라도 꺼낼 줄 알고 살짝 긴장하다 재익이 죽 얘기를 하자 그만 고개를 끄덕였다.

"그, 그래."

재익이 그녀를 무릎에서 내려 준 뒤 의자에 앉히고는 한 손에 숟가락을 쥐여 주었다.

"내가 먹여 주고 싶지만, 그건 네가 사양할 것 같고."

"내가 먹을게."

그녀가 한 숟가락, 두 숟가락 죽을 떠먹는 것을 빤히 지켜보던 재익이 불쑥 말했다.

"네가 앉을 곳은 이제부터는 항상 내 무릎 위야."

"왜 그러는 거야, 적응 안 되게."

그녀가 자꾸 시선을 피하자 재익은 집요하리만치 그녀의 시선을 좇으며 눈을 떼지 않았다.

"그냥 하루 종일 내 무릎 위에 앉혀 놓고 널 쳐다만 봐도 좋을 것 같아서."

그의 표정이 묘해지고 있었다. 은조는 왜 저러나 싶은 마음에 눈을 깜박였다. 그가 말했다.

"다시 태어나면, 내 자식으로 태어나라. 딸이건 아들이건."

"뭐? 왜?"

은조는 숟가락을 입에 문 채, 그를 뚫어져라 보았다.

"부모가 자식을 사랑하는 건, 무조건적인 사랑이잖아. 재고 따지는 거 없이. 다시 태어나면 그런 사랑을 하고 싶어. 너한테."

"연인 사이로는 안 되나?"

"아무래도. 바라게 되니까."

"아하."

은조는 다시 죽을 떠먹었다. 입이 깔깔해서 무슨 맛인지도 모르겠다. 그의 목소리만 귀에 스밀 뿐. 그의 시선만 들어올 뿐.

"내가 네 아빠라면 어떻겠어?"

재익의 질문에 그녀가 죽을 떠먹다 말고, 갑자기 눈물 한 방울을 뚝 떨어뜨렸다. 그가 당황해서 왜 그러냐고 물었다. 은조는 눈물을 훔치며 애써 웃었다.

"미안, 우리 엄마 생각이 나서."

"엄마? 왜, 힘들어?"

"그냥 몸이 아프니까 엄마 보고 싶어서. 벌써 반년이나 못 봤어. 사는 게 바쁘다고. 내가 나쁜 년이지."

갑자기 왜 엄마 얘기를 하는지 재익은 감이 안 잡혔지만, 은조가 무슨 말인가 더 할 것 같아 그대로 있었다.

"우리 아빠, 바람둥이였던 거 알지? 그런 아빠를 난 너무 사랑했고. 이해할 수 없겠지만. 그래서 내가 너한테 빠진 건지도 모르겠어, 어쩌면."

은조가 숟가락을 놓았다.

"꼭 좋은 부모만 사랑하라는 법은 없잖아. 좋은 남자만 사랑하라는 법이 없듯이."

"그거야, 그렇지."

"어려서는 잘 몰랐는데, 커 가면서 엄마가 너무 불쌍하고 얼마나 힘들었을까 이런 생각밖에 안 났어. 사랑은 도덕적 가치와는 아무 상관이 없는 것 같아. 그래서 무서워. 내가 의도치 않게 가해자가 될 수 있다는 게. 사랑한다는 죄로."

재익은 묵묵히 그녀의 얘길 들어 주고 싶었다.

"난 사람들에게 손가락질당하는 아빠가 측은했을 뿐이었거든. 그런데 그때마다 엄마는 두 번 상처받는 기분이었나 봐. 그래서 겉으로는 큰소리치지만 엄마한테 항상 미안해. 꼭 빚지고 있는 것처럼."

"그건 네 잘못이 아니잖아."

"그래, 알아."

은조가 팔을 뻗어 재익의 손을 꽉 잡았다.

"다시 태어나면 자식들을 끔찍이 사랑하는 아버지이자, 아내도 정말 사랑하는 남편으로 태어나라. 그런 집안에서 태어나 부모 자식으로 만나면 정말 행복하겠다."

"그래, 그러길 기도해야겠네."

"나, 어린애 같지? 아직도 부모 얘기 하면서 울고."

"칠십 먹은 노인도 구십 먹은 어머니한테 어리광 부린다더라."

재익이 미소 짓는 은조를 넋을 잃고 바라보며 말했다. 이 순간, 정말 그녀가 자기 짝이라는 확신이 들어서였을까. 그는 자신도 모르게 말하고 있었다.

"결혼하자, 은조야."

"뭐, 결혼?"

재익이 고개를 끄덕였다.

"그전엔 네가 너무 좋아 네 옆에 있고 싶어서 그랬는데, 지금은 너 이렇게 혼자 두는 거 내가 불안해서 더 이상은 못 기다리겠다."

"지금까지도 나 잘 살았거든요. 오버하지 마세요."

"더 이상 헤어지기 싫어. 그리고……."

"그리고?"

"너나 나나 좋은 가정에서 태어나진 못했지만, 그런 가정을 우리가 만들어 줄 순 있잖아. 그럼, 지금의 상처 다 씻을 수 있을 거 같은데. 우리 아이들에겐 세상 누구보다 행복한 가정을 만들어 주고 싶다는 거. 너랑 함께라면 자신 있을 것 같아."

은조는 갑작스러운 재익의 프러포즈에 당황했다. 물론 그가 언젠가는 청혼해 올 것을 알고 있었지만 이런 식이라면…….

게다가 너무 진지하지 않은가. 아니, 솔직히 다이아 반지를 내미는 것보다 더 흔들리고 있었다.

좋은 가정을 아이들에게 만들어 주자니. 사랑하는 자식의 행복한 모습을 본다면. 그것도 사랑하는 남자와. 언제나 꿈 같은 일이라고 생각했는데.

은조가 물었다.

"진심이야?"

재익이 조용히 고개를 끄덕였다.

"좋은 애인은 못 되었지만 좋은 남편, 아버진 되고 싶어. 그래야 내 지난 시간들이 헛되지만은 않았구나, 이렇게 생각될 것 같아. 너랑 헤어지고 나서 후회하고, 내 선택은 아니었지만 가끔 태어난 것도 후회된 적이 있었거든. 왜 그렇게 바보 같았는지."

"재익아."

"지금, 대답 안 해도 돼. 시간을 줄 테니 잘 생각해 봐."

그가 이렇게 진지한 남자가 됐다는 게 믿을 수가 없었다. 그래서 웃음이 나왔다. 생각해 보니, 행복한 웃음인 것 같았다. 내가 사랑하는 남자가 이런 생각을 갖고 있다는 게 너무나 다행이었고, 뭔가 안심이 되었다. 은조에게 있어서 사랑하는 사람은 꼭 좋은 사람과 비례하진 않았으므로. 그래서 더 기뻤다.

"네가 그런 생각을 하고 있을 줄 몰랐어. 난 네가 나랑 섹스하는 것만 좋아하는 줄 알았는데. 뭐, 다른 것도 물론 좋았겠지만……."

"김은조! 너, 정말."

"알았어, 알았다고. 너무 좋아서 그래. 말할 수 없이 좋아서. 내 기분, 아마 모를걸?"

"뭘 모른다는 거야?"

"내가 정말 사랑하는 남자가 사실은 좋은 사람이었다는 거."

"그럼, 여태껏 나를 뭘로 알고 있었던 거야?"

"그저 사랑하는 남자로. 좋은 사람인 줄은 솔직히 잘 모르겠고."

재익이 한숨을 푹 쉬었다. 그러자 은조가 말했다.

"네가 좋은 남자가 아닐 때도 널 사랑했어. 사실, 넌 나쁜 남자였을 때가 더 매력 있었거든."

"사람 무지 헷갈리게 하네. 나, 지금 너한테 청혼한 거야. 알아?"

"알아. 네가 나쁜 남자든 좋은 남자든 난 네가 좋다는 거. 어쩔수 없이 사랑할 수밖에 없다는 거."

재익이 웃으며 고개를 저었다.

"가끔 난 은조 네가 나보다 더 나쁜 여자인 것처럼 느껴질 때가있어."

"내가?"

그녀가 억울하다는 듯 물었다.

"그래, 지금처럼. 날 들었다 놨다 하잖아."

재익이 그녀를 다시 자신의 무릎 위에 앉혔다. 이번엔 은조가그의 목에 두 팔을 휘두르며 그에게 입을 맞췄다.

"그래서 내 청혼 받아들이는 거야?"

재익은 가슴이 콩닥콩닥 뛰었다. 은근히 어디로 튈지 모르는 면이 은조에겐 있어서 그는 내심 긴장했다.

"응, 너 믿어 볼게. 사랑하니까."

재익이 한시름 놨다는 얼굴로 웃었다.

"아들이고 딸이고, 은조 너를 닮았으면 좋겠어. 내가 너무 앞서가나?"

은조가 고개를 힘차게 끄덕였다.

"응, 심하게 앞서가."

"사랑하면 마음이 조급해져서 그래."

재익이 그녀의 얼굴과 목덜미를 쓰다듬었다. 하루 종일 이렇게 무릎 위에 앉혀 놓고만 있어도 좋을 것 같았다. 좋아 죽겠다는 표현이 딱이었다. 제대로 임자 만난 것이다. 한재익을 완전 바보로 만드는 그녀.

"좋은 남자의 지름길은 아내바보라고."

그가 그녀를 번쩍 들어 침대방으로 그대로 향했다. 두 사람은 또다시 그들만의 세상으로 들어갔다. 쪽쪽거리는 입맞춤의 소리, 사랑을 속삭이는 소리, 웃고 토라지고 다시 웃는 소리, 간간이 흘러나오는 신음 소리와 야한 말들, 달콤하고 후끈하고 짜릿한 분위기에 둘은 취하고 또 취해 갔다. 밤이 너무나 짧을 정도로.

✠

결혼을 은근히 서두르는 재익과 좀 더 연애 기간을 갖고 싶어 하던 은조는 티격태격하며 그해를 간신히 넘겼다. 둘은 그다음 해 봄에 결혼했다. 5월의 신부라고 했던가. 푸르른 녹음과 따뜻한 햇살을 기대하며 싱그러운 결혼식을 꿈꿨지만 현실은 그렇지 않았다.

예식 한 시간 전부터 마구 퍼부어 대는 폭우로 인해 재익과 은조는 하객들에게 미안해서 어찌할 줄을 몰랐다. 물론 천재지변이란 것이 있듯, 날씨는 언제나 변수로 작용했다. 분명 하루 전만에도 비 예보가 전혀 없었기에 그들은 이 해프닝에 그저 웃을 수밖에 없었다.

주례자인 대학 은사님은 비 때문에 차가 막혀 예식 시간이 다

되어 가는데도 안 오시고 있고, 하객들은 졸지에 비 맞은 생쥐 꼴을 하고 하나둘씩 식장에 들어섰다. 두 사람의 가장 가까운 측근들만 초대했기에 투덜대는 목소리조차도 귀여운 투정쯤으로 받아들이기로 했다.

검은 턱시도를 멋지게 차려입은 재익이 신부 대기실에 나타나자 웨딩드레스를 입은 은조가 그때까지 초조하게 전화 통화를 하고 있다가 그에게 물었다.

"아직도 안 오셨어?"

"거의 다 도착하셨대."

그녀가 재익에게 손을 올리며 말했다.

"잠깐만. 응, 그래. 알았어. 조심해서 와."

전화를 끊은 그녀가 장미꽃 부케에 얼굴을 묻고는 웃었다.

"이게 웬 난리인지. 분명 오늘 엄청 덥다고 했는데. 친구들도 한차에 탔는데, 전부 늦을 것 같다고."

"걱정할 것 없어. 난 아주 신나는데, 뭘."

"응?"

"드디어 너의 남자가 되는 날이니까."

그의 능청에 은조가 팔꿈치로 재익의 옆구리를 치며 환하게 웃었다. 재익이 그런 그녀의 입술에 키스를 하려다 볼에 가볍게 입을 맞추었다.

"오늘은 신부의 날이니까, 화장이 지워지면 곤란하겠지?"

"내 남자가 그 정도 센스는 있어서 다행이네요."

두 사람은 마주 보며 어린애처럼 웃었다. 부부가 된다는 게 실감이 나지 않았고 즐거운 이벤트를 하는 기분이었다. 그리고 두 사람의 바람대로 하객들이 하나둘씩 식장에 들어서기 시작했다. 신랑 신부 측 가족들은 비가 퍼붓기 전에 이미 도착해 있었지만, 회사 사람들과 친구들은 불편한 모습으로 하나둘씩 줄을 지어 들어오고 있었다. 아슬아슬하게 시간에 맞춰 오느라 진을 뺀 얼굴들이었지만, 다행히 식은 무사히 진행되었다.

맨 뒤에 서 있던 인혜가 주례자 앞에 다소곳이 서 있는 은조의 뒷모습을 서운한 얼굴로 바라보다 바로 옆에 있던 대학 동창에게 소곤댔다.

"드디어 서른이 됐는데, 누구는 한 남자의 아내가 되고, 누군 아직도 싱글로 남아 있고."

"참 나, 그래서 부럽니?"

"아니, 뭐. 부럽다기보다."

인혜가 재익과 은조를 번갈아 바라보며 일축했다.

"그냥 좀 마음이 허해서."

"얘는, 얘는. 뭐가 허하니? 난, 네가 제일 부러운데."

"내, 내가?"

인혜가 그녀를 옆으로 돌아보며 눈을 치켜떴다.

"우리 시어머니가 나 결혼할 때 그러셨거든. 너네 결혼하고 나서 딱 일주일만 좋고, 그다음은 아마 지옥일걸?"

"뭐, 시어머니가? 아니, 왜?"

"그만큼 결혼 생활이 힘들다 그거지, 뭐. 난 처음엔 아주 악담을 하신다고 왜 저러시나 했거든. 근데 이젠 알겠더라고."

그녀는 고개를 절레절레 흔들며 자신의 배를 만지작거렸다. 인혜가 입을 삐죽거리며 쏘아 댔다.

"너는 남의 결혼식장 와서 그게 할 소리니? 그런 소리 하려면 너 앞으로 동창들 결혼식에 오지 마. 아주, 그냥."

"그래도 나 꼭 올 거다. 나만 당할 순 없으니까. 내 눈으로 똑똑히 봐 두려고."

그녀가 싱긋 웃으며 호호거리자, 인혜가 돌 씹은 얼굴로 말했다.

"그러면서 셋째 가졌니? 아후, 진짜, 그냥."

"이건 그냥, 본능에 충실하다 보니, 어쩔 수 없이."

그녀가 다시 배를 만지며 배시시 웃었다.

"한 대 맞는다 진짜."

"너 그렇게 배 아파할 것 없어. 결혼했다고 다 좋아 죽고 못 사는 거 아니다, 너. 그러니까."

"하여튼 결혼한 것들은 꼭 그렇게 말하더라. 지들은 할 거 다 해 놓고."

"아니, 내 말은 진짜 그럴 필요가."

"쉿! 조용히 좀 하시죠, 아줌마?"

그들의 속닥거리는 소리와 함께 앞쪽에서는 은조의 회사 사람들이 모두 자리를 차지하고 앉았다. 오 실장의 간드러지는 목소리에 윤 과장은 시종일관 무뚝뚝한 표정으로 일관하고 있었다.

"어머, 어머. 은조 씨, 너무 예쁘지 않아. 피부도 뽀샤시해 가지고. 역시 젊은 게 좋아. 신랑은 뭐 말할 것도 없고. 은조 씨는 좋겠다. 일도 따 오고, 멋진 남편도 생기고."

"전 신랑이 땡잡았다고 생각하는데요. 은조 씨야말로 어디 내놔도 일등 신붓감이죠."

"뭐야. 참, 그래도 동료라고 편드는 거야? 몇 년 같이 일하더니 무슨 친정아버지 같은 마음인가 봐?"

그녀의 투덜거림에 윤 과장은 눈이 휘어지게 웃으며 고개를 끄덕였다. 그 모습을 본 오 실장이 땅이 꺼져라 한숨을 쉬자 그가 물었다.

"왜 또 그러세요? 부조 너무 많이 해서 그러시는 겁니까? 아까부터 표정이."

"무슨 소리야? 내가 그 정도로 그릇이 작은 사람이야? 윤 과장은 하여튼."

"아니, 그럼."

"부러워서 그렇지! 말해, 뭐 해. 난 일만 하다 좋은 시절은 다 가 버리고. 어느새 불혹의 나이가 되어서. 그리고 보면 인생 참 허무해."

"뭘 또 그렇게까지 말씀하세요. 지금도 좋은 나이예요."

"위로하지 마, 그게 더 비참해. 비도 오고, 에효, 이따 식 끝나면 소주나 한잔할까 봐."

비 오는 창밖을 바라보며 오 실장은 울적한 표정을 지었다.

"저기, 그러지 마시구요."

"뭘 그러지 마."

"저랑 같이 하세요. 저도, 싱글이니까. 싱글끼리 한잔, 이요."

윤 과장의 살짝 부드러운 말투에 오 실장이 눈을 동그랗게 치켜뜨며 물었다.

"왜, 왜 그래?"

"원래 결혼식장에서 뭐, 이런저런 일들이 생기는 거예요. 분위기가 풋풋하잖아요. 남녀가…… 뭐, 맺어지는 분위기고. 또, 뭐. 이런저런, 썸도 생기기도 하고……."

"참, 별일이야. 말까지 버벅대고, 윤 과장답지 않게."

그러면서 오 실장이 다시 눈을 번쩍 뜨며 물었다.

"설마 나 좋아하는 건, 아니지? 만약……."

"저기 우리 주례 선생님 말씀 듣죠."

윤 과장이 앞을 뚫어지게 바라보자, 그때 마침 주례자가 신부에게 묻고 있었다. 오 실장도 어깨를 으쓱하며 잠시 윤 과장을 째려보더니, 앞을 바라보았다.

"신부 김은조 양은 신랑 한재익 군을 평생 동안 사랑하고 존중할 것을 맹세하겠습니까?"

이미 재익은 먼저 혼인 서약을 한 터라, 은조의 대답을 기다리고 있었다. 그때였다.

우르르 꽝!

때마침 천둥 번개가 요란하게 치는 바람에 모두 깜짝 놀라 창쪽을 응시했다. 뒤이어 더욱 시원하게 쏟아지는 빗줄기. 누군가가 웃으며 말했다.

"음향 효과 끝내주는데요."

주례자가 다시 시선을 끌어모으기 위해 물었다.

"신부 김은조 양은 대답하십시오."

하객들이 다시 신부 쪽을 주목했고, 은조는 대답했다. 가슴이 두근거렸다.

"네……."

잠시 후, 은조가 말했다. 너무 떨린다.

"맹세합니다."

"네, 잘하셨습니다, 신부님."

주례자가 은조에게 푸근한 미소를 띠었다. 이로써 두 사람이 부부가 되었음을 선언한다는 혼인 서약이 마무리되자 재익은 뭔가 긴장이 탁 풀리는 것만 같았다.

참, 이 여자는 사람 끝까지 조마조마하게 하네.

웃음이라도 나올 줄 알았는데, 의외로 그의 표정은 진지해지고 있었다. 큰 키에 훤칠한 그가 비록 미동도 없이 주례자를 바라보고는 있었으나 조금 전까지 그는 긴장하고 있던 은조의 팔을 살짝 잡아 주었다. 은조도 긴장이 풀렸는지 표정이 부드러워졌다.

여기까지 오는 데 참 오래도 걸렸다. 재익은 그 순간 이상하게도 머릿속으로 많은 일들이 주마등처럼 스쳐 지나갔다.

오래전 은조와 안 좋게 헤어진 후, 꼭 한 번은 그녀를 만나고 싶었다. 우연이든 필연이든 마치 운명처럼 그렇게 마주치고 싶었다.

만나려고 했다면 얼마든지 찾아서 만날 수 있었겠지만 그러고 싶지 않았다. 자신은 운명론자도 아니었고, 그런 로맨틱한 감성 따위도 없는 남자였다.

하지만 항상 그녀와의 재회를 은연중에 생각하고 그려 보곤 했다. 다시 만난다면 어떤 기분일까. 그녀는 어떻게 말하고 자신을 어떻게 생각하고 있을까. 자신은 그녀 앞에서 무슨 말을 할까. 또 어떻게 변해 있을까. 자신도, 그녀도.

그리고 그들은 다시 만났다. 전혀 뜻하지 않은 곳에서. 재익은 그것을 기적이라고 믿었다. 운명의 신이 자신에게 기회를 주었다면, 그다음은 자신의 몫이라고 생각했다. 자신이 어떻게 하느냐에 따라 인생은 달라질 것이다.

일생의 단 한 순간만이라도 최선을 다해 사랑해 보고 싶었다. 설령 상처받더라도. 아버지의 말처럼 지나고 나서 왜 그때 진심을 다해, 최선을 다해 사랑하지 못했을까. 왜 그 여자 붙잡지 못했을까. 왜 좀 더 노력하지 못했을까. 자책하고 후회하며 과거를 회상하고 싶지 않았다. 그래서 더 그녀에게 필사적으로 매달렸는지도 모른다. 그녀가 받아 줄 때까지.

　아버지는 처음부터 은조를 몹시 흡족해하셨다. 마치 아들의 선택을 믿어 주는 것 같아 재익도 이제야 아버지에게서 인정을 받는 것 같았다. 부모의 인정과 지지가 반드시 성장과 비례하는 건 아니지만 마음 한구석의 결핍에서 비로소 해방된 기분이었다.

　재익은 솜털처럼 부드럽고 달콤한 그녀의 얼굴을 마주하고 싶었지만 무덤덤한 표정으로 주례자의 남은 당부의 말을 조용히 듣고만 있었다.

　은조는 조금 전까지 티 나지 않게 자신의 팔을 든든하게 잡아 주었던 재익 때문에 수줍게 웃었다. 그의 표정이 어느 순간, 시크해 보이기도 하고 차갑게 보이기도 했다. 그가 무슨 생각을 하는지는 알 수 없지만 그는 웃는 얼굴보다는 이런 표정일 때가 훨씬 매력적으로 보인다.

　그녀는 부모님에 대한 생각을 하지 않을 수 없었다. 은조의 아버지는 끝내 딸의 결혼식에 오지 못했다. 물론 은조는 초대하고 싶은 마음이었지만, 이미 다른 여자와 가정을 꾸린 아버지보다는 아직도 그 상처가 아물지 않은 엄마의 마음을 더 헤아리고 싶었다.

　처음 재익을 엄마와 남동생 은수에게 소개했을 때가 생각났다. 엄마는 재익의 외모부터 말투와 행동까지 요모조모 뜯어보며 마치 회사 면접을 보듯 온갖 질문 공세를 퍼부어 댔다. 옆의 은수도 만만치 않았다. 미래의 매형이 될 사람이 신고식을 톡톡히 치르도록 했다.

　땀만 뻘뻘 흘리지 않았을 뿐 재익이 그렇게 긴장을 하는 모습을 은조는 처음 보았다. 다행히 가족들의 온갖 질문 공세에도 흐트러짐 없는 당당한 태도에 은조는 내심 안심했다.

은조의 엄마는 그녀에게 아무리 남자가 좋다고 해도, 충분히 연애 기간을 가진 후에 결혼하라며 충고했다. 그리고 마지막으로 이런 말을 해 은조를 뭉클하게 만들었다.

　'살다가 힘들면 다시 돌아와도 돼. 언제든지 엄마가 받아 줄게. 넌 엄마처럼 절대 속 끓이면서 살지 마.'

　은조는 울컥해서 뭐라 말해야 좋을지 몰랐다. 엄마가 저렇게 말해 주니, 오히려 더 잘 살아야겠다는 의지가 불끈 솟는다고나 할까. 그래서 은조는 일부러 야무지게 대답했다.

　'고마운데요, 엄마. 난 멋지게 해낼 것 같지 않아?'

　어차피 자신이 선택한 남자인걸. 자신의 안목을 끝까지 믿는 수밖에.

　주례자가 둘을 번갈아 바라보며 말했다.

　"오늘 두 사람, 정말 잘 살 것 같습니다. 옛날부터 비 오는 날에 결혼하면 잘 산다는 말이 있습니다. 원래 비가 오면 곡식과 식물들에게 영양과 양분을 공급하지 않습니까? 그 말대로 신랑 신부에게 하늘에서 큰 축복을 내려 준다는 의미가 숨어 있다는군요. 뭐 이건 저의 애드리브였지만."

　주례자가 주례사를 적은 종이를 들어 올리며 웃었다.

　"이건, 대본에 없었습니다. 비가 이렇게 올지 몰랐으니."

　하객들이 웃자, 그는 소정의 목적을 달성한 듯 주례를 끝마치며 단상에서 내려갔다. 두 사람도 어느새 서로를 보면서 웃고 있었다. 곧 사회자가 두 사람이 정식으로 부부가 된 것을 축하하며 결혼 행진을 유도했다. 그동안, 놀랍게도 비는 조금씩 세기가 줄어들더니 예식이 끝남과 동시에 뚝 그쳐 버렸다.

　신랑 신부는 친구들과 어린 화동들이 꽃을 뿌려 놓은 길을 걸으며 행진했고 하객들은 식장 바깥쪽까지 두 사람을 따라나섰다.

"잘 살아."

"축하해!"

"은조 씨, 최고야!"

"뜨거운 밤 보내세요."

"신랑, 파이팅!"

친구들의 왁자지껄한 소리, 웃음소리, 아이들이 뛰어다니는 소리, 어른들의 덕담과 기분 좋은 잔소리들.

비록 경건하고 차분한 분위기는 아니었지만 결혼식은 시종일관 웃음소리와 경쾌한 분위기가 이어졌다. 하객들은 비닐우산을 펼치며 익살스러운 표정으로 바깥에서 사진 촬영을 하는가 하면, 개구쟁이 어린아이들은 물장난을 쳐 엄마들의 원성을 사기도 했다.

비는 완전히 그쳤고, 하늘은 구름 한 점 없이 맑았다. 거짓말처럼 햇빛이 어느 순간 천천히 그들 주위를 비쳐 주고 있었다. 식장 주변의 나무들과 꽃들이 빗물을 머금고 반짝이는 햇빛에 숨을 쉬고 있는 것 같았다.

그 푸르른 색채와 물 냄새가 싱그럽게 느껴졌다. 은조 또한 드레스 앞자락을 꼭 붙잡고 식장 계단을 천천히 내려와 주위를 둘러보았다. 곧 포토타임이 있을 예정이었지만 재익과 은조는 잠시 이 순간을 맛보고 싶었다.

오늘은 두 사람이 주인공이므로.

"저, 신랑, 신부님. 곧 사진 촬영이⋯⋯."

"잠시만요, 5분만."

재익은 혹시 다시 비가 내릴지 몰라, 투명 우산을 펴 은조에게 씌워 주었다. 두 사람은 함께 우산을 쓰면서 식장 주변을 돌아보았다. 시내에게 꽤 떨어진 곳이었고 일반 주택을 개조해서 만든 하우스 웨딩홀이라 주변은 마치 정원처럼 꾸며져 있었다. 인공이지만 맑은 계곡물도 흐르고, 돌담 옆에 움푹 들어간 곳에는 자그마한 아지트도 마련되어 있었다.

"너무 예쁘다."

은조의 감탄에 재익이 면사포로 살짝 가려진 그녀의 붉은 입술을 손으로 만지작거렸다.

"난, 네가 더 예쁘다."

말을 다 끝마치기도 전에 신랑은 어여쁜 신부의 턱을 긴 손가락으로 바짝 당겨 그녀의 입술에 자신의 입술을 포개었다. 긴 속눈썹이 내려앉고 신부는 그대로 신랑의 품속으로 안겨 버렸다. 재익은 이번엔 좀 더 진하고, 길게 그녀에게 키스했다.

키스가 끝나 갈 무렵, 투명 우산 속 신랑 신부는 더없이 행복한 표정으로 웃고 있었다.

찰칵!

촬영기사가 어느새 두 사람을 따라왔는지 사진을 찍었다.

에필로그

거실 한쪽 편에 걸린 액자가 눈에 들어왔다. 우산 속 신랑 신부가 서로를 사랑스러운 눈빛으로 바라보고 있는 모습이. 그 빛나는 추억의 한 자락이 자신을 향하고 있다. 재익은 살며시 미소를 지으며 세 살짜리 아들의 젖은 머리를 수건으로 닦아 주었다. 조금 전까지 아빠와 목욕을 한 터라, 아이는 기분이 좋아 보였다.

"우리 서준이, 아빠가 머리 말려 줄까?"

아들이 좋다는 뜻으로 손뼉을 마주치는 순간 재익의 휴대폰이 울리기 시작했다.

"응, 어디십니까 부인?"

그의 목소리가 허스키해졌다. 은조가 가장 좋아하는 그의 목소리.

그녀의 밝은 웃음소리가 휴대폰을 통해 들려왔다.

— 어디긴, 크리스마스 선물 다 사고 인혜랑 커피 한잔 마시고

있어. 곧 들어갈게요.

"조금 있다 서준이랑 나갈 건데. 그럼, 밖에서 만날까?"

— 어디? 이 추운 날?

"서희 데리러 가야지. 유치원 선생님이 전화하셨던데."

— 걔가 또 무슨 말썽 피운 건 아니겠지? 누굴 닮았는지 하도
말괄량이라.

그래도 은조는 기분이 좋아 보였다.

"누구 닮긴요. 엄마 닮았겠지. 딱 너랑 똑같이 생겼잖아."

— 난 그 정도는 아니었네요, 뭐.

엄마의 목소리가 전화기를 통해 들려오자, 옆에 있던 어린 아들
이 자꾸 전화기를 달라고 재촉했다. 재익은 아들치곤 순한 서준을
보면서 흐뭇한 웃음을 지었다. 비록 외모는 자신을 꼭 빼닮았지만
고집 세고 제멋대로였던 자신의 어린 시절을 조금도 닮지 않은 아
들의 모습이 그저 신기하기만 했다.

"자, 우리 서준이, 엄마 바꿔 줄게."

그는 아들에게 더없이 자상했다. 전화를 받자 아들은 까르르 웃
으면서 엄마에게 더듬더듬 재롱을 부리며 빨리 오라고 했다.

은조는 아들의 전화를 받자 갑자기 아기 목소리로 말하기 시작
했다.

— 알았어요, 우리 아들. 그럼요.

"저기, 은조⋯⋯."

휴대폰을 다시 재익이 받은 줄도 모르고 은조는 계속 혀 짧은
소리로 말하고 있었다.

— 그래, 그래. 우리 귀염쟁이. 그랬어?

"나야. 그러니까 혀 짧은 소리 그만해."

— 아, 그렇구나. 우리 서방님이시구나.

은조가 여전히 혀 짧은 소리를 내며 웃자 재익도 따라 웃기 시작했다.

"너 자꾸 애기처럼 말할래? 그만하라니까."

— 내가 뭘요, 자기야······.

재익이 목소리를 가다듬고 말했다.

"그러니까 더 보고 싶잖아. 일부러 애들 보려고 크리스마스 휴가도 빨리 냈는데."

— 그랬어요? 나 그렇게 많이 보고 싶어요?

은조가 계속 웃자 인혜가 그녀에게 소리를 질러 깜짝 놀랐다. 은조는 하는 수 없이 웃음기를 거두고는 재익에게 원래대로 말했다.

— 빨리 갈게. 유치원 앞에서 만나요, 여보.

"그래 알았어. 내가 데리러 가는 건 싫지?"

다시 장난기가 발동한 그녀.

— 그럼 싫죠. 사랑해요.

재익이 다시 웃기 시작했다.

"은조야······."

— 왜 그러세요? 사랑한다니까.

또다시 은조가 혀 짧은 소리를 내자 재익이 목소리를 낮추며 속삭이듯 말했다.

"너, 서희 앞에서 이렇게 나한테 장난치면 안 돼. 안 그래도 아빠가 엄마를 더 예뻐한다고 얼마나 잘 삐지는데."

그제야 은조가 다시 제 목소리로 말하기 시작했다.

— 알았어. 자기가 너무 티 나게 그러니까 그렇지.

451

"그럼, 내 와이프 내가 귀여워하고 사랑해 주는 게 뭐 어때서. 어차피 애들이야 다 지 짝 찾아갈 텐데."

— 그렇지만…… 자기야…….

은조의 애교 섞인 목소리가 계속되자, 다시 인혜의 빨리 끊으라는 성화가 이어지기 시작했다. 은조가 살짝 눈치를 보면서 휴대폰을 바짝 귀에 갖다 대자 재익의 기분 좋은 목소리가 들려왔다.

"이따 저녁때 파티하자. 아이들하고. 크리스마스이브 전야 파티."

— 오 좋아. 그럼, 파티 용품 사러 가는 거야?

"물론. 맛있는 것도 사 오고."

재익의 들뜬 목소리에 은조가 다시 기분 좋게 웃었다.

— 좋아요, 그럼 이따 봐요, 여보.

그녀가 웃음기 가득한 얼굴로 전화를 끊자, 마주 앉아 있던 인혜가 커피를 들이켜며 고개를 흔들었다.

"무슨 전화를 그렇게 받냐? 옛날 김은조는 다 죽고, 푼수에다 완전 닭살이야."

"뭐, 어때? 이러면서 한 번 더 웃는 거지."

은조는 입을 삐죽거리며 그래도 좋은지 계속 싱글거렸다.

"그래도 너는 소리를 지르니. 노처녀 히스테리야?"

"무슨…… 너 내가 요즈음 누구랑 연애하는지 알면 그딴 소리 절대 못 할걸?"

"누구랑 연애하는데."

"섹시한 연하의 남자. 게다가."

은조가 커피를 마시며 눈을 동그랗게 떴다.

"게다가?"

"섹시한데, 경험이 없는지 너무 수줍어하는 거 있지. 내가 거기서 쓰러졌잖아."

"정말, 그런 남자가 있어? 섹시하면서 수줍어하는 남자라. 참 상반되네."

"그렇지? 이런 모순된 매력이 있는 남자. 처음 만날 때는 정말 심장이 콩닥콩닥, 떨려 죽는 줄 알았어."

"대어를 물었구나, 축하한다."

은조가 커피 잔을 들어 올리며 싱긋 웃었다.

"그런데 말이야."

인혜가 살짝 미간을 찌푸리며 말했다.

"응. 뭐 문제 있어?"

"솔직히 속궁합이 잘 맞는 건 확실한데. 마음은 오락가락하네."

"왜?"

"섹스를 잘하는 건 좋은데, 내가 너무 만족해하니까 좀 건방져졌다고 해야 할까? 자기가 엄청 최고인 줄 알아. 뭐, 잘생기고 젊고 실력도 좋으니까 그렇긴 한데. 처음 그 느낌이 아니라 조금씩 식고 있어. 결혼해서 내내 섹스만 하고 살 건 아니잖아."

"아, 그건 그렇지."

"그래서 고민이야. 처음엔 좋았는데 요즈음 자꾸 단점들이 눈에 보여서."

"그거야 당연한 거 아냐? 그럼 맨날 좋아 죽고 못 살겠냐."

"그래도 결혼을 생각하니까 좀 그러네. 그냥 섹스만 하는 사이라면 모를까."

은조가 입을 삐죽거리며 웃었다.

"네가 참 그런 관계 잘도 하겠다. 섹스 파트너 안에는 원래 엄청난 권력관계가 숨어 있다잖아. 난, 뭐 잘 모르지만."

"무슨 권력관계씩이나. 암튼, 요즈음 하는 짓 보면 맘에 안 들어. 그렇다고 볼 장 다 봤으니 먹고 튈 수도 없고."

"너는, 너는, 무슨 말을 그렇게 하니. 먹튀라니. 갑자기 그 남자가 좀 불쌍해지려고 하거든."

"불쌍하긴, 다른 매력 어필 못 한 죄지. 누가 몸만 들이대라고 한 것도 아니고. 데이트할 때 내가 돈도 더 많이 썼어. 그러면 안 되는데 자꾸 머릿속으로 계산기 두드리게 되는 거 있지."

"처음엔 어리고 섹시해서 좋았다며. 네가 침을 흘리며 얼씨구나 좋아하니까 들이댔겠지, 뭐."

인혜가 발끈하며 손사래를 쳤다.

"너는……. 그래도 나 침은 안 흘렸다 뭐. 그리고 나 자존심 있는 여자야. 내가 뭐가 아쉽니. 돈도 많고 금수저에다 미모도 뭐 이 정도면 훌륭하고. 나이가 좀 많다 뿐이지."

"아후, 알았어, 알았어. 그니까 잘 좀 해 봐, 이번엔."

"나도 잘하고 싶은데. 초반에 내가 너무 좋아하는 티를 내서 그런가, 이 누나를 너무 만만히 보는 것 같아서 말이야. 자꾸 내가 억울한 생각이 들더라고."

"뭐야, 그럼 결국 주도권 싸움 하는 거야?"

"바로 그거지. 정말 날 사랑하는지도 모르겠고. 뭔가 시원시원하게 직진이 안 되네."

그때 인혜의 휴대폰이 울려 잠시 대화가 끊겼다. 그녀는 시종일관 나긋나긋한 목소리로 통화를 했다. 그러고는 통화가 끝나자 파우치 백에서 립글로스를 꺼내 바르기 시작했다. 대화를 하면서도 그녀는 중간중간 미스트를 얼굴에 뿌리고 있었다.

"여긴 너무 건조하다 그치?"

"그 남자가 만나자고 했구나? 왜, 자자고 하디?"

"자자고 하겠지. 그런데 좀 예쁘게 하고선 안 자 주려고. 약 좀 올리다가 살살 구슬려서 내 말 잘 듣는 머슴으로 키우고 싶어. 헤어지긴 아깝고."

은조가 알 만하다는 듯 고개를 흔들자 인혜가 말했다.

"진짜 날 좋아하면 내가 애 좀 태운다고 떠나진 않을 거 아냐. 더 좋아하면 좋아했지."

"그러다가 진짜 떠나면?"

"그럼, 그냥 아웃인 거지 뭐. 내 사랑이 딱 여기까진데 어쩌겠니. 응?"

"아후, 진짜 그냥. 너도 여우가 다 됐구나. 근데 네 얘기만 들어도 골치 아프다. 난 진짜 아줌마 돼서 다행이야. 정말, 다행이야."

"너 지금 행복하다고 유세 떠는 거야?"

"응. 다시 그 골치 아픈 연애 안 해도 되니, 너무 좋아. 아주…… 좋아."

"그래도 연애는 좋은 거야. 설레고 짜릿하고. 그 순간이 짧아서 그렇지. 너도 그랬는데, 벌써 다 잊었어?"

그 순간 은조는 내가 그랬나? 하는 생각에 자신의 얼굴에 희미한 미소가 스치는 것도 몰랐다. 그저 웃음이 나왔다. 그래, 맞다. 그랬었지.

행복해하고 고민하고 웃고 울고 사랑했던 시절. 하지만 다시는 돌아가고 싶지 않은 시절이기도 했다. 그녀는 연애 시절보다 지금이 더 좋았다. 그가 곁에 있고, 사랑스러운 아이들이 있는 지금 이 순간이.

그와의 추억을 웃으면서 기억할 수 있다는 게 감사했다. 아프고 시린 추억이 아니라 행복한 웃음을 지을 수 있어 그에게 고마웠고, 자신에게도 고마웠다.

은조는 빨리 재익과 아이들을 만나고 싶었다.

"일어나자. 너도 빨리 들어가고 싶지? 얼굴에 다 쓰여 있어."

인혜가 놀리자 은조는 선물꾸러미를 들고 일어나면서 말했다.

"괜히 내 핑계 대지 마. 너도 만만치 않게 남자 친구 보고 싶어 하면서."

"그렇지. 결혼하려면 나도 노력해야 하니까."

인혜가 은조의 한쪽 어깨에 팔을 두르며 활짝 웃었다. 카페의 문을 열자 찬바람이 두 사람을 향해 훅 들어왔다. 옷깃을 여미며 둘은 가는 내내 수다를 떨었다.

❖

은조는 차에 선물꾸러미를 싣고 인혜를 목적지까지 태워 준 뒤 집 근처로 향했다. 친구가 오래전에 타다가 준 중고차였지만 그녀는 재익과의 추억이 생각나 아직도 이 낡은 승용차를 버리지 못하고 있었다. 그녀는 일단 집으로 가 짐을 내려놓고 유치원으로 딸을 데리러 가야겠다고 생각했다.

주차장에 차를 2초 만에 넣고는 그녀는 양손에 짐을 잔뜩 든 채, 계단을 올라가 초인종을 눌렀다. 비번을 알고 있었지만 두 사람은 집에 들어올 때 웬만하면 초인종을 누르자고 처음부터 약속했다. 두 사람 다 오랜 자취 생활에 이골이 나 집에 들어오면 일단 누군가의 반김을 받고 싶어 하는 측은한 마음이 있었다. 특히 그런 면에서는 재익이 더했다.

재익은 신혼여행에서 돌아오자마자 은조에게 결혼 생활에서 딱 두 가지만 지켜 달라고 먼저 얘기했다.

'이건 당부도 아니고, 부탁도 아니고, 반드시 지켜야 할 것인데.'

'뭔데 그래?'

'집에서 나가고 들어올 때 얼굴 보여 주는 거.'

'그리고?'

'싸웠을 때도, 침대에서 절대 등 돌리지 않기.'

'첫 번째는 어렵지 않은데, 두 번째는 힘들지 않을까?'

재익이 단호하게 고개를 흔들었다.

'그러니까 더 지켜야지. 싸웠을 때일수록 더 붙어 자야 하는 건 기본이고.'

그가 은조를 자신의 품속으로 꽉 끌어당기며 웃었다.

'이렇게.'

그의 단단한 팔이 그녀의 몸을 휘감았다.

'지켜 줄 수 있지?'

자신을 바라보며 웃는 그의 표정이 어딘지 야릇하기도 하고 뭉클한 기분도 들어 은조는 조용히 고개를 끄덕였다.

'너와 나는, 부부이기 전에 남자와 여자야. 피붙이가 아닌 남남이기 때문에 한번 엇나가면 걷잡을 수가 없어질지도 몰라. 싸웠다고 얼굴 안 보고 같이 잠도 안 자고 하다간 정말 평생 그렇게 남남처럼 살 수도 있단 말이야.'

은조는 가만히 듣고만 있었다.

'그래, 그건 그런데…….'

은조가 한동안 그의 진지한 말투에 멍해 있다 천천히 눈가가 내려앉도록 웃었다.

'왜 이렇게 교과서 같은 사람이 됐어? 결혼했다고 이러는 거야?'

'응.'

재익이 능청스럽게 눈웃음을 지었다.

'새사람 되려고. 왜, 싫어?'

'적응이 안 돼서. 이렇게 반듯한 사람이었어?'

'언제 제멋대로인 내가 또 튀어나올지 몰라. 그래도 널 사랑하는 건 변함없겠지만.'

재익이 그녀를 안은 팔에 힘을 꽉 주었다. 은조가 고개를 갸웃거리며 웃었다.

'또 큰소리친다. 살아 봐야 알지, 그거야.'

'그래, 어디 맞나 안 맞나 끝까지 살아 보자 우리. 그것도 아주 잘 살아 보자, 응?'

'그래, 그건 나도 동감이야.'

'약속하는 거다.'

은조가 웃으며 알았다고 하자 재익이 그녀의 얼굴을 두 손으로 감싸고는 입술을 지그시 깨물었다. 달콤하고 따뜻한 키스였다. 마치 이젠 안정된 그의 품처럼.

그때를 회상하며 은조는 재익이 문을 열어 주기를 기다렸다. 신혼 초에 한 약속을 두 사람은 제법 잘 지켜 나가고 있었다. 아주 급한 경우를 제외하곤 둘 다 서로의 얼굴을 보면서 오고 갔다.

재익이 문을 열어 주자, 그 옆에는 아빠를 꼭 닮은 서준이가 초콜릿을 먹으며 엄마를 맞이했다. 은조는 다시 아기 목소리가 되어 아들에게로 먼저 말을 건넸다.

"어머, 우리 아들. 아빠하고 잘 놀았어요? 오구, 오구 우리 서준이."

그녀가 아들을 조심스레 안고서 입가에 묻은 초콜릿을 닦아 주자 재익이 한마디 한다.

"은조야, 너 애한테 표준말 쓰라고 했지."

"아니, 그게……."

재익이 선물꾸러미를 받아 들며 아들을 안고 있는 은조에게 바짝 다가가 다시 한번 말했다.

"나한테도 그렇게 좀 해 주지, 가끔은."

그가 큰소리로 은조를 놀렸다.

"서준이는 좋겠다, 은조가 엄마라서."

"뭐예요, 지금. 나 칭찬하는 거였어요?"

"가끔 나도 좀 봐 주고 그래. 아들만 너무 사랑하는 거 아냐?"

"자기 또 그런다."

"그래도 뭐, 내가 이해해야지. 밤에 안고 자는 건 나니까."

"뭐야, 정말. 애 앞에서."

은조가 얼굴을 붉히며 재익을 쳐다보자 그가 으르렁대며 말했다.

"이따 밤에 두고 봅시다."

은조가 윙크하며 대꾸했다.

"그래요, 밤에 봐요. 기대할게요."

재익이 흐뭇한 웃음을 흘리며 거실에 놓여 있는 시계를 보았다.

"곧 유치원 차가 올 시간이니까, 집 앞에 나가 있어야 할 것 같은데."

재익과 은조는 점퍼와 목도리로 서준을 꽁꽁 싸매고는 딸을 마중하기 위해 집밖으로 나왔다.

잠시 후, 유치원 차가 집 앞에 도착하자마자 키가 제일 큰 여자아이가 선생님의 말이 떨어지기도 전에 차에서 껑충 뛰어내렸다. 뒤에 앉아 있던 아이들이 소리를 지르며 다음 주에 보자고 와자지껄 떠들어 댔다. 유치원 교사가 아이들을 진정시키며 여자아이에게 뭐라고 말하자 여자아이는 까르르 웃으며 선생님께 인사했다.

잠시, 차에서 내린 선생님은 은조에게 꾸벅 인사하며 옆에 서 있는 재익을 보고 다시 한번 인사했다. 은조가 뭐라 말하기도 전에 여자아이가 재익을 가리키며 선생님께 말했다.

"선생님, 우리 아빠예요. 잘생겼죠?"

"아, 네. 아버님, 안녕하세요."

재익도 딸의 유치원 선생님을 입학식 때 빼고는 처음 보았던지라 깍듯하게 인사했다. 뒤에서 여전히 아이들의 시끄러운 목소리가 들렸고, 교사는 잠시 조용히 하라고 주의를 주는 듯했다.

은조가 살짝 걱정스러운 말투로 교사에게 물었다.

"서희가 요즈음에도 많이 산만한가요? 장난이 너무 짓궂어 남자아이들이 불만이 많다고 하셔서."

"그래도 많이 나아졌어요. 예전처럼 남자아이들을 막 때리거나 놀리고 도망가진 않아요."

"아, 그래야죠. 제가 집에서 그렇게 주의를 주는데도, 워낙 장난치는 걸 좋아해서. 선생님, 수고가 많으세요."

평소 당차고 야무지단 소리를 듣는 은조였지만 딸의 선생님 앞에서는 왜 항상 작아지는지 그 이유를 알다가도 모르겠다. 은조가 다시 한번 고개를 숙이자 젊은 교사는 아니라고 손사래를 쳤다.

"너무 걱정 마세요, 요즈음엔 오히려 남자아이들에게 인기가 너무 좋은걸요. 활달하고 솔직해서 여자아이들보다 남자아이들하고 더 잘 놀아요. 보세요."

차에서 내린 서희가 아직 차에 타고 있는 남자아이들에게 손을 흔들어 보이면서 계속 뭐라 얘기하고 있었다. 남자아이들이 하나씩 뭐라고 떠드는 소리가 들려왔다.

"오늘 유치원에서 서희가 남자아이들에게 프러포즈를 많이 받았어요. 서로 서희랑 결혼하겠다고 하는 바람에 좀 시끄럽긴 했는데. 뭐, 그래서 아이들이겠죠."

"아, 네."

은조가 조금은 당황한 얼굴로 서희를 바라보자, 아이는 연신 생글거리면서 너희들 조용히 좀 하라며 도도한 척 말했다.

"야, 너네들……."

남자아이들이 잠시 소리를 멈추자 서희가 눈을 동그랗게 뜨면서 물었다.

"정말 나랑 그렇게 결혼하고 싶어?"

"저, 서희야."

"그런데 꼭 한 사람하고만 결혼해야 하나?"

아이가 살짝 뚱한 모습으로 고개를 갸웃하자, 이 모습을 아까부터 말없이 보고만 있던 재익이 가만히 있어 보라며 은조에게 눈짓을 했다. 서희의 들뜬 목소리가 들려왔다. 아이는 뭐가 그리 좋은지 함박웃음을 짓고 있다. 서희가 남자아이들을 돌아보며 신나는 목소리로 말했다.

"좋은 생각이 났다."

"서희야, 일단 지금은……."

은조의 목소리가 서희의 귀엔 아까부터 들리지 않는 것 같았다.

"그냥 너희들, 나랑 다 결혼하자! 전부 다!"

유치원 교사가 얼굴을 한쪽으로 돌리며 마구 웃자 은조가 볼이 발갛게 되어 한 해 동안 고생 많으셨다며 선생님께 인사했다.

유치원 차가 가는 것을 보고는 은조가 아들의 손을 꼭 잡고 있는 재익에게 다가가 소곤댔다.

"자기가 말해 보는 게 어떨까?"

그는 웃음을 참지 못하겠는지 애써 근엄한 표정으로 딸아이의 머리를 쓰다듬어 주었다.

"서희야?"

"응, 아빠."

너무나 천진하게 웃는 딸이었다.

"우리 예쁜 딸, 아빠랑 얘기 좀 할까?"

서희는 눈을 동그랗게 뜨고는 재익에게 힘차게 고개를 끄덕였다. 그 모습이 옆에 있는 은조와 너무 닮아 재익은 순간 가슴이 뭉클해졌다.

"서희야, 결혼은 한 사람하고만 하는 거야. 그것도 가장 사랑하는 사람이랑."

"정말?"

"그럼, 정말이지. 그래서 아빠도 엄마랑 결혼한 거잖아."

재익이 옆에 있던 은조의 손을 잡고는 자신의 코트 주머니에 넣자 그 모습을 본 서희가 다시 눈을 동그랗게 뜨며 물었다.

"그럼, 엄마도 그래?"

은조가 눈꼬리를 내리며 웃었다.

"그럼, 엄마도 아빠를 그 누구보다 사랑했거든."

재익은 그의 손안에 잡힌 은조의 손에 손깍지를 끼웠다. 유일한 사랑이 아니라, 그 누구보다 사랑하는 사람이라는 거. 그녀의 마지막 사랑이 되었다는 것이 재익을 더없이 행복하게 만들었다. 날은 추웠지만 그녀를 닮은 아이들이 곁에서 웃어 주며 그의 마음을 녹였다.

그녀가 가장 사랑했던 남자. 아주 먼 훗날, 자신은 은조에게 그런 존재로 남길 바랐다. 누구의 남편이자 누구의 아버지이기 전에 그녀의 마지막 사랑으로 끝까지 남길 소망해 본다. 따뜻한 겨울날이었다.

— fin

www.b-books.co.kr